Le bal du dodo

Geneviève Dormann

Le bal du dodo

ROMAN

Albin Michel

22, rue Huyghens, 75014 Paris

ISBN 2-226-03656-3

Pour Jan Couacaud

« Une soie de mousson empourpre le couchant
Une écharpe d'oiseaux a fui le Saint-Géran

Je songe à ce roman plein d'une île qui tonne
Une île (ô baftas de Surate et doux Goudelours blancs)
Où les étoffes sont comme des noms d'encens
– Tout un roux de guinées tient dans l'œil du cyclone –
Où sous les chaudes pluies et les pitons fumants
Chardin aurait vécu peignant de lourds fruits jaunes,
Le cou dans un mouchoir de Mazulipatam

Tandis qu'à leurs balcons les amiraux moissonnent
Sous l'empire des lys les royaumes du vent. »

Georges SAINT-CLAIR,
L'Arche d'Octobre

UNE fois de plus, Bénie a pris l'avion des pauvres. Un Boeing 747 qui transbahute jusque dans l'océan Indien sa cargaison de passagers entassés au maximum sur un espace restreint. « Vol-vacances », disent les dépliants touristiques. Le personnel navigant l'appelle plus justement « vol-poubelle », à cause de la saleté de l'avion, après seulement deux heures de vol.

Dès l'embarquement, hôtesses et stewards ont expédié vers l'arrière un long troupeau d'Indiens, de Chinois, de métis, de touristes déjà déguisés en touristes et de bébés qui braillent dans toutes les langues. Et, dès l'embarquement, Bénie a compris, rien qu'à voir l'hôtesse chargée de son secteur que, cette fois, le voyage n'allait pas être de la tarte. Une grande carne d'une quarantaine d'années, maigre et molle à la fois, le visage dur, les lèvres minces, les cheveux trop blonds et trop frisottés. Une sorte de cheftaine sans grâce ni sourire qui ressemble à la tante Thérèse que Bénie déteste. Sûrement, on l'a fourrée sur un vol-poubelle pour terminer sa carrière. Les deux stewards qui ont l'air d'être des folles très gaies et les autres hôtesses semblent tenir la blonde à l'écart et ricaner derrière son dos. Mauvais signe.

« Avancez ! Avancez ! » crie la cheftaine et elle houspille une jeune Indienne effarée qui avance péniblement, un moutard sur le bras gauche, deux autres accrochés à son sari avec, à la main droite, un paquet volumineux qui obstrue l'allée et freine, à chaque pas, sa progression. Son jeune mari la suit, les mains vides, en se curant les dents.

L'avant de l'appareil aux fauteuils plus spacieux est réservé à la classe affaires, c'est-à-dire à des fonctionnaires réunionnais qui voyagent aux frais de la République ou à quelques Mauriciens nantis qui n'ont pas hésité à payer cher pour être à peine mieux assis et mieux nourris que ceux de l'arrière qu'ils toisent avec satisfaction. Bénie connaît bien cette espèce de gens-là. Par exemple cette famille de Luneretz qu'elle n'a pu éviter dans la salle d'attente d'Orly. Papa, maman et leurs jumelles, Virginie et Caroline. Des gens de Curepipe, cousins lointains de Bénie par sa grand'mère paternelle.

Chez les Blancs de Maurice, réduits à présent à une vingtaine de familles isolées dans une majorité d'Indiens, de métis et de Chinois, tout le monde est cousin de tout le monde. Quand elle était petite, Bénie était dans la même classe que les jumelles de Luneretz, au collège des Sœurs de Lorette. Déjà grandes et fortes pour leur âge, avec d'énormes nattes qui leur traînaient entre les fesses et des mâchoires comblées de dents larges comme des palettes. Vivian, qui avait l'humour sévère, les avait surnommées « les filles de l'ogre » et les décrivait en train de ronger des cuissots de petits enfants. Avec cela, des voix pinchardes, suraiguës, tout à fait surprenantes pour leur gabarit ; on les imaginait davantage émettant des barissements de corne de brume.

Au moment où Bénie s'apprêtait à faire semblant de ne pas les voir, Virginie de Luneretz s'était mise à glapir son nom et Bénie, coincée, n'avait pu se dispenser d'aller saluer ses parents, en priant le Ciel de ne pas les avoir sur le dos pendant tout le voyage. Heureusement, la vanité des Luneretz qui ne voyagent qu'en classe affaires, devait lui épargner leur présence.

Caroline de Luneretz a repéré immédiatement que Bénie n'a pas le même ticket d'embarquement qu'elle et s'est empressée de la plaindre.

— Ma pauvre, tu es en classe-vacances !

— Bien sûr, a répondu Bénie. Je préfère garder mes roupies pour aller jouer au casino. Et puis je trouve que les gens sont plus gais à l'arrière.

Voilà qui dépasse largement l'entendement de Caroline. Elle en a froncé son nez de lapin enluminé d'acné.

— Avec tous ces Indiens-là, je te plains !

— Et puis, a ajouté Bénie, soudain féroce, je vais te dire la vérité : à l'avant, je meurs de peur. C'est toujours l'avant qui se pulvérise en premier quand l'avion tombe, tu n'as qu'à voir les statistiques. Quand on va ramasser les morceaux, c'est bien connu, les passagers de l'avant ressemblent toujours à du porridge à la gelée de goyave. On est obligé de les enterrer en masse, sans trier. Dans la queue, au contraire, on a plus de chances de s'en tirer.

En entendant cela, la mère, Isabelle de Luneretz, a esquissé un signe de croix qui a fait grelotter ses lourdes gourmettes d'or.

— Veux-tu bien ne pas dire d'horreurs pareilles, Bénie ! Tu vas nous porter la malchance.

Du coup, elle a cessé d'éventer son décolleté embrasé par une canicule de ménopause tandis que son mari — poil ras, moustaches soignées d'ancien officier britannique de l'armée des Indes et col dur étranglant son maigre cou — a fait semblant de s'absorber dans la lecture du *Financial,* en lorgnant tout de même sournoisement les longues, longues jambes de cette Bénie de Carnoët, qu'une minuscule jupe rose découvre de façon provocante, presque jusqu'en haut des cuisses.

Les jambes indécentes de Bénie n'ont pas non plus échappé à la mère de Luneretz et elle s'est arrangée pour faire dévier la conversation sur un sujet susceptible de rabattre l'impudence de cette fille insolente qui a le front de ne même pas porter le deuil récent de sa grand'mère. Mais, je vous le demande, de quoi peut-on s'étonner de sa part, avec les parents qu'elle a, cette mère anglaise plus que dérangée qui mène une vie de patachon à la pointe d'Esny et ce père qui a déserté son foyer ?

— ... je voulais justement te dire, ma petite Bénie... que nous avons été bou-le-ver-sés en apprenant l'affreuse nouvelle, n'est-ce pas, Gaëtan ?... Cette pauvre Françoise ! Si vite ! En pleine santé ! Qui pouvait s'attendre ? Elle n'était pourtant pas très âgée...

Touchée. Il aura donc fallu les condoléances de cette imbécile pour décocher la flèche du chagrin qui, bien plantée au plus sensible de Bénie, vibre soudain, intolérable. Bénie, surprise, en est tout étourdie. Elle qui n'a pas pleuré au reçu du télex de Thérèse annonçant la mort de sa grand'mère, elle qui, depuis une semaine, n'est pas parvenue à y croire tout à fait, a senti tout à coup une vague monter, enfler, lui soulever les côtes, grimper à son cou et menacer de déborder, là, en plein aéroport, devant cette salope de Luneretz qui guettait avec gourmandise l'effet de ses mots.

C'est alors qu'elle était entrée dans une sorte de vertige, d'abstraction bizarre. Tandis que le va-et-vient des voyageurs se brouillait à sa vue, que les sons s'étouffaient alentour, que les Luneretz, père, mère et filles se fondaient dans une grisaille, une image très précise s'était imposée à elle. Non pas celle du cadavre évoqué une seconde plus tôt mais, là-bas, à Rivière Noire, sous la varangue de la grande maison, dans la chaleur veloutée d'un matin de décembre, s'était levée une grande et maigre dame. Derrière elle bougeait encore le fauteuil à bascule qu'elle venait de quitter. Avec ses cheveux gris coupés au ras du menton, ses colliers en sautoir, ses paupières mauves et ses yeux pâles soulignés de khôl, elle ressemblait à ces portraits de Van Dongen, modèles de beauté et d'élégance, qui arrivaient par la malle de France lorsqu'elle était encore une jeune femme. Elle était debout, en figure de proue à la pointe de la terrasse, et une petite brise de mer faisait faseyer sa robe de soie imprimée, dessinant une silhouette osseuse que six enfants et un nombre considérable d'années n'avaient pas alourdie.

Ainsi avait surgi pour Bénie cette Françoise de Carnoët, née Hauterive, dite « Grand'mère », celle qui avait toujours refusé qu'on l'appelât « Granny » parce que, disait-elle en relevant la pointe de son menton, « ... grâce à Dieu, nous avons toujours été français, chez nous ». Ce qui était, évidemment, une pierre dans le jardin de sa bru anglaise.

Et Bénie la voyait une fois encore, cette grand'mère adorable et tyrannique, hautaine et familière, avec ses yeux brillants de larmes contenues, comme chaque fois qu'on la quittait — elle ne pouvait s'en empêcher, même après tous les départs de sa vie — et sa longue maigre main où le soleil allumait un vieux diamant de fiançailles et qu'elle tenait levée dans un geste d'adieu, de conjuration, de bénédiction, jusqu'à ce que la voiture qui emportait Bénie ait disparu. Et même, sans doute, jusqu'à ce que la poussière soulevée soit retombée sur le chemin.

Mais cette fois, pourtant, la main était reposée sur la rambarde de la terrasse. Cette fois, il avait semblé à Bénie qu'à la tristesse du vieux visage avait succédé un air de sérénité parfaite et même une amorce de sourire, comme si Françoise de Carnoët, au lieu de lui dire adieu, voulait l'assurer qu'au contraire, elle venait de surgir du néant et ne la quitterait plus jamais. Il y eut encore une chose extraordinaire. Le visage de la vieille dame apparut soudain comme repassé, lisse, considérablement rajeuni. Ses cheveux avaient viré du gris au châtain et la brise qui plaquait sa robe à son corps dessinait à présent une poitrine ferme. C'était elle et ce n'était pas elle. C'était elle, telle que Bénie ne l'avait jamais connue, une jeune femme d'une trentaine d'années, vive, malicieuse et qui souriait franchement à présent. Soudain, les lèvres de cette étonnante grand'mère remuèrent et Bénie, médusée, entendit distinctement ces mots, ahurissants chez une dame qui ne s'était jamais exprimée qu'en langage châtié : « Bénie, mon enfant chérie, n'écoute pas cette grognasse dont les propos ne visent qu'à te saper le moral. Regarde-la... son âme comme sa figure a la couleur d'une mangue gâtée, oubliée au fond d'un panier. Je la connais depuis longtemps, elle est plus bête que méchante. De plus, elle est très malheureuse. Je te raconterai, un jour, ce qu'a inventé pour la torturer son mari, cet homme si convenable que tu vois près d'elle... Calme-toi, mon enfant, la plus chère de mes filles. Je peux te le dire aujourd'hui : ne t'inquiète pas. Je serai près de toi, chaque fois que tu m'appelleras à ton secours. Et crois-moi, où je suis, nous avons le bras long... »

Puis, elle s'était effacée et cette vision — car c'en était une en vérité — avait sauvé Bénie du pire : s'effondrer lamentablement au milieu de ses valises, foudroyée de chagrin.

Cependant, la Luneretz, agacée par l'air lointain de la jeune fille, n'avait pas désemparé :

— Est-ce qu'on a pu prévenir ton père, au moins ?

A quoi Bénie, de sa voix la plus sèche, avait répondu :

— Oh, vous savez, ma grand'mère avait tout de même quatre-vingt-huit ans. Quant à mon père, vous êtes au courant sans doute, il vit heureux avec sa maîtresse à Tahiti et je crois bien qu'il nous a tous oubliés. Pourquoi l'inquiéter ? De toute manière, cela ne ressusciterait pas sa mère.

Le voyage, vraiment, s'annonce mal. A Orly, la fille du contrôle s'est trompée en lui attribuant sa place. Au lieu d'être assise au premier rang, où l'on peut allonger ses jambes devant la porte de l'avion et appuyer sa tête sur le côté pour dormir, Bénie se retrouve coincée entre deux rangs de fauteuils, en bordure d'allée et sur un siège déglingué qui refuse de s'incliner en arrière. Pour comble, vient de surgir une équipe de football bruyante et bousculeuse qui s'en va jouer à la Réunion. Des garçons surexcités parce que c'est, pour la plupart, leur premier grand voyage. Ils ont dû arroser ça au bar de l'aéroport. Ils se bousculent en criant, en riant, heurtent l'épaule de Bénie qui dépasse dans l'allée, s'interpellent à travers l'avion et entonnent avec des voix fausses l'hymne traditionnel de *La Grosse Bite à Dudule.* Leur sillage empeste le mauvais vin et la chaussette.

Exaspérée, Bénie, bouclée dans sa ceinture, se recoquille, ferme les yeux et se bouche les oreilles tandis que l'avion décolle. Ce n'est pourtant pas la première fois qu'elle subit l'inconfort de ce voyage qui la ramène à l'île de son enfance. Depuis l'âge de quinze ans, elle va et vient d'Europe en océan Indien par cet avion inhumain. Jamais, vraiment, elle ne s'est sentie ainsi accablée d'avance par les longues heures de ce voyage dans l'air nauséabond que les climatiseurs ne parviennent pas à épurer, les cris des nourrissons énervés par des mères qui, pour se rendre intéressantes, n'arrêtent pas de les tripoter au lieu de leur filer un calmant et de les laisser dormir. Cette fois, elle est épuisée d'avance par l'obligation humiliante de faire la queue à la porte des cabinets puants dont les systèmes de vidange semblent avoir posé des problèmes insurmontables aux utilisateurs précédents, par la nourriture vénéneuse et plastifiée distribuée à l'heure des repas et l'interminable escale de Nairobi avec ses transports d'ordures, ses nettoyages opérés sans ménagement par un personnel indigène qui semble prendre un malin plaisir à abreuver de poussière les voyageurs mal réveillés avant de les asphyxier d'un long jet de bombe désinfectante supposée anéantir les miasmes et les relents infects des Blancs.

Bénie, d'habitude, oublie tout cela pour ne penser qu'au bonheur ineffable de l'arrivée, le lendemain, quand sous l'avion en descente apparaît le camaïeu bleu du lagon, les champs de canne à sucre où la moindre brise fait courir de la houle, les montagnes couleur d'ardoise et la foule multicolore, indienne, chinoise, créole, entassée sur la terrasse de Plaisance pour voir se poser l'avion qui vient de France. Dans cette foule, toujours quelqu'un l'attend. Au mieux, c'est Vivian, son cousin préféré, son amour d'enfance, son double en garçon. Ou bien, si Vivian n'a pu venir, c'est Lindsay, le vieux créole sourdingue qui est le chauffeur, le jardinier, l'homme à tout faire de sa grand'mère. Il est aussi le mari de Laurencia, la plus ancienne servante de la famille. Lindsay et Laurencia étaient déjà là quand Bénie, à cinq ans, est arrivée de Londres avec ses parents. Laurencia est devenue sa *nénène* [1] et l'a suivie comme son ombre jusqu'à l'âge de l'école, plus attentive que sa propre mère.

D'elle, Bénie a appris les choses importantes de la vie : les chansons qui bercent, les prières qui rassurent, les interminables histoires kaléidoscopiques dont certaines vous font délicieusement claquer des dents à l'heure du crépuscule et les cent, les mille manigances héritées d'une foi catholique naïve entrelardée d'ancestrales pratiques vaudoues. Elle sait utiliser les plantes qui guérissent et celles qui tuent : le cassia, golden-shower qui purge et orne les funérailles indiennes, le madré-cacao qui détruit rats et souris, les graines-diable, aimées des sorcières, celles qui perforent l'estomac des mauvaises femmes et celles qui servent à « rendre mouton » un mari brutal.

Car Laurencia, ce cocktail de sangs indien, malgache avec un zeste de gènes européens qui n'ont pas beaucoup éclairci sa

1. Bonne d'enfant, nourrice.

sombre généalogie, Laurencia est un véritable alambic de superstitions plus ou moins délirantes dont elle a imprégné l'enfance de Bénie. Aujourd'hui encore, celle-ci ne peut s'empêcher de hâter le pas quand tombe la nuit pour éviter que le terrible Minisprince, esprit malfaisant qui se cache dans les racines aériennes des banyans ou bien vous guette, assis sur la branche maîtresse d'un badamier, ne vienne lui imprimer sur l'épaule la brûlure de sa main. Malgré soi, elle tend l'oreille aux pleurs des esclaves marrons [1] morts depuis des lustres mais qui s'en reviennent hanter les lieux de leur chagrin quand le temps est à l'orage. De Laurencia encore, Bénie a appris à se méfier des clous de girofle groupés par trois et déposés aux trois coins d'une pièce, ce qui indique à coup sûr qu'un ennemi vous prépare de mauvais airs. Même à Londres ou à Paris, Bénie ne s'endort jamais sans vérifier l'absence rassurante des clous de girofle.

Combien de fois dans sa vie, fût-elle au bout du monde, Bénie a-t-elle évoqué la vieille métis, son corps déséquilibré par une jambe monstrueuse, gonflée d'éléphantiasis, son visage de fourmi rieuse et le chignon pointu qui faisait dire à Vivian que Laurencia était la réplique noire d'Olive, femme de Popeye ? Combien de fois lui a-t-elle demandé par la pensée courage et protection ? Et jamais cela n'a été en vain. De la présence même lointaine de Laurencia vient toujours l'apaisement d'une peur ou d'une tristesse. Comme si, du jour où Mme de Carnoët l'a mise au service de Bénie, celle-ci est devenue le centre de son monde, plus chère encore à son cœur que les enfants nés de son ventre. Oui, cet amour canin qu'elle voue à Bénie, conjugué aux dons particuliers de Laurencia, agissent à distance, enveloppant la jeune fille d'une onde bénéfique sans que peut-être même, elle en soit consciente.

Cela n'étonne guère Bénie car, pour la sorcellerie, Laurencia ne craint personne. Pas surprenant qu'elle en ait la réputation au village de Rivière Noire et même jusqu'à Flic-en-Flac où elle est née, bien qu'elle soit toujours la première arrivée à la messe et celle qui y chante le plus fort. Bénie s'est toujours demandé si elle raconte à confesse ses pratiques bizarres, les bougies rouges qu'elle plante au cimetière sur certaines tombes, les œufs cassés les

1. On appelait ainsi les esclaves en fuite qui vivaient dans les bois.

nuits de pleine lune, les plumes, les graines, les mixtures du diable dont elle emplit des bouteilles vides de Coca-Cola et ce camphre qu'elle brûle en marmonnant sur des feuilles de bananier pour chasser les mauvais esprits. Ce qui ne l'empêche nullement, pendant le mois de Marie, de se balader ostensiblement, son rosaire à la main, pour se faire bien voir de Mme de Carnoët dont la foi est résolument et solidement — tout le monde le sait — catholique, apostolique et romaine. C'est que l'âme de Laurencia ressemble à la boutique de l'épicière chinoise, au carrefour des Trois-Routes. Dans la vitrine, au-dessus des casseroles, des cosmétiques, des cahiers et des rouleaux d'encens antimoustiques, voisinent en bonne intelligence des Sacré-Cœur de plâtre, des Bouddha, des Père Laval[1], des Immaculée Conception et des statuettes du dieu Ganesh à tête d'éléphant, celui que l'on jette dans la rivière pour en calmer les crues.

A cause de Laurencia, Bénie, jusqu'à la fin de ses jours, sans doute, sera environnée d'un monde invisible mais rudement présent, d'une escorte d'ombres farceuses ou gémissantes, protectrices ou inquiétantes avec lesquelles il faut compter. Toute sa vie, à cause de sa nénène Laurencia, Bénie verra ce que les autres ne voient pas : des signes dans les feuilles des arbres, dans les nuages, dans la forme des vagues. La nuit, pour elle, sera peuplée à jamais de chattes sauvages, de loups, de loups-garous et autres matapans. Toujours, elle entendra pleurer des âmes sous les cœurs des brèdes-songes qui poussent dans la rivière à l'heure où les crapauds-buffles commencent à jouer de la crécelle.

1. Le Père Jacques Désiré Laval, missionnaire français du XIXe siècle, récemment béatifié et vénéré à Maurice.

Oui, cette fois, tout est différent et Bénie ne parvient pas à effacer les heures du voyage et ses désagréments en évoquant l'arrivée tant espérée dans son île, la porte de l'avion ouverte comme celle d'un four sur la chaleur de l'été austral, cet été subit qui s'engouffre dans l'appareil et, dehors, les robes légères, les saris, les bras nus, les montagnes bleues, les éventails, l'air chargé du parfum éthylique de la canne en fermentation, mêlé à des relents de coriandre, de camphre, de safran et d'encens qui est, là-bas, l'odeur même du vent.

Et cette route du sud, le long de la mer, qu'à chaque fois elle supplie Lindsay ou Vivian de prendre, au lieu de traverser l'île par la route intérieure, afin de rejoindre Rivière Noire par le chemin le moins beau mais le plus direct, la route des personnes raisonnables pour qui le *time* c'est du *money*. Ce parcours côtier fait grogner Lindsay qui ne comprend pas pourquoi on l'oblige à un pareil détour, sur une route souvent étroite et sans visibilité à cause des cannes qui, par endroits, la bordent de hauts murs végétaux. Une route infernale coupée par d'innombrables ponts et qui se tortille dangereusement, oui, pourquoi prendre ce chemin alors que celui de Curepipe est tout droit et sans histoires. La preuve : *tout le monde* passe par la route de Curepipe. Il n'y a qu'à voir le troupeau des voitures qui s'y engage. A chaque fois, Lindsay est humilié quand, au carrefour, Mam'zelle lui fait signe de prendre la route déserte.

Vivian, lui, est plus compréhensif. Comme Bénie, il aime ce chemin des écoliers qui passe par la vieille sucrerie de Savannah, la Rivière des Anguilles, les maisons hantées de Souillac, la côte bretonne de Riambel et la sauvagerie du Morne que le soleil tombant ensanglante. Il partage avec Bénie le rituel du retour comme il a partagé avec elle, naguère, les plaisirs les plus interdits. Alors, il roule lentement, s'arrête ici ou là selon le caprice de Bénie. Avec elle il flâne, écoute d'un pont une rivière invisible au fond d'une gorge tapissée de ravenalas et de ces brèdes-songes qui ressemblent à des cœurs de velours verts, dès que leur maturité en déroule les feuilles. Plus tard, il gare la vieille Singer sous les filaos, du côté du Surinam où la mer affleure la route à marée haute. A travers les rochers, ils gagnent une petite plage ronde et déserte. Et Vivian regarde Bénie se défaire de ses vêtements, de l'hiver européen, des miasmes du voyage et plonger nue, riante, heureuse d'être revenue, sous les vagues tièdes. Il se dévêt à son tour et va la rejoindre dans l'or d'une voie royale que le soleil presque couché trace sur la mer. Et c'est là que, silencieux, parallèles, fendant la mer incendiée d'un crawl jumeau, ils se retrouvent vraiment, tels qu'ils étaient dans leur enfance, tels qu'ils seront sans doute jusqu'à leur mort, fidèles à ce rendez-vous marin qui les purifie de tout. Et c'est comme si le temps n'existait plus. Comme s'il n'y avait pas eu de *scandale.* Comme s'ils n'avaient jamais été séparés par des grandes personnes idiotes. Comme si le plus urgent était de lutter de vitesse, droit vers l'ouest, jusqu'au bout de la lumière, pour repêcher un soleil déjà noyé à demi et qui s'écrase sous l'horizon.

Le scandale. Le scandale dans la cabane. Neuf ans plus tard, il arrive parfois à Bénie de retrouver en cauchemar ce jour maudit de leurs quatorze ans, quand la tante Thérèse — que le Diable l'empale, celle-là, avec des fourches rougies à blanc —, la mère de Vivian, les avait surpris, dans le vieux pavillon de chasse. La garce devait les avoir pistés depuis longtemps car elle n'avait vraiment aucune raison, ni ce jour-là ni un autre, de venir traîner sur ce versant aride de la montagne, dans cette cabane abandonnée, délabrée, dont le plus déshérité des Indiens n'aurait pas voulu pour y mettre ses chèvres, ce souvenir de cabane qui ne servait plus à personne depuis que l'oncle Loïc avait fait construire, en contrebas sur la montagne, un pavillon plus convenable pour recevoir ses invités, les jours de chasse au cerf.

Les deux enfants — étaient-ils encore des enfants ? Oui, ils l'étaient et le seraient toujours, ils se l'étaient juré en échangeant leurs sangs et ces bracelets *rakhee*, que les frères et sœurs indiens s'offrent à la cérémonie du Rakshabandham, à la fin d'août, pour se lier à jamais — les deux enfants, donc, avaient fait de cette cabane abandonnée leur refuge secret. Ils avaient colmaté les trous du vieux toit de vétyver, ravagé par les cyclones, la pluie et les oiseaux en y aplatissant des feuilles de bananier maintenues par des pierres. Les vitres brisées de l'unique fenêtre n'avaient pas été remplacées mais Bénie y avait cloué une étoffe rouge qui servait de rideau et Vivian avait arrimé la porte avec des ficelles. Un vieux matelas recouvert d'une couverture de coton dérobée dans le grenier de l'*Hermione* servait de siège et de sofa. Des pierres entassées figuraient une table basse où Bénie plantait ces courtes bougies rouges, les moins chères, destinées aux pagodes chinoises et que Laurencia utilisait pour ses manigances au cimetière.

Ils s'y retrouvaient souvent, ravis de leur isolement, attentifs aux bruits de l'extérieur, aux stridulations des cigales, aux jappements des petits lézards geckos, aux cris des singes, aux grattements des carias dans le bois rongé de la cabane, aux craquements des herbes sèches martelées par les sabots des cerfs qui déboulaient parfois jusque sous la fenêtre. Quand le vent était favorable, leur parvenaient les rumeurs du village, en bas, le glapissement d'une mère exaspérée par ses enfants ou ses cochons, les disputes des ouvrières de la saline qui piétinaient la saumure, bottées de caoutchouc ou la musique nasillarde, exaspérante du marchand de glaces ambulant qui répétait, tout le long du rivage, les premières mesures du *Pont de la rivière Kwai*. Au loin ronflait la mer et les vagues qui se brisaient inlassablement sur la barre de corail donnaient l'idée d'un train qui n'en finirait pas de passer.

Vautrés sur leur sofa, entre une pile de *Tintin* et une provision de gâteaux-cocos et de ces sucreries écœurantes et multicolores qu'ils achetaient à la boutique du Chinois, Vivian et Bénie, outre ces plaisirs de leur âge, en étaient venus à en goûter d'autres, moins innocents.

Un mot, un seul, suffisait à les rassembler à la cabane : MONTAGNE. Un mot que l'on pouvait même prononcer à table, devant les parents — c'était encore plus délicieux — et qui signifiait : tendresse, caresses, plaisir, bouches mêlées, corps noués.

— Pourquoi tu dis MONTAGNE ? avait demandé, un jour, l'un des petits frères de Vivian.

Celui-ci avait rougi violemment.

— Parce que j'aime la montagne, avait-il répondu en pulvérisant du regard le frangin aux oreilles trop fines.

Loïc de Carnoët, un peu surpris, avait regardé son fils aîné.

— Tu me fais penser à mon père, avait-il dit gravement. Il aimait, comme toi, la montagne.

Et Bénie, qui était présente, s'était mise à rire bêtement en regardant Vivian que le rire avait gagné à son tour. L'évocation du grand-père de Carnoët, mort avant leur naissance mais dont le visage bougon, encadré d'ébène, était accroché dans le grand salon de l'*Hermione*, l'idée de ce grand-père-là en train de faire des galipettes dans la cabane leur semblait tout à coup irrésistible.

— Vous êtes vraiment stupides, avait dit la tante Thérèse. Voulez-vous me dire ce qu'il y a de drôle dans le fait d'aimer la montagne ?

Et l'incident avait été clos car il y avait longtemps que la famille avait renoncé à comprendre la bizarrerie commune à ces deux-là. On avait été bien forcés d'admettre que, depuis leur petite enfance, Bénie et Vivian fussent inséparables. Les deux cousins, presque jumeaux, à six mois près, se ressemblaient d'une façon étonnante, tous deux grands, avec les mêmes cheveux blonds, épais et raides, les mêmes yeux en amande d'un bleu tirant sur le vert ou le gris, selon la lumière, la même bouche charnue et fine à la fois, avec, en plus, une ambiguïté commune : une certaine féminité dans les traits de Vivian, un air garçonnier chez Bénie, ambiguïté qu'ils se plaisaient, étant adolescents, à accentuer, en se vêtant des mêmes pantalons, des mêmes ticheurtes, en se faisant couper les cheveux à la même longueur, de sorte qu'on ne savait jamais, d'un peu loin, qui était Bénie, qui était Vivian.

Leur complicité n'allait pas sans inquiéter car inséparables, ils l'étaient jusque dans ces complots de l'enfance dont l'aboutissement est toujours plus ou moins perturbatoire pour les grandes personnes. Avec cela, une faculté incroyable de se comprendre sans parler, d'un battement de cils, d'une esquisse de sourire, d'un échange d'ondes. Parfois, on les plaisantait : « Allez, fiche-nous la paix, disait Loïc à son fils, dégage, va retrouver ta *fiancée*... »

Était-ce ce mot qui les avait conduits, un après-midi, à se tomber dans les bras l'un de l'autre, à s'embrasser à s'arracher la langue, à se caresser en croyant inventer les caresses, à faire l'amour pour de bon en croyant seulement y jouer, à se jurer en pleurant de ferveur que rien ni personne au monde ne les séparerait jamais, que Bénie serait tout pour Vivian et Vivian pour Bénie, sans même avoir besoin de passer par les formalités encombrantes du mariage puisque, déjà, ils portaient le même nom ? Et ils étaient d'accord pour qu'un secret absolu protège à jamais leurs amours et les rende indestructibles. D'abord, parce qu'ils avaient peur de se faire gronder. « Et puis, disait Vivian, quand les autres sont au courant, ce n'est plus pareil. On est *obligés* d'être ensemble... »

Oui, le secret était indispensable et, d'avance, ils jouissaient de la surprise qu'ils créeraient, quand ils seraient vieux, quand ils auraient vingt-cinq ans, à cause de leur obstination au célibat. « Nous ferons scandale au bal du Dodo, s'esclaffait Bénie. D'ailleurs, nous n'irons pas au bal du Dodo. »

Avec la tante Thérèse, le secret a fait long feu. Jamais, jamais, dût-elle vivre jusqu'à quatre-vingt-dix ans, Bénie ne pourra oublier ce *damned* dimanche de janvier qui a fait virer de bord sa vie et celle de Vivian.

Un cyclone approchait. Une chaleur lourde enveloppait l'île. Ciel plombé, mer blanche. Pas une feuille ne bougeait et les servantes débraillées traînaient les pieds. A midi, la radio avait donné le premier avertissement : un cyclone était sur Agaléga et fonçait plein sud sur Maurice. On osait à peine espérer que sa trajectoire dévierait et les transistors grésillaient dans les cases créoles.

La sieste sous la moustiquaire était un supplice. Bénie, à la recherche d'un souffle d'air, avait tiré un matelas sous la varangue et s'y était allongée malgré les grognements de Laurencia qui n'aimait pas la voir se vautrer au sol comme un Malabar ivre. Cyclone ou pas, chaleur ou non, elle réprouvait ce manque de tenue chez une demoiselle blanche. Laurencia a toujours eu le sens de l'ordre et des convenances. Où va-t-on si les maîtres se conduisent ainsi ? De la même façon, un jour, elle avait remis à sa place une invitée parisienne qui prétendait venir l'aider à la cuisine. Bénie s'était cramponnée à son matelas. « Tu m'embêtes, Laurencia ! »

La maison était silencieuse. Sa grand'mère devait dormir et Laurencia, ulcérée, avait disparu. En contrebas, la mer, immobile comme une flaque d'huile, jetait des lueurs métalliques entre les pins filaos dont pas une aiguille ne tremblait. A Rivière Noire, les bateaux du centre de pêche avaient replié leurs lignes et rentraient à la queue-leu-leu, se mettre à l'abri en lieu sûr. Le tap-tap des moteurs était bien le seul bruit qui troublait le silence de l'après-midi. Même les gros martins bavards, qui sont les pies de l'océan Indien, se taisaient, avertis bien avant les humains, du chambard qui se préparait. Ils s'étaient rencognés dans leurs nids sous le chaume du toit.

Tout était poisseux, tiède ou carrément brûlant. Aucune fraîcheur pour les pieds nus sur les dalles en basalte du sol. Il n'y avait même plus, sous le toit de la varangue, le délicieux petit courant d'air habituel. Bénie, accablée, gisait, incapable du moindre effort pour lire, écouter de la musique, aller nager dans cette mer épaisse ou même se traîner jusqu'à la douche. Il lui semblait que rien ne serait susceptible de la faire bouger de son matelas. Rien ? Si. Le bruit de la moto de Vivian qu'elle venait d'entendre ronfler au loin. Elle reconnaissait entre mille le moteur de la petite Honda. Ainsi font les filles amoureuses. A plus d'un kilomètre, elle percevait le changement de vitesse indiquant que son cousin venait de quitter la route pour le chemin de terre qui longe la baie de Rivière Noire. Prostrée l'instant d'avant, Bénie, ressuscitée, avait couru sur la terrasse et suivait, au son, la progression de la moto qu'elle devinait à présent sous le couvert du taillis qui borde les salines. Appuyée à la balustrade, elle écoutait les battements de plus en plus précis des cylindres qu'amplifiait l'écho de la montagne voisine. Vivian arrivait toujours comme un miracle et c'était vraiment un miracle qu'il apparaisse dans l'ennui vespéral de ce dimanche moite d'un cyclone rôdeur.

Le jeune centaure avait jailli tout à coup de sous les arbres, torse nu, pieds nus, son pantalon de toile roulé à mi-mollet. Il avait aussitôt coupé son moteur, obéissant à Bénie qui, là-haut sur la terrasse, avait posé un doigt sur ses lèvres. Ce n'était vraiment pas le moment de réveiller sa grand'mère ni d'attirer l'attention de Laurencia. Avec ce maudit cyclone qui approchait, elles étaient bien capables de lui interdire de quitter la maison. C'est ainsi quand un cyclone est annoncé : tout ce qu'il y a de maternel sur l'île est pris d'une frénésie de rassemblement. On compte les enfants. Le téléphone, pendant qu'il fonctionne encore, grésille du cap Malheureux à la pointe d'Esny, de Poudre d'Or à Flic en Flac pour sommer les fugueurs de rallier im-mé-dia-te-ment le nid. Puis, on s'agite avec une inquiétude mitigée d'une certaine et secrète satisfaction ; enfin il se passe quelque chose qui rompt la monotonie paradisiaque de l'île. Quelque chose qui réveille au fond des consciences le frémissement héréditaire de l'alerte, lorsque les frégates anglaises, bardées des plus mauvaises intentions, étaient signalées à l'horizon par les guetteurs de la montagne des Signaux. Et, tandis qu'on fortifie, qu'on arrime, qu'on cloue, qu'on met à l'abri les fragilités, qu'on court au prochain chinois [1] chercher des provisions ou des bougies, les aïeules radoteuses évoquent avec jubilation les beaux, les vrais cyclones de leur jeunesse. Pas comme ces petites tornades d'aujourd'hui, non, non. De vraies catastrophes. Avec des rafales qui ne laissaient aucun toit de bardeaux ou de chaume intact. Et des trombes d'eau comme on n'en fait plus. Elles donnent des noms, des dates, comme des crus de vins exceptionnels. Elles en rajoutent et les cyclones du passé gonflent dans leur mémoire avec des détails bien horribles. L'une a vu voler une vache, l'autre passer des enfants morts, noyés par la rivière en crue qui avait transformé la route de Tamarin en rapide. Une troisième jure avoir vu de ses yeux vu le curé de Chamarel décapité par une tôle volante, marcher, étêté, pendant dix mètres. Et les enfants, amoureux des belles catastrophes, les écoutent, fascinés.

1. A Maurice : l'épicerie.

Bénie et Vivian, vraiment, ne détestaient pas ces cyclones qu'on essaie de conjurer en les baptisant de légers prénoms féminins. Fleur, Benjamine, Céline ou Gervaise dateraient à jamais les étés de leur adolescence. Ces typhons aux noms gracieux resteraient dans leur mémoire comme de grandes fées, évidemment malfaisantes mais dont les foucades imprévisibles bousculaient tout de même, de façon intéressante, le train-train d'une vie quotidienne un peu trop lisse. S'il leur arrivait parfois de frissonner de peur quand les rafales de vent ébranlaient les murs, soulevaient les toits, déracinaient arbres et poteaux, quand la pluie, faisant déborder les rivières, transformait les routes en rapides boueux, les deux enfants, comme tous les enfants, appréciaient la perturbation des habitudes, des horaires, du mode de vie provoquée par l'ouragan. D'abord, il n'y avait plus d'école.

Ils aimaient les petits drapeaux rouges plantés dans les villages pour annoncer l'arrivée du cyclone et son éloignement, les *warnings*[1] annoncés par haut-parleurs et par radio, l'excitation des grandes personnes qui dévalisaient les épiceries chinoises et les supermarchés, les plus angoissées amassant les plus volumineuses provisions. N'avait-on pas vu la mère de Diane de Kervinec rafler, à la veille d'un cyclone, tout le stock de papier-cabinet du Chinois des Trois Bras ?

Ils aimaient les soirs sans électricité, quand les flammes des bougies et des lampes à pétrole faisaient grandir jusqu'au plafond des ombres fantastiques. Et les repas sommaires, cuits sur des réchauds de fortune, l'eau puisée au broc dans la réserve de la baignoire, les matelas tirés, pour une nuit, dans l'une des tours, seuls endroits plafonnés de la maison et réputés les plus solides. Chez Mme de Carnoët mère, dans la vieille maison familiale au toit de chaume, on vivait les cyclones à l'ancienne. C'est pourquoi Vivian préférait venir s'abriter chez sa grand'mère plutôt que de rester chez ses parents dont le bungalow moderne, construit sous dalle et muni d'un générateur électrique, était conçu pour que, en cas de cyclone, la vie continuât sans avatar. Sous le prétexte irréprochable de tenir compagnie à la vieille dame, Vivian obtenait toujours la permission de rester à l'*Hermione*, à condition de jurer

1. Avertissements officiels des services météorologiques : classe I, II, III, etc.

de ne pas essayer de sortir de la maison, même pendant l'accalmie du mitan [1]. « Même si Bénie te le demande... », précisait Thérèse de Carnoët qui avait toujours manifesté la plus grande méfiance à l'égard de sa nièce.

Ainsi, ils restaient ensemble pendant les cyclones, ce qui les ravissait. Surtout, ils appréciaient de n'être plus, pendant quelques heures, le centre d'intérêt des adultes, trop affairés à prévenir les méfaits de la tempête pour s'occuper d'eux. Oui, il n'y avait vraiment rien de mieux qu'un cyclone pour faire pièce — momentanément du moins — à un carnet scolaire médiocre, à une remontrance ou à l'exécution d'une punition. Tout était remis à plus tard et, parfois, heureusement oublié.

Et, tandis que Laurencia poussait des bassines sous les fuites du toit en récitant à voix haute un chapelet bizarre dont les invocations s'entrecoupaient de couinements de souris hystérique, tandis que la voix inquiète de la grand'mère interrogeait les bonnes : « Ban zenfants coté [2] ? », à l'abri derrière des fenêtres solides, conçues pour résister à la poussée des vents, Bénie et Vivian, silencieux, ne se lassaient pas de regarder la pluie gifler la mer. Une pluie diluvienne, violente et continue, issue d'un ciel couleur de pois cassé, qui transformait la pelouse en lac, tandis qu'un vent d'une force effrayante, un vent visible, chargé de feuilles, de fleurs, de branches arrachées, courbait presque jusqu'au sol les cocotiers furieusement décoiffés. Au bout du lagon, le bruit des vagues cognant les récifs rythmait le long hurlement de la bourrasque à coups de canon.

Les lendemains de cyclone, sous un ciel redevenu d'un bleu innocent, l'île répare ses dégâts, refait ses toits, relève ses murs, scie ses arbres cassés, balaye ses oiseaux morts. Après des heures de claustration, les maisons s'ouvrent. Celles qui ont été inondées déversent leurs meubles, leurs tapis, leurs coussins pour les faire sécher sous le soleil revenu. On se rend visite d'un bungalow à l'autre. Les enfants en maillot de bain improvisent des embarcations sur les lacs provisoires laissés par les pluies. Partout, une activité de fourmilière dérangée. Dans leurs échoppes, les Chinois,

1. L'œil du cyclone ou, en créole, *lizieu* du cyclone.
2. Où sont les enfants ?

pressés de vendre, sont les plus affairés. Malgré la croisade pour la libération des femmes lancée par le journal *Virginie,* les villageoises indiennes ou créoles ploient sous des charges de bois que des ânes refuseraient. On entend des marteaux, des scies. On débrouille des écheveaux emmêlés de fils électriques. Des tracteurs munis de palans hissent, pour dégager les routes, les arbres abattus. On grimpe sur les toits pour remettre en place les tôles, les bardeaux et les paquets de chaume.

Malgré l'aspect désolé des jardins dont fleurs et feuilles ont été hachées menu et les branches brisées, malgré les routes défoncées, malgré la mer boueuse et les rivages encombrés de débris végétaux, personne, hormis les touristes, ne semble vraiment découragé. Les cyclones qui balayent l'île depuis la nuit des temps ont donné à ses habitants un fatalisme qui exclut les gémissements. Dans un mois, les plantes auront repoussé, la mer à nouveau sera claire. Le cyclone sera passé. D'autres seront peut-être pires. Tous sont inévitables. A quoi bon se plaindre ? Rares sont les années épargnées. Un vieillard, à la fin de sa vie, en a vu passer au moins cent cinquante. Et Bénie se demande parfois si son flegme en face du malheur, sa faculté de rebondissement, son aptitude à effacer les chagrins, cet espoir indéracinable qui subsiste en elle au fond de la plus sombre détresse, si cela ne lui vient pas d'une longue hérédité cyclonique.

Quelle idée, aussi, d'aller s'abriter d'un cyclone dans la plus fragile des cabanes ! Comment avaient-ils pu ne pas prévoir que leur absence de l'*Hermione* et de l'autre maison, passerait inaperçue ? Et comment la mère de Vivian avait-elle eu l'idée, l'instinct d'aller les chercher là ?

Ils s'étaient débarrassés de leurs vêtements et, allongés sur leur vieux matelas, ils avaient mangé des litchis en se les glissant de la bouche à la bouche. Un jeu d'amour qu'ils avaient inventé, les litchis-baisers. Une façon de manger ces fruits à la manière des oiseaux. Celui qui parvenait à laisser le noyau dans la bouche de l'autre avait gagné. Et ils riaient, Vivian et Bénie, tandis qu'un jus sucré leur barbouillait le menton, tandis que dehors, le vent commençait à souffler. Et puis ils avaient cessé de rire et le litchibaiser s'était transformé en baiser tout court quand, soudain, une main, passant par la fenêtre, avait soulevé le morceau d'étoffe rouge qui faisait office de rideau. Par-dessus l'épaule de Vivian, Bénie, horrifiée, avait vu s'encadrer dans la petite fenêtre un visage dont les traits, en quelques secondes, s'étaient déformés sous l'effet de l'incrédulité puis de la fureur puis de la haine.

Vivian qui tournait le dos à la fenêtre n'avait rien vu et Bénie avait à peine eu le temps de lui souffler à l'oreille : « Ta mère ! » que la porte avait à peu près explosé sous la main nerveuse de Thérèse de Carnoët.

Quelle histoire ! Appuyée au chambranle de la porte, blême, elle s'était mise à sangloter à sec, hystérique, aphone, tandis que Vivian, épouvanté par l'irruption de sa mère, entortillait maladroitement sa nudité dans la couverture. Bénie, une fois de plus, s'était réfugiée dans un de ces fous rires nerveux, incoercibles, dont elle était coutumière, quand une émotion violente la prenait au dépourvu.

— Et ça te fait rire ? avait enfin hurlé Mme de Carnoët. Sortez, tous les deux ! Sortez ! Vous allez voir, espèces de porcs, si vous allez rire !

Et, saisissant un balai de coco appuyé au mur, tel l'Ange exterminateur chassant Adam et Eve du Paradis, elle s'était mise à fouetter son fils de toutes ses forces, à l'aveuglette, l'œil brillant, la mâchoire contractée, des plaques violacées aux pommettes. Mais, tout en fouettant Vivian à tour de bras, c'est Bénie qu'elle insultait d'une voix que la fureur faisait déraper. « Avec cette putain, cette sale petite putain, haletait Thérèse, cette putain comme sa putain de mère anglaise ! »

Alors Bénie avait bondi et sa main s'était abattue à toute volée sur la figure de cette folle. Et le coup porté avait été si fort que le nez de Thérèse de Carnoët s'était barbouillé de sang, maculant la main de Bénie, tout de même terrifiée par ce qu'elle venait de faire.

Libéré de l'assaut de sa mère, Vivian avait reculé vers le fond de la cabane et se rhabillait précipitamment.

Thérèse de Carnoët, étourdie par le choc, avait lâché son balai et essuyait du revers de la main le sang qui coulait de son nez. Puis, elle avait fait demi-tour et les enfants l'avaient vue disparaître sur le chemin en pente qui menait à la propriété.

Elle s'était bien vengée. D'abord, en infligeant aux siens le spectacle d'une crise de nerfs carabinée avec hurlements, sanglots, claquements de dents, prostration, tout le grand jeu. Puis, en s'alitant deux jours avec compresses sur le nez, sédatif et refus complet de s'alimenter. Enfin, elle avait empoigné son téléphone et elle avait mis la parentèle en ébullition. De Rivière Noire à la pointe d'Esny, de Souillac au cap Malheureux, tous ceux qui touchaient de près ou de loin aux Carnoët avaient été informés de l'abomination. D'une voix que des sanglots bien placés entrecoupaient, Thérèse avait raconté ce qu'elle appelait son calvaire, usant habilement de réticences, de litotes et de suggestions qui en disaient plus long encore que la réalité. Et, bien sûr, dans ses récits, Bénie apparaissait comme une précoce nymphomane, d'une perversité confondante, doublée d'une brute dangereuse qui, non contente d'avoir violé son innocent Vivian, s'était ensuite acharnée sauvagement sur sa mère. Voyez mon nez, voyez mon œil.

Du coup, l'épisode de la cabane était devenu, pour plusieurs semaines, le sujet de conversation préféré de la petite communauté blanche et avec des commentaires plus ou moins amènes selon le degré d'amitié ou de hargne éprouvé par chacun vis-à-vis de Loïc et Thérèse de Carnoët. Au Prisunic de Curepipe, le Fauchon de l'île où la *gentry* se rassemble pour acheter des camemberts venus de France, on piétait entre deux rayons pour raconter l'histoire en détail. On en rajoutait, au besoin. Aux barbecues du week-end, dans les campements[1] du bord de mer, on en entendait de vertes sur la famille de Carnoët. Des mères avaient même interdit à leur fille de fréquenter désormais la scandaleuse Bénie.

Thérèse avait pris un plaisir tout particulier à avertir sa belle-sœur Maureen de la conduite de sa fille. Elle en avait été pour ses frais, Maureen s'étant contentée de répondre avec un grand flegme : « Really ? Ce n'est pas bien. Sorry. » Celle-là, on se demandait vraiment ce qui pouvait la faire sortir de son apathie.

Du côté de Mme de Carnoët mère, la révélation avait été plus gratifiante pour la rancune de Thérèse. La vieille dame, tout

1. Pavillons destinés aux week-ends.

d'abord, n'avait pas compris ou pas voulu comprendre ce que lui racontait sa belle-fille.

— ... vous dites que Bénie était toute nue avec son cousin ?

— Oui, Mère, dans la cabane.

— Ah ! Dans la cabane... Mais pourquoi étaient-ils tout nus ? Ils avaient trop chaud ? Ils jouaient aux Peaux-Rouges ?

— Non, Mère, ils ne jouaient pas aux Peaux-Rouges. Je n'ose même pas vous dire ce qu'ils étaient en train de faire...

— Ah, ils n'ont pas été sages... Je sais, ma petite Bénie est parfois turbulente et avec Vivian, ils font la paire... Je vais les gronder. Comptez sur moi... Dites-moi, Thérèse, cette cabanc dont vous me parlez, n'est-ce pas la vieille cabane que mon mari avait fait construire en 27 ?

— Oui, Mère, mais...

— ... elle doit être dans un état déplorable ! Peu de temps avant sa mort, Jean-Louis voulait en faire construire une autre. Les poutres du toit étaient rongées par les carias... Il faut dire à Loïc de la faire raser, c'est trop dangereux pour les enfants. Je leur en ferai faire une autre plus solide...

A l'autre bout du fil, Thérèse mordait son téléphone. Puis, elle avait repris la parole et expliqué en termes clairs, cette fois, ce que Bénie et Vivian faisaient dans la cabane. Bénie qui se trouvait dans le salon pendant cette conversation, avait vu sa grand'mère rougir puis blêmir et se laisser tomber dans un fauteuil. Elle se taisait à présent, tandis que la voix rapporteuse continuait à distiller son venin.

Plus tard, quand Thérèse eut raccroché, Mme de Carnoët s'était tournée vers Bénie et d'une voix très douce, un peu tremblante, elle avait demandé :

— Ce n'est pas vrai, n'est-ce pas, toi et Vivian ?

Et Bénie, accablée mais prête à affronter un nouvel orage, avait fait signe que oui, que c'était vrai.

— Et tu as cassé le nez de ta tante ?

— Juste un peu écrasé, dit Bénie. Elle avait insulté ma mère.

Il n'y avait pas eu d'orage à l'*Hermione*. Mme de Carnoët, dépassée par ce qu'elle venait d'apprendre, encore à demi incrédule s'était contentée de dire :

— Ah, ma petite fille, qu'allons-nous devenir ?

Loïc de Carnoët, lui, avait été plus qu'agacé par tout ce bruit. Il enrageait de voir sa femme claironner par toute l'île ce qui, à son avis, n'aurait pas dû dépasser les murs de sa maison. Décidément, Thérèse ne s'arrangeait pas en vieillissant. Il pouvait comprendre à la rigueur qu'elle soit humiliée de s'être fait mettre le nez en compote par cette morveuse de Bénie. Dieu sait ce qu'elle avait pu faire ou dire pour que la gamine en vienne à cette extrémité. Extrémité regrettable, d'accord, mais Loïc savait trop à quel point Thérèse pouvait parfois provoquer au moins l'envie d'une pareille violence. Lui-même, souvent, avait du mal à se contenir. Cette façon qu'elle avait d'user les nerfs en répétant dix fois la même chose. Cette voix aiguë, térébrante qui glapissait dès le matin, engueulant les bonnes ou le chauffeur pour des trois-fois-rien. Et son obsession de l'hygiène, sa hantise des microbes qui la tourmentaient et la rendaient si tourmenteuse. Une maniaque. Sans s'en rendre compte, elle passait sa vie à contrôler la propreté de tout, l'absence de poussière sur les meubles, la clarté des verres, la netteté des vêtements, les oreilles de ses enfants. Elle grattait à n'en plus finir des taches imaginaires. Elle obligeait les bonnes à secouer tous les matins, longuement, aux fenêtres, les oreillers et les draps. Elle s'y mettait, personnellement, avec une ardeur infatigable. Elle secouait tout ce qui passait à sa portée, les serviettes de table, les vêtements, les foulards. Tout juste si elle ne secouait pas ses enfants et le chien et lui-même, Loïc, lorsqu'il rentrait, fourbu, de ses bureaux du Port-Louis ou de ses tournées dans la montagne. Il lui en prenait des coups de rage. Il lui arrivait d'éprouver en sa présence un plaisir à salir, exprès, à traîner ses bottes boueuses sur le carrelage blanc, à faire tomber de la cendre de cigarette sur la nappe, à s'allonger sur le canapé du salon sans se déchausser, rien que pour voir sa tête. Mais, quand c'était lui, elle n'osait protester.

On aurait beaucoup surpris Loïc si on lui avait dit qu'il la haïssait. Il avait trop le sens de l'ordre pour ne pas se méfier des sentiments en général et surtout des sentiments excessifs. L'amour, la haine étaient des mots de roman et les romans, il n'en lisait jamais.

Pas insensible, pourtant. Il avait pleuré quand on avait rapporté le corps de son père, après l'accident de chasse. Il lui arrivait d'être ému par ses enfants. Et, s'il l'avait oublié, à présent, il lui était même arrivé d'être amoureux. Un coup de sang pour une touriste française, rencontrée, un hiver, dans un hôtel de Grand Baie. Laure. Brune et belle mais divorcée, avec un enfant et sans le sou. Le genre de femmes que l'on n'épousait pas dans son milieu.

Un coup de sang, c'est vite dit. Il était fou d'amour, oui. Jusqu'alors, il n'avait eu que des relations extrêmement simples avec les femmes dont il ne connaissait que deux sortes : celles qui vous vident les graines[1] à la sauvette sur un coin de plage ou dans un bordel de la Réunion et les héritières qu'on épouse pour perpétuer la famille. Voici que, grâce à cette Française, il avait découvert qu'il existait une troisième espèce de femmes : celles avec qui l'on couche et que l'on voudrait garder.

Pendant tout un mois de juillet, il était devenu un autre, un Loïc de Carnoët dérangé qui négligeait tous ses devoirs de propriétaire terrien et d'administrateur pour aller soupirer à Grand Baie. A trente-deux ans, en pleine saison de coupe de cannes, il faisait de la planche à voile comme un gamin, guidant Laure dans ses premières glissades sur la mer. Il n'y avait pas eu de chasse, cet hiver-là, à Rivière Noire. On ne le voyait plus ni à la sucrerie, ni dans ses bureaux du Port-Louis. Lui, le pondéré, l'homme d'affaires, le lourd paysan raisonnable, était en train de découvrir la légèreté et la fantaisie. Car non seulement elle était belle et intelligente, cette Laure, mais en plus elle était drôle avec sa façon de saisir le comique des situations, l'insolite de la vie, de lui décrire les gens comme il n'avait même jamais songé à les voir. Parfois, il la trouvait un peu cynique, un peu crue ; il n'était pas habitué à trouver chez une femme cet esprit pointu, cette vivacité de jugement qui remettaient les choses et les gens à leur place. Il avait l'impression de s'affûter à son contact. Ah, comme elle riait et comme elle le faisait rire ! Pour la première fois de sa vie, Loïc de Carnoët s'amusait.

Et comme ils s'aimaient ! Oui, ils s'aimaient. Comment appeler autrement ce vertige, cet élan qui les jetait dans les bras l'un de

1. Mot créole pour testicules.

l'autre, n'importe où, à tout moment, dans un lit, dans une voiture, dans les bois ou dans la mer. Il avait soif et faim d'elle, de ses lourds cheveux sombres, de ses yeux d'un bleu pâle, de sa bouche charnue, mouvante, de ce corps longiligne et plein à la fois, avec ses épaules carrées de nageuse, ses fesses de négresse, petites et rebondies sous la cambrure des reins et les longues jambes fines, nerveuses ; les seins mouvants sous ses longues chemises déboutonnées. Ce corps libre et dru de femme de vingt-six ans qu'à tout instant, il avait envie de pétrir, d'investir, de dévorer presque. Jamais il n'avait même soupçonné qu'un corps pût s'accorder aussi exactement au sien, s'y mêler autant, aussi bien. Laure n'était pas une femme qu'il baisait, elle était une partie de lui égarée et qu'il rencontrait. Ils ne s'épousaient pas, ils se confondaient et ils étaient comme ces champs de canne en juillet qu'on brûle pour en faire monter le sucre. Embrasés, embrassés, ils n'en finissaient pas de rougeoyer dans la douceur veloutée des nuits.

Une heure sans elle, il était mutilé. Il s'était arrangé, pendant tout ce mois, pour être sans cesse à ses côtés. Lui, dont le chemin quotidien ne s'égarait jamais hors de son domaine, hors des pistes utiles de ses affaires, lui qui avait, depuis toujours, côtoyé sans la voir la beauté de son île, découvrait le plaisir de flâner, de prêter attention aux formes des montagnes, au parfum des fleurs de frangipanier, aux couleurs mouvantes du lagon, aux mille variations de la lumière. Il entraînait Laure sur les routes, les pistes, lui montrait ce que les touristes idiots ne voient jamais, trop occupés à se faire dorer la couenne sur un matelas de plage. Et c'était comme s'il découvrait avec elle la beauté wagnérienne de la mer qui se brise à la pointe de Souillac, l'étrange cimetière marin aux tombes bousculées par les raz de marée cycloniques, le minuscule ermitage du poète Hart dont le perron surplombe un rivage breton. Il lui avait offert le village indien de Mahébourg, si méprisé par les Franco-Mauriciens, si ignoré des promenades touristiques, décor de Lucky Luke où les menuisiers exposent, à la porte des échoppes, des cercueils fraîchement rabotés. Il avait rêvé de vivre avec elle dans la malouinière hantée par un portrait de Surcouf, musée des carcasses de navires cassés dans une illustre bataille navale. Il lui avait fait remarquer, dans les broussailles, au fond du parc, le vieux wagon abandonné, vestige d'un train qui traversait l'île, au début du siècle. Ils étaient allés à Moka et à Beau Bassin où sont les vieilles, les belles demeures coloniales, celles que les cyclones avaient laissées intactes et dont certaines appartenaient à des cousins de Loïc. Laure, infatigable, l'avait suivi dans les quartiers chinois du Port-Louis où grouille un monde de petits commerces avoués ou clandestins, dans les odeurs fortes du Bazar et dans ces rues d'autrefois où subsistent de gracieuses maisons bourgeoises à toits de bardeaux, quelque peu délabrées et appelées à disparaître avec leurs jardins fous, pour faire place à d'utiles, à d'inhumains immeubles de béton. Jamais, avant de rencontrer Laure, il ne s'était avisé que cette ville superbe était en voie de disparition, mangée peu à peu par une architecture délirante. Jamais il n'avait remarqué que la reine Victoria, statufiée en pied, devant le Parlement, faisait la gueule, hautaine et revêche, sans que la branche de flamboyant qui lui chatouille le nez lui arrache un sourire. Il avait emmené Laure dans l'anachronique Hôtel International, décor d'un Port-Louis révolu des années trente, avec ses ventilateurs à pales, sa vieille carte de France piquetée de chiures de mouches et sa clientèle de petits fonctionnaires en manches de chemise. Elle s'était serrée contre lui au cimetière de l'Ouest, impressionnée par les tombes des corsaires français ornées de têtes de mort sculptées dans le basalte et dont les orbites servent de réceptacle aux graines, aux plumes des sorciers vaudous. Parfois, ils allaient se perdre dans d'hallucinants cirques de montagnes, des montagnes aux formes déchiquetées, ensanglantées par des soleils couchants de fin du monde qui leur serraient le cœur.

Il y avait du désespoir dans sa frénésie de montrer à Laure tout ce que son pays possédait de beau, d'étrange, de surprenant. Il se servait des paysages, des rues, des rivages pour la séduire comme si, n'étant pas sûr de son pouvoir, de l'ascendant qu'il avait sur elle, il appelait humblement à son aide les ressources du ciel et de la terre. Peut-être aussi savait-il déjà obscurément que Laure ne ferait que passer dans sa vie et il s'arrangeait pour marquer de sa présence tous ces lieux, tous ces endroits où il retrouverait ensuite son souvenir. Un pari de masochiste qui organise soigneusement de futures souffrances.

Un soir, il l'avait emmenée en Land Rover à travers les chemins défoncés de sa montagne pour lui montrer les cerfs qu'on nourrissait à la mélasse de canne — une idée de son père — pour compenser la sécheresse qui raréfiait le fourrage. Les cerfs, presque apprivoisés, se figeaient, la tête droite, à courte distance de la voiture, confiants et sur la défensive à la fois.

— Je ne sais pas comment ils savent, avait dit Loïc, si l'on vient pour les voir ou pour les tuer. Ils le savent. Quand j'arrive pour en tuer un, même si mon fusil est caché, ils ne s'approchent pas.

— Comment peux-tu tuer des bêtes aussi gracieuses ? avait-elle demandé.

Et Loïc lui avait expliqué que les cerfs étaient la seule viande du pays [1]. Ils se reproduisaient vite et l'on devait en abattre trois cents environ, par an. Est-ce qu'elle s'attendrissait aussi sur les bœufs qui fournissaient ses biftecks français ?

Des singes sautaient d'arbre en arbre et Loïc avait raconté leur intelligence et leur malignité. Ils ravageaient les champs de maïs et l'un d'eux, l'an passé, avait même fracassé le crâne d'un enfant. C'est pourquoi on les supprimait.

— On les mange aussi ? avait demandé Laure.

— Les créoles, seulement, Ce n'est pas une nourriture distinguée. Cela dégoûte les gens élégants. Pourtant la chair du singe est très bonne en carry. Mes ancêtres en ont vécu, quand ils sont arrivés dans l'île. Aujourd'hui, on ne parle même pas de carry de singe. On dit pudiquement : carry numéro 2.

Et comme Laure, écologiste mais curieuse avait manifesté l'envie de goûter à ce plat d'ancêtres, Loïc, tirant un revolver de la boîte à gants, en avait abattu un, visant par la portière ouverte, clac, d'une seule balle. Puis il avait jeté la dépouille à l'arrière de la voiture.

Loïc qui n'était pas homme à étaler ses états d'âme et même à exprimer ses sentiments, Loïc, parfois, de ces mêmes mains qui foudroyaient les singes et les cerfs, Loïc saisissait délicatement le visage de Laure et écoutait, médusé, des mots inconnus sortir de sa propre bouche, des mots bizarres, incontrôlés, un peu ridicules,

1. Le bœuf et le veau sont importés d'Afrique du Sud ou d'Australie.

des mots qui lui semblaient indécents mais qu'il ne pouvait s'empêcher de laisser aller, comme s'ils émanaient d'un autre Loïc, un Loïc tendre et fiévreux, enfermé en lui à son insu, depuis la nuit des temps : « Mon amour, ma cascade, ma femme... » Un trouble passait dans les yeux de Laure puis elle se secouait et riait, le prenait par la main, exigeait de vraies cascades, des ruisseaux, d'autres couchers de soleil, le traînait dans des boutiques indiennes. Elle fouillait dans des ballots d'étoffes ou découvrait dans des cartons poussiéreux des bijoux de pacotille, clinquants, des bijoux sans valeur qui lui faisaient pousser des cris de joie et dont elle se parait, des bijoux d'Indienne qu'aucune sœur, qu'aucune cousine de Loïc de Carnoët n'aurait osé porter. Sur Laure, ils devenaient parure de reine barbare.

Dans sa folie, Loïc avait même osé amener la jeune femme à l'*Hermione* et la présenter à sa mère. Françoise de Carnoët, un peu étonnée de cette visite impromptue mais polie, avait fait bonne figure, servi le thé, posé les questions d'usage. Laure, gracieuse, répondait. Oui, ses vacances étaient très agréables, oui, elle trouvait l'île superbe. De les voir parler ensemble, Loïc rayonnait. Puisque sa mère paraissait agréer la Française, c'était déjà comme si son introduction dans la famille était chose faite. En effet, il venait de décider, subitement, qu'elle ne repartirait plus jamais, qu'il allait l'épouser. Peu lui importait qu'elle eût déjà été mariée et même qu'elle ait un enfant. Il s'en chargerait, il lui en ferait d'autres, dix autres. Loïc rêvait. Non, ils n'habiteraient pas l'*Hermione*. Même si elles s'entendent bien, on ne met pas sa femme et sa mère sous le même toit. C'était dit : il quitterait la maison de son enfance et il voyait déjà celle qu'il ferait construire pour Laure et pour lui, dans la montagne. Il savait même où exactement, sur un terre-plein qui semblait fait exprès, une clairière en promontoire d'où l'on découvrait toute la baie de Tamarin et la côte jusqu'au Morne. Il y avait là la place d'une grande maison. En abattant quelques arbres, on pourrait y creuser une piscine, légèrement en contrebas. Il la voyait, sa maison avec ses murs de pierres grises, son toit de vétyver posé sur une dalle de ciment afin de la rendre invulnérable aux cyclones et sa large varangue protégée par un prolongement du toit, soutenue par de fines colonnettes de fonte qu'il ferait copier en Angleterre sur le modèle de celles de l'*Hermione*. Et là, sous cette varangue, assise dans un grand fauteuil de rotin blanc, Laure l'attendrait, le soir, une flûte de champagne glacé entre les doigts.

Loïc souriait à ces images heureuses. Comme il avait bien fait de rester célibataire. Comme il se félicitait, aujourd'hui, d'avoir résisté si fermement à tous les pièges du mariage qu'on lui avait tendus, depuis qu'il était en âge de convoler. Et Dieu sait s'il y en avait eu, des approches et des manœuvres pour alpaguer Loïc de Carnoët, l'un des plus beaux partis de l'île, sinon le plus intéressant. Non pas qu'il fût d'une beauté fracassante. Loïc avait pour lui une carrure imposante — son père craché, disait-on — mais ses traits manquaient de finesse et il y avait une certaine lourdeur dans toute sa personne, un air d'ours mal léché qui n'évoquait pas l'idée d'un prince Charmant comme son frère Yves, par exemple, dont la blondeur et les traits délicats, les gestes déliés, ravissaient les jeunes filles et faisaient frétiller leurs mères. Non, ce qui faisait de Loïc un beau parti, c'est que son nom évoquait pour les familles neuf cents hectares plantés en partie de canne à sucre et de maïs, de la forêt, un chassé[1] à flanc de montagne, trois salines, un important élevage de cerfs, une majorité d'actions dans le holding Simpson qui regroupait une chaîne d'hôtels de tourisme, une compagnie de location de voitures, plusieurs sucreries, des avions, du transport maritime et, sûrement, des portefeuilles d'actions et des comptes bancaires bien placés en Europe. Bref, un « gros pal'tot », selon l'expression d'ici. Évidemment, tout cela n'appartenait pas seulement à Loïc mais à sa famille. On savait aussi que Loïc de Carnoët était devenu le chef et l'homme d'affaires de cette famille, après la mort de son père. C'est pourquoi tous les « gros sucriers » de l'île, pères de filles, avaient, pour lui, la bourrade amicale.

Dans la petite société franco-mauricienne réduite à quatre mille personnes sur le million d'habitants que comporte l'île, et qui se fractionne en une douzaine de familles, la grande affaire des femmes, en particulier, est la chasse au mari. Au mari idéal, c'est-à-dire d'un blanc pur, bien nommé, pas trop cousin à cause des mauvaises farces de la génétique et, surtout, assorti d'une situation

1. Terrain de chasse.

confortable et d'espérances rassurantes pour l'avenir. Dès qu'une petite fille naît dans une famille, la quête du mari commence. On surveille ici et là les petits garçons qui, plus tard, seront susceptibles de faire des fiancés convenables. Comme un siècle plus tôt en France, l'éducation des filles est axée sur cette trouvaille du mari. Toutes les distractions, modestes ou grandioses, sont des occasions organisées de rencontre, depuis les goûters d'enfants, ces fêtes-quatre-heures auxquelles on se rend accompagné de sa nénène en tablier blanc, les réceptions, les dîners, les parties de chasse, les tournois de tennis, les déjeuners de week-end dans les campements du bord de mer et, surtout, le grand, le fastueux bal du Dodo, à Curepipe, le soir de la Saint-Sylvestre. N'y sont conviés que les membres du club du Dodo et leurs enfants. Le club le plus sélectif du monde fondé en 1928, dont on ne fait partie qu'en montrant patte vraiment blanche. Ce club dont son fils Vivian disait narquoisement que c'était tout de même une drôle d'idée de l'avoir mis sous le patronage du dodo, ce dronte, ce *Didus ineptus*, ce gros dindon imbécile, privé d'ailes et de queue, cet oiseau disparu depuis plus de deux siècles, exterminé par les Hollandais qui s'en étaient gavés malgré le goût répugnant de sa chair nourrie de graines de tombalacoque. Un fantôme d'oiseau qui n'avait d'esprit que dans l'imagination de Lewis Carroll et encore, il fallait voir comment Alice le traitait. Une drôle d'idée, vraiment, à moins que son inventeur ait pressenti la désagrégation inévitable de cette toute petite société de Franco-Mauriciens, amoindrie d'année en année, submergée par les Indiens, les Chinois et les métis qui la dominent en nombre, cette minorité déjà réduite aux abois, qui se raidit dans ses traditions pour se protéger, se replie sur elle-même et finira par disparaître un jour, comme le dodo.

Loïc n'aimait pas entendre ces propos qui rejoignaient trop bien ce qu'il craignait. C'est vrai que, d'année en année, ils étaient moins nombreux, ces descendants de Bretons ou de Lyonnais qui étaient arrivés en pionniers au XVIIIe siècle, sur cette île déserte. C'est vrai qu'ils y vivaient dans une cuvette plus étouffante qu'une petite ville de la province française, il y a cent ans. C'est pourquoi beaucoup s'en allaient chercher de l'oxygène en Europe, en Australie, en Afrique du Sud ou aux États-Unis. Dans sa propre famille, combien de cousins, de frères et de sœurs étaient déjà partis ? Et si Loïc savait que lui-même, trop attaché à son île pour la quitter, y mourrait, ses enfants, déjà, rêvaient d'ailleurs. Lui, Loïc, faisait partie des dodos dont il ne resterait un jour que des os, des images et quelques spécimens empaillés, offerts à la curiosité des touristes.

Le bal du Dodo excite les jeunes filles six mois à l'avance. Elles se tordent les doigts à l'idée de n'y être pas invitées et ne se rassurent que lorsque le précieux bristol est entre leurs mains. Pendant des semaines, on prépare en secret la robe pour le grand soir. On feuillette fébrilement les revues de mode venues de France. On nage dans le tulle, l'organdi, les fleurs artificielles, les perles et les paillettes. On assiège les plus élégantes boutiques de Curepipe, chez Alix Henri ou Anouchka qui règne sous les arcades Salaffa. On fait ce qu'on peut pour ressembler aux idéales Caroline de Monaco ou Lady Di, telles qu'on les voit dans *Jours de France*. Les plus aisées courent à la Réunion avec leurs mères ou même à Paris, pour acheter la précieuse robe, l'unique, la plus scintillante, la plus vaporeuse, un peu décolletée mais pas trop. C'est qu'il s'agit d'emballer au mieux la future fiancée, de parer ses avantages, sans pourtant qu'elle ait l'air d'une grue. Ayo, Manman ! C'est qu'il s'agit d'être élue la plus belle, en ce grand soir, la plus désirable, la plus époustouflante. Et les jours passent et l'on coud et l'on monte sur les tables pour arrondir les ourlets et l'on répète des échafaudages de chignons fleuris entremêlés de perles. Ayo, Manman ! je ne serai jamais prête !

Une fois, une seule, Loïc s'était rendu au bal du Dodo. Il avait rejoint la table des Carnoët, réservée d'année en année, toujours la même, sous le vélum décoré de feuilles de gâte-ménage[1] et de ballons multicolores piqués sur des bambous. Empêtré dans son smoking qui sentait la naphtaline, étranglé par un col amidonné qui lui sciait le cou et torturé par des chaussures trop neuves, il s'était plié docilement à toutes les simagrées d'usage en se jurant que c'était la première et la dernière fois. Avec les autres, il avait

1. Sorte de petit houx.

chanté l'*Hymne au dodo,* debout sur une jambe, l'autre repliée, en vrai dodo :

> *... Debout, sur la patte de derrière*
> *Debout, dans ce pays qui l'a vu naître*
> *D'être ses fils, nous sommes fiers...*

Toute la soirée, il avait fait tourbillonner des jeunes filles, malgré ses pieds endoloris et la sueur qui lui glissait dans le cou, jusqu'à la danse de minuit, la fameuse danse de minuit qui fait si fort battre le cœur des filles car c'est à son terme qu'on demande leur main. Mais Loïc n'avait demandé la main de personne. Ni celle de Lucile d'Entrepont qui avait été élue, ce soir-là, la plus belle, ni celle de Diane Gouraud dont on chuchotait qu'elle n'avait pas froid aux yeux, ni celle de Thérèse Hucquelier qui rosissait dans ses bras aux dernières mesures de la valse.

Mignonne, pourtant, cette Thérèse rose et blonde, avec ses yeux d'écureuil, son petit nez et ses pommettes criblées de taches de rousseur, de *pétés-dindes,* vieille expression réaliste des créoles, venue d'un temps où les belles femmes à la peau claire devaient se garer soigneusement du soleil pour éviter ces éphélides qui donnaient l'impression qu'une dinde leur avait pété au visage. Il l'avait remerciée poliment pour la danse mais tout de même plantée là, un peu honteux de sa déception évidente, de son air soudain fragile, désemparé dont il avait conscience d'être la cause. Loïc avait vingt-cinq ans et le mariage n'était pas son idée fixe, il s'en fallait. Il ne rejetait pas l'idée de fonder un foyer mais il remettait cette entreprise à un vague plus tard. Se marier, avoir des enfants étaient pour lui des étapes naturelles de la vie, inéluctables comme vieillir, comme mourir. En attendant, il n'avait que vingt-cinq ans et tout cela lui semblait très loin. Pas un instant ne l'avait effleuré le soupçon que, derrière ses pétés-dindes, son teint rougissant et ses airs fragiles, la mignonne petite Thérèse Hucquelier dissimulait une volonté de fer et l'obstination patiente d'une araignée, capable d'attendre très longtemps qu'un insecte s'englue aux fils de sa toile.

Pour l'instant, Loïc de Carnoët se réjouissait d'être resté

célibataire. A quelques pas de lui, Mme de Carnoët montrait ses plantes à Laure, lui expliquait ce qu'étaient les fendias, ces pots de fleurs naturels creusés dans des racines de fougère. Les plantes et les fleurs de sa varangue étaient sa fierté. Elle les semait, les bouturait, les arrosait elle-même, leur parlait. Le résultat était superbe. Sur un fond de fougères arborescentes, se détachaient de délicates orchidées blanches et des corolles jaune vif d'allamandas. Des philodendrons aux feuilles lacérées, mêlés aux dracaenas pourpre et vert, à des agapanthes blanches et aux légères cloches mauves d'une liane vigoureuse, suspendaient tout au long de la varangue un rideau naturel qui, complété par les voiles blanches [1] qu'on tirait aux heures chaudes, en faisaient un délicieux, un ombreux salon végétal d'où l'on voyait tout sans être vu.

Et, tandis que Laure s'extasiait, tandis que Mme de Carnoët, visiblement flattée de cette admiration, détachait des boutures pour les offrir à la jeune femme, Loïc avait décidé qu'il était temps de passer du rêve à l'action. En bon natif du Bélier, il allait, comme à son accoutumée, foncer. Il avait oublié qu'il n'avait pas encore demandé à Laure sa main. Habitué à prendre avec succès ses désirs pour des réalités accomplies, l'idée d'un refus ne lui traversa même pas l'esprit. La seule chose qui le préoccupait en cet instant était la réaction de sa mère, face à une éventuelle bru divorcée et déjà mère de famille. Mais puisqu'elles avaient l'air de si bien s'entendre à propos de fougères, puisque Mme de Carnoët paraissait d'excellente humeur, le balourd s'était lancé :

— Mam', je voulais vous dire... Laure est divorcée et elle a une petite fille en France.

Il y eut un silence. Mme de Carnoët avait regardé son fils, ne comprenant pas visiblement où il voulait en venir. Quant à Laure, elle s'était figée et le sang lui était venu aux joues.

— Je l'aime, avait continué Loïc, imperturbable et nous allons nous marier.

— Mais, avait bafouillé Laure, je ne veux pas me marier ! Il n'en est pas question !

Adieu les rêves, adieu le bonheur, la maison sur la montagne et Laure qui l'attendait le soir. Soudain, tout autour de Loïc lui avait

1. Les stores sont appelés voiles.

semblé hostile. Le soleil agitait sur la mer les aiguilles de feu qui blessaient ses yeux, les cris des martins, sous le toit, exaspéraient ses tympans, l'air, subitement alourdi comme par une chaudière folle, lui devenait irrespirable, et les belles plantes distillaient du poison. Loïc avait le cœur lourd et ce n'était pas une image, le gros muscle pesant comprimé dans une cage trop frêle allait l'étouffer. Loïc sentit le froncement nerveux qui préludait autrefois à ses larmes d'enfant, lorsqu'on lui refusait quelque chose.

Laure, la tête basse, se mordait les lèvres et déchiquetait une feuille entre ses doigts. Quant à Mme de Carnoët, elle avait laissé choir son sourire, levé un sourcil et Loïc avait lu dans son regard qu'elle n'était pas près de lui pardonner de l'avoir mise dans une situation aussi embarrassante.

LES vacances de Laure tiraient à leur fin. Encore une semaine et elle aurait disparu. Une semaine, c'est-à-dire quelques heures dont le compte à rebours rendait Loïc enragé. Il ne lui restait que quelques heures pour la convaincre que nulle part au monde, elle ne trouverait un homme plus attentif à sa personne, plus tendre, plus amoureux qu'il l'était, lui, Loïc, d'elle. Quelques heures seulement pour la persuader du malheur qu'elle allait assurer à chacun d'eux, en refusant ce qu'il mettait à ses pieds : son cœur, son sang, son âme, sa vie, son nom et ses terres. Que pouvait-il lui offrir d'autre ?

Il avait donc employé ces quelques heures à plaider sa cause — leur cause —, l'entourant, la harcelant, passant de la tendresse à l'ironie méchante, pour la provoquer, la faire réagir. Comme elle était lâche ! Quelle pauvre petite femme douillette qu'un échec conjugal avait suffi à décourager pour la vie ! Il lui décrivait un avenir sinistre, fait de solitude et de regrets, lorsqu'elle comprendrait mais trop tard que, par sa faute, elle l'avait perdu, lui, Loïc. Il la piquait au point sensible des femmes : la beauté que le temps flétrit. Il l'avait traînée devant le miroir de sa chambre, dans la lumière crue d'un matin et, debout derrière elle, lui maintenant la tête entre ses mains, il lui avait fait remarquer une légère meurtrissure au-dessus des pommettes et la faille qui se dessinerait bientôt près de sa bouche. « Tu as vingt-six ans, lui disait-il, tu en auras bientôt trente et bientôt quarante et bientôt cinquante. Ce joli visage deviendra innommable. Tu seras devenue une mémère, mon amour. Qui donc pourra alors encore t'aimer, sinon moi ? »

Ou bien, il tentait l'humour qu'il avait appris d'elle et, réussissant à la faire rire, il reprenait courage et développait des stratégies mentales subtiles qui étourdissaient la jeune femme. Il devenait presque fin.

Mais Laure, inébranlable, se défendait pied à pied, accumulait les obstacles. Il était riche et elle ne possédait rien en France qu'un métier qui la passionnait.

Un métier ! Un métier ! Loïc s'en étouffait. Est-ce qu'une femme digne de ce nom a un métier ? Est-ce qu'il n'était pas capable, lui, Loïc de Carnoët, de faire vivre sa femme plus qu'agréablement sans qu'elle soit obligée d'exercer un métier ? Il voulait la traiter en reine et elle, lui parlait de son métier. Et quel métier ! Sociologue. Rien que ce mot l'exaspérait. Il le conserverait longtemps dans sa mémoire comme un nom de champignon vénéneux.

Laure souriait. Avec des yeux tristes mais elle souriait.

— Imagine, disait-elle, que je te demande à mon tour de me suivre en France, de quitter l'*Hermione,* ta famille, tes amis, tes montagnes, ton éternel été, tes affaires, pour me suivre à Paris où tu n'aurais rien d'autre à faire qu'à attendre depuis le matin que je rentre le soir...

— Je me demande, répondait Loïc, de quoi, pour toi, je ne serais pas capable. Même d'affronter le ridicule. Je serais comme le mari de la reine d'Angleterre, quand ils sont invités ici. Il la suit comme son ombre et demeure en retrait, tandis qu'elle pépie, très officielle. Il a l'air de quoi ? D'un garde du corps mal payé. Mais si tu le voulais, oui, je serais ton garde du corps.

Plus que quatre jours et elle tenait bon. Elle avait, devant lui, téléphoné pour faire confirmer son billet d'avion. Elle était déjà un peu partie, s'extasiait moins sur les couleurs de la mer, parlait de sa fille qu'elle allait rejoindre chez sa mère, en Normandie, et de la beauté de Paris en septembre. Elle avouait, après tant de ciel éclatant, de mer chaude, de verdure et de peau nue, une nostalgie de lainages, de fraîcheur, de feuilles mortes et de feux de bois.

Plus que deux jours et Loïc, par moments, la haïssait, flambait de jalousie, flairait le mensonge ou la dissimulation, imaginait un homme qui l'attendait en France et qu'elle lui avait caché, un amant qu'elle aimait, un mari peut-être. Qu'est-ce qui lui prouvait que Laure était divorcée ? Elle lui avait raconté ce qui l'arrangeait pour passer tranquillement un mois de vacances qui ne serait dans sa vie qu'une parenthèse secrète. Il se torturait en l'imaginant joyeuse, dans les bras d'un autre, venu l'attendre à Roissy et qui s'extasiait sur sa bonne mine. Alors, Loïc la souhaitait ravagée, chauve, défigurée par un virus immonde. Mieux : morte. Pulvérisée dans l'explosion de son avion, atomisée dans l'espace, intouchable désormais pour quiconque.

A d'autres moments, il interprétait différemment le silence que Laure opposait, la plupart du temps, à ses divagations ou son obstination à faire dévier la conversation. Cela signifiait peut-être qu'elle n'était pas aussi déterminée à le quitter qu'elle voulait le faire croire. Cela voulait dire qu'elle était plus troublée qu'elle le paraissait, plus tentée par ce qu'il lui proposait. Et, dans son indécision, peut-être souhaitait-elle qu'il usât d'autorité, de violence même pour la contraindre à accepter ce dont elle avait secrètement envie. Les femmes sont parfois si difficiles à comprendre. Ne sont-elles pas toutes, au fond d'elles-mêmes, des filles de shérif qui rêvent d'un cow-boy à la main ferme qui les arrache du sol, les jette en travers de sa selle et les emporte au grand galop, indifférent aux cris, aux petits poings qui tambourinent, aux pieds qui battent le crawl dans le vide puisqu'il sait que les cris, comme dans tous les westerns, se termineront en roucoulements et que la belle finira par s'accrocher à son cou, ne serait-ce que pour ne pas tomber du cheval au galop, ce qui fait très mal. Loïc imaginait Laure bâillonnée, saucissonnée, transportée de nuit dans une maison isolée dont il serait seul à posséder la clef. Cette clef lui trottait dans la tête. Il la possédait, cette clef. Une clef rouillée pour n'avoir pas servi depuis des années. Une clef qui ouvrait justement la porte d'une petite maison qui avait appartenu à son grand-père maternel, entre Baladirou et la pointe Coton, dans l'île de Rodrigues. Loïc se souvenait d'y avoir passé quelques jours avec ses parents lorsqu'il était enfant ; il n'y était jamais retourné. Oui, il emmènerait Laure à Baladirou et personne n'aurait l'idée d'aller la chercher dans cette île perdue de l'océan Indien[1]. Combien de Mauriciens eux-mêmes n'ont jamais été à Rodrigues ? Là, loin de tout et de tous, il aurait le temps de l'apprivoiser, de la séduire pour de bon, de se l'attacher à jamais. C'était le temps qui lui avait manqué, bien sûr.

1. A 350 miles à l'est de Maurice.

La dernière nuit avait été terrible. Loïc avait éclusé une bouteille de whisky et parlé et fumé et déambulé dans la chambre jusqu'au matin, empêchant la jeune femme de dormir, éprouvant une joie mauvaise à la voir se décomposer de fatigue. Il ne l'avait même pas touchée. Il était si désespéré qu'il n'avait plus envie d'elle, qu'il n'y pensait même pas.

A l'aube, quand l'horizon avait viré du mauve au saumon, Laure, épuisée, s'était assoupie tout habillée sur son lit. Loïc avait quitté la chambre sans la réveiller, sans lui dire au revoir et c'est ainsi qu'il l'avait perdue pour toujours car elle avait quitté l'île sans chercher à le joindre. Il lui avait écrit pendant des semaines mais elle n'avait jamais répondu, jamais donné signe de vie.

Le plus étonnant dans toute cette histoire, c'est que, quatorze ans plus tard, Loïc était obligé de fournir un véritable effort de mémoire pour se souvenir un peu, très vaguement, de tant d'exaltation, de tant de chagrin. Et ce Loïc qu'il avait été, si troublé, si désordonné, lui semblait un étranger, assez ridicule et dont il ne serait pas fier au Jugement dernier.

Il se souvenait des faits mais avait perdu l'émotion. Il se souvenait du plaisir mais l'essence même, le parfum de ce plaisir lui échappait, évaporé. De Laure elle-même, de sa personne, il ne conservait qu'une vision très vague. Il avait tant voulu l'oublier qu'il y était parvenu, et au-delà de son désir. Laure n'était plus qu'une image brumeuse, une silhouette de photo ratée dont on devine, sans plus, le contour. Il avait perdu son regard et ses gestes, sa voix et l'odeur et le grain et la chaleur de sa peau. Et cet oubli, si désiré naguère mais qu'il ne contrôlait plus, l'irritait.

Il avait même égaré des photographies qu'il s'était amusé à prendre d'elle une nuit, avec un appareil à développement immédiat, des photos où Laure apparaissait si nue, si déchaînée que, prise d'une pudeur tardive, elle l'avait supplié de les déchirer mais sans l'obtenir. Il les avait cachées pour éviter que son frère Yves qui fouinait partout les voie, et si bien cachées que lorsque plus tard, il avait voulu les regarder pour rafraîchir sa mémoire, il n'avait jamais pu les retrouver. Ce qui demeurait encore de Laure, c'était son rire. Loïc l'entendait. Il éclatait à l'improviste, ici ou là, fusait au détour d'une route, dans le sommeil de Loïc. Le rire de Laure lui traversait la tête, un rire abstrait, désincarné qui se répercutait en écho au flanc d'une montagne ou ricochait à l'infini sur la peau de la mer.

De la même façon, Loïc ne se souvenait plus très bien comment Thérèse Hucquelier avait commencé à s'insinuer dans sa vie. Insinuer était le mot juste ; Thérèse n'arrivait pas, elle s'infiltrait, comme un serpent invisible, comme un asticot dans une pomme, comme une araignée qui se confond avec sa toile.

Le désarroi dans lequel il s'était trouvé, après le départ de Laure, avait favorisé son investissement. Obsédé par l'échec qu'il venait de subir auprès d'une femme, Loïc était très loin de soupçonner qu'une autre s'était mis en tête de le posséder et, tandis qu'il se jurait que des cyclones et des cyclones passeraient sur le piton de Rivière Noire[1] avant qu'il retombe au pouvoir d'une femme, Thérèse Hucquelier tendait soigneusement ses fils prédateurs en direction de l'*Hermione*. Il y avait des mois et des mois qu'elle rêvait de s'approprier ce Loïc de Carnoët et, dès octobre, avertie par cet instinct infaillible que possède une femme pour flairer chez un homme l'état de détresse qui le met à sa merci, Thérèse était passée à l'attaque, avec la complicité des autres.

Loïc, tout d'abord, ne s'était même pas étonné de la trouver subitement et aussi souvent sur son chemin. Invité à dîner ici ou là, c'était, comme par hasard, près d'elle qu'on l'asseyait. Elle fut marraine d'un bébé dont il avait accepté d'être le parrain. La jeune fille au pneu crevé qu'il avait dépannée, un soir, sur la route du Port-Louis, c'était elle. C'était elle qui, soudain passionnée de botanique, était venue le surprendre, un matin, parmi les plants de vanille qu'il essayait de réacclimater dans l'île. Elle l'avait suivi sous le couvert des arbres, l'aidant à rattacher les lianes. Elle s'émerveillait de tout, s'intéressait aux projets agricoles du jeune homme, voulait tout savoir sur le maïs, la nourriture des cerfs, la façon de protéger les jeunes ananas. Elle était restée ainsi toute la matinée, oubliant l'heure du déjeuner et lui, mort de faim, n'avait pu faire autrement que de l'inviter à l'*Hermione*. Et qui donc, un peu plus tard, était venu proposer à Loïc de Carnoët de participer

1. La plus haute montagne de Maurice.

à la création d'un nouveau complexe hôtelier dans le sud? Raymond Hucquelier, le père de Thérèse.

Sa propre mère lui vantait les qualités de cette jeune fille de dix-neuf ans, si sérieuse, si calme, un peu maigrichonne, c'est vrai mais elle s'arrangerait avec l'âge, et dont la famille avait du bien au soleil de la côte nord, sans compter une exploitation de fibre d'aloès et une pêcherie assortie d'un fumoir de marlins. Mme de Carnoët se souvenait d'avoir dansé, jadis, avec le grand-père de Thérèse. Les Hucquelier avaient une très jolie maison, du côté de Poudre d'Or. Le père faisait partie des Dodos. « C'est une famille, disait Françoise de Carnoët, irréprochable et, vraiment, la petite Thérèse est la plus jolie des cinq sœurs Hucquelier. »

Loïc avait tout de même fini par comprendre que, cette fois, le piège se resserrait singulièrement. Et lui qui, si souvent, avait déjoué ce genre de traquenard, cette fois n'avait plus eu envie de s'en défendre. Au contraire, il éprouvait un plaisir amer à se laisser faire, à être dupe. A trente-trois ans, il se sentait vieux, aussi vieux qu'il s'était senti anormalement enfantin, quelques mois plus tôt. Ce qu'il avait vécu si brièvement mais si ardemment avec Laure l'avait purgé à jamais de toute velléité de rêve, d'évasion et, puisqu'elle n'avait pas voulu de lui, il irait au mariage comme on se jette quand on ne s'aime plus parce qu'on ne vous aime plus. De toute manière, il savait qu'il ne pourrait plus échapper longtemps à cette mise en ordre inéluctable, plus nécessaire encore que partout ailleurs, dans cette petite société insulaire qui vivait repliée sur elle-même. Dans un monde aussi fermé, aussi restreint, le respect des traditions est impératif et les rebelles y ont la vie dure. Le vagabond ivre qui délirait à longueur de jour et de nuit devant l'épicerie-buvette de Tamarin en était l'illustration. Ce pochard répugnant qui exhibait ses plaies infectes, déclamait des tirades de Shakespeare et invectivait les passants n'était autre que Gaëtan Cheylade, lointain oncle de Loïc du côté de sa mère et la honte de sa famille qui lui servait une pension tout en refusant de le reconnaître au bord de la route. Gaëtan Cheylade avait été un homme cultivé, riche, considéré, un époux, un père de famille honorable jusqu'au jour où la mouche d'on ne sait quelle révolte l'avait piqué. Il avait envoyé promener usine, femme et enfants pour traîner une misérable existence de clodo, réprouvé non seulement par les gens de sa caste qui le jugeaient timbré mais plus encore par les métis qui n'admettaient pas qu'un Blanc se conduise de la sorte.

Loïc pensait souvent à cet oncle Gaëtan qui avait terrorisé son enfance comme à un danger qui pouvait le menacer, lui aussi. Cet abandon de tout et de tous, ce refus éclatant, cette liberté dans la décrépitude avaient un attrait vertigineux dont il lui fallait se défendre. Et voilà que, justement, il se sentait plus que jamais un pion égaré qui doit et qui va rejoindre sa case. Le mot, d'ailleurs, était courant dans le langage familier : « J'ai *casé* mon aîné... j'ai *casé* ma fille... » Et, puisqu'il lui fallait une femme pour ranger sa vie, autant valait celle-ci qu'une autre. Va pour Thérèse Hucquelier, ses terres et ses espérances. Au moins, il n'avait pas eu d'efforts à faire pour la trouver ; elle s'était chargée de tout.

Elle ne se l'était pas fait dire deux fois. Tout de même, Loïc s'émerveillait encore de la vitesse avec laquelle il s'était retrouvé fiancé, épousé, installé dans une maison neuve et père de quatre enfants en moins de sept ans. Casé à son tour. Plus que casé, bloqué à jamais, englué à la tête d'une famille nombreuse mais toujours aussi solitaire. Il avait une femme qui, d'année en année, devenait de plus en plus insupportable, des enfants qui lui échappaient et en qui il se reconnaissait peu. Quant à ses frères et sœurs, il ne pouvait avoir avec eux que des rapports à peu près inexistants. De l'aînée, Bénédicte, qui s'était noyée quand il avait cinq ans, il se souvenait à peine. Son frère Erwan était fermier en Rhodésie où il s'était marié et, quand il débarquait à Maurice pour les vacances avec toute sa smala, Loïc le reconnaissait à peine dans ce gros paysan en short qui passait son temps à jouer au volleyball avec sa gigantesque épouse et ses gigantesques enfants. Sa sœur Eda s'était évaporée en France, dans un couvent de dominicaines qu'elle dirigeait, et il y avait des années qu'il ne l'avait vue. Avec les deux jumeaux, Charlotte et Hervé, le contact était encore plus difficile. Ces deux-là, à la limite du normal, avaient toujours vécu dans un monde à part. Charlotte, vieille fille illuminée vivait dans son bungalow de Riambel, attendant avec une foi de basalte le retour d'un vague fiancé qu'elle avait eu ou qu'elle s'était inventé autrefois. Une grosse personne fanée et très douce, sans âge, d'une laideur mièvre et distinguée de harpiste, le nez busqué, les cheveux aplatis sur les tempes en bandeaux et serrés sur la nuque en un énorme chignon, un teint diaphane et des yeux de vraie blonde, dénudés, arrondis par d'invisibles sourcils et des cils trop pâles de vache. Son habillement désuet, tout en manches gigot, col de dentelle et jupe longue en faisait un personnage bizarre qui semblait catapulté d'un siècle passé dans le nôtre. Cette créature ne s'exprimait qu'avec une voix et des gestes de petite fille. Elle battait des mains et sautillait sur la pointe des pieds lorsqu'elle était contente. D'une bienveillance qui la faisait exploiter par son entourage, elle était aussi d'une grande piété et d'une crédulité dont on se moquait souvent.

Depuis quelques années, Charlotte s'était mise à bavarder avec l'au-delà par l'entremise de tables tournantes dont une amie lui avait enseigné l'usage. Elle était médium. Le plus surprenant, c'est qu'elle annonçait souvent à l'avance des événements qui se produisaient effectivement. « Tiens, disait-elle, en levant un doigt, quelqu'un que nous connaissons est en train de mourir. » Et le faire-part arrivait dans les heures suivantes. Elle aidait à retrouver les objets perdus, les personnes égarées et, en dépit de l'exiguïté de sa cervelle d'oiseau, elle pressentait à distance, avec une rare finesse psychologique, les états d'âme des uns ou des autres. « Eda est trop nerveuse en ce moment », disait-elle de sa sœur religieuse. Un jour, elle avait téléphoné à son neveu Vivian pour le prier de ne plus s'inquiéter d'un examen qu'il devait passer le surlendemain parce que, disait-elle, elle *savait* qu'il possédait parfaitement le sujet sur lequel il serait interrogé. Ce qui s'était passé exactement.

Les îles génèrent souvent ces êtres doués de longue vue mentale ou même physique. Mme de Carnoët se souvenait parfaitement avoir entendu raconter dans son enfance, par son propre grand-père, l'histoire d'un métis du Port-Louis qui, vers 1810, habitait sur la Montagne des Signaux qui domine la ville. Ce vieillard, nommé Feialfay, avait le don d'apercevoir les navires en mer, à trois ou quatre cents milles de distance, ce qui ne pouvait s'expliquer par la pureté de l'atmosphère. C'est à la chute du jour qu'il faisait ses observations. De la montagne, il fixait l'horizon où il distinguait les bateaux à l'œil nu mais renversés. Évidemment, les incrédules ricanaient et le don du vieux Feialfay n'était pas toujours apprécié. Quand la flotte anglaise s'était réunie à

Rodrigues pour attaquer l'île de France, Feialfay s'était précipité chez le gouverneur Decaen pour lui annoncer ce qu'il avait vu au loin et ce qui se préparait. Au lieu de le remercier, l'autre l'avait fait mettre en prison pour avoir donné de fausses nouvelles et jeté l'alarme dans la colonie, jusqu'à ce que l'escadre anglaise devienne effectivement visible à tous. Feialfay, à ce que racontait le grand-père, avait voulu enseigner son art à Bourbon et en Europe mais il n'avait jamais pu exercer là-bas sa surprenante faculté. Alors, il était revenu sur sa Montagne des Signaux et, tous les jours, jusqu'à sa mort, on le voyait passer à dos de mule dans les rues du Port-Louis. Le vieux créole se rendait chez l'officier du port pour lui donner sur les navires en vue des renseignements qui étaient presque toujours exacts.

Celle que l'on appelait « la pauvre Charlotte » était-elle, elle aussi, douée de voyance ? Avait-elle le pouvoir réel de faire surgir des ombres ? En tout cas, certains parmi ceux et celles qui ne parlaient d'elle qu'avec commisération en se vissant l'index sur la tempe n'étaient pas les derniers à venir l'interroger sur les mystères de l'avenir.

Hervé, le frère jumeau, était demeuré aussi déplorablement infantile que sa sœur à qui il ressemblait beaucoup tout en étant son contraire. Aussi maigre qu'elle était dodue, il avait les mêmes yeux ronds et la même blondeur albinos à cette différence près qu'à l'abondance anormale des cheveux de Charlotte répondait chez lui une pauvreté capillaire, un semblant de duvet, une sorte de moisissure pâle qui rampait sur la peau de son crâne et lui donnait, à cinquante ans passés, un air d'éternel bébé. Les voir ensemble était une sorte de cauchemar car ils avaient la même voix, les mêmes sautillements et la même bienveillance innocente. Mais si l'une était restée vieille fille, on avait *casé* l'autre, faute de mieux, au service du Seigneur. Après des années de séminaire, il était curé d'un petit village de la Réunion d'où il ne rappelait son existence que par une lettre annuelle de bons vœux, toujours la même, pour le nouvel an.

Mme de Carnoët mère, même si elle n'en parlait jamais, avait toujours été accablée par cette portée bizarre, cette double aberration génétique que constituaient ces créatures improbables par elle mises au monde, si différentes d'elle-même, de son mari et de ses autres enfants. Comme elle avait tremblé, trois ans plus tard, enceinte à nouveau de Loïc et plus encore lorsque, à quarante ans, était né le dernier de ses enfants, Yves, dont le moins qu'on puisse dire est qu'il n'était pas désiré. Yves était celui qu'elle appelait « l'accident », il devait être celui de ses enfants qu'entre tous elle préférerait et le père de Bénie.

C'est encore avec ce cadet que Loïc avait eu le plus d'affinités. C'est-à-dire qu'il avait pour lui un sentiment très ambigu d'admiration et de jalousie à la fois. La beauté singulière d'Yves, sa grâce, son imagination, son indépendance irréductible et, surtout, la préférence évidente de leur mère pour cet ultime enfant avaient déterminé chez Loïc une haine cordiale. Il vouait « l'accident » à tous les diables et, en même temps, ne pouvait s'en passer, fasciné par la sauvagerie d'Yves, ses inventions, ses insolences et ses refus.

Yves avait été l'enfant problème de la famille plus encore que les jumeaux égarés. Âgé de dix ans à la mort de son père, il avait grandi, outrageusement gâté par sa mère qui ne savait rien lui refuser.

Yves avait toujours eu horreur des réunions familiales et de la société compassée des Franco-Mauriciens. Il était en même temps le plus breton de sa famille par son obstination, ses humeurs imprévisibles et sa passion de la mer. Combien de fois avait-on sauvé l'enfant, parti à la dérive sur des embarcations de sa fabrication ? A cause de sa fille Bénédicte, noyée à vingt ans, Françoise de Carnoët haïssait la mer et se désespérait de voir Yves fasciné par ce lagon aux courants perfides. Mais Yves s'échappait, de jour, de nuit, passait ses congés scolaires à la pêche avec des créoles. Il n'était vraiment heureux que sur une pirogue, affairé à ses lignes et à ses hameçons. Peu lui importait le temps, les heures et la vie de sa famille. On le voyait surgir de temps à autre, sous la varangue de l'*Hermione,* pieds nus, hâlé comme un Malabar, les cheveux encroûtés de sel, vêtu de loques décolorées. Quand le temps lui interdisait les vagues, il s'enfermait dans un hangar qu'il avait transformé en atelier où il fabriquait des instruments de pêche de son invention ou dessinait les plans d'un bateau qu'il s'était juré de construire un jour.

A quinze ans, il avait décrété qu'il ne pouvait plus vivre sous le toit familial et Mme de Carnoët, de guerre lasse, lui avait fait construire une petite maison de bois à proximité de l'*Hermione*. Ainsi, elle pouvait, de la terrasse, surveiller son fils qui ravaudait ses filets, devant sa cabane.

— Je ne comprends pas, disait Loïc à sa mère, pourquoi vous cédez à tous les caprices de ce bougre-là ! Croyez-vous que ce soit vraiment un service à lui rendre ?

Mais Mme de Carnoët s'arrangeait toujours pour éviter, avec Loïc, une discussion dont Yves était l'objet. Malgré son jeune âge, Loïc avait pris la place de son mari. Il s'occupait des terres, administrait les biens de la famille et la déchargeait de mille soucis. La maturité du jeune homme, son calme, sa pondération lui étaient précieux. Elle écoutait donc ses avis avec une certaine considération même si elle était fermement décidée à ne pas les suivre, surtout en ce qui concernait Yves.

Pour agacer son cadet, Loïc en remettait, éprouvait un malin plaisir à jouer les papas. Il épluchait ses carnets de notes, les commentait, l'abreuvait de sermons qui mettaient l'autre hors de soi.

— Fous-moi la paix ! hurlait Yves. Tu n'es pas mon père ! Va t'occuper de tes maïs !

Ils en venaient parfois à de véritables empoignades, roulaient à terre enchevêtrés, passionnés, haineux, d'une force égale, Loïc plus musclé, Yves plus agile, dans une lutte haletante, entre jeu et meurtre, tandis que Mme de Carnoët se tordant les bras en l'air comme elle avait vu faire à des actrices dramatiques au théâtre du Port-Louis, demandait au Ciel de quel outrage il la punissait en lui infligeant le spectacle de ses fils qui se battaient comme des dockers.

POURTANT, lorsque Yves, à vingt-quatre ans, lassé de ne rien faire, avait décidé subitement de s'inscrire dans une école de commerce en Angleterre, Loïc avait tout fait pour empêcher ce départ. L'absence d'un ennemi de choix n'est pas forcément réjouissante et Loïc pressentait que les affrontements avec ce petit frère détesté allaient lui manquer. Mais Yves s'était obstiné. Il voulait, disait-il, revenir à Maurice avec un diplôme solide qui lui permettrait de seconder son frère dans les affaires de la famille.

Loïc l'avait perfidement fait remarquer à Mme de Carnoët : une décision aussi sage ne ressemblait guère aux foucades habituelles de son frère. Si, comme tous les garçons de Maurice, il avait envie d'aller faire la fête à Londres, qu'il le dise franchement. Mme de Carnoët avait fini par se fâcher. Même si cette volonté d'Yves était surprenante, le connaissant, elle concordait tout à fait avec les vœux de feu leur père qui avait toujours souhaité que ses fils allassent étudier en Europe. L'Angleterre honnie était bonne quand il s'agissait d'y prendre des diplômes. C'est pourquoi, bien que le départ de son fils cadet la rendît triste, Mme de Carnoët l'avait soutenu et Yves avait obtenu d'elle la somme nécessaire à cette première évasion. Elle devait longtemps s'en repentir et regretter de n'avoir pas suivi les conseils de Loïc.

Moins d'un an plus tard, une lettre était arrivée à l'*Hermione*, en provenance de Londres. Une lettre absolument consternante. Yves y annonçait à la fois son mariage et la naissance prochaine d'un enfant. Et qui était la nouvelle Mme de Carnoët ? Une Anglaise ! Françoise de Carnoët en avait attrapé une crise de foie. Et encore, elle était loin de se douter du phénomène qui portait désormais le même nom qu'elle.

Le phénomène se nommait Maureen Oakwood et avait vingt et un ans. Elle était la fille d'un baronet très vieux et très riche, mort, lorsqu'elle était petite, d'une absorption massive de bière, à la suite d'un pari stupide avec des membres de son club. Sa mère, irlandaise, vivait claquemurée dans son château de Midhurst (Sussex) avec soixante chats de l'île de Man à la queue coupée, dont l'odeur prenait à la gorge dès les grilles du parc. Edward, le frère aîné de Maureen, était banquier et le seul élément sérieux de cette famille.

A dix-huit ans, Maureen avait fui la puanteur du château maternel et s'était installée dans un *loft* londonien où elle menait une existence très *psychedelic.* Enfant gâtée, fantasque, Maureen, *groupie* des Beatles et amoureuse de Paul McCartney, suivait le groupe dans ses déplacements, son extraordinaire regard violet quelque peu troublé par une consommation périlleuse de pilules « purple hearts » assorties de méga-pétards de haschich.

Mais malgré cette vie de bâton de chaise et malgré les déguisements ahurissants qui constituaient sa vêture courante, Maureen Oakwood était une jeune fille d'une beauté rare qu'on ne pouvait contempler de sang-froid. Et Yves de Carnoët, comme les autres, était tombé en arrêt devant cette fée rencontrée dans la foule d'un concert à Liverpool. Soudain, le bruit de l'orchestre s'était étouffé, les visages en transe s'étaient fondus dans une sorte de coton, peut-être même que sa montre s'était arrêtée, lorsque Maureen Oakwood s'était avancée à sa rencontre, volant vers lui car il avait semblé à Yves que ses délicats pieds nus ornés de bracelets indiens ne touchaient pas le sol. Cette créature immatérielle, sûrement irréelle, flottait dans sa direction, les bras tendus, dans un délire de lumières qui permettait à Yves de distinguer un corps gracile et potelé à la fois, à peine voilé d'une tunique d'un bleu électrique comme en portaient les Sainte Vierge dans les images espagnoles de première communion. Et, au-dessus de toutes ces vapeurs, le plus beau, le plus pur visage de jeune femme, d'un ovale à faire damner Botticelli, avec un front parfait, traversé d'un bandeau scintillant qui serrait une épaisse chevelure d'un roux sombre. Mais ce qui frappait le plus dans toute cette féerie flottante, c'était le sourire de Maureen Oakwood. Le sourire d'une bouche qui évoquait à elle seule tout un compotier de pêches, de cerises et de raisin muscat.

Yves, qui n'avait ni bu ni fumé, n'arrivait pas à croire que cette personne fabuleuse se dirigeait vers lui et il s'était même retourné humblement pour découvrir celui ou celle à qui était destiné le mirage quand, tout à coup, le mirage s'était abattu contre lui, l'avait investi. Des bras tièdes, doux s'étaient enroulés autour de son cou, un corps léger ondulait contre le sien et il n'avait pu que refermer ses bras sur cette gerbe soyeuse qui fleurait le santal et le patchouli, tandis qu'une voix soufflait à son oreille : « *I was waiting for you... come with me.* »

Et il y était allé, la foudre le pulvérisant à son tour. Et ils avaient passé trois jours et trois nuits à s'envoyer en l'air dans le *loft* de Portobello, hallucinés, avides, se nourrissant de *keepers* et de biscuits secs pour ne pas mourir d'épuisement. Quand ils avaient repris pied dans la réalité, ils avaient éclaté de rire à se découvrir maigres comme des chats du mois d'août qui reviennent au matin en traînant la patte, après des heures d'entrechats amoureux.

Ils ne s'étaient plus quittés. Ils ne pouvaient plus se quitter. Yves s'était installé à Portobello et suivait Maureen dans ses extravagances. La vie était une fête tous les jours recommencée dans cette Angleterre folle des *sixties.* Ils dormaient le jour, dansaient la nuit et Yves avait définitivement abandonné ses cours. Il avait recommencé à dessiner son bateau extraordinaire pour courir le monde avec Maureen. Il n'avait pas eu de mal à la convaincre que c'était là, la seule vie qui pouvait leur convenir. Aidé par un cousin de Maureen qui était architecte naval, le voilier prenait forme.

L'annonce de la grossesse de Maureen affola Yves. Il s'attendait à tout sauf à cela. Mais Maureen dansait de joie et, le ventre encore plat, courait acheter des brassières multicolores à King's Road, inventait un berceau en nacelle à suspendre dans le *loft,* le seul moyen, disait-elle, de protéger le bébé contre les souris, les fourmis et les mauvais sorts.

Ce bébé qui, pour elle, n'était qu'un jouet à venir, apparaissait à Yves comme un sombre nuage de responsabilités qui bouchait l'horizon. D'abord, on ne parlait plus du bateau.

Pour Yves de Carnoët, un enfant signifiait la fin de sa propre enfance et, surtout, la nécessité du mariage. Puis, les vieux principes familiaux avaient resurgi chez le Breton de Maurice et puisque Maureen était tellement contente d'attendre ce bébé, il s'attacha à la convaincre que le premier cadeau à lui offrir était un père et une mère légalement unis.

— Mais pour quoi faire ? s'étonnait Maureen. Tu es son père, je suis sa mère et nous vivons ensemble. Qu'est-ce que notre mariage lui donnerait de plus ?

— Tu ne connais pas ma famille, avait répondu Yves. Chez moi, on ne fait pas des enfants comme cela, dans le désordre. Et je suis sûr que ta mère...

— Ma mère ? pouffa Maureen, elle ne s'occupe que de ses chats. J'ai, par l'héritage de mon père, encore plus d'argent qu'elle et, du moment qu'elle me sait vivante, tout ce que je fais lui importe peu.

Mais, pour faire plaisir à Yves, elle avait consenti à se marier.

Une fois que sa bile eut retrouvé son débit normal, Mme de Carnoët mère écrivit à Yves une lettre très à cheval dans laquelle elle lui exposait clairement à quel point le fils trop chéri qu'il était lui avait brisé le cœur. Elle lui rappelait que les Carnoët, comme les Hauterive dont il procédait, ces deux familles parmi les plus anciennes et les plus honorables de Maurice, avaient su rester françaises, malgré un siècle d'occupation britannique. Aucun d'eux n'avait même songé à épouser une personne anglaise. Il était le premier qui dérogeait. Mais pourquoi, Seigneur ? Elle osait cependant espérer, ajoutait-elle, que dans cette précipitation insensée, il avait pris le temps d'une cérémonie catholique et aussi — cela lui avait été soufflé par Loïc — d'un raisonnable contrat susceptible de lui éviter bien des désagréments, en cas de divorce. Quant à l'enfant annoncé, elle se permettait, disait-elle, de souhaiter vivement qu'on le prénommât Jean-Louis, comme son grand-père, si c'était un garçon et Bénédicte, si c'était une fille, en mémoire de celle qui s'était noyée à vingt ans dans le lagon. C'était bien la moindre des choses qu'après le choc terrible qu'on lui avait infligé, on accédât à sa demande.

On y avait accédé. La petite fille qui naquit en novembre 1963 fut appelée Bénédicte, prénom qu'elle qualifia plus tard de « le plus tarte du monde » après l'avoir transformé en Bénie.

Cinq ans passèrent. Yves s'était assombri. Quand, l'été, il

partait avec Maureen et Bénie pour Midhurst ou dans la petite maison près de Brighton que le baronet Oakwood s'était fait construire autrefois pour aller à la pêche, Yves considérait avec mélancolie les vagues sombres, froides de la Manche et pleurait ses lumineux lagons mauriciens. Même la Côte d'Azur où ils étaient allés une année l'avait déçu. Ces palmiers minables, cette foule de corps vautrés, entassés sur les plages au bord d'une eau douteuse et trop froide encore pour lui, ce tintamarre de voitures, de restaurants, de marchands de merguez ou de fripes, cette côte déshonorée par des mercantis le faisaient horripiler. Alors, il racontait à Maureen la sauvagerie délicieuse de sa côte mauricienne, le velours de l'eau et celui de l'air. Il étendait vers la jeune femme des mains de chef d'orchestre qui modèle le ralenti d'un *andante* pour lui raconter la sérénité de l'aube dans sa baie de Rivière Noire quand, sur le rivage au pied de sa maison, il poussait à l'eau sa pirogue pour aller pêcher le long de la barre. Il décrivait à Maureen les camaïeux de la mer et du ciel au soleil levant, les gris, les mauves, les jaunes de soufre, et les ombres chinoises des pêcheurs d'ourites qui arpentent patiemment les hauts-fonds de la marée basse. Et ce silence du lever du jour seulement troublé, parfois, par le saut d'un poisson et le friselis du ressac qui bouscule sur le battant de la lame, des brisures de corail mort. Et encore comment, pour ne pas fracturer ce silence, il remettait à plus tard de faire démarrer le moteur de la pirogue et se laissait dériver dans le courant familier qui emportait le bateau, tout droit, vers la passe.

Quand il était ainsi lancé dans la nostalgie de son océan, Yves était intarissable. Il passait de la mer aux montagnes, promettait à Bénie des tortues géantes, des petits singes qui sautaient de branche en branche dans la forêt de Chamarel et des cerfs presque apprivoisés qui se laissaient approcher, à la tombée du jour. Non, Maureen ne pouvait pas imaginer ce qu'étaient, à Maurice, les arcs-en-ciel qui enjambaient les montagnes, quand le ciel pleurait et riait à la fois, ni les plumes roses des fleurs de canne, ni les couchers de soleil dont les embrasements exagérés faisaient pâlir de jalousie la plus technicolor des cartes postales ; ni la douceur de vivre là-bas.

D'Angleterre ou de France, l'île devenait un paradis perdu ;

parce qu'il l'avait perdu. Il en oubliait les désagréments et pourquoi il avait voulu s'en échapper. Même les cyclones, de loin, lui semblaient aimables. Même sa belle-sœur, Thérèse.

L'oisiveté, aussi, avait fini par lui peser. Maureen, pour qui l'argent n'avait aucune valeur, comprenait mal pourquoi son mari s'aigrissait de vivre, disait-il, à ses crochets.

— Qu'est-ce que c'est que ces crochets ? disait-elle. L'argent, c'est quoi ? Des petites images qui servent à faire des cadeaux. Je n'ai pas le moindre complexe à propos des petites images que mon père m'a laissées. Elles sont aussi pour toi qui partages ma vie et pour Bénie. Quelle chance nous avons ! Quand il n'y en a plus, il y en a encore à la banque et il y en aura assez jusqu'à la fin de notre vie. De quoi te plains-tu ?

— Des petites images, disait Yves, je peux aussi en trouver pour toi, là-bas et avec du soleil en plus. Puisqu'il y a cinq ans que nous sommes ici, puisque nous ne vivrons pas sur un bateau à cause de Bénie, je t'en prie, changeons d'île...

C'EST en 1968, l'année de l'indépendance mauricienne, qu'Yves de Carnoët avait annoncé son retour à Maurice, avec femme et enfant.

Mme de Carnoët mère exultait à l'idée de retrouver son plus jeune fils. Elle avait hâte aussi, de connaître enfin cette Bénie qui avait à présent cinq ans. Cependant, la joie de la vieille dame était singulièrement refroidie par la perspective d'avoir à affronter cette bru anglaise dont elle ne connaissait même pas les traits, Yves détestant se servir d'un appareil photographique. Il s'était contenté d'annoncer, par lettre, que Maureen était belle, intelligente et qu'elle le rendait heureux. Il avait ajouté, pour rassurer sa mère, que la fille du baronet Oakwood avait reçu une excellente éducation. Plus tard, il s'était contenté de décrire sa fille comme un très beau bébé en parfaite santé. Ainsi était Yves.

Même si cela ne s'avoue guère, la femme qui épouse le fils qu'on préfère est toujours, pour sa mère une ennemie. Menteuse est celle qui dira le contraire. Normal : on n'abandonne pas de gaieté de cœur à une autre femelle un homme qu'on a tenu dans son ventre. C'est aussi pourquoi les jeunes filles préfèrent épouser des orphelins.

Ce qui agaçait surtout Mme de Carnoët, c'était d'avoir été mise au pied du mur dans cette affaire, de n'avoir pas vu venir « l'ennemie », de ne pas avoir eu la possibilité de la choisir comme un moindre mal. Qu'elle fût anglaise ne faisait qu'ajouter à l'inimitié viscérale de Françoise de Carnoët, une notion de fatalité historique. Ainsi Albion continuait à s'acharner sur la France. Non contente de lui avoir empoisonné l'existence depuis la nuit des temps, d'avoir brûlé Jeanne d'Arc, coulé ses bateaux, débarqué au cap Malheureux pour voler l'Isle de France, voici qu'elle posait sa patte avide sur Yves de Carnoët. Et impossible, désormais, de clamer fièrement que jamais sang britannique ne s'était mêlé à celui de la famille.

Durant les jours qui précédèrent ce retour tant attendu, c'est par cette Maureen que Mme de Carnoët avait été le plus obsédée. Au fil des heures, la jeune femme inconnue prenait, dans son esprit, une importance démesurée et elle se conduisait, à soixante-dix ans passés, comme une jeune femme soucieuse d'écraser une rivale ou de la séduire pour mieux la réduire. Il lui en était venu un regain de féminité, une coquetterie oubliée. Pour l'arrivée de Maureen, elle s'était fait faire une robe chez sa couturière chinoise de Quatre-Bornes, choisissant avec soin le pongé d'un certain vert pâle qui mettait en valeur ses yeux bleus. Elle était allée se faire coiffer et bleuir ses cheveux blancs chez le coiffeur français de l'hôtel Méridien. Enfin, elle avait sorti du coffre des bijoux qu'elle ne portait plus depuis des années.

Infatigable, elle avait passé toute une semaine à régler les moindres détails d'un dîner de gala dans la grande salle à manger de l'*Hermione*, avec nappe brodée et chemin de table en fleurs fraîches de flamboyant, flambeaux et argenterie de famille, verres fins et service en porcelaine de la Compagnie des Indes, les trois bonnes en bonnets et tabliers blancs amidonnés, vins de France et menu des grands jours, gratin de cœurs de palmier, camarons[1], gueule-pavée[2] à la sauce verte et charlotte aux pommes pour finir.

Elle avait même organisé minutieusement le cérémonial de l'arrivée des voyageurs que Loïc et Thérèse iraient chercher à l'aéroport avec le chauffeur et choisi l'endroit précis où elle se tiendrait, elle, Françoise de Carnoët, pour les accueillir, pour l'accueillir, elle, cette Maureen. Elle serait sous la varangue, debout, en haut des dix-sept marches de pierre que son âge l'autorisait à ne pas descendre pour recevoir ses invités. De là, elle dominerait la situation, obligeant l'étrangère à monter vers elle. Oui, ce serait bien ainsi. Elle se tiendrait droite, imposante — « ton port de reine »..., disait son mari —, drapée dans son châle

1. *Camaron :* langoustine d'eau douce, très prisée des Mauriciens.
2. *Gueule-pavée :* excellent poisson de la famille des Gaterins.

de soie sauvage, jouant nonchalamment de son éventail en bois de santal tandis que l'Anglaise, impressionnée par une telle majesté, s'essoufflerait à grimper les hautes marches, forcément intimidée.

L'image de la jeune femme intimidée, trébuchant dans l'escalier de pierre n'était pas pour déplaire à Françoise. Elle en était toute requinquée et, du coup, se disait même qu'elle avait bien tort de lui accorder une telle importance. Il suffisait, pour se rassurer complètement, de deviner à quoi cette personne ressemblait.

Une Anglaise, cela peut s'imaginer. Il est possible de s'en faire une idée rien qu'en observant, à Maurice même, certains spécimens obtenus par croisement. Toutes les familles blanches de l'île n'avaient pas — Dieu leur pardonne ! — observé la même réserve avec l'envahisseur que les femmes Hauterive ou Carnoët. En cent cinquante-huit ans d'occupation britannique, il y avait eu d'inévitables mélanges clandestins ou officiels. Le climat austral énerve et certaines Franco-Mauriciennes des années 1810 avaient porté l'incendie parmi les troupes de l'amiral Bertie et les « habits rouges » de Sir John Abercromby. Il y avait eu des mariages, des bâtards et Françoise de Carnoët connaissait certaines descendantes de ces accointances. Chantal Crowder, par exemple, ou Gladys Jixon ou Jacqueline Potereau. Une Anglaise, c'était une Française en un peu plus mou, un peu plus blond, un peu plus gourmé ou un peu plus hypocrite. Avec de longs pieds et des dents hautes. Une peau trop fine et trop blafarde pour supporter le soleil sans rougeurs, pétés-dindes et couperose. Même régénérées par du sang français, elles conservaient certaines caractéristiques qui les faisaient reconnaître au premier coup d'œil : une capacité particulière de dissimulation, une monstrueuse résistance physique, la manie de commenter à l'infini la pluie et le beau temps, une habileté exaspérante pour réussir la pâtisserie et la décoration des arbres de Noël, une certaine façon de dire *smart* pour *agréable* ou *sorry* pour *excusez-moi.* Sans compter l'arrogance.

Ainsi Françoise de Carnoët s'était-elle forgé, à l'avance, une image de Maureen Oakwood : une personne à mi-chemin de la princesse Anne et de Jacqueline Potereau. Un peu grasse et musclée à la fois. Avec des chaussures plates et des robes de *liberty* à col rond. Avec des yeux gris et des cils pâles. Avec des chapeaux. Et sûrement hautaine — une fille de baronet ! — malgré ses vingt-six ans.

Et qu'est-ce qui avait surgi derrière Yves, quand la voiture s'était arrêtée au bas de la maison ? En vérité, cela ne ressemblait ni à une Anglaise, ni à une Française, ni à une fille de baronet. Une créature invraisemblable avec des cheveux acajou tirés sur le sommet de la tête, à la sauvage, une sorte de cocotier capillaire dont les palmes retombaient sur un visage étroit et pâle, dissimulé en grande partie par d'énormes lunettes de soleil à monture de strass. Le plus extravagant était sa vêture si l'on peut appeler ainsi le collant rouge qui lui moulait les fesses et découvrait le nombril, le chemisier noué sous les seins parfaitement visibles sous le tissu transparent car elle ne portait pas de soutien-gorge, la taille d'une finesse maladive et de longues et maigres jambes d'insecte, exagérées par des sandales scintillantes à talons très hauts et qui semblaient se mouvoir par ondulations.

Pas le moindre regard vers le haut de la maison. Maureen était aux prises avec une petite fille blonde qu'elle tenait par le poignet et qui tentait de se dégager en hurlant, furieuse.

— *I want... I want come to the sea !... You promised me !... I want !... Immediately !... You said...*

L'autre s'arc-boutait pour maintenir l'enfant.

— *Not now, Bénie. Later... Please !*

Mais la petite fille lui avait échappé. Courant vers le rivage, elle s'était fondue sous les filaos, dans l'incendie du soleil couchant.

Maureen s'était débarrassée de ses chaussures d'un coup de cheville pour courir plus vite dans l'herbe afin de rattraper sa fille mais trop tard. Sous la varangue, Mme de Carnoët, affolée, entendit le blouf d'un corps qui se jette à l'eau et, renonçant à toute majesté, descendit précipitamment l'escalier de pierre.

Yves, qui riait, reçut sa mère dans ses bras.

— Ne vous inquiétez pas, dit-il. Elle nage très bien. Comme elle s'impatientait dans l'avion, sa mère, pour la distraire, lui avait promis qu'elle irait se baigner dès que nous serions arrivés.

Nous pensions qu'elle l'avait oublié mais Bénie n'oublie jamais rien.

— Mais, dit Mme de Carnoët, elle va se blesser les pieds sur les coraux !

— Si vous saviez combien de fois j'ai marché pieds nus dans ce lagon ! dit Yves.

Ensemble, ils descendirent sur le rivage. Maureen était entrée dans l'eau et nageait près de sa fille. Elles glissaient dans le chemin de feu qu'allumait sur la mer assombrie l'énorme soleil rouge posé sur l'horizon. On voyait en ombre chinoise le plumet de cheveux et, derrière, Bénie, le nez au ras de l'eau qui s'appliquait à ses mouvements de brasse. La sonorité du lagon portait ses cris de joie.

— *Mammy, Mammy... it's warm !... It's wonderful !...*

Quand elles firent demi-tour, Maureen prit sa fille dans ses bras et Mme de Carnoët constata avec affarement que la jeune femme s'était jetée à l'eau tout habillée, elle aussi. Maureen souriait, pas gênée du tout de s'offrir aux regards de sa belle-mère, de Laurencia qui était accourue avec des serviettes, suivie des autres domestiques, de Loïc, de Thérèse et de leurs enfants, tous médusés par le spectacle de Maureen plus que nue, avec son chemisier mouillé collé sur les seins.

Mme de Carnoët détourna son regard, prit la serviette des mains de Laurencia pour sécher l'enfant. Bénie souriait. Son caprice étant satisfait, elle redevenait civilisée. Elle tendit la main vers la vieille dame.

— *Hello, Granny !* dit-elle.

— On ne dit pas « *hello, Granny* », répondit Françoise de Carnoët. On dit : « Bonjour, Grand'mère. »

Granny ou Grand'mère, à cette minute commença une petite guerre ou plutôt un jeu entre la vieille dame et l'enfant. Pendant des semaines, Bénie refusa de s'exprimer autrement qu'en anglais, surtout en présence de sa grand'mère.

— Je vous assure, pourtant, qu'elle comprend parfaitement le français et même qu'elle le parle, disait Yves, vexé que l'on pût croire sa fille idiote.

Maureen appuyait dans un sabir à déraciner les filaos.

— ... elle est plous beaucoup parler français que moi. A London, toujours Yves parler français à son fille et moi, english. Depuis toute petite, elle a été enseignée les deux.

— Quel dommage ! soupirait Françoise de Carnoët.

De sa main, elle relevait délicatement le menton de Bénie comme on fait à une rose dont on s'apprête à respirer le parfum.

— Quel dommage ! Regardez-la, elle est complètement Carnoët. C'est le portrait d'Yves lorsqu'il était petit... C'est même curieux, ajoutait-elle en se tournant vers Maureen, elle n'a quasiment rien de vous !

Il était évident que Mme de Carnoët était fascinée par l'enfant. Parce qu'elle était la fille d'Yves ou à cause de l'autre Bénédicte ? Surtout, la vieille dame se retrouvait elle-même dans le tempérament vif de Bénie, sa volonté impérieuse qui ne supportait pas d'être traversée et cette réserve des orgueilleux qui préfèrent carrément déplaire plutôt qu'avoir à user de grâces, de sourires, de miel et autres flagorneries, tout cet arsenal d'une diplomatie censée établir des rapports harmonieux avec les autres. De la même façon qu'elle avait préféré Yves au reste de sa progéniture elle prêtait à Bénie une attention beaucoup plus grande qu'à ses autres petits-enfants, ce dont la jalouse Thérèse s'était vite avisée et non sans aigreur.

Même le refus de Bénie de parler français avait fini par l'amuser. N'agissait-elle pas de la même façon, elle, quand elle affectait d'ignorer l'anglais qu'elle connaissait pourtant très bien puisque l'enseignement mauricien était bilingue dans les écoles, bien avant sa naissance ? Elle poussait même la malice, lorsqu'elle était obligée de prononcer un mot anglais, jusqu'à le faire avec une prononciation française accentuée, ce qui le rendait souvent, de prime abord, incompréhensible. Ainsi, lorsqu'elle racontait la première séance de cinéma parlant à laquelle elle avait assisté, en 1932, au Pathé-Palace de Curepipe et dont le programme comportait un dessin animé de Mickey Mouse suivi d'un film sentimental, le premier, dans sa bouche, devenait : Mickey Mouze. Et tous les noms à consonance britannique étaient, par elle, accommodés de la sorte. Parlant du ministre américain Kissinger, elle trouvait que ce monsieur Quissingé était bien imprudent de vouloir rapprocher son pays de celui des Moscovites. En règle générale, les Américains étaient pour elle des Peaux-Rouges.

Donc, le jeu, avec Bénie, consistait à feindre de ne pas la comprendre lorsqu'elle s'exprimait en anglais, tandis que la petite fille faisait la sourde oreille lorsque sa grand'mère s'adressait à elle en français. Et c'était à la première des deux qui céderait. Elles usaient pour cela de ruses absolument déloyales.

— Tiens, disait la grand'mère, je dois aller faire des courses à Quatre Bornes, cet après-midi. Sais-tu ce que j'ai vu chez Paloma ? Une ravissante poupée avec tout son trousseau. On dirait un véritable bébé. Elle a de vrais cheveux que l'on peut coiffer et elle est capable de boire un biberon... Est-ce que cela te ferait plaisir que je te la rapporte ?

— Oh, *yes !* criait l'enfant, prise au piège de la convoitise.

Bénie prenait sa revanche, un peu plus tard. Sachant sa grand'mère dans la pièce voisine, elle se mettait à hurler et à geindre :

— *Granny, Granny, come, please ! I've broken my leg !*

Et la grand'mère, affolée, accourait.

— Mon Dieu, ma chérie, fais voir ta jambe...

Elles éclataient de rire.

Bénie, pour la forme, était obligée d'étendre son caprice aux autres membres de la famille. Un seul, pourtant, faisait exception : son cousin Vivian.

Lorsqu'elle était arrivée à l'*Hermione,* Bénie qui, d'ordinaire, était très peu familière avec les autres enfants, Bénie, d'elle-même, s'était avancée vers Vivian, le choisissant parmi les enfants de Loïc. Ils étaient restés en arrêt, l'un devant l'autre, l'air surpris comme si chacun d'eux se trouvait devant un miroir, y découvrant son propre reflet, avec gravité d'abord puis avec une joie évidente. Ils s'étaient embrassés maladroitement, à la façon des bébés, sans qu'on les en prie, sous l'œil encourageant des grandes personnes présentes qui se récriaient, en la découvrant, de leur ressemblance. Ces mêmes grandes personnes qui, quelques années plus tard, allaient si brutalement les séparer.

C'est avec Vivian que Bénie avait consenti, enfin, à s'exprimer en français. Avec une patience inlassable, Vivian traduisait, corrigeait, fier de son rôle et de la docilité de cette terrible cousine dont l'obéissance n'était pas la qualité dominante.

Entre sa nénène Laurencia et Vivian, Bénie, en trois mois, parlait et le français et le créole et même ce jargon propre aux enfants mauriciens, le « madame Céré », une sorte de javanais obtenu en introduisant des syllabes bizarres dans les mots et en parlant à toute vitesse, ce qui en faisait un langage secret, incompréhensible pour les profanes mais qui se transmettait de génération en génération.

Personne ne savait au juste d'où sortait cette madame Céré, sauf la tante Lolotte qui prétendait que c'était une dame d'autrefois qui avait inventé cette langue pour converser secrètement avec un poisson rouge qui vivait dans le bassin de sa propriété.

La belle maison de l'*Hermione* avait été construite en 1837 sur des terres achetées par l'ancêtre Hervé de Carnoët, avec l'argent reçu comme indemnité, après l'abolition de l'esclavage. Ces terrains côtiers, nouvellement acquis, complétaient les huit cents hectares de plaines et de montagnes entrés dans la famille, par mariage, en 1828. (Un mariage de terrains, disait Loïc.)

La fortune des Carnoët avait vraiment commencé avec cet Hervé, troisième génération des Carnoët installés à Maurice. L'intelligence et l'ouverture d'esprit à la modernité de cet éminent membre de la loge de la Triple Espérance, devaient, pour longtemps, assurer la prospérité de la famille. Il laisserait le souvenir d'un administrateur avisé, doublé d'un ingénieur agricole inventif. Hervé de Carnoët avait été, par exemple, l'un des premiers à comprendre qu'il était stupide d'importer à grands frais du guano du Pérou pour fertiliser les terres, alors qu'on pouvait s'en procurer pour trois fois rien sur les îles voisines. Il avait aussi fait venir d'Europe des instruments aratoires qui facilitaient le labourage.

Au lieu de gémir, comme beaucoup d'autres colons, sur la perte de main-d'œuvre résultant de la libération des esclaves, il avait fait venir d'Asie et d'Afrique des travailleurs volontaires, engagés selon la loi nouvelle mais cependant choisis judicieusement. Hervé de Carnoët préférait, aux créoles et aux Malgaches trop nonchalants, des Mozambiques réputés robustes et laborieux et des Indiens intelligents et adroits. Ainsi, plus de deux cents travailleurs engagés étaient venus se joindre sur ses terres à une trentaine d'esclaves libérés mais qui avaient choisi de continuer à travailler pour M. de Carnoët, à vivre sur le domaine où ils étaient nés pour certains et où ils n'avaient jamais été malheureux car le Maître était bon. De même que son grand-père, François Marie, le premier des Carnoët venu de Bretagne à Maurice, avait consigné, par écrit, une partie de sa vie, Hervé avait rédigé une sorte de journal, étendu sur une trentaine d'années. Beaucoup moins coloré et personnel que les récits contenus dans le fameux cahier noir du grand-père, le journal d'Hervé de Carnoët était, surtout, un mélange de comptes d'exploitation agricole, d'observations botaniques de plantes qu'il avait tenté d'acclimater — il avait eu des malheurs dans la vanille et le giroflier — et d'affirmations autant destinées à rassurer sa conscience qu'à édifier ses descendants. L'une d'elles était restée proverbiale chez les Carnoët : « *J'ai toujours été un honnête homme : je n'ai jamais vendu un nègre en mauvaise santé.* »

Ces deux Carnoët-là, François Marie et son petit-fils Hervé, avaient été, sans conteste, les deux personnages les plus marquants de la famille : le premier, en la fondant à Maurice et, le second, en l'enrichissant, deux générations plus tard. Ils avaient été, aussi, les seuls à laisser, par écrit, des traces de leurs vies.

En moins de dix ans, Hervé avait fait défricher des terres arides, envahies de buissons d'épineux, encombrées de roches, et éclaircir une forêt impénétrable où se cachaient, disait-on, de dangereux esclaves marrons, abandonnés à eux-mêmes après leur libération et que la misère et la faim poussaient au pire.

Délaissant la culture du coton et de l'indigo, peu rentables, Hervé avait fait planter des champs de canne à sucre, de maïs et c'est lui aussi qui avait construit les premières salines de Rivière Noire.

Mais ce qui avait requis ses soins les plus attentifs était la demeure où il avait installé sa famille, sur cette côte ouest où il avait passé son enfance et dont il ne pouvait se détacher. Cela avait paru, en son temps, une originalité car la majorité des bourgeois, fuyant les miasmes du Port-Louis, la chaleur et l'aridité de la côte, préféraient planter leurs résidences principales vers Moka ou sur les hauteurs fraîches et pluvieuses de Curepipe.

La maison de l'*Hermione* avait été construite sur les ruines d'une batterie du XVIIIe siècle qui faisait partie de la ceinture fortifiée de l'île, élevée par les Français contre les tentatives d'invasion anglaise. Depuis deux siècles, trois canons dissimulés par une muraille qui longe la plage pointent encore leurs museaux vers le large.

Le bâtiment principal d'habitation, posé en surélévation sur une sorte de pyramide tronquée qui avait été le fort proprement dit, domine la mer dont il n'est séparé que par une pelouse bordée d'un bois de filaos. C'est une vaste, une somptueuse demeure coloniale, allongée tout en rez-de-chaussée et dont les pièces ouvrent de plain-pied sur la mer, les bois avoisinant la saline et la montagne de Rivière Noire. Un toit de chaume assez haut, incurvé à la chinoise, coiffe les gros murs de basalte, se prolonge au-dessus d'une spacieuse varangue circulaire, soutenu par des colonnettes de fonte torsadées, peintes en blanc comme la balustrade qui fait le tour de la maison. Trois escaliers de pierre descendent vers la mer, le plus large au centre.

La hauteur du toit, posé à claire-voie sur les murs, et l'absence de plafond dans les pièces permettent une circulation de l'air qui assure de la fraîcheur, même pendant les plus fortes chaleurs de décembre. La maison n'a jamais eu besoin d'être climatisée et si les oiseaux, parfois, pénètrent à l'intérieur par les ouvertures ménagées sous le toit, celles-ci réduisent la force d'impact des vents cycloniques. A part quelques touffes de chaume arrachées, la maison, depuis plus d'un siècle, a résisté à tous les ouragans.

Plus tard, on avait comblé, en terrasse, à l'arrière de la maison, ce qui avait été, autrefois, la rampe d'accès des canons. Et sur cette terrasse plantée de cocotiers et de flamboyants, on avait édifié une grande cuisine, indépendante de la maison, avec une citerne et des fours à pain. En contrebas, l'ancienne poudrerie, abritée par le rempart des obus venus de la mer, avait été transformée en écurie. Dans le bois avoisinant, des maisons d'habitation indépendantes avaient été construites pour les domestiques.

Les générations suivantes avaient ajouté des bâtiments de confort ou de fantaisie à la propriété. Dissimulés habilement dans la végétation, d'autres communs s'étaient élevés, çà et là : une grange, une buanderie, un pavillon qui servait au faisandage des viandes quand il n'y avait encore ni électricité ni glacière. A l'extrémité de la pelouse, près du rivage, un Carnoët de 1900 avait fait construire un petit kiosque romantique, de fonte ouvragée, avec un drôle de toit pointu, fait pour la musique, la lecture ou la rêverie. C'était, disait-on dans la famille, le kiosque-des-déclarations-d'amour-au-soleil-couchant. Il y avait encore, plus en retrait, le hangar à bateaux, cher à Yves, assorti d'une menuiserie et d'une petite forge désaffectée où l'on ferrait autrefois les chevaux des attelages qui avaient remplacé, sur les nouvelles routes anglaises, les palanquins de jadis, portés par les Noirs. On y garde, à présent, les voitures.

Une route de terre contourne les salines et s'enfonce dans un bois planté en bordure de rivage. C'est là que se trouve la maison construite pour Yves, non loin d'une autre maison, minuscule, qui ne comporte que deux pièces et une varangue en réduction. Cette maison de poupée a une histoire, celle de la sœur Saint-Félix dont elle porte le nom.

Les Carnoët des années vingt avaient déserté l'*Hermione* pour Floréal, nouvelle banlieue résidentielle de Curepipe. L'*Hermione* avait été prêtée aux religieuses d'un couvent français en mission à Maurice et qui y avaient vécu cinq ans. Puis, elles étaient reparties pour la France et les Carnoët avaient réintégré la demeure familiale.

Un an plus tard, à l'heure du déjeuner, on avait vu s'encadrer dans la porte de la salle à manger une jeune femme vêtue de noir, poussiéreuse et visiblement à bout de forces. C'était l'une des jeunes religieuses, la sœur Saint-Félix. De retour en France, avec son couvent, elle avait été prise d'une telle nostalgie de Maurice et de ce domaine de l'*Hermione* où elle avait passé les moments les plus heureux de sa vie, qu'elle avait décidé d'y revenir. Et non seulement elle avait quitté son couvent, jetant sa robe aux orties, mais encore elle s'était débrouillée pour trouver l'argent du voyage sur la dernière classe d'un bateau. Après des jours et des jours d'une traversée pénible, elle avait débarqué au Port-Louis et s'était fait conduire en carriole jusqu'à Rivière Noire. Et là, sur le seuil de la salle à manger, elle avait dit aux Carnoët éberlués de cette apparition : « C'est moi. Je ne pouvais plus vivre là-bas, alors, je suis revenue. Je vous en supplie, ne me renvoyez pas. Je vous servirai. Je m'occuperai de vos enfants. Je leur apprendrai à lire. Je leur ferai faire leurs devoirs. Je ferai ce que vous voudrez mais ne me renvoyez pas. » On l'avait gardée. Elle faisait partie de la famille. Elle s'était occupée de deux ou trois générations d'enfants. Elle habitait la petite maison de bois qu'on avait fait construire pour elle, où elle avait vécu jusqu'à un âge avancé, où elle était morte, qu'on avait gardée vide, en souvenir d'elle et où elle revenait parfois, affirmait Laurencia qui rencontrait toujours des fantômes sur son chemin.

Parmi les portraits des vieux Carnoët accrochés dans le grand salon de l'*Hermione*, celui d'Hervé laissait à penser que cet aïeul entreprenant n'était pas peu fier de son domaine. La main posée sur la hanche, l'épaisse chaîne de montre visible dans l'ombre du gilet, un air général de contentement de soi annonçaient aussi un goût de l'ostentation, corollaire inévitable d'une récente fortune. On sentait que, toute sa vie, il avait étouffé volontairement dans des costumes de gros drap venus d'Europe, le cou étranglé par de rigides cols montants qu'il devait juger le seul habillement digne d'un riche propriétaire foncier, quitte à risquer l'apoplexie dans ce vêtement peut-être convenable à Londres ou à Paris mais aberrant dans le climat de Maurice. Il n'était pas le seul, à l'époque. Les nouveaux bourgeois y avaient gagné le surnom de « gros pal'tots » qui demeure dans le langage populaire. Le peintre du portrait avait saisi et immortalisé son malaise en fonçant le teint du visage jusqu'au rouge brique.

C'est par ce goût de l'ostentation, sans doute, qu'il avait tenu à flanquer la façade marine de sa maison de deux tours rondes aux toits pointus, plus hauts que le toit principal. Ces deux tours incongrues juraient avec la rigueur de la façade en l'alourdissant mais cela faisait château.

L'une des tours aux murs intérieurs tapissés de damas bleu est un salon de musique avec un piano perpétuellement désaccordé par l'humidité marine. L'autre tour abrite un salon, autrefois baptisé fumoir, produit de l'imagination extravagante d'un décorateur pékinois du XIXe siècle et dont la réalisation, d'après les comptes du vieux Carnoët, avait englouti un joli tas de piastres.

Autant le salon de musique, avec ses bleus passés et ses bois blonds est une oasis de calme et de sérénité, autant le fumoir chinois est une pièce hallucinante qui dégage des ondes de colère et de violence. D'un rouge profond des murs au plafond, avec ses tables basses et ses fauteuils tarabiscotés en bois d'ébène, il est orné sur tout le pourtour de panneaux de laque qui faisaient peur aux enfants, à cause des chimères et des dragons aux yeux exorbités de haine, aux griffes acérées qui s'y battent en tirant des langues de feu sur un fond de plantes folles, tordues jusqu'au plafond, comme prises d'une frénétique colique végétale. On y consignait autrefois les enfants de la famille qui s'étaient rendus insupportables. Passer une heure « aux dragons », de l'avis de ceux qui en avaient tâté, était une punition mille fois plus redoutable que d'être privé de baignade ou de dessert.

Ce qui, dans cette pièce, demeure plus troublant encore que les dragons, les chimères et les chrysanthèmes en folie, est la curieuse marqueterie de bois précieux qui recouvre le sol. A première vue, c'est un joli travail de parquet qui ne dénote rien d'extraordinaire mais, dès qu'on y pose le pied, chaque lame de bois émet un son plaintif et musical à la fois qui se multiplie au gré des pas, modulant un véritable chant d'oiseau, une roulade de rossignol, joyeuse ou mélancolique selon qu'on arpente la pièce vite ou lentement. Un chant bizarre, toujours recommencé, chaque fois différent, impossible, même en s'appliquant, à reproduire exactement. De mémoire de Carnoët, personne n'avait jamais pu comprendre grâce à quel assemblage de bois, à quel invisible mécanisme, le décorateur chinois avait pu composer ce parquet mélodieux dont les visiteurs de l'*Hermione* s'émerveillent depuis un siècle. Un Carnoët des années trente, bricoleur et d'esprit scientifique, avait osé désassembler un bon pied de lames à un certain endroit du salon, pour tenter d'en percer le secret. En vain. Il n'avait réussi, une fois les lames de bois soigneusement remises en place, qu'à rendre muette la surface soulevée. Comme si les oiseaux, contrariés, s'étaient refusés à chanter dans cet espace violé par une curiosité intempestive. On s'en était tenu là. Personne, jamais plus, n'avait tenté d'en éclaircir le mystère. Il était entendu, une fois pour toutes, que le parquet du salon rouge chantait. Et voilà, il chantait.

Depuis qu'entraînée par Vivian, Bénie avait découvert ce phénomène, elle éprouvait un dégoût incoercible qui la figeait au seuil de ce salon dont, pour rien au monde, elle n'aurait accepté de franchir le seuil une seconde fois. Cependant, l'enfant était fascinée par cette pièce et elle ne passait jamais le long de la fenêtre sans s'y arrêter. En sécurité derrière les vitres, dressée sur la pointe des pieds, elle surveillait le parquet infernal. Vers sept ans, elle en fit un cauchemar qui la poursuivit longtemps. Par la fenêtre de la tour, elle apercevait le sol débarrassé de son revêtement de bois. Des centaines de petits oiseaux gris y étaient allongés, serrés les uns contre les autres, immobiles, non pas morts mais comme endormis, les yeux clos, une patte allongée, l'autre repliée comme pour un french-cancan, avec de minuscules becs couleur de corail pointés en l'air. A première vue, l'ensemble donnait l'impression d'un grand tapis soyeux, gris, piqueté de points orange et dont une brise, au ras du sol, soulevait le poil duveteux. En y prêtant une attention plus grande, on voyait au léger mouvement des bréchets que les oiseaux aux yeux clos respiraient. Et cette respiration, s'accélérant soudain, avait émis une sorte de ronflement musical, rythmé, qui était allé crescendo de l'inaudible au hurlement, celui que Bénie avait poussé en s'éveillant, couverte de sueur.

De là datait son horreur physique, insurmontable, des oiseaux. Non pas de leur chant mais de leur fragilité menaçante, de leur sautillement sous les varangues, de leurs pattes élastiques, de leurs cœurs minuscules battant au tiède duveteux de corps si légers. De leurs plumes, surtout. De toutes les plumes. La moindre d'entre elles s'échappant de son oreiller la mettait en transe, ce qu'avait vite remarqué la perfide Laurencia qui en piquait dans les clefs des placards interdits à l'enfant fureteuse. Pas de danger qu'elle s'y risque.

Le cauchemar des cauchemars, c'était l'oiseau entré dans la maison et qui ne peut plus ressortir, se cogne contre les vitres à s'assommer, qui rebondit comme un fou d'un mur à l'autre et du plafond au sol en criant de détresse dans un abominable bruit de plumes froissées. Bénie, la peau soudain grumeleuse d'épouvante, s'enfuyait en hurlant qu'elle ne rentrerait pas dans la maison tant que l'on n'aurait pas remis en liberté l'oiseau fou de l'avoir perdue. Plus tard, dans sa vie, il lui arrivera, parfois, de devenir elle-même cet oiseau fou qui se blesse en cherchant la sortie d'un piège où, tout seul, il s'est fourvoyé.

MAUREEN Oakwood se levait à midi et même, quelquefois, bien après. Évidemment : elle prenait la nuit pour le jour. Rarement présente au déjeuner ou au dîner mais, dès que la lune apparaissait, elle commençait à déambuler à travers la maison, sans faire de bruit, sur ses pieds nus. Maureen Oakwood marchait pieds nus comme les bonnes. Bien après minuit, elle allait manger dans le réfrigérateur. On entendait le clic de la porte. Avec ses doigts. Et elle laissait des miettes partout.

Si ce n'était que ça. ELLE SE BAIGNAIT LA NUIT et complètement à poil. Lindsay, le mari de Laurencia l'avait vue, un soir, alors qu'il revenait de tirer sa pirogue au sec parce que le vent s'était levé et qu'on ne sait jamais. C'était bien le hasard qu'il passe devant la maison à cette heure. Il avait vu Ti' Madam'[1] descendre l'escalier qui mène à la plage, toute nue, avec une serviette jetée sur l'épaule. Elle sautillait de marche en marche. Non, il n'avait pas rêvé. Il n'était même pas allé se saouler, cette fois-là, chez le Chinois des Trois-Bras, comme cela lui arrivait parfois, les soirs de pleine lune, quand la bière, seule, vous nettoie les mauvaises idées. Sur le moment, il avait eu peur que ce fût là le fantôme de la vieille Grand' Madam', la belle-mère de Mme de Carnoët qui était morte l'année du Grand Cyclone. Mais les fantômes n'ont pas de petits tétés-caoutchoucs qui se balancent sous la lune en descendant les escaliers et ils n'emportent pas de serviette de bain pour aller sur la plage. Lindsay s'était caché derrière le gros veloutier au milieu de la pelouse et si, à son âge, il s'était attardé à regarder à travers les

1. Abréviation de « petite madame », par opposition à Grand' Madam', la grand'mère.

feuilles, se balancer les seins nus de la Ti' Madam' puis ses jolies fesses rondes quand, arrivée sur la plage, elle lui tourna le dos, même qu'il avait senti sa gogote devenir dure comme bois de fer, ce qui ne lui était pas arrivé depuis longtemps et l'avait fait rire, s'il était resté là à la regarder, c'était seulement pour pouvoir se porter à son secours, quand elle avait commencé à nager dans la mer noire, comme si elle ignorait que les requins franchissent la passe, la nuit pour chasser dans le lagon. Cette fois, il avait pensé que Ti' Madam' avait vraiment la tête gâtée. Elle était restée un bon moment dans la mer, à battre des pieds et des bras, ce qui allumait des étincelles dans l'eau tout autour d'elle et puis, elle avait remonté l'escalier, enroulée dans sa serviette, en se tordant les cheveux, en chantonnant, en laissant les traces de ses pieds mouillés sur les marches, ce que ne fait jamais un fantôme. Et Lindsay avait dû attendre que sa gogote soit retombée pour rentrer dans sa maison où il avait tout raconté à Laurencia (sauf la gogote). Et Laurencia avait dit, comme lui, que cette femme-là avait la tête gâtée et que c'était bien dommage pour son mari et pour la petite Bénie, parce que tout ça se terminerait mal.

Maureen Oakwood, même en plein jour, était toujours un peu nue. Comme si les vêtements ne tenaient pas sur elle. Quand elle s'asseyait, ses jupes remontaient sur ses cuisses. Les bretelles de ses débardeurs blancs tombaient de ses épaules. Ses seins bondissaient de ses décolletés, apparaissaient, de profil, dans les échancrures, sous les bras ou se faufilaient par ses chemises toujours déboutonnées.

Le pire, c'est quand elle allait sous la pluie battante, sans se presser, comme si ça l'amusait et que ses robes légères rendues transparentes par la pluie se collaient à son corps.

Maureen Oakwood semblait faire tout son possible pour se singulariser et déplaire.

Maureen Oakwood détestait les réunions de famille et le disait.

Maureen Oakwood, qui était protestante, n'accompagnait pas les Carnoët, le dimanche, à l'église de Rivière Noire. Elle n'allait pas non plus au temple et on ne la voyait jamais une Bible à la main. Françoise de Carnoët qui avait insisté pour qu'on baptisât Bénie — « à cinq ans, il était temps, vous m'avouerez ! »... — s'inquiétait beaucoup de l'exemple déplorable que constituait, pour sa petite-fille, l'indifférence religieuse de sa mère. Non pas que Grand' Madam' fût d'une piété profonde mais tout était bon pour faire grief à Maureen Oakwood. Elle lui reprochait aussi de ne pas s'occuper assez de l'enfant. En tout cas, pas comme il aurait fallu. Maureen Oakwood n'avait pas, vis-à-vis de Bénie, l'attitude que doit avoir une mère. Trop indulgente. Trop familière. Cette façon qu'elle avait de la supplier lorsque la gamine était insupportable : « *Please, Bénie, stop it...* », au lieu d'agiter le rotin magique[1] qui impose le respect aux enfants. Puisque Laurencia et elle-même se chargeaient de l'éducation de Bénie, Maureen Oakwood leur en laissait le soin.

Elle, se contentait de jouer avec sa fille et à des jeux idiots. Est-ce qu'une mère digne de ce nom passe des heures à organiser une course d'escargots avec une enfant de six ans ? Est-ce qu'une mère qui se respecte s'assoit à califourchon sur une tortue géante en lui grattant la carapace pour la faire avancer et ceci sous les yeux de sa fille qui n'aurait jamais eu l'idée de ce genre de locomotion ? Est-ce qu'une mère sensée espère corriger le naturel boudeur de sa fille en lui récitant par dérision une comptine aussi stupide que :

Nobody likes me
Everybody hates me
I think I'll go and eat worms
Long ones, fat ones
Short ones, skinny ones
Worms that squiggle and squirn.
Bite their heads off
Suck their guts out
Throw their skins away
Nobody likes me
Everybody hates me
I' think I'll go and eat worms[2]...

1. Le brin de rotin dont on fouette les enfants est le martinet de l'île.
2. Personne ne m'aime — Tout le monde me déteste — Je crois que je n'ai plus qu'à aller manger des vers — Des longs, des gras, des courts, des maigres — Je vais leur couper la tête avec mes dents — Leur aspirer les boyaux et recracher leurs peaux — Personne ne m'aime, etc.

et ainsi de suite jusqu'à ce que Bénie hurle de rage ou éclate de rire ? Dites-moi, franchement, est-ce que cette répugnante histoire d'asticots est le moins du monde pédagogique ? Est-ce que faire répéter à une petite fille une phrase aussi sotte que HOW MUCH WOOD WOULD A WOODCHUCK CHUCK IF A WOODCHUCK COULD CHUCK WOOD ? est vraiment indispensable à sa parfaite diction ? Et si diction il y a, pourquoi pas, alors DIDON DINA DIT-ON D'UN DINDON DODU et autres CHEMISES ARCHI-SÈCHES DE L'ARCHIDUCHESSE ?

On pouvait aussi compter sur Maureen Oakwood pour fournir Bénie en pétards-râpés que les enfants chinois font craquer sur le sol des rues à Noël. Mais pour les choses sérieuses, importantes, rien. Maureen Oakwood n'a jamais brodé une robe à smocks ni jamais organisé le moindre goûter d'enfants comme font toutes les jeunes mères dignes de ce nom. On ne l'a jamais vue tartiner le moindre sandwich au beurre de cacahuète.

Maureen Oakwood semblait même indifférente à la sacro-sainte joie de Noël, aux surprises qu'on prépare, aux courses fiévreuses des jours qui précèdent, aux cadeaux qu'on enveloppe. Les filaos enguirlandés ne lui arrachaient qu'un soupir : « Quel dommage, c'est un arbre mort ! » Elle ne manifestait même pas la moindre émotion quand, dans la chaleur lourde de décembre, filtraient de toutes les portes ouvertes des maisons, les *Christmas carols* de son pays et la voix dégoulinante de Frank Sinatra qui, en quelques mots, réduit en flaque de nostalgie tout sujet britannique normalement constitué surtout s'il est égaré loin de sa motherland, « *I'm dreaming of a white Christmas...* » Non, Maureen Oakwood ne dreamait pas d'un white Christmas et crachait ouvertement sur les dindes surgelées importées de France ou du Sud-Afrique, sur les bûches aux marrons ramollies par la canicule et même sur les puddings les mieux poudignés du Royaume-Uni. En revanche, elle se régalait de plats désuets et un peu dégoûtants qu'elle allait se faire mitonner dans des endroits connus d'elle seule, curries de singe ou de chauve-souris, larves de guêpes frites, rôti de hérisson ou civet de tortue de mer.

Elle disparaissait ainsi des journées entières sans qu'on sût où ni avec qui. A l'*Hermione*, Maureen Oakwood avait constamment le nez plongé dans des romans qu'elle recevait par gros paquets d'Angleterre. Pire, elle écrivait des poèmes incompréhensibles ou franchement choquants. Maureen Oakwood fréquentait le vieux Malcolm de Chazal qui oubliait en sa compagnie, sa redoutable misogynie. On les vit ensemble qui riaient aux éclats sur la terrasse de l'hôtel du Morne Brabant où le peintre-poète venait souvent s'asseoir, avec son nœud papillon et son chapeau de Panama, les mains croisées et le dos toujours tourné à la mer. De qui, de quoi se moquaient-ils, tous les deux ?

Maureen Oakwood était tombée amoureuse de l'île avec l'excès qu'elle apportait à tout. Au volant de la petite voiture qu'elle s'était achetée, elle découvrit en quelques mois ce que la plupart des familles de l'île avaient ignoré ou méprisé depuis des générations : des villages, des routes de traverse, des chemins perdus entre les montagnes, des pagodes, des temples, des cimetières oubliés parmi des champs de canne. Elle sut ce que l'île comptait de sorciers vaudous, de diseuses de bonne aventure, de fouilleurs de trésors et de maisons hantées. Au Port-Louis, elle était comme chez elle dans le dédale bruyant et puant du quartier chinois. Elle savait quelle basse-cour traverser pour trouver tel vieux fils du Ciel qui recelait les plus gracieuses théières du monde ou le plus pur safran de contrebande. Elle vous menait tout droit et sans peur dans la plus obscure cabane en planches de Trou Fanfaron où un trafiquant d'or et de pierres précieuses polissait de délicats bijoux dans les relents d'opium d'une fumerie clandestine installée dans un sous-sol voisin. Elle revenait, le soir, poussiéreuse et émerveillée. Pour contrarier tout le monde, elle affirmait que Mahébourg, le village indien du Sud-Est, est mille fois plus beau et plus intéressant que le nord de l'île vendu au tourisme et où la plupart des gens civilisés possèdent d'élégants campements de week-end. Elle rentrait de Mahébourg les bras chargés de saris scintillants, de bracelets de verre ou de plastique multicolores, de cuvettes émaillées de fleurs criardes, de veilleuses à pétrole, de cahiers d'autrefois. On pouvait deviner qu'elle venait de Mahébourg rien qu'au sillage d'encens qu'elle laissait derrière elle. Dans toute sa vie, Mme de Carnoët n'était allée à Mahébourg qu'une seule fois, pour voir le musée qu'on avait installé dans la belle maison des Robillard.

Bénie se souviendra toujours de cette cueillette bizarre inventée par Maureen sur une petite plage de la côte ouest où les navires hollandais de Pieter Both qui revenaient de Chine avaient fait naufrage au XVIIe siècle, drossés sur les brisants par un méchant cyclone. Maureen racontait, comme si elle y avait assisté, le naufrage des vaisseaux chargés de porcelaines, d'épices et de soieries, le vacarme épouvantable des vents, le fracas des bateaux s'écrasant sur les rochers, les hurlements des marins précipités à la mer et surtout le bruit de vaisselle brisée des délicates porcelaines Ming. Et Bénie entendait tout cela, le voyait presque, elle aussi, dans le silence de la petite plage ensoleillée que troublaient à peine le cri d'un oiseau et le bruit du ressac.

Là, en face, des plongeurs avaient trouvé sur les lieux du naufrage l'épave du *Banda*, le navire où Pieter Both avait trouvé la mort. Ils avaient remonté des plats, des assiettes, des vases de porcelaine vieux de trois siècles et miraculeusement conservés intacts, protégés des mouvements marins par le poids d'un canon envahi de madrépores. Mais tout ce qui a été brisé par le naufrage ne cesse de ressurgir par fragments, rejetés sur la plage, déterrés des fonds, encore et encore par chaque cyclone qui laboure la mer.

Maureen, par hasard, en cherchant des coquillages, avait eu l'attention attirée par ces morceaux de porcelaine blanche aux dessins bleus, certains larges comme une main, d'autres réduits à la taille d'un ongle, d'une épaisseur différente, selon qu'ils provenaient d'une tasse fine ou d'un gros vase. Il y en avait dans les flaques de la marée basse, au pied des rochers, couverts d'une légère mousse d'algue ou brouillés par du corail ; d'autres nettoyés par le sable sec, faisaient apparaître le dessin exquis d'une fleur, d'une arabesque ou d'un poisson et leurs cassures polies par des siècles d'errance marine étaient douces au toucher.

Maureen et Bénie avaient passé des heures et des heures sur la plage de Médine à « pêcher » des Ming, criant de joie à chaque découverte, essayant de reconstituer, par un puzzle impossible, un objet entier. Attentives, penchées vers le sable, elles oubliaient la force du soleil qui leur brûlait les épaules et le dos. Elles entassaient leurs trésors dans des sacs pesants qu'elles rapportaient à l'*Hermione*, sous l'œil furibard de Laurencia qui ne comprenait pas pourquoi on venait l'encombrer avec ces saletés d'assiettes cassées.

Une nuit, Bénie rêva d'un jeune Chinois aux longues moustaches de l'époque Ming, en train de peindre justement un poisson d'assiette qu'elle avait retrouvé, intact. Elle voyait naître le poisson des doigts fins du jeune peintre, de la souplesse de son pinceau. Et le Chinois disait d'une voix tendre et mélodieuse : « Tu le trouveras. Je te le donne. » Comme quoi il suffit de rêver pour comprendre le chinois.

Même pour se reposer, Maureen Oakwood ne s'asseyait jamais dans une chaise ou un fauteuil d'une façon normale. Elle s'y alanguissait, s'y répandait ou s'y rassemblait, les pieds sur le siège, les genoux sous le menton. Le plus souvent, elle s'installait par terre, les jambes croisées en tailleur.

Maureen Oakwood fumait. Elle confectionnait pour elle et pour Yves de curieuses cigarettes coniques, avec un tabac bizarre qu'elle se procurait du côté d'Henrietta et qu'elle roulait dans de grandes feuilles d'un papier de riz venu de Londres avec, en guise de filtre, un petit morceau de carton roulotté. Mme de Carnoët mère se demandait si c'était pour se singulariser ou tout bêtement par avarice car on trouvait toutes sortes de cigarettes toutes faites chez la Chinoise d'O-ba-pri et même dans toutes les *tabagies* [1] des bords de route. Maureen Oakwood en aspirait voluptueusement la fumée dans son poing refermé et cela la rendait, selon le temps, rêveuse ou rieuse ou sentimentale, ou même musicale.

Car Maureen Oakwood jouait de la cithare. Si tard. Dans la nuit, le vent, parfois, portait les notes frêles d'une mélopée née sous ses doigts, là-bas, dans le petit pavillon du bord de mer.

Trois années de suite Maureen Oakwood refusa catégoriquement d'assister à la réception du 14 juillet offerte par l'ambassadeur de France aux notables franco-mauriciens.

On ne vit pas non plus Maureen Oakwood au bal du Dodo où

1. Nom mauricien des bureaux de tabac.

sa nouvelle famille avait pourtant une table bien placée, réservée d'année en année.

Maureen Oakwood, en revanche, se faisait de bien curieuses relations, outre le vieux Malcolm. On la signala qui se baignait sur la plage de Tamarin, sautant dans les vagues parmi de jeunes Indiens qu'elle tutoyait.

On vit aussi Maureen Oakwood en train de converser en anglais avec l'oncle Gaëtan Cheylade. Ils étaient assis côte à côte sur la souche de ciment qui soutient le poteau télégraphique, où le vagabond tenait ses assises une bonne partie de la journée, juste devant la boutique chinoise O-ba-pri. L'ivrogne avait familièrement posé sa main sur l'épaule de cette petite-nièce par alliance qui acceptait de lui parler et sans se boucher le nez. Le tournant de la route étant particulièrement dangereux à cet endroit-là, plusieurs conducteurs d'automobile, amis ou parents des Carnoët, dont l'attention avait été captivée par le spectacle de cette association incongrue, avaient même failli se télescoper.

Le soir même — on s'en souviendra longtemps — au cours d'un dîner qui réunissait une dizaine de personnes, Maureen Oakwood avait demandé pourquoi l'oncle Gaëtan n'était jamais reçu à l'*Hermione*. Un silence gêné et quelques haussements d'épaules lui avaient répondu, assortis d'un fou rire brutal d'Yves de Carnoët qui venait tout juste d'absorber une cuillerée de son potage, lequel, sous l'effet de son rire, lui avait jailli illico par les trous de nez, cochonnant lamentablement la belle nappe de lin brodée à la main dont Mme de Carnoët mère avait fait recouvrir la table pour honorer ses invités.

Car le plus incroyable c'est qu'Yves de Carnoët, malgré les remontrances de sa mère et de sa belle-sœur Thérèse qui avait haï Maureen au premier regard, on s'en serait douté, Yves, loin de s'inquiéter de la façon déconcertante dont sa jeune femme se conduisait, semblait, au contraire, s'en amuser. Loïc de Carnoët, lui, se taisait et observait avec un étonnement dénué de malveillance cette Maureen qui, en moins d'un an, avait fait l'unanimité contre elle, de sa mère à sa femme, en passant par presque tous les membres de la parentèle. Elle lui rappelait vaguement une autre jeune femme, cette Laure venue d'Europe, il y avait si, si longtemps.

A Grand Baie, à Rose Hill, à Moka, à Quatre Bornes ou à Curepipe, quand le nom de Maureen Oakwood était prononcé dans une conversation — ce qui l'animait, en général —, les personnes les mieux intentionnées disaient qu'elle était *spéciale*. Et elle avait beau s'appeler désormais Maureen de Carnoët, elle fut toujours Maureen Oakwood pour sa belle-mère et Ti' Madam' pour les domestiques.

Yves appelait rarement Maureen, Maureen. Il préférait lui donner les noms de ces navires dont s'était bercée son enfance, ces vaisseaux de guerre ou de course, de la Compagnie ou d'ailleurs dont beaucoup reposaient par le fond entre cap de Bonne-Espérance et Coromandel, frégates ou corvettes, flûtes, boutres et brigantins, galions ou goélettes, hachés par le vent des cyclones, truffés de boulets, fracassés par les récifs et dont les canons moussus servent de repères aux plongeurs, dans les eaux transparentes de l'océan Indien. Maureen était pour Yves toute une escadre fantôme. Selon le vent ou son humeur il la nommait : ma *Curieuse*, ma *Favorite*, ma *Bellone*, mon *Ambulante* ou ma *Cigale*, mon *Athalante* ou ma *Coquille*, ma *Boudeuse* ou ma *Tourmaline*, ma *Preneuse*, ma *Néréide*, ma *Parfaite*. Ainsi s'expriment, quand ils sont amoureux, les Bretons qui sont des gens bizarres.

MAUREEN Oakwood et Yves s'entendaient très bien. C'en était même agaçant. Cette façon de s'embrasser à pleine bouche devant le monde, de se mignoter, de se chatouiller et même, parfois, de s'effleurer de la main là où vous pensez. Un jour, en chahutant sous la varangue, ils avaient déboulé, enlacés, sur la pelouse en pente, jusqu'au jardin. Ce qui avait fait dire à cette vipère de Thérèse, de sa petite bouche pincée qui attirait plus le papier de soie que les baisers : « C'est égal, ils ne se conduisent guère comme des gens mariés ! » Pour Yves, Maureen avait tous les droits, même de réagir parfois, à trente ans passés, comme si elle en avait douze. Mme de Carnoët, les yeux au ciel, en déduisait que ce bougre d'Yves s'était fait totalement encotillonner par l'Anglaise.

C'est pourquoi personne n'avait très bien compris ce qui s'était passé le jour où Yves avait disparu sans prévenir. Officiellement, il était parti essayer le bateau à voiles et à fond plat qu'il avait fini par se construire. Mais les heures, les jours, les semaines, les mois puis les années étaient passés sans qu'il revienne. Une seule lettre, très brève, timbrée d'Australie, était arrivée à l'*Hermione* pendant tout ce temps. « Je ne suis pas mort. Pardonnez-moi. Yves. » Cela, au moins, avait calmé l'angoisse de sa mère qui l'imaginait déjà, comme sa fille aînée, servant de pâture aux barracudas. (Longtemps après, on avait appris qu'Yves vivait à Bora-Bora avec une Tahitienne ; qu'il était devenu gros et barbu. C'est tout.) Une fois rassurée, la colère avait succédé à la peur. Qu'on ne lui parle plus jamais de ce fils indigne. Qu'il ait abandonné femme et enfant n'était pas le pire. Mais lui briser le cœur à elle, c'était impardonnable, sans parler de la honte qu'elle ressentait en face de tous ceux et celles qui lui demandaient des nouvelles. Bien entendu, elle avait tenu Maureen pour responsable de cette fuite. Il y avait eu, entre elles, des scènes pénibles. Maureen Oakwood, pour comble, avait décidé de quitter la maison de sa belle-mère. Maureen Oakwood avait une fortune personnelle en Angleterre et n'avait besoin de personne pour vivre à son gré, là où bon lui plaisait.

Dans son malheur, Maureen Oakwood trouva encore le moyen d'être choquante en adoptant une attitude qui ne convenait pas à sa situation, tout le monde fut bien d'accord sur ce point. En effet, une femme de trente-trois ans abandonnée par un mari qu'elle aime, avec une fille de douze ans sur les bras, doit normalement être désespérée. Elle a, dans la journée, les yeux rouges et gonflés, ce qui indique qu'elle a pleuré la nuit précédente, qu'elle a du mal à surmonter cette épreuve. Sa santé s'altère. Son teint se gâte. Elle est en dépression. Elle maigrit ou elle grossit selon son tempérament. Elle porte sa tête légèrement penchée sur l'épaule. Elle est devenue frileuse. Elle s'habille et se coiffe sans recherche. A quoi bon, à présent ? On la voit, sous sa varangue, allongée-prostrée sur une chaise longue de rotin. Un châle la recouvre même aux heures chaudes. Elle passe des heures ainsi, béant à des lointains bleuâtres, son œil rêveur fixé sur l'horizon comme si elle s'attendait à en voir surgir le mari disparu. Sa belle-mère qui ne l'aimait guère du temps de sa gloire amoureuse, a, pour elle, à présent, de l'affection. La douleur qui a fait vieillir sa bru en fait presque sa contemporaine. Fils de l'une, mari de l'autre, l'infâme fugitif qui les avait séparées, les rassemble à présent par son absence. La mère, ulcérée par le départ de son fils mais secrètement réjouie d'en savoir l'autre dépossédée, a, pour elle, des gestes d'une tendresse nouvelle. Elle pose sa main sur son épaule qu'elle pétrit. Elle dit : « Allons, ma petite, il faut réagir, il faut vivre pour votre enfant. Je suis là, je vous aiderai... » Sa belle-mère n'est pas la seule à vouloir l'assister. Les visites se succèdent au chevet de sa détresse. Les amies de la famille, les belles-sœurs, les cousines sont prises d'une subite sympathie, celle qu'on accorde au paratonnerre qui vient de recevoir la foudre à votre place. On vient renifler l'odeur exquise du malheur qui est tombé ailleurs. On pense avec satisfaction que, grâce à Dieu, tout va bien à la maison. Ni Gaëtan, ni Loïc, ni Bertrand n'ont eu l'idée de se construire un bateau à fond plat pour aller s'acoquiner, au bout du monde, avec une Tahitienne, comme ce timbré d'Yves, ce déséquilibré, cet enfant trop gâté.

Oui mais voilà. Maureen Oakwood n'avait pas offert le spectacle réconfortant qu'on attendait. Elle ne *semblait* pas désespérée. Ses yeux ne rougirent ni ne gonflèrent. Elle ne perdit ni ses couleurs ni sa minceur. Sa tête resta droite. Et comme on lui demandait si elle envisageait de demander le divorce : « Pour quoi faire ? répondit-elle. Vous croyez que le divorce fait revenir un homme ? » Et elle ajouta qu'Yves avait eu raison de choisir la vie qu'il voulait mener, que c'était *his problem* et que son problème à elle, Maureen, était, pour l'instant, d'acheter une maison à sa convenance et, d'abord, de la trouver. Et c'est ce qu'elle entreprit, au lieu de rester allongée sous la varangue.

Sa maison, elle l'eut bientôt et aussi loin de l'*Hermione* qu'il était possible. Au large de la pointe d'Esny, au sud-est, Maureen Oakwood acheta la résidence d'un diplomate qui quittait l'île. C'était un petit îlot, à trois cents mètres de la côte, légendaire repaire de pirates, sur lequel on avait construit, dans les années vingt, une folie crépie de rose et de blanc, un peu indienne, un peu mauresque, conçue comme une maison pompéienne, les pièces ouvrant en rez-de-chaussée sur une jolie cour carrelée, à l'abri des vents, centrée autour d'un énorme badamier dont les branches étendues se déployaient en parasol.

Défendu, au sud, par une mer très agitée et très dangereuse que les vents généraux balaient une grande partie de l'année, protégé par une barre de récifs et une côte hérissée de brisants, l'îlot de Maureen est inabordable de ce côté. A l'ouest, l'étroit bras de mer, calme en apparence, qui le sépare de la grande île, est infranchissable à la nage ou en bateau, à cause des courants violents qui le traversent.

Le calme est au nord, sous le vent de terre. Là, l'îlot s'abaisse en une plage douce que borde le lagon de Blue Bay, aux eaux calmes comme celles d'un lac, de tous les tons de turquoise, du plus clair au plus foncé.

La maison tourne le dos aux vents du sud et s'ouvre sur une terrasse que prolonge la plage où les propriétaires précédents ont fait construire un petit appontement. De la côte, cette unique maison de l'îlot est presque invisible, dissimulée derrière un rideau de filaos, de cocotiers, de badamiers et d'arbres-coqueluche.

Le raffinement de la maison dans la sauvagerie de son environnement avait séduit Maureen Oakwood. Elle aimait aussi qu'on ne puisse aborder à son repaire que par une passe étroite, difficile à trouver pour qui n'était pas un familier des lieux. Elle avait acheté une barque à moteur pour traverser le lagon et engagé un couple d'Indiens dont le mari était à la fois chauffeur et nocher. Ainsi retranchée, elle était à l'abri des visites importunes.

Toute société, même la plus respectueuse des règles établies, a ses excentriques qu'elle sécrète et tolère comme des exceptions qui confirment la majorité dans le respect des conventions. Ces marginaux font tout de même partie de la famille et on les admet comme les soupapes de sécurité, les abcès de fixation d'un désordre inévitable.

Les Franco-Mauriciens ont les leurs qu'ils supportent tant que leurs extravagances n'entraînent pas de scandales trop éclatants. Ainsi le ménage de deux lesbiennes *bien nées,* qu'on a fini, à la longue, par inviter comme un couple ordinaire, leur vie de sexagénaires tranquilles n'étant pas différente de celle de deux braves vieilles filles unies pour mieux supporter la solitude. On ne s'effarouche pas trop, non plus, de l'homosexualité de quelques rejetons de bonne famille dont les déportements restent discrets.

Longtemps après sa mort, on raconte encore en riant les farces et les fantaisies de Paul Hauterive, le frère aîné de Françoise de Carnoët, un original inventif qui avait même fait de la prison pour avoir, au mépris de la loi, distillé de l'eau-de-vie dans un alambic de sa fabrication. Malcolm de Chazal ou le poète Edward Hart qui vivait dans une petite maison isolée de Souillac, faisaient aussi partie de ces excentriques tolérables et d'autant plus que leurs œuvres avaient été prisées à Paris, ce qui leur conférait un prestige appréciable. D'autres doux timbrés étaient assimilés à cette espèce d'éternels enfants terribles dont les bizarreries animaient les conversations familiales, tel Anatole Ravon, qui défonçait son jardin de Baie du Tombeau, depuis plus de vingt ans, à la recherche d'un trésor enfoui là par son ancêtre, le terrible pirate

Yann Méhaut, grand pourfendeur de navires anglais ; les circonstances du lieu et de la déposition du trésor lui avaient été révélées grâce aux communications avec l'au-delà, par table tournante, de Lolotte de Carnoët, la tante préférée de Bénie, elle-même considérée comme une étrange personne.

Si l'oncle Gaëtan Cheylade, lui, était rejeté de tous, c'est qu'il affichait cyniquement le scandale d'une déchéance physique volontaire qui faisait honte aux siens. Honte que renforçait le reniement dont il était l'objet. Hormis la maigre pension mensuelle que sa famille lui allouait pour n'être pas accusée de sa mort, elle feignait d'ignorer son existence et son nom était proscrit de toutes les conversations bienséantes. Le moyen de faire autrement lorsque, assis, fin saoul, devant l'épicerie chinoise de Tamarin et reconnaissant au passage l'un ou l'autre de ses parents, Gaëtan les insultait grossièrement et en créole, ce qui mettait en joie les mulâtres qui attendaient le car du Port-Louis. La tante Thérèse avait fui, un jour, sous les invectives ordurières de Gaëtan qui, l'ayant vue sortir de la boutique et ayant essuyé le refus des dix roupies qu'il lui avait mendiées insolemment, avait entrepris de raconter, à sa façon, d'où venait la famille de Thérèse tout en la traitant, elle, on ne sait pourquoi, de putain défrisée et de saucisse à pattes. A d'autres moments, l'ivrogne, pris de lyrisme, se dressait sur la pointe de ses pieds et déclamait de longues tirades de Shakespeare, avec le plus pur accent d'Oxford, avant de se faire chasser à coups de balai-maison[1] par l'épicière qui le haïssait, estimant déshonorante sa présence puante et bruyante devant sa vitrine.

Maureen Oakwood, petit à petit, fut, elle aussi, assimilée à ces gens *dépourvus de sens commun.* On jasa longtemps sur son exil volontaire dans l'îlot de Blue Bay, dans cette maison où elle n'invitait, disait-on, que des étrangers. On ne pouvait mépriser totalement cette femme car on la savait riche, ce qui impressionnait en sa faveur mais on lui en voulait de se tenir aussi insolemment à l'écart. Certains et surtout certaines qui avaient tenté, par pure curiosité, de se faire inviter dans cette demeure

1. Balayette souple en fibres de coco dont on se sert dans les maisons mauriciennes.

qu'on disait somptueuse, s'étaient vexés que Maureen Oakwood ne répondît pas à leurs avances. La solitude de cette jeune Mme de Carnoët intriguait et sa façon de se vêtir. Ne l'avait-on pas vue, un jour, traverser le Prisunic de Curepipe, enroulée dans un sari violet comme une paysanne de Mahébourg ?

Faute de la connaître, on lui prêta alors une vie mystérieuse et dévergondée. On parla d'amants de couleur, de drogue, d'orgies. Bien entendu, tout cela était très exagéré.

POUR expliquer à Bénie la disparition subite de son père, Maureen et Mme de Carnoët — pour une fois, d'accord — lui avaient raconté qu'il était parti faire le tour du monde avec son nouveau bateau. Mais Bénie flairait qu'on lui cachait quelque chose et n'avait cessé, plusieurs jours durant, de poser des questions. Pourquoi ne les avait-il pas emmenées, Maureen et elle ? Et pourquoi n'avait-il jamais parlé de ce voyage ? Et pourquoi ne lui avait-il pas dit au revoir, à elle, Bénie ? Et quand allait-il revenir ? insistait-elle, en tapant du pied. Et pourquoi n'écrivait-il pas ? Il s'arrêtait bien de temps en temps dans un port pour acheter à manger et à boire, non ?

Les réponses embarrassées qu'on lui faisait ne la satisfaisaient pas. Même Laurencia restait évasive, elle qui avait pourtant la langue bien pendue quand il s'agissait de commenter ce qui se passait chez les uns ou chez les autres.

Alors, Bénie faisait tourner entre ses mains le globe terrestre du salon en essayant de deviner où se trouvait ce bateau que, tous les matins, à son réveil, elle espérait voir au mouillage, dans la baie de Rivière Noire. Du bout de son doigt, elle effleurait le globe, partait du minuscule point rose qui figurait Maurice, traversait le courant équatorial du Capricorne, contournait l'Australie par le nord, s'aventurait dans le Pacifique, caressant au passage ces îles de la Société où son père, sans qu'elle le sût encore, s'était arrêté. Le doigt hésitait en vue des Amériques, entre cap Horn et Panama, optait pour Panama certains jours et certains autres fonçait au sud, contournait la Terre de Feu, remontait jusqu'à Rio de Janeiro afin d'y faire provision de vivres et d'eau pour la traversée de l'Atlantique jusqu'au cap de Bonne-Espérance d'où ce n'était plus qu'un jeu de regagner Maurice par le sud de Madagascar.

Une nuit, quelques semaines après le départ d'Yves, Bénie avait fait un mauvais rêve. Elle naviguait avec son père qui l'avait déposée sur un minuscule îlot rocheux parce qu'elle avait une envie pressante de faire pipi. Une idée de rêve, vraiment, car elle aurait très bien pu faire pipi du bord du bateau. Accroupie derrière un rocher, elle avait vu soudain la mer se gonfler de toutes parts en d'énormes vagues sombres qui avaient secoué le bateau amarré non loin d'elle. Ce qui était étrange c'est que cette tempête subite se déchaînait sous un ciel absolument serein et sans que le moindre souffle de vent se fasse sentir. A bord, Yves était en train de préparer des lignes de pêche. Elle le voyait qui enfilait tranquillement ses hameçons, coupait le fil de nylon entre ses dents, sans se soucier apparemment du tangage fou de son bateau, ni de son amarre qui venait de se rompre, ni de dériver soudain à toute vitesse, loin de Bénie épouvantée qui hurlait pour le prévenir mais sans qu'il l'entende, n'osant se relever car son pipi n'en finissait pas de couler et qu'elle avait peur de mouiller sa culotte, ce qui est extrêmement désagréable. Quand enfin, elle avait pu se redresser, le bateau était très loin. Il disparaissait dans des creux de vagues, resurgissait à la crête d'une montagne d'eau et Bénie avait hurlé une fois encore lorsqu'elle avait vu très nettement s'abattre le grand mât, entraînant un fouillis de voiles à la mer. Le bateau, cette fois, avait disparu et Bénie s'était réveillée dans les bras de sa grand'mère, pleurant à chaudes larmes le bateau englouti avec son père et, surtout, à cause de la honte d'avoir fait pipi dans son lit, à douze ans et demi.

Ce qu'elle ne saura jamais, c'est qu'à l'heure précise où elle avait fait ce cauchemar, Yves de Carnoët, pris par un cyclone au sud de Java, avait effectivement cassé son mât, avait été projeté à la mer, n'ayant pas pris la précaution d'enfiler son harnais, avait tout de même réussi, par miracle, à se hisser à son bord malgré la fracture ouverte de sa jambe et avait ainsi dérivé, pendant des heures, cramponné, battu par les lames, grelottant de peur, de fièvre et de souffrance, tandis que l'image de sa fille hantait son délire. Plus tard, un chalutier australien l'avait pris en remorque jusqu'à l'île de Timor.

Après le départ de Maureen pour la pointe d'Esny, Bénie était restée à l'*Hermione* et ne rejoignait sa mère que pour les week-ends. C'est ce qu'avait obtenu Mme de Carnoët, sous prétexte que Rivière Noire était plus près du collège de Bénie que la pointe d'Esny. En réalité, Françoise de Carnoët aurait trouvé mille autres bonnes raisons pour garder Bénie à *l'Hermione* car elle avait reporté sur cette enfant qui la ravissait tout l'amour qu'elle avait éprouvé, naguère, pour Yves.

Maureen qui savait sa fille en de bonnes mains avait accepté assez facilement cet arrangement qui lui permettait de vivre à sa guise, et même de partir en voyage à l'improviste comme elle aimait à le faire. Il lui arriva, entre autres, de s'envoler pour l'Inde d'où elle revint trois mois plus tard, maigre comme un coucou, après avoir vécu dans un ashram de Pondichéry.

Bénie avait fini par ne plus s'étonner de l'étrangeté de ses parents. Si les bonnes sœurs du couvent des Lorettes où elle était externe l'exaspéraient parfois, elle était heureuse à l'*Hermione*, entre sa grand'mère et Laurencia qui était à sa dévotion. Surtout, il y avait là son cousin Vivian qu'elle aimait plus que tout au monde. C'est lui qui, un jour, lui avait révélé la vérité sur l'absence d'Yves. Il avait entendu ses parents en parler et Bénie s'était aperçue que tout le monde, sauf elle, à Maurice, était au courant.

C'était cela, justement, qui l'avait humiliée. Cette conjuration du silence, du mensonge pour lui faire croire que son père voyageait, alors qu'il était parti sans doute pour toujours, vivre ailleurs, avec d'autres personnes. A part sa mère qui se taisait et Vivian qui lui avait dit la vérité, ils s'étaient ligués pour lui mentir, sa grand'mère qui prétendait l'aimer et cette andouille de Laurencia, ses oncles, ses tantes, ses cousins, tous. Et ces mystères autour du départ de son père lui avaient été plus pénibles encore que son absence.

Pour qui la prenait-on ? A presque treize ans, elle n'était plus un bébé, tout de même. La preuve, elle avait des seins de femme et les voyous du marché du Port-Louis la frôlaient, la sifflaient au passage. Quand elle voulait s'en donner la peine, on pouvait croire qu'elle avait quinze ou même seize ans. Alors ? Est-ce qu'on raconte des histoires à une fille de seize ans ? Est-ce qu'on lui cache les aventures de son père ? Est-ce qu'on lui laisse attendre son bateau tous les matins et s'endormir tous les soirs dans la crainte de son naufrage, alors qu'il est tranquillement en train de manger des papayes avec une pute qui vient le servir dans son hamac ? Tout cela la rendait triste. Pire, elle était vexée. Et, pour montrer à tous ces gens qu'elle n'était pas dupe, elle avait soigneusement choisi un moment où toute la famille était réunie et avec des amis très distingués, pour user de provocation.

— Il a combien de femmes à Tahiti, mon père ? avait-elle lancé.

On l'avait regardée avec stupeur.

— Qu'est-ce que tu racontes, Bénie ?

— Je vous demande, avait-elle insisté en regardant chacune des personnes présentes, si Yves de Carnoët, mon père, votre fils, votre frère, vit avec un harem ou bien s'il s'est remarié, ce qui serait assez bête, à mon avis car, tant qu'à faire, autant promener un troupeau de chèvres qu'une seule bique. Est-ce que les Tahitiennes sont aussi belles qu'on le dit ?

Les autres s'étaient regardés, interloqués, et Bénie, enchantée de son effet, avait continué.

— Je trouve qu'il a eu parfaitement raison. C'est ce qu'en pense maman qui a oublié d'être idiote. J'aimerais assez, plus tard, épouser un marin qui partirait faire de longs voyages et me laisserait vivre comme je veux pendant ses absences.

Et, se tournant vers son oncle Loïc :

— Vous n'aimeriez pas, vous, aller retrouver une belle Tahitienne, au bout du monde ?

La tante Thérèse avait explosé.

— C'est intolérable !

Et, se tournant vers sa belle-mère :

— Comment pouvez-vous laisser cette gamine tenir de pareils propos ? Elle mérite le rotin, oui ! Si c'était ma fille...

— Je ne suis pas votre fille, ma tante, avait coupé Bénie, d'une voix tout à fait sucrée, et vous ne devriez pas vous mettre en colère ainsi : vous avez des plaques rouges sur la figure.

D'un souple coup de reins, Bénie avait esquivé la claque de l'oncle Loïc. Dépassée, Mme de Carnoët agitait les mains autour de ses oreilles. Vivian piquait du nez dans son assiette.

Plus tard, dans leur cabane, il lui avait reproché cette sortie.

— Tu as été un peu fort.

— Alors, tu es de leur côté, toi aussi ? Alors, je n'ai personne, personne ?

Cette fois, des larmes avaient jailli des yeux de Bénie et Vivian l'avait prise dans ses bras et bercée longtemps pour la calmer. Il n'avait pas encore bien compris ce qui la mettait dans un état pareil. Il pensait que de n'avoir pas des parents semblables à ceux des autres la troublait plus encore que leur séparation et, à sa manière, il avait voulu la consoler.

— Au fond, je trouve que tu as de la chance, avait dit Vivian. Tes parents sont bizarres, c'est vrai, mais je les changerais bien contre les miens qui sont normaux à pleurer. Ma mère est insupportable. Elle est snob, mesquine, maniaque. Elle n'arrête pas d'emmerder mon père pour des riens et lui, s'aigrit. Il ne rit jamais, s'endort après les repas, se lève à l'aube, disparaît au Port-Louis toute la journée, revient avec une figure d'enterrement et ne desserre pas les dents. Il ne se détend un peu que lorsqu'il prend l'avion pour se sauver à la Réunion ou au Sud-Afrique. Et il a de plus en plus à faire, ailleurs. Nous, les enfants, on ne peut jamais lui parler. Ou il n'a pas le temps de nous écouter ou il nous engueule. Il nous traite de crétins à la moindre mauvaise note et nous annonce un avenir minable de planteurs de patates à Rodrigues. Et encore, je préfère qu'il nous engueule que de l'entendre se disputer avec maman. Ce qu'il peut lui sortir comme vacheries, tu n'imagines pas. Alors, elle se venge. Elle a trouvé un moyen génial pour se venger : elle nettoie. Elle nettoie tout ce qui lui tombe sous la main. Elle voit de la saleté et des microbes partout. Elle oblige les bonnes à se doucher deux fois par jour, elle leur inspecte les oreilles. Elle les oblige à faire bouillir l'eau qui rince la vaisselle, à mettre des gants de coton pour secouer les draps des lits. Elle interdit que quelqu'un d'autre qu'elle pénètre dans la pièce où est la machine à laver, pour qu'on ne contamine pas le linge qui en sort. L'autre jour, elle a fait honte à ma sœur Laetitia qui avait oublié une culotte sale dans le tiroir de sa chambre. Elle a surgi dans le salon comme une furie, en prenant la culotte de Laetitia entre deux doigts. Laetitia était en train d'écouter des disques avec des copains qu'elle avait invités.

Maman lui a agité sa culotte sous le nez : « Veux-tu me dire ce que cela signifie ? » Laetitia est devenue toute rouge et s'est mise à pleurer. En même temps, j'ai cru qu'elle allait la bouffer. Et tu sais ce qu'elle m'a fait, à moi ? J'avais une amie indienne, Rani, tu as dû la voir, très mince, avec des cheveux longs, une fille jolie, bien élevée, drôle, intelligente — non, Bénie, je n'ai jamais rien fait avec elle, je te le jure ! —, elle prend des cours à l'Alliance[1], c'est là qu'on s'est rencontrés. Bref, Rani me faisait marrer et je l'aimais bien. Un jour, je l'amène à la maison et, comme elle avait soif, je lui ai servi un jus de fruit. On était là, tranquillement, sous la varangue, quand ma mère est arrivée. Quand elle a vu Rani, elle est devenue verte. Elle m'a appelé et elle m'a dit, en parlant comme je te parle, ce qui fait que Rani entendait tout : « Qu'est-ce que c'est que ça ? — Ça, quoi, maman ? — Tu ramènes des Indiennes sous le toit de ta mère, maintenant ? » J'ai essayé de lui expliquer que Rani était très gentille, qu'on allait aux mêmes cours, que son père était banquier. J'ai dit que je lui avais offert un verre parce qu'elle avait soif et qu'elle s'en irait ensuite. Elle n'a rien voulu savoir. Moi, je parlais doucement pour ne pas gêner Rani. Mais maman, elle, s'est mise à parler de plus en plus fort, exprès, à glapir qu'elle n'était même plus maîtresse chez elle et que si c'était son départ ou sa mort qu'on souhaitait, on n'avait qu'à le dire. Quand je suis revenu sous la varangue, Rani était partie. Évidemment, elle avait tout entendu. Le lendemain elle m'a dit : « Je crois qu'il vaut mieux ne plus se voir. De toute manière, ce serait pareil chez moi. Si tu venais à la maison, mon père en ferait une maladie. »

« Pour en revenir aux miens, ce qu'ils ont de pénible, c'est que leurs vengeances s'escaladent. Chacun se venge de la vengeance de l'autre. Pour punir ma mère de son hygiène maladive, mon père l'oblige à l'accompagner, lorsqu'il va faire son *jogging* du soir, autour des salines. Il sait qu'elle a horreur de courir. Il le fait exprès. Il lui dit que cela l'aidera à éliminer. Éliminer quoi ? Tu la connais : elle raye les baignoires. Il l'a persuadée qu'elle vieillirait moins vite si elle bougeait son cul. Alors, elle le suit en rechignant mais elle y va. Et elle trottine dans sa foulée pendant

1. L'Alliance française.

plus d'une heure. Quand elle revient, elle dégouline de sueur, elle a le cœur qui cogne, elle a, facile, dix ans de plus.

« Ce qu'il y a de terrible, tu vois, c'est que, parfois, elle me fait pitié et, parfois, c'est lui que je plains. La vérité, c'est qu'ils n'étaient pas faits pour vivre ensemble mais qu'ils ne se quitteront jamais parce que la haine les a agglutinés, soudés, pire que la superglu qui t'arrache la peau des doigts si tu as le malheur d'en pincer une goutte. Et ce qu'il y a d'encore plus terrible, c'est de savoir que tu es né de cette erreur et de sentir en toi se bouffer à n'en plus finir ces deux pièces qui ne vont pas ensemble et qui ont eu l'imprudence de se reproduire.

« Toi, tes parents, au moins, ont eu le courage de vivre leurs vies, chacun de son côté. Ils se sont fait un moindre mal. Ta mère est timbrée, d'accord. Ton père, à ce que dit le mien, a toujours été et sera toujours un foutraque mais tu ne les auras connus ensemble qu'amoureux. Moi, je n'ai pas le souvenir que mes parents se soient aimés. Je crois qu'ils se crachaient déjà à la gueule, au-dessus de mon ber[1].

« Et pourtant, je les aime. Je n'y peux rien : je les aime. Et le pire, tu vois, c'est d'avoir des parents à qui l'on n'adresserait pas la parole s'ils étaient des étrangers et de les aimer quand même. »

1. Berceau.

Ce n'était pas Loïc de Carnoët qui avait pris la décision de séparer les deux cousins, après le scandale de la cabane que Thérèse continuait à appeler : l'abomination. A dire vrai, ce qui s'était passé dans cette maudite cabane ne lui semblait pas tellement abominable. Évidemment, les deux gamins étaient un peu jeunes pour jouer à la bête à deux dos ; là-dessus on pouvait trouver à redire et, sûr, on ne s'en priverait pas. En même temps, il ne pouvait s'empêcher d'éprouver une certaine fierté à l'idée que son fils avait agi en vrai petit mâle. Et même, cela le rassurait car il lui arrivait souvent de juger Vivian un peu trop efféminé pour son goût. La beauté délicate du garçon, la grâce de ses gestes, ses goûts d'artiste, cette rêverie perpétuelle dont il n'émergeait qu'en sursautant lorsqu'on lui adressait la parole déroutaient Loïc. Il ne reconnaissait pas son petit dans cet être délicat, si loin de ses goûts à lui.

Vivian était le seul, parmi ses fils, qui ne se réjouissait pas de l'accompagner à la chasse. Ou, s'il condescendait parfois à suivre les invités dans la montagne, c'était en flâneur et en se désintéressant ostensiblement des opérations. On le retrouvait, vautré sur un mirador avec un livre, ce qui ne faisait pas bon effet.

Loïc avait même fini par juger anormaux les dons naturels de son fils : sa passion pour le piano dont il avait appris, seul, à jouer passablement, son goût raffiné pour les formes, les couleurs, les étoffes, son sens de la mise en scène et de la décoration qui le faisaient apprécier aux fêtes de son collège, tout cela semblait à Loïc chichis et qualités de jeune fille. Lorsqu'il voyait Vivian et Thérèse en train de composer un bouquet ou penchés sur des échantillons de tissus pour choisir la couleur d'un rideau, alors qu'il aurait préféré voir Vivian manier des outils ou graisser un fusil, il accusait sa femme d'en faire une poule mouillée.

Cette fois, au contraire, Loïc estimait que Vivian n'avait pas dérogé et qu'il n'y avait pas de quoi faire un tel foin parce qu'il avait sauté sa cousine. Bénie, il s'en apercevait à présent, devenait une très belle plante, capable de troubler un garçon. Pas lui, bien sûr, qui avait toujours préféré les peaux sombres des petites métisses de Rivière Noire aux blondes de son clan mais, entre hommes, on se comprend.

Ce qui l'indisposait surtout, dans toute cette histoire, c'est que ces deux couillons se soient fait surprendre par Thérèse. Vivian aurait dû se méfier davantage. Est-ce qu'on le surprenait, lui Loïc, quand, les nuits sans lune, il allait tirer un coup sur la plage de Tamarin ? Donc, s'il s'était cru obligé d'infliger à Vivian une seconde correction, après celle qu'il avait reçue de sa mère, c'était davantage pour apaiser la colère de Thérèse que parce qu'il était vraiment fâché.

Mais Thérèse ne s'était pas laissé désarmer aussi facilement. Si son fils l'avait ulcérée, Bénie plus que Vivian encore était l'objet de sa rancune. C'est elle qu'elle voulait, surtout, atteindre. Et, comme elle avait flairé plus qu'une attirance physique entre les adolescents, c'est à ce point vulnérable qu'elle avait frappé. Ils étaient inséparables ? Eh bien, on allait les séparer.

Étant donné les notes très moyennes qu'obtenait Vivian en classe, elle n'avait pas eu de mal à convaincre Loïc de la nécessité d'expédier le garçon dans un bon collège d'Afrique du Sud où on lui apprendrait enfin les valeurs de la discipline et du travail. L'éducation sud-africaine est réputée faire des hommes et il était grand temps de raffermir le caractère mollasson de Vivian. Là-bas ce serait tout autre chose que les frères irlandais de Curepipe, trop doux avec leurs élèves pour faire honneur à leur devise : *Ad altiora cum Christo.*

Quant à Bénie qu'il fallait — à son avis — arrêter d'urgence sur la voie de la délinquance, pourquoi ne pas la confier à la tante Eda qui dirigeait, en France, un pensionnat dominicain pour jeunes filles ?

Sa haine et sa soif de vengeance lui donnèrent de la ruse et presque de l'intelligence. Elle réussit à effrayer et Maureen et sa belle-mère en leur décrivant les dangers que courait Bénie si on ne la protégeait pas contre ses propres instincts. Seule, disait-elle, la pension pourrait lui faire traverser sans encombre une adolescence agitée. Puisque son père était absent, il serait criminel de ne pas prendre, à sa place, les responsabilités nécessaires. Ne reculant devant rien, elle brandit comme des épouvantails ce que risquait de devenir Bénie, à Maurice, élevée par une grand'mère qui n'était plus toute jeune, trop indulgente pour elle ou trop innocente pour voir le Mal où il est. « Franchement, Mère, auriez-vous seulement soupçonné que Bénie et Vivian puissent se conduire comme je l'ai vu ? » Ah, elle en connaissait, elle, des jeunes filles comme Bénie qui, faute de surveillance, étaient devenues de misérables droguées, de lamentables filles-mères ou pire encore. Et puis, être en pension en France, ce n'était vraiment pas la mer à boire. Avec Eda, Bénie resterait en famille et elle reviendrait pour les vacances.

Thérèse savait que parler de la France à Mme de Carnoët, c'était flatter le péché mignon de la vieille dame et que l'idée d'offrir à sa petite-fille une éducation vraiment française compenserait dans son esprit le chagrin de ne plus la voir qu'aux vacances.

Thérèse avait vu juste : Mme de Carnoët était convaincue. Cette Bénie pour laquelle elle ne trouvait rien de trop beau, elle allait lui offrir ce dont elle avait rêvé, elle, toute sa vie : la France. Cette France qu'elle ne connaissait que par ouï-dire et par les photos sur papier glacé des revues auxquelles elle était abonnée, depuis toujours tournait, dans son imagination comme un kaléidoscope fourmillant de mille éclats. La France, c'étaient les murailles de Saint-Malo et les robes en crêpe de Chine de Nina Ricci, et Surcouf et Coco Chanel et les fantômes étincelants de Versailles et le muscat de Frontignan si doux les soirs d'été, et les chevaliers de la Table Ronde aux tournois des Cinq Nations et Jeanne d'Arc parfumée au Shalimar de Guerlain et le champagne rose ruisselant sur les toits bleus des Invalides et Molière au volant d'une voiture Peugeot — un luxe, à Maurice ! — et l'Apollon de Bellac dans les vignes du Romanée-Conti, la mer de Charles Trenet et le père de Foucauld, la fille aînée de l'Église aux galas de l'Opéra, l'Alsace et

1. En 1810, au large de Mahébourg. Seule bataille navale française gagnée, contre les Anglais sous Napoléon et inscrite sur l'Arc de Triomphe de l'Étoile.

la Lorraine, les thés du Claridge et la flèche de Chartres, la victoire du Grand Port[1], Sacha Guitry dans la violette de Toulouse, le sourire de l'Ange de Reims et la barbe immortelle de Victor Hugo sur les remparts du Mont-Saint-Michel, où la mer monte à la vitesse d'un cheval au galop, les bêtises de Cambrai et la douceur angevine, la valse lente d'une hirondelle sur les adieux de Fontainebleau. La France, c'est-à-dire la culture, l'esprit, le luxe, la beauté, la grandeur. Tout ce qui venait de France était beau et bon. Ils le savaient bien, ici, les marchands de goyaves du marché qui nommaient goyaves de Chine les fruits de qualité inférieure et goyaves-de-Chine-de-France, les meilleurs. Et Françoise de Carnoët avait fini par sourire en évoquant le départ de Bénie, car elle se voyait déjà annonçant fièrement à ses amies : « Ma petite-fille Bénédicte fait ses études en France. »

Ainsi Thérèse de Carnoët était arrivée à ses fins. Trois mois plus tard, tandis que Vivian apprenait à « devenir un homme » au collège Saint-Charles de Pietermaritzburg, près de Durban, Bénie, par un matin glacé de février, entrait en classe de troisième au collège Jeanne d'Arc de Pithiviers (Loiret), une petite bourgade du Gâtinais qu'elle qualifiera plus tard de trou-du-cul-du-monde.

PARVENU à sa vitesse de croisière, l'avion déchire des kilomètres de nuit, fonce droit sur Nairobi. Les footballeurs, assommés par le picrate et l'altitude se sont éteints, relayés par les membres d'un club de vacances qui gloussent, s'interpellent d'une rangée à l'autre, pelotent les femmes, se jettent oreillers et couvertures à la tête et, finalement, s'entassent dans l'allée pour dévaliser l'éventaire de parfums, de cigarettes et d'alcools vendus à bord. Un bébé malgache hurle, arc-bouté dans les bras de sa mère. Il a la tête renversée par-dessus l'accoudoir et l'on ne voit plus dans son visage noir qu'une bouche rose, grande ouverte, au fond de laquelle tremble de rage une minuscule luette. L'hôtesse passe, indifférente, en se tapotant les frisures, visiblement préoccupée par le nombre de plateaux qu'elle va devoir entasser sur son chariot, à l'heure du dîner.

Rogneuse, Bénie essaie d'éviter la crampe dans l'étroitesse du fauteuil. Le passager assis devant elle a déjà incliné son dossier en position de repos, ce qui restreint encore l'espace pour se mouvoir et Bénie ne peut s'empêcher d'y donner quelques méchants coups de genou pour manifester sa mauvaise humeur et déranger, si possible, ce voisin encombrant. Elle a pris dans le nez, depuis le début du voyage, ce vieux jeune homme de quarante ans, soixante-huitard attardé en baskets avachies, chandail détendu et jean déchiré rituellement aux genoux. Une calvitie précoce dénude le haut de son crâne où quelques mèches étalées forment un léger brouillard capillaire compensé par de longues démêlures qui tirebouchonnent en couronne jusque sur ses épaules comme si ce qui était tombé du haut avait été rattaché par le bas. Avec ses joues que rendent grises deux jours sans rasoir, son anneau dans le lobe de l'oreille doublé d'un rubis serti en plein cartilage et l'aveulissement de toute sa personne, la panoplie est complète, l'uniforme recta, bon pour le musée Grévin. Près de lui, une rouquine à la tignasse extrêmement frisée et volumineuse ne cesse d'interpeller le produit de leur couple, une fillette de cinq ans, rousse et crêpelée comme sa mère, vilaine à souhait. Avec son teint blafard, son grand front en retrait et son museau pointu, elle évoque un mouton malsain, nourri de chips et de surgelés. Elle est tout à fait insupportable, ne cesse de se rouler par terre, de ramper sous les fauteuils, de se pincer les doigts dans la porte des toilettes ou de courir dans l'allée en traînant trois immondes poupées à corps de pin-up, petites putasses en réduction, aux cheveux platinés, à la taille étranglée, à la poitrine provocante. « Belladone, viens ici ! crie la mère, Belladone, viens manger un bonbon ! Belladone, laisse la dame tranquille ! » Tout ça pour informer l'assistance que son mouton s'appelle Belladone, à la mairie y z'en voulait pas de ce nom, alors on s'est mis d'accord sur Krystèle mais nous on l'appelle Belladone. « T'as fini, oui ? Tu veux que j'me fâche ? »

Mais Belladone s'en tamponne des objurgations maternelles et continue sa sarabande sous l'œil impavide de son père qui s'est collé un *walkman* aux oreilles et rythme à coups de tête une batterie fantôme en ruminant du chewing-gum. Belladone bute dans l'hôtesse, trébuche et colle ses mains poisseuses sur les genoux de Bénie qui se demande pourquoi les progrès de la médecine, pourquoi on les vaccine de la variole, pourquoi il n'y a plus d'ogre pour dévorer les chiardes à tête de mouton.

Du coup, la mère a secoué son chauve assoupi : « Ricardo, fais kèk'chose, j'y arrive pu, chai pu commen la t'nir ! » L'autre, excédé, arrache ses écouteurs, se soulève, attrape la Belladone par une patte et la tire vers lui pour déboucher le couloir où une queue, déjà, s'impatiente. Bénie attend avec intérêt la claque paternelle qui devrait remettre les choses en ordre mais le vieux jeune homme se contente de bloquer Belladone et lui dit d'une voix molle : « Arrête, Bella... » C'est trop peu pour calmer la gamine qui se débat en poussant des cris de brebis contrariée et hurle soudain à la figure de son père : « Tu m' fais chier ! » Cette fois, Bénie en est sûre, la beigne va partir. Mais non. Le chauve qui, en plus, est écolo, ne va pas se mettre à tabasser son mouton pour si peu de chose. Il se contente de glousser, assez fier, en jetant un coup d'œil alentour pour voir l'effet produit par la sortie de Belladone. C'est la mère, cette fois encore, qui intervient. Les dents serrées, au bord de la crise de nerfs, elle saisit Belladone, l'immobilise brutalement sur son siège, la boucle dans sa ceinture et lui fourre dans la bouche un bouchon de caoutchouc en forme de tétine tandis que le père, soulagé, recolle ses écouteurs sur ses oreilles et recommence à avancer le cou en mesure pour accompagner la musique qui éclate dans sa tête.

Bénie, pliée en Z sur son fauteuil basculé, les yeux fermés, essaie d'analyser les composantes du remugle charognard qui se dégage du troupeau entassé : lourds pets veloutés échappés de centaines de boyaux oppressés par l'altitude, mêlés aux relents sauvagins, alliacés, d'aisselles marinant dans le tissu synthétique, miasmes d'entre-fesses, de pieds gonflant dans les chaussures, d'haleines épaissies par la déshydratation, exhalaisons grasses de vêtements et de chevelures imprégnés de toutes les fritures terrestres, fumées de tabac chaud, de tabac froid, odeur fade, bouchère de sang féminin et vapeurs ammoniacales d'urine concentrée qui fusent par bouffées des portes sans cesse ouvertes et refermées des toilettes. C'est une façon, pour elle, de conjurer, de supporter ce fumet humain qui l'humilie puisqu'elle fait partie, elle aussi, de ces centaines de futurs cadavres entassés là, dans la bétaillère volante. Et l'idée de tous ces morts en sursis, suggérée par la puanteur des corps vivants se relie sournoisement à cette grand'mère qui ne sera plus là, au bout de ce voyage.

Plus là, partie, disparue, sortie, absente. *Grand'mère décédée...*, annonçait le télex que la tante Thérèse avait dû prendre tant de plaisir à rédiger, insistant même — Bénie en est sûre — pour se charger personnellement de cette corvée, jouissant, à l'avance, de la giclée de chagrin qu'elle lâchait ainsi sur le téléscripteur. « Tiens, prends ça, ma petite Bénie ! Ta chère grand'mère est D C D ! » Elle aurait pu écrire *envolée* ou même *morte* ou *crevée,* finalement moins vulgaire que l'administratif *décédée* qui pue le guichet d'état civil. Et Bénie se dit que Néron avait bien raison de faire exécuter les messagers de mauvaises nouvelles. Ce sont les trois lignes de ce maudit télex qui, pour elle, ont tué sa grand'mère et l'évocation fugace de la tante Thérèse, projetée dans une fosse de lions affamés, avec son nez retroussé, ses petits yeux marron et sa robe en *liberty,* glisse un rayon de miel dans l'amertume de son cœur.

Cette grand'mère morte, Bénie y pense encore et encore, même lorsqu'elle croit son esprit occupé d'autre chose. Mais au fur et mesure du temps qui passe, la vieille dame se transforme, se dédouble. Il y a, à présent, deux Françoise de Carnoët. La réelle, celle de sa mémoire, si rassurante dans ses gestes familiers, la vivante dont, il y a quelques heures à peine, Bénie jurerait qu'elle lui est apparue, rajeunie. A celle-ci se substitue, à présent, une autre personne qui est sa grand'mère et, en même temps, ne l'est plus. C'est une inconnue, une chose, une denrée périssable, menacée par la chaleur de décembre, dont il a fallu se débarrasser rapidement. On ne laisse pas traîner les cadavres à Maurice. On les enterre, à peine ont-ils expiré, bien habillés, bien enfermés dans la caisse sertie de plomb fondu dans une cassolette, dans la chambre même du défunt. Un vrai bricolage. Bénie avait assisté à cette opération — avec Vivian, évidemment — quand on avait enterré l'oncle de Victoire de Kérivel. Un oncle énorme. Ils avaient dû se mettre à trois pour le tasser dans le cercueil, un croque-mort assis sur le couvercle, l'autre qui vissait et le troisième qui touillait tranquillement le plomb en fusion, dans les reniflements et le murmure des prières.

Et, parce qu'elle veut échapper à l'idée de ce qui se passe en ce moment même dans le caveau du cimetière de Rivière Noire où des générations de Carnoët se sont desséchés, c'est à une image de son enfance que Bénie se cramponne : Vivian et elle, dans le cimetière.

Ils ont dix ou douze ans et deux sujets les obsèdent : la découverte des plaisirs de l'amour et les mystères de la mort. Ils en parlent sans cesse, se posent des questions dont ils trouvent rarement les réponses dans les propos voilés des grandes personnes. L'amour et la mort les effraient, les intimident et les font ricaner. Mais les livres dont ils disposent ne font qu'épaissir les mystères et les adultes se dérobent à leur curiosité.

Leur promenade favorite aboutit, en ce temps-là, au cimetière de Rivière Noire, non loin de leurs maisons. A la moindre occasion, ils s'en vont rôder dans l'étrange jardin ouvert entre la mer et la petite route ombragée de vétustes banyans dont les racines aériennes laissent pendre au-dessus de leurs têtes, des entrelacs fantastiques. Les tombes débordent presque sur la route dont elles ne sont séparées que par une haie basse et discontinue d'épineux. Elles sont plantées n'importe comment, dans tous les sens, au hasard, sans le moindre alignement, comme si le désordre inévitable des cyclones avait découragé les vivants d'installer au cimetière un semblant d'ordonnance. A chaque ouragan, des croix sont arrachées, des pierres soulevées, brisées par les vents, défoncées par les pluies et les branches d'arbres qui s'écrasent dessus. C'est un cimetière chaotique, dépotoir plutôt que champ de repos où les tombes des pauvres ne se signalent que par une pierre dressée, de grossières bordures de ciment barbouillé de peinture bleue ou blanche, des vestiges de croix de bois et de fer ou, le plus souvent, par un simple renflement du sable.

Les plus anciennes tombes sont d'un basalte sombre dont le couvercle à double pente est en forme de toit. D'autres, de fer ouvragé peint en blanc, ressemblent à de vieux lits d'enfants dont on aurait ôté sommiers et matelas. D'autres encore ont forme de table basse, une dalle rectangulaire soutenue par quatre pieds et qui abrite des congrès de lézards. Et tout ça fendu, cassé, rongé, cul par-dessus tête, comme si les morts s'y étaient longuement battus. Les noms gravés depuis plus d'un siècle y sont illisibles, effacés par la mousse, le soleil et les embruns. Théodore, le gardien qui fait office de fossoyeur, a montré aux enfants comment déchiffrer ces noms en répandant une poignée de sable blanc sur la dalle sombre. Les grains de sable, en se logeant dans ce qui reste des creux, font apparaître les noms de vieux morts dont personne ne se souvient plus.

Au fond du cimetière, du côté de la mer, se regroupent quelques grandes familles chrétiennes, françaises ou britanniques. Plusieurs tombes par famille, farouchement isolées les unes des autres, par un enclos de murets. Là, on n'a pas lésiné sur le souvenir. Ce sont les tombeaux cossus avec chapelles, statues et marbres ornés de versets de la Bible ou de longues lamentations poétiques soigneusement gravées à la mémoire d'une mère ou d'une épouse apparemment pourvue de toutes les qualités ou encore d'un petit ange ravi trop tôt à l'affection des siens. Bénie et Vivian ont leur morte préférée : Lucilla Alexandrine Draper, morte à deux ans et demi en 1825 et dont ils ont appris, par cœur, l'épitaphe solennelle : « *Ange du Ciel, enlevé de si bonne heure à l'amour de ton père et de ta mère. Tu commençais à les nommer, à les chérir quand la mort t'a frappée. Notre tendresse a voulu perpétuer le souvenir de notre douleur. Prie Dieu pour nous et que ton souvenir nous unisse après ta mort comme notre amour pour toi nous unissait pendant ta vie.* » Les enfants de cette famille devaient être fragiles car, quatre ans plus tard, Edouard Alfred Thomas, à moins de quatre ans, avait rejoint sa sœur. Mais l'habitude du chagrin était prise... « *Il perdit la vie et nous le repos* », affirme laconiquement son épitaphe.

Une végétation anarchique achève de rendre ce cimetière surréaliste. Outre les corolles parfumées des frangipaniers, arbustes traditionnels des morts et les fleurs bicolores, exubérantes des lantanas, il arrive, dans l'été de décembre, qu'une multitude de lys sauvages à longs pistils surgisse, après la pluie, en une nuit, serrés les uns contre les autres, si nombreux qu'ils dissimulent les tombes sous un nuage blanc au parfum entêtant. Ici, un palmier prend racine dans une dalle ; là, un manguier enserre de ses racines puissantes une tombe dont il a fait exploser la pierre. Des tamarins et des cocotiers s'élancent, enchevêtrés par les caprices des vents. Des lianes échevelées, des cuscutes infernales escaladent des badamiers, les recouvrant d'un feuillage insolite. Un singe, parfois, vient s'y balancer, tandis que la femme du gardien secoue son panier à salade ou étale ses tapis sur les tombes proches de sa case. Ses boucs, attachés aux croix, broutent ou galopent, diaboliques, par-dessus les tombes.

Il y a là, aussi, pour qui sait voir, les traces de pratiques magiques qui ne sont pas étrangères, bien qu'elle s'en défende, à Laurencia : œufs brisés, fracassés sur la croix centrale, têtes et pattes de coq, liés selon un rite particulier, faisceaux de plumes, graines rouges disposées trois par trois, mixtures bizarres dans des bouteilles de Coca-Cola bouchées avec des feuilles et, partout, des coulures de bougies rouges, fondues. Parfois, une poupée de chiffon au visage noirci est clouée sur le tronc musculeux d'un banyan, support d'une mauvaise manigance auquel il convient, surtout, de ne pas toucher.

A Théodore, Bénie et Vivian ne se gênent pas pour poser des questions car ils ne le considèrent pas du tout comme une grande personne. Théodore n'a pas d'âge précis : entre quinze et cinquante ans. Petit, râblé, très fort mais une cervelle d'enfant et la bouche perpétuellement fendue d'une oreille à l'autre. Il rit tout le temps. Parfois, on aperçoit sa tête hilare, au ras du sol ; il est en train de creuser une fosse qu'il étaye par des planches sur les parois pour empêcher le sable de débouler. C'est un jeu d'enfant que de creuser une tombe dans le sable de ce cimetière-là. Tout en pelletant, Théodore chantonne la lente complainte de la Rivière Tanier qui sert de berceuse aux enfants de Maurice... « *Waï, waï, mes enfants, faut travaill' pou gagn' son pain... waï, waï, mes enfants...* » Théodore adore que Vivian et Bénie viennent le voir. Les enfants s'assoient au bord du trou et Théodore, qui est très feignant, est enchanté de cette distraction qui lui permet de bavarder, les deux mains sur le manche de sa bêche et le menton posé sur ses mains. Il raconte pour qui il creuse, cette fois. Il donne des nouvelles du cimetière, en appelant les tombes par leurs noms. Il les désigne du doigt, la main au ras du sol. Il dit que Priscilla de Robiquet lui donne bien du souci : elle retombe à chaque tornade malgré tout le ciment qu'il lui a mis. C'est à croire que Priscilla mange le ciment. En revanche, les Bissonneau, père et fils, vont très bien ; ils n'ont pas bougé depuis trois ans.

Théodore a ses tombes comme on a ses têtes. Étant créole et catholique, il privilégie les sépultures chrétiennes, redresse tendrement les croix abattues, répare celles qui sont cassées avec des ligatures en fil de fer. Il adore les belles tombes des familles françaises ou anglaises dont il va parfois balayer les dalles, les effleurant affectueusement des fibres douces d'un balai-maison. S'il accueille avec joie Bénie et Vivian, c'est, aussi, parce qu'ils sont les enfants d'une de ses tombes préférées dans laquelle il aura plaisir à les ensevelir personnellement, si Dieu lui prête vie.

Ce qu'il n'aime pas, ce sont les chicots de pierre plantés à même le sol sur les tombes indiennes. Si Théodore faisait la loi, il n'y aurait pas de morts indiens. En attendant, il fait semblant de ne pas les voir et marche dessus sans se gêner. Mais les pires, pour lui, ce sont les tombes chinoises. Théodore hait les Chinois, pour une raison, comme lui, très simple : il a, en permanence, une dette de bouteilles de bière à la boutique des Trois Bras où il va se saouler tous les samedis soir. Et tous les samedis soir, la patronne, une petite Chinoise boulotte, qui se déplace avec des fesses qui roulent comme une houle de grande marée, la patronne lui brandit sous le nez le cahier de ses dettes et n'accepte de le servir que s'il règle une colonne de chiffres. Alors, Théodore se venge au cimetière sur les tombes chinoises qu'il accable de son mépris. Il y pisse même joyeusement la bière qu'il boit chez son ennemie des Trois Bras. Vivian et Bénie n'arrêtent pas de le taquiner sur les Chinois. Pour le faire enrager, ils lui signalent une stèle abattue sur un fils du Ciel. Alors, le perpétuel sourire de Théodore se détend : « *Pas bizin trakassé,* dit-il et il ajoute, *Cinois pas dimoune. Kane li mor, li vini yap*[1] ! »

C'est aussi Théodore qui leur a appris que les morts pètent. *Dimoune morts pété.* Pas les vieux morts, évidemment, que des armées de bactéries et de microbes, des escadrilles d'insectes divers, des divisions entières de ténébrions ont nettoyés jusqu'à l'os depuis belle lurette mais les morts frais de deux à trois jours, encore joufflus et bedonnants, gonflés d'un gaz qui leur agite la viande livrée à toutes les boursouflures de la putrescence. D'après Théodore, les riches péteraient plus que les pauvres, ayant été mieux nourris et les adultes que les enfants. Ainsi, la chère Lucilla Alexandrine Draper (1822-1825), avait fini de péter depuis longtemps tout comme ses voisins Louis Jules Gaultier de Rontaunay ou Gustave Demmerez. Mais Théodore n'en dit pas autant de Jacqueline Danagoret, la grassouillette infirmière de la Gaulette, enfouie la semaine passée, de l'autre côté du gros banyan. A entendre Théodore, il suffit de se coller l'oreille au sol, les soirs de grande chaleur, pour entendre les détonations souterraines.

Assis sagement au bord du trou, les deux enfants, les coudes sur leurs genoux repliés et le menton dans les mains, écoutent Théodore, médusés. Pour varier les plaisirs de son *farniente,* celui-ci lâche sa bêche et se roule soigneusement une cigarette, en puisant des pincées de tabac dans un pochon de plastique. Assez

1. « Pas besoin de se tracasser. Les Chinois ne sont pas des êtres humains. Quand ils sont morts, ils deviennent des diables. »

flatté de l'attention qu'il suscite chez les petits de Carnoët, futurs occupants de la plus belle tombe du cimetière, Théodore, soucieux d'exactitude, ne manque pas de nuancer ses affirmations de quelques doutes. A dire vrai, il n'y a pas plus de règle stricte dans le comportement des morts que dans celui des vivants puisqu'il a connu, lui, Théodore, des morts qui pétaient jusqu'à des six mois et plus. Comme quoi, on ne peut pas dire... Là-dessus, il scelle sa cigarette d'un délicat coup de langue.

Horrifiés et enchantés à la fois par ces révélations incongrues, Bénie et Vivian, à quatre pattes, secoués de rire, auscultent le sol, si attentifs aux pétarades de l'au-delà que, suggestion ou réalité, ils croient parfois les entendre. Entendre péter les morts, c'est un peu comme apercevoir le fameux rayon vert du soleil couchant. On a tellement envie de le voir qu'on pense l'avoir vu, sans en être bien sûr. Théodore leur conseille de venir la nuit mais cela, ni Vivian ni Bénie, terrifiés par les histoires de Laurencia, n'oseront jamais le faire. On ne joue avec les morts qu'au soleil. Vivian et Bénie ne s'en privent pas. A partir des histoires de Théodore, ils ont inventé un jeu qui consiste à imaginer mortes les personnes les plus dignes, les plus *squares,* les plus *suspendues* — comme on dit ici — de leur connaissance, livrées à cette gonflette explosante et sans retenue possible. Ils en pleurent de rire.

Bénie, cette fois, ne pleure pas de rire. Tout en se félicitant d'un éloignement qui lui aura permis d'échapper à l'enterrement de sa grand'mère, à l'horreur physique de cette mise au rebut, aux grimaces de la famille et des amis, à l'ennui d'avoir à afficher une attitude convenue, Bénie ne peut détacher sa pensée de la grande silhouette maigre qui gît dans sa solitude dernière à Rivière Noire, les pieds à angle droit, le nez contre un couvercle, livrée aux explosions fatales. Mais cette *chose*-là la tourmente moins que son double dont Bénie se demande, tout à coup, s'il existe autrement que dans sa mémoire, c'est-à-dire à la merci du temps et de l'oubli. Un doute affreux la terrasse soudain dans son fauteuil d'avion. Et si elle était vraiment perdue tout entière ? Et si la chaleureuse, l'impérissable présence de cette femme qui la chérissait n'était qu'une illusion née d'un mensonge entretenu par des siècles de désespoir pour consoler les survivants ? Et si la vision qu'elle a eue, dans l'aéroport, n'était qu'un mirage ? Et s'il ne restait rien mais rien de rien de ceux qui nous ont aimés, de leur tendresse, de leur protection, de leur puissance désincarnée ? Et si leur présence invisible à nos côtés n'était qu'une fable ? Et s'il ne subsistait rien des émotions de toute une vie, pas un souffle, pas une onde ? Et si les âmes et les esprits n'étaient que des pets de morts, dilués dans l'éternité ? Et si plus jamais, jamais, elle Bénie, ne pourrait parler à cette Françoise de Carnoët dont elle avait encore tant de choses à apprendre, à qui elle avait encore tant de choses à dire ?

Une larme, une seule mais une grosse a giclé sous les cils baissés de Bénie de Carnoët que nul, jamais, n'a vue pleurer, sauf de rage, lorsqu'elle se pince les doigts dans une porte.

— Un morceau de chocolat ?

La petite voix douce a tiré Bénie de son pot-au-noir. La fille brune assise à sa droite tend vers elle une tablette ouverte de chocolat aux noisettes. Elle a dû apercevoir cette larme, quelle horreur ! Qu'on la surprenne en train de pleurer fait à Bénie à peu près la même impression que si elle était assise aux cabinets, ayant oublié de verrouiller la porte, et se retrouvait dans cette position humiliante, face à un intrus. En plus, elle déteste le chocolat au lait. Mais la fille qui doit avoir son âge a une si bonne bouille de bébé réjoui que Bénie accepte l'offrande pour ne pas la froisser.

— Vous allez à Maurice ?

— Non, dit la fille. Je retourne chez moi, à la Réunion. Je viens de terminer mes études dentaires et je vais installer un cabinet, là-bas.

— C'est un bon métier, dentiste à la Réunion ? demande poliment Bénie.

— Oui, il y a beaucoup de travail. Et vous, vous allez à Maurice ? En vacances ?

— Non, pas en vacances. J'habite Maurice. Enfin, j'y habitais. J'y ai toute ma famille.

— J'y suis allée une fois, dit la fille. Les plages sont plus belles que les nôtres.

— Vous êtes contente de vous installer à la Réunion ?

— Oui, parce que je suis contente de retrouver mes parents que je n'ai pas vus depuis quatre ans et non parce que je vais être obligée, au moins au début, de vivre avec eux. Ça m'inquiète un peu. Depuis quatre ans, je vis en liberté à Paris et j'ai pris goût à mon indépendance. Je vais être moins libre, à présent... Où vas-tu ? Avec qui sors-tu ? Vous voyez... C'est normal : eux sont restés les mêmes, moi, j'ai grandi. Je ne sais pas comment ça va se passer.

Arrivée de la cheftaine-hôtesse, avec le chariot et les plateaux du dîner.

— ... et comme boisson ?

— Nous allons fêter votre retour, dit Bénie. Vous aimez le champagne ?

— Bien sûr, dit la fille.

— Alors, dit Bénie à l'hôtesse, deux petites bouteilles de champagne bien fraîches, s'il vous plaît.

— Y'en a pas, répond l'autre d'un ton sec. Que du mousseux.

— Non, dit Bénie, agacée. Je veux du champagne, le mousseux, c'est dégueulasse.

— Possible, dit l'hôtesse de plus en plus pincée, mais du champagne, y'en a pas !

— Comment, explose Bénie, pas de champagne sur une grande compagnie comme la vôtre ?

— Pas sur les vols-vacances, répond l'autre sur un ton flicard. Vous n'y avez pas droit.

— Mais je ne vous ai pas demandé de me l'offrir, rage Bénie, je vais vous le payer, ce champagne !

— Impossible !

Bénie fait un effort visible pour ne pas éclater. Sa voix se fait patiente, bénigne, celle qu'on prend pour apprendre à une mongolienne à lacer ses chaussures.

— Dites-moi, il y en a du champagne dans la classe affaires, comme vous dites ?

— Oui.

— A cinq mètres d'ici ?

— Oui.

— Alors, allez m'en chercher deux bouteilles et au trot !

— Je vous ai dit que vous n'y avez pas droit ! postillonne l'hôtesse, furieuse du « au trot ! » de cette grande perche qui pourrait être sa fille. Si vous n'êtes pas contente, ajoute-t-elle, vous n'avez qu'à voyager en classe affaires ou en première classe !

— Ah, je n'y ai pas droit, dit Bénie qui se dresse d'un bond, ah, je n'y ai pas droit...

Bénie qui trouve soudain dans l'agressivité un dérivatif joyeux à sa tristesse, Bénie qui ne supporte pas qu'on lui refuse quelque chose surtout venant d'une face de carême qui ressemble à son abominable tante Thérèse, Bénie de Carnoët sent brusquement bouillir le sang breton qui lui vient de son père et le quart de sang irlandais qui lui vient de sa mère. Elle pose son plateau sur son siège et jaillit dans l'allée sous l'œil vipérin de l'hôtesse, à peine rassurée par le chariot qui la sépare de l'irascible passagère. Elle ne peut pas comprendre que Bénie, au fond, est enchantée de cet incident qui lui permet de se détendre les nerfs et que cela l'amuse.

La petite brune est terrorisée.

— Ça ne fait rien, dit-elle, on s'en passera...

— Tttt, ttt, fit Bénie qui, cette fois, affronte la cheftaine qu'elle dépasse d'une bonne tête.

— Mais, dites-moi, ma p'tit' dam', est-ce ainsi qu'on traite les pauvres sur les avions de cette grande compagnie qui fait de la publicité partout ? Ils n'ont droit de faire la fête qu'au mousseux, les pauvres ? Pas au champagne ? Sur un avion français ?

Rires dans l'assistance. Bénie, encouragée, hausse encore le ton, imprimant au chariot des petites secousses qui font reculer la cheftaine dans l'allée.

— Je croyais, dit-elle, que votre compagnie était nationalisée donc socialiste, n'est-ce pas ? Alors (coup de chariot) ? Alors (recoup de chariot) ? Vous n'avez pas honte, hôtesse socialo, de nous traiter ainsi nous autres, pauvres Indiens, pauvres étudiants, pauvres sous-développés ?

Applaudissements dans l'assistance. La tension monte.

Une jeune Indienne se lève, s'approche. Genre intellectuelle tiers-mondiste, grosses lunettes et châle, mâtinée de féminisme et de droits de l'homme, peut-être instit ou prof quelque part.

— Elle a parfaitement raison, dit-elle en s'adressant à l'hôtesse. Cet impérialisme capitaliste est insoutenable. Comment osez-vous nous refuser du champagne, sous prétexte que nous n'avons pas les moyens de nous offrir un vol de luxe... ?

— Et encore, si ce n'était que ça, dit Bénie, enchantée d'ajouter un peu d'huile sur le feu, mais vous avez vu comment on traite les enfants, ici ? A peine un biberon réchauffé de temps en temps et encore il faut le demander trois fois... Alors que là-bas (mouvement de menton vers la classe affaires) on les nourrit, les enfants, on les change, on les berce, on ne les laisse pas croupir dans la merde, on aide leurs mères !

Là, c'est gagné. Des femmes se lèvent, approuvent, glapissent autour de la tiers-mondiste qui a entamé un discours vengeur et fumeux, ravie de cet auditoire improvisé offert à sa faconde militante.

Bénie se rassoit, fait un clin d'œil à sa voisine qui, à présent, se tord de rire. L'avion est en ébullition et l'hôtesse part en glapissant pour chercher du renfort.

Les deux stious ratatas qui, visiblement, ne doivent pas supporter leur collègue en jupon et sont ravis de sa mésaventure, font mine de s'agiter.

— Appelez donc le psychologue, fait l'un d'eux à l'hôtesse.

— Le psychologue ? Quel psychologue ? demande Bénie.

Hilare, le stiou avance en ondulant des hanches. Complice, il s'adresse à Bénie en agitant ses doigts écartés en éventail.

— Hou ! On a un psy à bord, figurez-vous !

Et baissant la voix :

— On nous a collé ça pour faire une enquête sur les réactions des passagers, ça tombe bien ! Il va être servi ! C'est une vraie chipie, dit-il en désignant l'hôtesse, tout pour être désagréable ! Mais nous on peut rien dire, évidemment, tandis que vous... Allez-y ! dit-il en faisant le geste de pomper dans le vide avec son poing.

Bénie qui s'amuse de plus en plus voit avancer dans l'allée un jeune homme grisâtre, visiblement ennuyé d'avoir à intervenir. Il se dirige vers Bénie que lui désigne l'hôtesse d'un doigt vengeur. Il la regarde craintivement comme si elle était une dangereuse pirate, prête à investir l'avion, une grenade dégoupillée à la main.

— Que...que...que se pa...pa...passe-t-il ? questionne-t-il, au bord de la carapate.

— Et, en plus, il bégaye, souffle Bénie à sa voisine, c'est trop beau !

— ...vous, vous... vous avez des en...nuis ?

— C'est vous, le psy ? demande Bénie d'une petite voix douce.

— Oui, c'est-à-di...dire que je... je suis là mo... mo...momentanément pour... pour... une en...quê...quête... un ra...po...port.

— Ah, dit Bénie, parce que cette compagnie qui n'a pas les moyens d'avoir du champagne pour tout le monde offre des psys ? Bravo !

— Mais... je... je...

— Vous fatiguez pas, mon vieux, dit Bénie. Je voulais seulement dire que ça ne va pas, chez vous. Non seulement on est privés de champagne mais, voyez vous-même, les fauteuils sont déglingués, celui-là ne s'incline plus, il manque des cendriers et les chiottes, passez-moi l'expression, sont infectes...

— Je... je... je ne...

— Ne vous énervez pas, fait Bénie, conciliante. Tout ça c'était pour vous dire que votre compagnie, elle tourne en eau de boudin. Même les hôtesses sont tartes, dans la classe des pauvres. Regardez-moi ça, fait-elle en désignant la harpie frisottée... Quand je pense qu'hôtesse de l'air, pour les gens, ça signifie une belle jeune fille souriante, sexy et secourable ! C'est pas possible, vous nous avez mis des soldes ! Pas gentil ! d' vot' part hein ?

— Mais... je...

— Ne m'interrompez pas tout le temps, mon vieux !... C'est pas une hôtesse, ça. Rogneuse, quarante ans et le cheveu gras, ça ne va pas du tout avec les images de vos publicités... C'est une infirmière de Cochin, ça. Quand elle arrive avec le chariot du dîner et son air pète-sec, on dirait qu'elle propose le bassin et la sonde. Et encore, dans les hôpitaux, j'en connais de plus avenantes. Vous pourriez pas nous en mettre des plus fraîches, non ?

La classe des pauvres éclate de rire... Embusqués dans le retrait de l'office, les stious se tordent. La cheftaine est au bord de l'apoplexie.

— C'est pas... pas... une ré...réaction de fe...femme que que vous avez là..., dit le pauvre psy, débordé. Ça... ça m'étonne de vous.

— Vous n'êtes pas très vif, pour un psy, hein ? Vous croyez peut-être qu'une femme n'est pas sensible à la beauté d'une autre femme ? Et, dites-moi, nos fiancés, quand ils voyagent avec de belles hôtesses, ils reviennent à la maison tout émoustillés, avec des idées plein la tête. Mais quand ils ont affaire à des mères de famille revêches comme celle-là, ça leur sape le moral et leur dessèche le câlin du retour. Vous savez ce que c'est que le rêve, vous ? dit Bénie qui croise ses jambes assez haut dans sa minijupe pour que les yeux du psy passent du code au phare.

Gagné. Coup de phare sur les belles cuisses. Le bègue est devenu tout rouge et rectifie le nœud de sa cravate pour se donner une contenance.

— A...allez ! Vous plaisantez ! Vous... vous n'êtes pas sé...sérieuse du tout... Vous... vous allez l'a...voir votre cham...champagne. Je vais vous... vous en fffaire appor...porter.

— Non. Merci beaucoup, monsieur, dit Bénie d'un air modeste. C'est trop tard, maintenant. Nous n'en avons plus envie.

... et même pas moyen de se faire plaindre en famille. Bénie, une fois, avait tenté de raconter les horreurs de l'avion français. Une seule fois. On ne lui avait pas envoyé dire que, sur la *Normande*, c'était bien pire. Quoi, elle était pantelante pour quatorze malheureuses petites heures d'avion, pour des hôtesses revêches et du ragoût plastifié ? Pauvre petite fille gâtée qui avait la chance, au moins deux fois par an, de se promener entre l'Europe et l'océan Indien en étant à peu près sûre d'arriver vivante ! Oui, le voyage durait quatorze heures mais sur la *Normande*, il fallait des mois. Quand on survivait au scorbut, aux tempêtes, aux pirates.

— Pense un peu, disait Françoise de Carnoët (née Hauterive), à ce qu'il nous a fallu subir quand nous sommes venus ici.

Quand elle disait nous, la vieille dame entendait les Hauterive et les Carnoët du XVIIIe siècle. « Les Hauterive avant les Carnoët », précisait-elle à mi-voix, glorieuse des quarante-six ans d'avance de son ancêtre à elle, débarqué en 1722 de l'*Athalante* avec le gouverneur Denyon [1] et les premiers colons français alors que le

1. L'île, désertée par les Hollandais depuis cinq ans, était passée au pouvoir du roi de France en 1715 et cédée à la Compagnie des Indes orientales en 1721. Denis Denyon, ancien ingénieur de Pondichéry et lieutenant-colonel d'infanterie, avait été nommé gouverneur de Maurice. Parti de France le 29 juin 1721, à bord de l'*Athalante*, vaisseau de la Compagnie, il arriva à Maurice le 6 avril 1722, avec mission d'aménager le port nord-ouest qui deviendra Port-Louis. L'*Athalante* fit le voyage avec la *Diane*, apportant à Maurice les premiers colons européens.

premier des Carnoët, lui, n'était arrivé au Port-Louis qu'en 1768, sur la flûte royale la *Normande* commandée par le chevalier de Tromelin.

Elle tirait gloire de cette antériorité comme si les Carnoët n'avaient eu qu'à s'installer en débarquant dans un paradis déjà organisé, en près d'un demi-siècle, par les Hauterive.

La date d'arrivée d'une famille dans l'île était, pour Françoise de Carnoët, une preuve essentielle de qualité. Ainsi, elle considérait les Silvaigre, les Hubert, les Tréhouart ou les Hucquelier mais n'avait que mépris pour les Luneretz, les Gouraud ou les Kérivel. « Ce sont des gens du XIXe siècle, disait-elle, ou peut-être même pire ! »

Mais puisque Carnoët elle était devenue par son mariage, c'est le lai des Carnoët qu'avaient entendu ses enfants et ses petits-enfants. Les récits de Françoise étant nourris par un document conservé pieusement dans les papiers de la famille et transmis de génération en génération.

Sur un registre de commerce relié de toile noire, François Marie de Carnoët avait consigné, vers 1820, une partie de sa vie. Une centaine de pages finement manuscrites à l'encre noire, avec des titres de chapitre moulés en écriture ronde et une dédicace : « *Pour mes fils* », ce qui faisait dire à Bénie que cet aïeul n'avait pas eu beaucoup de considération pour les éléments féminins de sa famille.

Rédigé dans un style à la fois précis et naïf, le cahier de François Marie était un véritable fourre-tout de souvenirs personnels, d'annotations sentimentales, de récits de navigation, de réflexions sur le commerce, l'agriculture, la façon la meilleure de gérer un domaine ou de consolider la charpente d'une maison, certains agrémentés de croquis techniques à la plume fine. Il racontait des bals, des deuils, des cérémonies, des querelles, des épidémies et des ouragans. Il y avait même certains passages assez lestes — que Mme de Carnoët censurait pour les enfants — car l'ancêtre qui avait eu trois femmes légitimes, sans compter les autres dont il parlait peu, avait dû être assez gaillard.

En écrivant ces lignes, il n'avait pas perdu son temps. Son cahier, fierté des Carnoët — un historien avait même emprunté ce document pour en extraire des passages concernant la vie des

Français dans l'ile aux XVIIIe et XIXe siècles —, avait été lu, relu et commenté par ses descendants, chacun y puisant ce qui n'intéressait pas forcément les autres. Loïc, par exemple, s'y référait pour l'administration des propriétés, la conservation des maisons ou certaines cultures comme celle de la vanille. Yves, le père de Bénie, qui se reconnaissait dans cet ancêtre bourlingueur et habile de ses mains, s'était nourri des récits maritimes du cahier, des détails techniques concernant la fabrication des bateaux rapportés par le charpentier de marine qu'avait été François Marie ou les avaries subies par la *Normande* au cours de son voyage aux Mascareignes. Il savait tout de cette flûte royale, sa construction au Havre en 1761, ses six cent soixante-cinq tonneaux, ses trente-quatre canons et la façon dont ils étaient arrimés. Un bateau « compagnon » qui portait bien la toile et gouvernait parfaitement, grâce à ses bordages de chêne aux coutures franches et à ses mâts en pin de Riga.

Mme de Carnoët, pour sa part, savait par cœur ce que contenait le cahier sur la société de l'île à ses débuts, ses bals, ses alliances et ses brouilles. Elle y avait trouvé des détails intéressants sur l'origine de certaines familles, ce qui lui permettait parfois de rétablir avec autorité une vérité déformée par le brouillard des années. Ou même de moucher certains de ses contemporains qui, par pure vanité, affichaient des ancêtres glorieux qu'ils s'étaient inventés.

C'est, en tout cas, grâce à ce précieux document qu'après l'indépendance de l'île, en 1968, les Carnoët, prévoyant un avenir troublé, avaient obtenu la nationalité française, jointe à la mauricienne, ce privilège n'étant accordé qu'aux Mauriciens capables de fournir la preuve de leurs origines françaises.

Quant à Bénie, outre les récits d'événements extraordinaires et les croyances superstitieuses que contenait le cahier, c'est surtout à la vie sentimentale de son auteur qu'elle s'était attachée. On ne possédait pas le moindre portrait de ce François Marie, ce qui permettait de lui prêter joli visage et tournure agréable. Pour elle, cet arrière-arrière-arrière-grand-père qui était mort à quatre-vingts ans passés, aurait toujours vingt ans.

Né en 1746, il était le cadet et le neuvième enfant d'une famille de petits hobereaux dont la terre était située à la limite du Finistère et des Côtes-du-Nord. François Marie, qui n'avait aucun bien à espérer de sa famille appauvrie par les établissements successifs de ses aînés — sur neuf enfants, cinq, disait-il, avaient survécu —, François Marie avait décidé de se débrouiller tout seul.

Il voulait, il rêvait d'être marin, au grand désespoir de sa mère, veuve, dont deux fils avaient déjà péri dans des naufrages. C'est pourquoi elle suppliait le Ciel tous les jours pour que ceux qui lui restaient demeurassent à terre. Le vœu le plus cher de cette pieuse femme était de caser son dernier fils dans la prêtrise où l'on risque moins de se noyer que sur les vaisseaux de Sa Majesté et, à cet effet, elle avait fait bourrer François Marie de latin et de grec, depuis sa petite enfance. Mais celui-ci, dont la piété n'était pas la vertu majeure, se sentait plus attiré par l'océan et ses aventures que par le service du Ciel. Aussi, pour rassurer sa mère tout en se rapprochant de ses chers bateaux, l'adolescent, plus manuel qu'intellectuel, avait manifesté le désir de devenir charpentier de marine et on l'avait mis en apprentissage à Brest, chez le Hollandais Verussen. Là, il avait appris à choisir les arbres qui donnent les trois espèces de bois nécessaires à la construction des navires : le droit, le tordu et le courbe. Il sut bientôt distinguer les bois lourds des charmes et des chênes, les bons morceaux des ormes et des noyers, les bois longs des hêtres et des frênes, en évitant ceux que la carie avait rendus pouilleux ou ceux qu'avaient minés les frelons jaunes. Sans parler des bois « charmés », tués prématurément par on ne sait quel maléfice. Maître Verussen, content de son apprenti, prédisait qu'il ferait un jour un maître de hache[1] accompli.

Mais François Marie qui poursuivait secrètement son idée vagabonde, n'avait pas l'intention de demeurer toute sa vie à assembler des planches ni même à dessiner des bateaux sur lesquels d'autres garçons iraient courir le monde. Il voulait partir, lui aussi, et il partirait un jour, il le savait.

Son départ pour Brest n'avait été que le premier pas de son évasion. La mer, le port, ces deux mots, depuis toujours, exaltaient l'imagination de ce petit paysan de l'Argoat qui n'était jamais sorti de ses terres. De la première, il ne connaissait que ce qu'il avait

1. Architecte naval.

entendu ou lu. Cet océan que redoutait tant sa mère, il ne l'imaginait que grondant, déchaîné, menaçant comme dans les récits de naufrages de ses livres d'enfant. Le port, dans son idée, c'était tout le contraire. C'était l'abri, c'était le calme, c'était la beauté. Un endroit féminin alors que la mer, pour lui, était masculine. Le port ressemblait à ce tableau de Claude Gellée, dit le Lorrain, qui était chez un de ses oncles. On y voyait une mer calmée par les brisants et les digues qui clapotait doucement, comme un lac, sur les marches de marbre d'une sorte de temple romain. Les mâtures des vaisseaux de haut bord au mouillage se dessinaient sur un ciel limpide et de petits personnages, au premier plan, manœuvraient des chaloupes comme en se jouant. C'était là une vision heureuse, paisible, dans une lumière dorée d'avant le crépuscule. Et c'est ainsi que, de son Argoat, il imaginait Brest, au bout du bras de la Bretagne, tendu vers les Amériques.

Et qu'avait-il trouvé, à Brest ? Une ville sombre et bruyante. Des ruelles misérables où il ne faisait pas bon s'aventurer à la nuit tombée. Une ville brutale, piégée par toutes sortes de dangers. Une ville peuplée d'un ramassis de personnages louches, de toutes les couleurs, venus de tous les coins du monde. Le tintamarre de l'arsenal, les cris, le raclement des chaînes que traînaient les bagnards, attachés deux à deux dans leurs habits multicolores et qu'on voyait porter des charges de bois ou ramer, en couples, dans les grosses chaloupes du port. Parfois, l'un d'eux tentait de s'évader et l'on entendait le canon d'alarme qui jetait à ses trousses des poursuivants armés de bâtons et de fusils, excités par la prime promise. Les meilleurs chasseurs de galériens étaient des Bohémiens qui gîtaient près du bagne, comme des vautours près d'un champ de bataille. Ils attendaient les évasions comme une aubaine : la prime payée comptant c'était au moins huit jours assurés de saoulerie en famille. Certains poussaient même les bagnards à fuir, les assurant de leur complicité et leur indiquant des cachettes d'où ils allaient, ensuite, les débusquer. Les bagnards tombaient souvent dans le piège car ils savaient que les Bohémiens, souvent traqués eux-mêmes, connaissaient mieux que personne les chemins de fuite, les grottes ou les ruines où reprendre haleine en attendant la nuit. C'était un risque à courir. Dès que retentissait le canon d'alarme, on voyait les Bohémiens partir en bandes hurlantes, hommes, femmes et enfants, à la chasse à l'homme. Très peu leur échappaient. François Marie n'aimait pas ces expéditions, l'hystérie de ces êtres humains, à la poursuite d'autres êtres humains.

Il y avait aussi, dans la ville, en ce temps-là, des agitateurs qui n'étaient pas moins redoutés des bourgeois brestois que les malfrats, les bagnards en fuite et les Bohémiens. C'étaient les élèves de l'École du Pavillon ou gardes marines. Une école très sélective qui n'admettait que les jeunes gens capables de produire leurs quartiers de noblesse. Ces enfants trop gâtés, vaniteux et brutaux, imbus de leur privilège, en plein âge bête du chahut, ne savaient qu'inventer pour se rendre odieux. Tous ceux qui ne portaient pas, comme eux, l'uniforme rouge, étaient bons à molester. Leurs têtes de Turc favorites étaient, non seulement les bourgeois de la ville qu'ils bastonnaient à la moindre occasion mais encore le corps des « officiers bleus », jeunes gens pauvres, sortis du rang, plus besogneux que les gardes marines par nécessité et, souvent, plus habiles. La morgue et la jalousie des jeunes gardes marines les rendaient affronteurs. Des bagarres et des duels éclataient sans cesse, au hasard des rencontres.

Plus effrontés que des pages, ils inventaient aussi toutes sortes de farces pour agiter la ville. Ils avaient le diable au corps. Dès que la nuit tombait, ils se répandaient en bandes, changeaient les enseignes, cassaient les vitres, muraient les portes et les fenêtres des maisons, interdisaient l'entrée du théâtre, s'appropriaient les auberges, tiraient des coups de feu ou barbouillaient de merde les sonnettes ou les marteaux des portes. Ce qui les amusait beaucoup, c'était de montrer leur derrière aux bourgeoises effarées. Ou bien, ils tendaient des filets aux carrefours et poursuivaient les filles qui avaient l'imprudence de sortir et les malmenaient. Ces garçons, qui n'étaient pas foncièrement mauvais individuellement et qui, plus tard, devaient fournir de valeureux officiers, étaient, en bandes, plus malfaisants qu'une pluie de sauterelles.

François Marie, qui avait leur âge, s'en gardait comme de la peste avec, pourtant, au cœur, un sentiment rageur d'exclusion. Ni bourgeois ni garde marine, ni même officier bleu, il n'appartenait à aucune bande et se sentait tristement solitaire.

C'est pourquoi il avait quitté Brest avec joie, son apprentissage terminé. Il allait à Lorient, pour travailler chez Croignard qui, disait-on, construisait les plus beaux vaisseaux de Sa Majesté.

Il avait eu une autre raison de quitter Brest sans regret : un chagrin d'amour doublé d'un chagrin d'amour-propre. Bénie aimait beaucoup cette histoire réservée aux grandes personnes de la famille mais qu'elle avait lue, très jeune, en cachette.

François Marie regagnait, un soir, le réduit misérable qu'il partageait avec huit autres compagnons et se hâtait dans les rues noires lorsqu'il entendit un vacarme derrière lui. Une femme poussait des cris auxquels répondaient des rires avinés. Quelque malheureuse poursuivie sans doute par des gardes marines qui s'apprêtaient à lui faire un sort. François Marie, qui n'était pas armé et n'avait pas envie de se battre, seul contre cinq ou six ivrognes surexcités, se dissimula dans l'embrasure d'une porte cochère. Il vit, montant la rue, une jeune femme qui n'avait pas l'air d'une servante et qui courait maladroitement sur les pavés, ses jupes soulevées à deux mains pour plus de commodité. Des soldats la suivaient à dix mètres environ, en gesticulant et en proférant toutes sortes de menaces grossières à l'adresse de la jeune femme qui se tordait les pieds dans ses souliers fins.

De sa cachette, dans l'ombre, François Marie suivait cette scène éclairée par une lanterne haute, à l'entrée de la rue. La jeune femme semblait à bout de souffle et les soldats, malgré l'ivresse qui gênait leur poursuite, gagnaient du terrain.

Au moment où, sans le voir, elle passait devant lui, François Marie la saisit par le bras, la tira vivement sous la voûte où il s'abritait et referma la porte sur laquelle il appuya son dos, de l'intérieur. Se sentant happée de la sorte et par une main invisible, la jeune femme, épouvantée, avait poussé un cri suraigu, vite étouffé par la main de François Marie plaquée sur sa bouche. « Taisez-vous donc, dit-il à voix basse. Ici, vous ne craignez rien. »

Il était temps. Les soldats, déjà, passaient devant la porte, s'étonnant bruyamment de la disparition quasiment magique de leur proie. L'un d'eux envoya même un fort coup de pied dans la porte derrière laquelle François Marie était appuyé, soutenant la femme qui tremblait de peur.

— Cette garce est une sorcière, dit l'un des soldats, la lune l'aura enlevée.

Et ils s'éloignèrent en chantant, en riant, en beuglant, poursuivant un chat à la place de la fille qu'ils avaient déjà oubliée.

Le danger s'éloignait mais la jeune femme continuait à trembler contre François Marie qui sentait battre son cœur à travers ses vêtements. Il en était troublé car c'était la première fois qu'il tenait ainsi une femme dans ses bras. Une gerbe tiède de mousseline et de velours, de rondeurs mystérieuses, de tressaillements d'où irradiait une chaleur douce qui allumait dans son propre corps une émotion jusque-là inconnue. Ce qui le troublait encore plus, c'était de ne pas la voir, dans l'obscurité totale de la voûte. C'était de tenir dans ses bras un morceau de nuit en forme de femme. Elle avait posé sa tête sur son épaule et entouré de ses bras le torse du garçon qu'elle serrait convulsivement. Il sentit, contre son cou, ses cheveux d'où montait une odeur de vanille et de sueur mélangées qui acheva de l'affoler. François Marie de Carnoët bandait comme un mât de charge.

Le puceau était timide. Il était dans un tel état que, dans l'obscurité, il rougit de honte à l'idée que la dame ne pouvait éviter de s'en apercevoir et croire peut-être que ce preux chevalier, ne valant pas mieux que les soldats de la rue, s'apprêtait à profiter des circonstances. Il recula pour lui dérober ce qu'elle ne pouvait plus à présent ignorer. Mais, à sa grande surprise, le corps de la jeune femme avança, se plaqua à nouveau contre le sien, s'y frotta d'une caresse circulaire d'abord à peine perceptible puis très précise. Tout cela lui sembla tellement incroyable que François Marie se dit qu'il s'agissait là, sans doute, d'un de ces rêves inavouables à confesse et dont on s'éveille, ravi, mouillé et penaud. De l'amour, il ne savait que ce que les propos grossiers de ses camarades lui laissaient entrevoir et ce que l'imagination enfiévrée de ses dix-huit ans lui suggérait, à partir d'une certaine gravure qui avait enflammé son enfance et à laquelle il n'avait jamais cessé de penser. On y voyait une jeune femme ronde, rieuse et dodue, à demi nue dans un lit à alcôve tout à fait en désordre. Un jeune homme en pourpoint et catogan, assis au bord du lit, écartait un drap qui découvrait une cuisse ronde ornée d'une jarretière de ruban noué en cocarde. La femme, en riant, se défendait mal. Au pied du lit, un petit chien jappait.

C'était là le décor habituel des rêveries galantes de François

Marie. Une femme, l'ombre d'une alcôve, des dentelles, des seins ronds qui s'en échappaient, une ombre vague au haut des cuisses. Ou bien il se figurait un très beau jardin, à la tombée du jour, au printemps, quand les cerises sont mûres et qu'embaument les seringas. Un jardin à tonnelle, à bosquets, à escarpolette, avec des sauts-de-loup, une pièce d'eau, des cygnes. Avec des ombres complices. Et des jeunes filles qu'on touche en jouant à colin-maillard. Ou qui dorment, un peu débraillées, sous un cerisier. Ou qu'on prend à bras-le-corps, pour leur faire passer un ruisseau. Mais jamais, jamais il n'avait imaginé que l'amour pût éclater sous une obscure porte cochère balayée de courants d'air.

Cette fois, c'était sûr, il ne rêvait pas. Et elle, la créature de nuit, ne tremblait plus. Il sentit qu'on soulevait sa veste, qu'on tirait sa chemise, qu'on le déboutonnait. Des petites mains invisibles l'empoignèrent. En même temps, il sentit glisser contre son visage une bouche, un nez, un front, des cheveux. Il y eut, à ses pieds, un bruit de tissus froissés, celui qu'on entend, à la messe quand les femmes s'agenouillent dans leurs grandes jupes, au moment de l'Élévation. Et... et... Et, debout, le dos contre la porte qui battait légèrement, François Marie se dit que, cette fois, c'était sûr, il allait ou éternuer ou mourir ou les deux à la fois, ce qui est le comble du bonheur. Pourtant, avant de sombrer, une prière tout à fait cocasse lui traversa l'esprit : « Pourvu qu'elle ne soit pas laide ! »

Rose et blanche et dodue à souhait, avec sa taille étroite, ses attaches fines, ses petites dents très blanches, sa lourde chevelure d'un roux sombre et ses yeux gris-vert, elle était tout sauf laide. Elle s'appelait Caroline et demeurait dans une petite maison de Recouvrance, au fond d'un jardin. C'était une dame de vingt-trois ans, veuve d'un capitaine. Elle devait être assez aisée car ses vêtements étaient élégants et sa maison raffinée et même cossue. A passé minuit, une servante en bonnet de dentelle y veillait encore lorsque Caroline y amena François Marie.

On l'avait fait entrer dans un boudoir au milieu duquel une table de deux couverts était dressée pour souper. Les flambeaux étaient allumés. Un feu craquait dans la cheminée. Ce décor était tellement agréable et cette soirée tellement fertile en surprises exquises que François Marie qui mourait de faim se jeta joyeusement sur les cailles aux truffes qu'on lui servit et s'enchanta d'un vin de Bourgogne tel qu'il n'en avait jamais goûté, sans se poser un seul instant la question de savoir qui attendaient les deux couverts dressés et le feu allumé. Quand il fut rassasié, il aperçut au fond du boudoir — il n'en croyait pas ses yeux ! — le lit à alcôve avec ses grands rideaux d'organdi, celui de la gravure de ses douze ans, pas encore en désordre mais qui allait l'être, avant que l'aube se lève.

Et c'est ainsi qu'avait commencé, dans le plaisir, son premier, son plus cuisant chagrin que le vieux Carnoët avait consigné dans son cahier, cinquante-six ans plus tard, sans ménager l'ironie au jeune benêt qu'il avait été.

Car, au matin de cette nuit mémorable, François Marie était amoureux. Amoureux fou et il l'avait avoué, ne doutant pas un instant qu'on partageât ses sentiments. Mais la belle Caroline, moins exaltée, lui avait annoncé qu'elle partait le jour même pour Vannes, visiter l'une de ses tantes, qu'elle y resterait huit jours, et ne pourrait donc pas le recevoir les nuits suivantes. Comme le nez du jeune homme s'était allongé, elle l'avait assuré que, dès son retour, elle le ferait prévenir et qu'ils se reverraient.

Déçu mais rempli d'espoir, François Marie avait compté les jours. L'absence de Caroline exaltait sa flamme. Il la voulait à jamais. Il ne voulait qu'elle. Peu lui importait qu'elle eût cinq ans de plus que lui. C'est elle qu'il voulait pour femme. Et il se disposait, pour pouvoir l'épouser, à se mettre à travailler comme un damné. L'amour enflammait son imagination et il faisait des projets. D'abord, cesser d'être pauvre. Au lieu de courir les mers, il allait mettre à profit sa connaissance des bois de construction maritime acquise chez le Hollandais Verussen. François Marie avait des idées très précises sur des réformes à apporter à l'achat des grumes dans les ports du Nord, qui enrichissait trop souvent des courtiers malhonnêtes sur le dos de la Compagnie. Et aussi pour supprimer le gaspillage des coupes. Il savait, à présent, choisir les bois sur pied en fonction des pièces qu'on voulait en tirer. Et il avait d'autres idées pour entreposer les bois que ces fosses d'Indret où, trop souvent, ils pourrissaient.

Bref, galvanisé par son amour pour la sublime Caroline, le petit Carnoët, gentilhomme sans le sou, se voyait déjà le plus compétent, le plus important, le plus riche marchand de bois maritime de tout l'Ouest. Ses idées avaient fait florès. Il était reçu à Versailles. Le Roi le tutoyait. Caroline, sa femme, éblouissait la Cour.

Il résista trois jours et deux nuits à l'envie d'aller rôder autour de sa maison. Il savait bien qu'elle était à Vannes mais il avait envie de s'approcher de cette maison où il avait été si heureux. Il avait envie d'en toucher la pierre. La troisième nuit, ses pas le menèrent à Recouvrance. A travers les arbres du jardin, il vit de la lumière aux fenêtres. Il pénétra dans le jardin, approcha dans l'ombre, entendit des rires. Il poussa un volet mal fermé à une fenêtre du rez-de-chaussée, écarta un rideau et le Ciel lui tomba sur la tête. Là, dans le lit à baldaquin, Caroline qui n'était pas chez sa tante, Caroline qui lui avait menti, Caroline haut troussée, sa Caroline riait, assise sur les genoux d'un homme qui n'était pas lui. Il partit en pleurant comme un enfant qu'il était. Revint la nuit suivante, attiré comme par un aimant diabolique et la nuit d'après et la nuit d'après encore. Et chaque fois, il vit Caroline s'ébattre avec un homme différent.

Alors, seulement, il comprit, il admit ce qu'elle était : une catin. Non pas une de ces filles à matelots, vulgaires et dépenaillées comme il en rôdait autour de l'arsenal et dont il se serait méfié mais une de ces gourgandines de haute volée qui réservaient le commerce de leurs charmes à la maistrance ou aux gros armateurs. Une qui savait jouer de l'éventail et aurait trompé le diable avec ses airs de demoiselle. Le désespoir de François Marie s'assortissait d'une humiliation particulièrement irritante. Fallait-il qu'il fût sot pour ne pas avoir deviné ce qu'elle était, la nuit où elle était poursuivie par les soldats ? Est-ce que les filles honnêtes couraient seules dans les ruelles à pareille heure ? Et comment avait-il pu penser, un seul instant, que ce qui s'était passé derrière la porte cochère, la merveilleuse, l'inattendue caresse dont il se souviendrait encore un demi-siècle plus tard, n'était pas autre chose qu'une faveur, par exception gratuite, accordée pour le remercier de lui avoir sauvé la vie ?

Adieu l'amour, adieu la gloire et l'amitié du Roi, adieu Brest ! Il avait accepté, sur-le-champ, la proposition d'aller travailler à Lorient. En même temps, il s'était juré que plus jamais, jamais de sa vie, il ne ferait confiance aux femmes, ces sirènes de malheur.

Après la vieille, la puante, la sombre Brest et ses rues hostiles, Lorient apparut à François Marie comme la porte du soleil et des rêveries les plus échevelées. Dans la ville dont les plus vieilles maisons de granit bleu n'avaient pas cinquante ans d'âge, dans le port où les vaisseaux étaient en mouvement perpétuel de départ ou d'arrivée pour tous les bouts du monde, le long des trois cales où ils crachaient leurs cargaisons parfumées ou soyeuses ou fragiles, rapportées au travers des pires dangers, éclatait l'énergie de tous les commencements, du jour qui se lève, de la jeunesse et de l'aventure. Tout semblait possible à Lorient ; il suffisait d'oser. Dans cette ville de passage, même la pauvreté semblait passagère. Lorient, ville inventive, mouvante, prospère, ne pouvait que porter bonheur. Lorient, l'or riant, attirait les jeunes audacieux du monde entier. On s'y interpellait en breton, en chinois, en batave.

A Lorient, port des adieux, les femmes étaient belles et leurs yeux brillaient plus que partout ailleurs. L'habitude, sans doute, des larmes qui glissaient sous leurs cils, tandis que s'estompaient les navires, au large de Port-Louis. Elles savaient que parmi ces maris, ces fiancés, ces amants qui se fondaient à l'horizon, beaucoup ne reviendraient pas et, dans le secret de leur cœur, plus d'une redoutaient les femmes des îles lointaines et leurs séductions inconnues, plus encore que les tempêtes ou le scorbut. Parce que, perdu pour perdu, mieux vaut encore un homme mort qu'un homme bêlant en d'autres bras. Elles ne se faisaient pas beaucoup d'illusions, les belles pleureuses des quais puisque, selon la coutume, et on ne sait quelle règle édictée par eux-mêmes, les marins étaient relevés de leur serment de fidélité envers leurs femmes restées à terre, sitôt passée l'île de Groix. C'est pourquoi les passions étaient d'autant plus vives, à Lorient, qu'elles étaient brèves. L'amour, aussi, y était passager. On s'en consolait et les chagrins y étaient légers comme les plaisirs. Ce qu'on prenait vraiment au sérieux, c'étaient les cargaisons rapportées du bout du monde.

Les jours de « retour des Indes », dans la salle des ventes bruissante de chiffres, d'appels, de paroles données, reprises, d'échanges, de trafics, de marchés conclus à voix basse ou à voix claire, l'or ruisselait entre les grosses pattes marines des survivants du voyage. L'or, arraché aux îles, aux terres lointaines, incendiait Lorient d'un éclair de joie tandis que le vent qui se levait dans la ria, entre le Scorff et le Blavet, déversait sur la ville l'odeur du voyage faite de goudron chaud et de vanille, de l'iode des algues découvertes par la marée basse mêlée à la girofle de Ceram, au café de Bourbon et de Moka, à la résine des bois entreposés dans les chantiers de construction navale. Le parfum des thés chinois se mêlait au relent subtil du chanvre fraîchement tordu dans les corderies. La moindre brise faisait courir dans les rues de Lorient, le santal de Madras, l'arôme énervant des poivres, les effluves du patchouli qui éloigne des étoffes précieuses les insectes ravageurs, le safran du Kerala et le camphre de Bombay.

A Lorient, dans les magasins et les entrepôts, les femmes devenaient folles de convoitise, les bras immergés jusques aux coudes, dans les mousselines, les fins jaconas, le madapolam, le nankin couleur de paille, les calicots de Malabar ou les lampas de soie. Certaines, qui n'avaient pas la patience d'attendre les déballages, tranchaient les toiles des ballots avec de minuscules canifs aux manches d'ivoire ciselés et plongeaient en ronronnant dans des flots de tissus qui gardaient entre leurs plis des odeurs sauvages.

François Marie, qui s'était juré de ne plus regarder les femmes, ne levait les yeux que sur les bateaux. Et les bateaux étaient partout. Au mouillage, dans la rade, armés pour le départ, flambants, fringants, bourrés de fret, de vivres ou, aux retours, désemparés, écorchés par des mois de tracas océaniques, puant la charogne, la fermentation et la fatigue.

Bateaux sur l'eau de tous les calibres : frégates, flûtes, corvettes majestueuses, reliées à la terre par un va-et-vient incessant de chaloupes embarquant, débarquant des hommes, des futailles, des sacs, des mâtures de rechange, certaines remplies à chavirer. Elles croisaient des barques de pêche de Kéroman bourrées de sardines, de raies ou de congres, des magmas de crabes, d'étrilles enchevêtrées dans les filets, des chasse-marée et des petits brûlots. Et tout cela manœuvrait entre les amarres tendues ou mollissantes, s'esquivait, se heurtait, se hélait ou s'insultait pour une passe manquée, un colis tombé à la baille, une coque éraflée. Bateaux à sec, au radoub, au carénage, avec ses gratteurs qui rasaient les barbes d'algues, arrachaient clovisses et fucus des carènes, avant que les calfats viennent en farcir les coutures de quenillons d'étoupe. Bateaux-squelettes, bateaux-fœtus, à demi construits, bruissant de mille scies, rabots, grattoirs, varlopes, marteaux, sauterelles, gouges et tarabiscots.

Lorient crissait, grondait, éclatait. Les coups de canon des départs et des arrivées dérangeaient des bandes de mouettes furibardes. Il y avait les sifflets des manœuvres, des appels, des grincements, le claquement des haubans, le roulement des fûts, des charrettes, les invectives, les cris des hommes pris de boisson, le piétinement des chevaux.

Le soir, Lorient chantait, beuglait par les portes battantes des auberges et des innombrables estaminets, Au Singe bleu, Au Hollandais volant, Au Bol d'Amphitrite, Chez Lison ou A l'abri du coup de mer, le rhum et le vin coulaient à pleins tonneaux. Parfois, un biniou sonnait un air entraînant, irrésistible, et toute une jeunesse jaillissait dans la rue pour danser devant les portes. Les servantes, déchaînées, accrochaient les passants et les faisaient virevolter à la lueur des lanternes balancées par le vent.

A toutes les tables, on entendait des histoires extraordinaires où revenaient des noms qui bruissaient comme des perles roulées : Chandernagor, Masilipatam, Karikal ou Sumatra. Certains prononçaient familièrement Madagascar ou Pondichéry comme ils auraient dit Hennebont ou Quimperlé. L'un se vantait d'avoir fait fortune entre Surate et Yanaon. L'autre racontait une fabuleuse chasse aux cerfs et des bals comme à Versailles dans cette Isle de France où les femmes blanches ou mulâtresses étaient d'une beauté exceptionnelle et d'une facilité exquise. Oubliés les rudesses du voyage, l'effroi des tempêtes, la faim, la soif, le scorbut et les cadavres lestés, cousus dans une toile et balancés par-dessus bord tout au long de la route. La nuit avançant sur un flot d'alcool, l'or, le plaisir triomphaient, coulaient entre les mots et l'aventure gonflait dans les récits comme un foc sous bonne brise de nordé. François Marie, enthousiasmé par ce qu'il entendait, piaffant, se demandait alors ce qu'il faisait, lui, encalminé au milieu des planches lorientaises alors qu'il suffisait de prendre la mer pour vivre vraiment et ramasser de l'or à pleines mains dans ces Indes merveilleuses où la Fortune attendait, bonne fille, ses soupirants. En regagnant son grabat, dans la cabane de l'Enclos, la tête enfiévrée, il marchait en roulant des épaules comme ceux-là qui avaient passé et repassé le cap de Bonne-Espérance, le Horn et le Saint-Antonio de Tasmanie, ce qui leur donnait droit de parler fort et de cracher au vent.

Si le Brûlot des Iles, le Perroquet ou le Bosco rassemblaient surtout les matelots, les soldats de l'arsenal ou les ouvriers des chantiers, c'est au Singe bleu que se réunissaient les jeunes officiers, les armateurs, les aristocrates et les muguets de Port-Louis. Avec son enseigne de fer peint qui représentait un singe bleu couronné en train de manger une banane sous un palmier, sa devanture noire et ses vitraux jaunes, l'établissement avait meilleur ton que la plupart des estaminets du port. Les filles et les servantes y étaient plus belles et son arrière-salle était réservée aux joueurs d'échecs et de tric-trac. Là régnait un calme relatif qui permettait même de traiter des affaires.

Le Singe bleu était devenu le refuge crépusculaire du jeune Carnoët. Il s'y sentait davantage en famille que parmi les bat-la-houle gueulards du Perroquet ou du Bosco. Passionné par le jeu d'échecs auquel il était de première force, le garçon suivait les parties. C'est là qu'un soir, il fit la connaissance d'un long jeune homme très maigre et très pâle de visage, vêtu de noir et qui semblait en mauvaise posture, devant son échiquier. Alors que son partenaire s'était absenté pour quelques instants, François Marie ne put s'empêcher de lui souffler : « Avancez votre tour. Là... » L'autre, surpris, le dévisagea. « Mais n'est-ce pas dangereux ? — Vous verrez, répondit Carnoët avec assurance. » Il avait raison. Grâce à lui, Alexis de Rochon, dit l'Abbé, gagna, ce soir-là, contre son cousin Maurice de Tromelin qui assurait le commandement de la flûte la *Normande* et s'apprêtait à appareiller pour l'Isle de France. On se présenta et l'on fêta la victoire d'Alexis.

Drôle de personnage que cet Alexis, fils à papa d'une aristocratique famille de militaires et d'armateurs aux alliances brillantes. Tonsuré mais sans avoir prononcé de vœux, il avait reçu, à dix-huit ans, la prébende d'une abbaye dont les revenus confortables lui avaient permis de se livrer aux études scientifiques qui le passionnaient. Chouchou du ministre Berryer, il avait, à vingt-quatre ans, été nommé garde des instruments et de la bibliothèque de la Marine à Brest, puis astronome de cette académie. Raffiné, élégant, rieur, d'un commerce agréable, curieux de tout avec des idées « avancées », il n'avait d'ecclésiastique que le surnom : l'Abbé, que lui donnait malicieusement son cousin Tromelin. Alexis avait, entre autres, le don de séduire tous ceux qui l'approchaient. Grâce au duc de Praslin et au comte de Breugnon, ambassadeur au Maroc, il était expédié en voyages scientifiques, pour tester ses inventions d'optique et ses calculs de longitude.

A vingt-sept ans, il s'apprêtait à quitter Lorient avec Tromelin. Il était, cette fois, chargé de relever la position de certains écueils des Mascareignes, afin de faciliter la route des vaisseaux vers les Indes.

Les deux cousins, qui s'entendaient à merveille, apparurent à François Marie comme un étrange assemblage. Maurice de Tromelin, petit, râblé, carré, résolument terre à terre, groumeur et volontiers rabelaisien, dans la force de l'âge — il avait trente-huit ans —, tranchait avec l'immense, le longiligne Alexis, ses sourires charmeurs, ses manières raffinées et son air d'être perpétuellement dans la lune. Où il était d'ailleurs, très souvent, puisqu'il avait choisi, par vocation, d'en étudier les mouvements.

François Marie les retrouva tous les deux, le lendemain de la soirée au Singe bleu, chez Groignard où Tromelin venait faire changer des bordages de préceintes endommagés. Les conseils avisés du petit Carnoët surprirent les deux cousins. Ce cadet au visage d'enfant avait des idées intéressantes et nouvelles sur la construction des navires et leur entretien. Enfin, il avait des idées. Ils devinrent amis et lorsqu'ils lui demandèrent d'embarquer avec eux, François Marie de Carnoët rougit très fort, la voix coupée par la joie. Il objecta qu'il n'avait jamais navigué. Qu'à cela ne tienne, lui répondit-on, il faut bien commencer un jour. On se chargerait de lui enseigner ce qui était nécessaire. « Allons, vous serez pilotin, monsieur de Carnoët, décida Tromelin, en lui tapant sur l'épaule. Vous nous serez utile. J'ai besoin de garçons dégourdis et vos connaissances charpentières jointes aux lumières astronomiques de l'Abbé nous mèneront à bon port. »

Un mois passa dans le tourment et le bonheur. Tourment, car François Marie se reprochait, en embarquant, de manquer à la promesse faite à sa mère. Bonheur en songeant aux aventures qui l'attendaient. Il se résolut, finalement, à partir mais sans annoncer son départ. Ainsi, sa pauvre mère serait à l'abri des transes et, surtout, il éviterait la scène pénible qu'elle ne manquerait pas de lui faire. Après tout, il venait d'avoir dix-neuf ans et n'était plus un enfant. Il écrirait à Carnoët lorsqu'il aurait touché terre. Sauvé, on lui pardonnerait. Enfin, il éteignit sa mauvaise conscience en songeant à la vie dorée qu'il ferait à sa mère, lorsqu'il reviendrait en Argoat, fortune faite, ce qui lui permettrait, entre autres projets, de restaurer la vieille gentilhommière familiale qui, faute de moyens, se délabrait de toutes parts. Et sa mère, sûrement, serait si contente, qu'elle ne songerait plus à lui reprocher son embarquement.

Dans le port de Lorient, la *Normande*, réparée, grattée, calfatée, repeinte, remâtée à neuf, se balançait sur ses amarres, le ventre rempli de fret, de munitions, de vivres et de canons soigneusement arrimés. François Marie, lui, ne tenait plus en place.

LE premier coup de canon du départ met aux yeux du pilotin Carnoët des larmes de joie. On a hissé les huniers, largué le grelin du corps-mort qui sert de croupiat pour relever l'ancre. La forteresse flottante tremble, s'ébranle, se déhale lentement et commence à creuser la mer dans un vacarme assourdissant de coups de sifflet, de tintements de cloche, d'ordres hurlés, renforcés par les jurons d'usage, de grincements de poulies, de claquements de voiles. A bord, des chiens aboient. Un chat, affolé, filant sur le pont supérieur, fait trébucher un matelot qui lui promet de faire bientôt, de sa peau, un bonnet. Du ventre du bateau montent les meuglements des bœufs, les bêlements des moutons et des cabris qui y sont entassés. Des chèvres ricanent. Sur le pont, tassées dans des cages, des poules, ulcérées par le vent qui leur retrousse les plumes, caquettent en notes suraiguës. Des femmes, accoudées au bastingage, pleurent, agitent des mouchoirs, des écharpes de soie. « Vive le Roi ! » Le canon encore par trois fois tonne et fume par les sabords. A l'avant, l'aumônier, l'étole au cou, marmonne et bénit d'un même geste la terre qui recule et le bateau qui s'éloigne. François Marie regarde défiler les remparts et les toits bleus de Port-Louis où habitent les beaux messieurs et s'amoindrir le rivage de cette Bretagne que, sans le savoir, il ne reverra plus jamais.

Il est tellement captivé par le branle-bas, les manœuvres, le tintamarre et l'événement que constitue, pour lui, François Marie, sa présence à bord de ce navire, qu'il ne remarque pas une petite silhouette serrée dans un long châle noir, accrochée de deux mains frêles au bastingage et qui semble trembler de froid malgré la tiédeur printanière de ce mois de mars finissant.

Cette jeune fille au teint si pâle, aux yeux si bleus, aux cheveux si blonds, n'a pas vingt ans. Elle se nomme Guillemette Trousseau et fait partie de la petite troupe d'orphelines de Quimperlé, embarquées, volontaires, à bord de la *Normande,* pour aller peupler la colonie de l'Isle de France. Dix audacieuses ou inconscientes ou les deux à la fois qui ont choisi de tout risquer, y compris la mort, pour échapper à la grisaille de l'orphelinat et à la pauvreté. Dix petites enfiévrées qui s'imaginent que si l'enfer, c'est-à-dire l'ennui, est à Quimperlé, le paradis, forcément est là-bas, à l'autre bout de la terre. Sans parler de ce mari inconnu qui les attend au débarquement et qu'elles voient sous les traits d'un prince charmant.

Il y a, parmi elles, deux effrontées qui auraient aussi bien pu choisir de s'en aller mener des vies de patachon à Brest, en raccolant les matelots rue de Siam ou dans le quartier des Sept-Saints, quatre laides et trois insignifiantes. La dixième, Guillemette, est jolie et fragile, autant qu'on peut en juger par le peu qu'on voit d'elle sous le châle dont elle s'enveloppe étroitement comme d'une armure contre le vent, la solitude et la crainte, tardive, d'avoir été trop hardie.

François Marie ne l'a même pas vue et pourtant c'est elle qui, en quelques semaines, le rendra parjure à son serment de n'être plus jamais amoureux. C'est à cause d'elle qu'il n'ira jamais en ces Indes qui l'attiraient tant, que son voyage s'arrêtera à l'Isle de France où, à peine débarqué, il l'épousera pour ne pas la perdre. Elle lui donnera un fils puis mourra en toussant, accablée d'une maladie de langueur qu'un siècle plus tard, on nommera tuberculose. Guillemette, la jeune fille frileuse de la *Normande,* est la première aïeule mauricienne en ligne directe de Bénie. D'elle procéderont des dizaines de petits Carnoët, des Jean-Marie, des Hervé, des Erwan, des Yann et des Yves, ainsi nommés, à chaque génération, en souvenir de Quimperlé et de l'Argoat. Mais de tout cela François Marie ne se doute pas, en ce 29 mars 1768, fête de saint Jonas, ce qui est bien choisi pour espérer survivre aux périls de la mer.

Avant de s'élancer vers le large, la *Normande* met en panne par le travers de Groix pour attendre une chaloupe de retardataires : trois frères lazaristes et le chirurgien du bord au visage cramoisi.

Saoul comme un Batave — ou mieux, comme un Breton — il fait des efforts pour se tenir droit et dissimuler son état, sous le regard méprisant des religieux. On le hisse à bord de plus en plus raide, rouge et digne, sous les quolibets des soldats. Le canon tonne ; cette fois, c'est le grand départ.

Les pages suivantes du cahier noir racontent alors ce qu'on lira plus tard aux enfants Carnoët du XXe siècle pour leur clore le bec lorsqu'ils oseront gémir sur l'inconfort des paquebots puis des avions français.

Il dit, ce cahier, les semaines et les mois de souffrance, de faim, de soif, de peur et de violences concentrées sur ce navire qui trace sa route si lentement, si péniblement à travers les tempêtes, le froid, la chaleur et cette puanteur insupportable qui se dégage de partout, de la sombre cale, sentine putride, écloserie de moustiques où des rats crevés flottent dans l'eau pourrie, des cargaisons en fermentation, des fumiers de bestiaux entassés dans l'entrepont, des humains crasseux, pouilleux, malades qui patouillent dans les excréments car, sitôt la nuit tombée et si le temps est gros, beaucoup préfèrent aux poulaines balayées par les embruns, aller se soulager n'importe où, dans les recoins du bateau.

Il dit l'exiguïté de la batterie où dort l'équipage, sur des hamacs encadrés entre les canons. On ne peut y marcher que courbé, en se cognant partout quand le navire roule ou tangue, avec la peur du canon mal arrimé qui risque de vous écraser contre les parois. Il dit le mauvais sommeil sur les paillasses humides et partagées où l'on se jette souvent sans se déshabiller. Il dit la vermine triomphante, les vêtements qui jamais ne sèchent et le sel qui mord la peau.

Il dit l'eau, si vite corrompue, qui rougit de putréfaction dans les tonneaux cadenassés, malgré les vieux clous et le soufre qu'on y jette pour la purifier, l'eau précieuse malgré son goût infect, l'eau empoisonnée mais objet de toutes les convoitises, l'eau rationnée et malheur à celui qui en vole.

Il dit la nourriture mauvaise et insuffisante, les biscuits moisis, les brouets noirs, les fèves, les haricots charançonnés, la viande desséchée dans un sel corrosif, quand les réserves d'animaux vivants sont épuisées et que le temps ne permet pas de pêcher.

Il dit le mal et la mort qui galopent par tout le navire, la dysenterie et la vérole, les blessures qui ne guérissent plus, les gencives qui saignent, les dents qui tombent, les articulations qui se bloquent, les fractures, les fièvres tierces ou quartes, la colique de miserere, les convulsions, la mélancolie, le délire, la folie et la mort.

Il dit les corps qu'on jette par-dessus bord, un, puis deux, puis trois ou plus par jour, les officiers cousus dans une toile, un boulet aux pieds, les simples matelots balancés tels quels, sans linceul ni lest et qu'on voit longtemps dériver sur la mer, le visage, on ne sait pourquoi, obstinément tourné vers l'est.

Il dit la violence, l'agressivité, l'humeur groumeuse qu'entraîne la promiscuité forcée des hommes confinés dans un espace réduit où il est quasiment impossible de s'isoler. La peur, le malaise exacerbent les égoïsmes, les susceptibilités. Les premiers jours, les plus civilisés se saluent. On se flaire, on se jauge, on se fait des politesses, des cercles se forment. On se surveille. Rien n'échappe. On se rencontre partout. Tout se sait, se remarque. Les ragots commencent, les esprits s'aigrissent. Les différences de traitement entre les passagers suscitent des jalousies. Des querelles éclatent sans cesse pour des broutilles. Capitaines et officiers mangent et dorment à part. Les matelots les envient et les craignent tout en méprisant les passagers, ces gens de terre.

Faute d'eau, l'équipage s'abreuve d'eau-de-vie et de vin qui se conservent bien et l'ivrognerie n'engendre pas la douceur. Les instincts se débrident, les couteaux jaillissent, les coups pleuvent. Les femmes ont intérêt à se dérober à la convoitise brutale des matelots ou des soldats mais certaines comme Marion, l'une des orphelines effrontées, ont le diable au corps et le récit de leur débauche prend, d'un pont à l'autre, des proportions légendaires.

Certains, à bord du navire, exercent un singulier pouvoir de terreur. Les caliers qui passent leur vie dans l'obscurité putride des fonds sont particulièrement redoutés. Ils puent comme charogne et leur aspect est rebutant. Ces êtres de ténèbres ont le teint blafard et des yeux rouges, à demi aveugles, qui clignotent à la lumière du jour. Compagnons des rats qui hantent la cale, ils ont avec eux d'étranges familiarités quand ils ne les tuent pas pour lire l'avenir dans leurs entrailles. On prête aux caliers des pouvoirs surnaturels. On les dit sorciers. On les consulte parfois. On les craint toujours.

D'autres personnages sont redoutables. L'écrivain qui est l'œil officiel, légal, le mouchard qui rapporte tout. Il y a le chirurgien que l'on voit plus souvent une bouteille à la main qu'un clystère. On l'a surnommé « Marée-Basse » parce que le soiffard ne brandit jamais son verre vide sans crier : « Marée basse ! » afin qu'on le lui remplisse. Toujours entre deux vapeurs éthyliques, les soins de ce hâte-la-mort sont plus redoutables que la peste et le plus faible des mourants trouve la force de se cacher dès qu'il l'aperçoit.

La troisième terreur du bord est le quartier-maître Fifounet, natif de Picardie. C'est un colosse albinos, édenté, d'une force herculéenne et dont la cervelle tiendrait à l'aise dans une fève épluchée. Son obsession perpétuelle est d'embougrer[1] les mousses qui le fuient, épouvantés et qu'il poursuit jusque dans le haut des mâts avec une agilité confondante.

Il dit, enfin, la cuisante humiliation du pilotin de Carnoët qui, dépassé Groix, dut, trois jours durant, s'accrocher sous le vent, pris de nausées incoercibles qui lui retournaient les boyaux comme doigts de gant et le faisaient encore hoqueter et suffoquer quand il n'avait plus rien à vomir, comme si un diable voulait s'échapper de son gosier. Et, tandis qu'il pensait ainsi agoniser, la bouche ouverte, l'œil dilaté comme celui d'un poisson dans le sable, tout juste capable de quitter le bastingage pour se jeter sur son cadre, claquant des dents, ramassé comme un fœtus, si mal allongé qu'il se précipitait à nouveau sur le pont, sa honte était aggravée par la petite tape, pourtant amicale, dont Alexis, en passant lui gratifiait l'épaule. Et surtout — ah ! Dieu — par les ricanements de la plus effrontée des orphelines qui le désignait à ses compagnes, lui demandant s'il était pris du mal d'enfant, l'avertissant que ce n'était pas par la bouche qu'on les faisait et lui proposant d'aller quérir la guette-au-trou[2] pour remettre l'enfant dans le droit chemin. Enfin, elle lui conseillait de s'allonger sous un pommier, méthode infaillible pour guérir le mal de mer. Entre deux hoquets, il voyait les faces hilares des orphelines qui se

1. Bénie n'a trouvé ce mot dans aucun dictionnaire.
2. Sage-femme.

moquaient de lui et maudissait l'Effrontée, appelant sur elle les pires calamités. Seule, Guillemette, grave, se taisait.

Comme il y avait loin du spectacle lamentable qu'il offrait aux quolibets de l'Effrontée, à la fière image du cadet en partance qui regardait s'éloigner Lorient, crânement planté sur le gaillard d'avant, la main sur la hanche, un pied posé sur une glène de cordage.

Le quatrième jour, il se redressa, guéri à jamais du mal de mer mais durant tout le voyage, il fit payer cher à l'Effrontée ses sarcasmes. Et lorsque, après Mozambique, on dut jeter à la mer son cadavre miné par on ne sait quelle vérole, il la regarda qui s'éloignait en tourbillonnant dans la mer sans le moindre regret.

Aux approches de l'Équateur, la chaleur est devenue insupportable. Les malades suffoquent dans leurs miasmes, les matelots se traînent, des bébés meurent. On arrose le pont pour empêcher le goudron de fondre et l'on tend une grande toile de tente pour faire de l'ombre. Marion, l'Effrontée, le décolleté luisant de sueur, retrousse ses jupons sur ses cuisses et agite son éventail entre ses genoux, en regardant les hommes d'un œil luisant. Impossible de se baigner à cause des requins qui suivent le bateau, depuis quelque temps.

François Marie découvre enfin la petite Guillemette, charmante dans sa robe de linon blanc, son cou gracile dénudé par ses cheveux noués en chignon. Les poules crèvent, assommées par la canicule. On a réduit la ration d'eau à une demi-pinte par jour et par personne. Au passage de la Ligne, François Marie, assis sur un tonneau, a été rituellement aspergé pour son baptême. Une femme de soldat vient d'accoucher d'un enfant étranglé par son cordon. Elle le suivra, une semaine plus tard.

Quand l'allure du bateau le permet, on pêche des thons et des bonites. On s'en réjouit car la viande fraîche est épuisée et, même à la table des officiers, quand le poisson manque, on doit se contenter de viande racornie dans le sel. Grâce à Alexis, François Marie a goûté une gourmandise raffinée : les yeux de thon qu'il croque avec délice. Un autre jour, un marin bordelais réussit à le convaincre de goûter du rat grillé, une recette de son pays, et gourmandise des tonneliers. A sa grande surprise, François Marie découvre une viande fine, succulente même qui ressemble à la fois au porc et au perdreau. Il en a même noté la recette : « Prendre un beau rat, un peu gras, ôtez-lui la peau, videz-le, coupez-le en deux et mettez-le à griller sur un bon feu vif avec des herbes, du sel et du poivre. »

Les requins qui suivent le bateau réconcilient entre eux les matelots unis pour les pêcher avec des têtes de bonites embrochées sur des crocs de fer, les hisser à bord, leur crever les yeux, leur casser les dents et leur couper la queue à coups de hache. Ils débordent d'imagination pour se venger sur ces monstres de la peur qu'ils leur inspirent et de toutes les misères de leur vie. Parfois, ils en rejettent plusieurs à l'eau, à demi morts, attachés les uns aux autres par la queue et s'amusent à les regarder se débattre dans une fureur agonisante. François Marie observe Guillemette qui se détourne du spectacle, les yeux cachés dans ses mains. Il a envie de lui parler mais il n'ose pas. Dans les heures qui suivent ces jeux, les plus rudes des matelots sont moins farouches. Certains chantent, d'autres, attendris, parlent de leur mère, de leur fiancée, du pays.

Il y aura des orages et des coups de tonnerre à décoller l'horizon. Des vents à décorner tous les cornards du Finistère. Alors, les matelots prient la Vierge et saint Antoine et saint Yves pour les calmer.

Il y aura un calme plat, sans un souffle, sans une ride sur la mer, pendant des heures et des heures d'un ennui désespérant. Alors les matelots prient la Vierge et saint Antoine et saint Yves, d'abord avec respect, puis avec colère pour qu'ils fassent lever le vent. Mais rien. On tire des coups de fusil au ciel, on cloue une queue de requin au bout-dehors de beaupré, on fesse un mousse. Rien. On s'énerve. La mer est comme un lac et le bateau, mort avec ses odeurs plus fortes que jamais. Alors, on va chercher Mathieu Quemener, vieux gourganier de cinquante ans qui connaît les signes et les manières du temps. Et Mathieu se met à siffler doucement, à sa façon à lui que nul ne peut imiter. Le son spécial qui appelle le vent, un sifflement doux, tendre, léger comme le bruit d'une risée débutante dans le gréement. Et les femmes qui ont en commun avec la brise le caprice et la légèreté, se réveillent, approchent, fascinées par l'appel. « Alors, je vous le jure, que je meure si je mens, un frisson a couru sur la peau de la mer et le vent se lève. »

Quand il n'est pas de quart, quand la nuit est belle, le pilotin de Carnoët renonce à son privilège de dormir à l'arrière pour prendre le frais, allongé sur des cages à poules, sous un morceau de prélart qui l'abrite du vent et protège sa tête des rayons dangereux de la lune. Il dort d'un sommeil haché, morcelé, souvent interrompu car le silence à bord n'existe pas, même au cœur de la nuit. Le navire craque, grince, chuinte, gargouille de partout. On chante, on braille sur le gaillard d'avant ; une voix aigrelette, solitaire, que relaient, aux refrains de lourdes voix tordues par l'alcool. La cloche sonne les quarts de veille. Des ordres claquent dans la nuit. Des flancs du navire sourd un brouhaha incessant de ronflements, d'invectives ; on rit, on pleure, on se querelle, on se lamente. Des enfants énervés, fessés par des mères excédées, hurlent. On s'appelle d'un pont à l'autre. Des sabots raclent le bois. Un coq idiot, tourneboulé, chante l'aube avant minuit. Un roquet, ennemi des poissons volants, jappe de fureur au moindre passage. Dans les tréfonds, les bestiaux survivants, loin de se résigner à être traités comme ils le sont, protestent, inlassablement, chacun en sa langue et tout cela fait un raffut couvrant la caresse soyeuse de la mer sur les flancs du grand bateau qui la creuse de tout son poids.

Quand il s'éveille, François Marie voit, sur la dunette, la longue silhouette sombre d'Alexis, l'œil à ses instruments amarrés soigneusement car ils sont précieux. Alexis, infatigable, bée aux étoiles, bavarde avec la lune, des heures durant. Les météores lui arrachent des cris de joie. Alexis ne dort jamais. Le jour, il s'enferme avec ses encriers dans la chambre du conseil et prend des notes. La nuit, il dévore le ciel. François Marie le rejoint parfois, à l'aube, pour regarder surgir de la mer un soleil énorme, couleur de safran ou de rubis. La mer est mauve et le ciel, de seconde en seconde, vire de l'ardoise au vert céladon, de la rose à la turquoise avec, à l'horizon, des préciosités de perle.

Parfois aussi, François Marie s'en va écouter ce qui se raconte sur le banc de quart qui semble posséder le pouvoir de délier les langues et d'enfiévrer les chimères. On se vante et on invente. Les histoires les plus folles, les plus merveilleuses, les plus cocasses ou les plus effrayantes sont dites là, jurées vraies, certifiées, crachées par terre, que ma mère meure si je mens, tandis que de Bordeaux à Granville culbutent les pauvres vieilles, foudroyées à distance d'être prises à témoin pour de perfides sirènes blanches apparues entre deux vagues, des Mari Morgan de rien du tout jaillies de la brume, des voix sur la mer, venues de nulle part, des bateaux fantômes qui manœuvrent sans équipage visible ou des barques gouvernées par des marins morts dont le malin plaisir est de vous mener droit sur les plus traîtres cailloux, pour des poulpes géants ou des serpents de mer entrevus dans le brouillard.

Les femmes laissées à terre, là-bas, si loin, si petites, deviennent des géantes dans le souvenir des hommes. Toutes belles. Toutes ardentes. Toutes aimantes. Non pas les femmes honnêtes, promises ou épouses qu'on ne peut imaginer autrement que brodant un trousseau, torchant un moutard ou récitant un chapelet, celles-là qui n'excitent guère de passions n'ont pas grand droit de cité dans les rêveries et les vantardises des bancs de quart. Mais les autres. Les luronnes d'un soir ou d'une escale, les filles galantes, les jolies serveuses, les catins de grande renommée, les Rosa, les Marion, les Nini, belles, hardies comme des figures de proue, avec des croupes tout en roulis et en tangage sous les jupons légers, avec des bouches humides et des bras ronds et des rires qui leur gonflent, leur soulèvent les seins à faire péter les devantiers, celles-là dont les hommes ne parlent qu'en se frappant la cuisse du plat de la main, heureux soudain, au milieu de l'océan, pour un grain de beauté ou un tour de rein partagé, grivois et pudiques à la fois, si fraternels d'avoir servi dans le même corps, pris le même plaisir ou la même vérole.

Le cahier noir racontait encore le si long, si long, si incertain voyage, les foucades du vent et les humeurs d'un océan qui passe de la longue houle portante au clapot colérique, du calme plat au creux vertigineux. Il raconte le navire égaré, trop à l'ouest vers le Brésil, malgré l'avis d'Alexis, plus fort en calcul des longitudes que son cousin Tromelin à l'obstination sans seconde, leurs discussions, leurs bouderies, le triomphe d'Alexis et le retour vers les côtes africaines, après beaucoup de temps perdu, c'est-à-dire de vivres en moins et de morts en plus. Il raconte des jours d'une chaleur accablante et la mer phosphorescente des nuits tropicales où chaque vague, chaque poisson sauteur allume des feux d'artifice et des remous étincelants.

Des villes se dessinent parfois à l'horizon dans les nuages embrasés du couchant, des mirages de villes fortifiées, surréelles dont on distingue avec précision les tours et les remparts qui demeurent quelques instants puis s'étirent, se diluent dans les mouvances du crépuscule ou se transforment en monstres diffus, allongés sur le ciel ou en suspens au-dessus de la mer, avec des gueules ouvertes et des pattes griffues en attaque.

Des poissons, des oiseaux donnent des avertissements infaillibles. Les marsouins, flèches de la mer, apparaissent quand le vent va fraîchir ; les limaçons bleus flottent sur les eaux du beau temps ; le vol des alcyons annonce la tempête ; ceux des taille-vent et des goélettes blanches sont les signes d'une terre prochaine.

Un matin, on a pris pour une chaloupe renversée une petite baleine qui voguait vers l'ouest, jusqu'à ce qu'elle crache au ciel son panache d'eau. Un autre jour, on voit, sous le vent, une trombe d'eau gigantesque s'élever de la mer jusqu'au ciel. On la salue en lui envoyant deux coups de canon par le travers et elle retombe en pluie sous le soleil, irisée par les couleurs de l'arc-en-ciel. Il y aura des orages à péter les mâts et des embellies de fin azur, des bonaces, des brumes de chaleur et toutes les sortes de pluies, des poudreuses perfides, des crachins rageurs, de grosses averses raides qui font jaillir des perles de la surface de la mer, des pluies fouetteuses et des pluies chagrines, de larmes tièdes qui passent comme un chagrin.

Parfois, des voiles apparaissent à l'horizon. Amis ? Ennemis ? Méfiance. On braque les lunettes, on ouvre les sabords, on pointe les canons à tout hasard. Gare au Hollandais, à l'Espagnol, à l'Anglais, surtout, toujours prêt au mauvais coup. On sait que, là-bas, la méfiance est la même. On se regarde, on s'estime, on se reconnaît aux pavillons. Si ennemis il y a, c'est le branle-bas. Si amis, on se salue à coups de canon réglementaires qui se répercutent d'écho en écho sur la mer.

Passé la ligne, un nom est sur toute les lèvres : celui de Yan Méhaut dit le Chat Gris que les marins de Hollande, d'Angleterre et de France ne prononcent qu'en baissant la voix. C'est un ancien corsaire de Saint-Malo qui s'est mis, un beau jour, à chasser pour son propre compte et est devenu le plus redoutable pirate des côtes africaines et de la mer des Indes. Il connaît le métier et sait se poster aux bons endroits. A bord de son schooner, la *Chabraque*, percé à vingt canons, il sème la terreur sur la route de la Compagnie. Voit-on des corps flotter autour d'une goélette désemparée ou incendiée ? Le Chat Gris est passé par là. On dit qu'il est fort riche et qu'il possède des dépôts secrets en de multiples endroits. On dit qu'il a le diable à bord, car il ne va jamais dans aucun port pour avitailler. Quand on l'aperçoit, c'est trop tard. Réputé ne faire nulle merci aux équipages des vaisseaux qu'il arraisonne, on raconte qu'il oblige ses prisonniers à festoyer à son bord puis à se confesser — car il a été élève des oratoriens — avant de les expédier, le crâne fendu, au royaume des harengs.

Un officier de la *Normande* tenait d'un matelot de Rotterdam, échappé par miracle à l'un de ces carnages, le récit d'une fête à bord de la *Chabraque* dont il avait été l'invité involontaire. A l'entendre, le Chat Gris alliait la férocité d'un sauvage des Amériques à un goût effréné pour le luxe le plus raffiné. La *Chabraque* était entièrement doublée de bois de rose et son balcon paré des plus fines sculptures. On y dégustait des mets exquis dans de la transparente porcelaine de Chine tandis que le champagne et les meilleurs crus de vins d'Espagne et de France coulaient dans des verres de Bohême. Les soirs de fête, c'est-à-dire de bonnes prises, on hissait un grand pavois de lampions multicolores et l'on dansait à bord de la *Chabraque*, au son d'un clavecin, de flûtes et de violons. Le Chat Gris que le matelot hollandais avait vu de près était, paraît-il, un gaillard au visage effrayant, ravagé par les cicatrices de la variole noire qui l'avait grêlé jusqu'à d'extraordinaires yeux d'un bleu très pâle. Il avait fière allure dans ses dentelles et ses velours, au milieu de ses sept brigandes blondes, toutes belles et richement parées qui composaient son harem flottant et dont il ne se séparait jamais car le damné congre aimait les femmes comme on les aime à Saint-Malo.

Nul n'avait jamais réussi à capturer le Chat Gris et, lorsqu'on avait tenté des expéditions punitives, les frégates les mieux armées avaient épuisé en vain contre lui leurs caronades. La *Chabraque* échappait toujours. Parfois, elle disparaissait et deux ou trois mois passaient sans qu'on entendît parler du Chat Gris. On l'espérait mort, pendu à Londres ou flottant entre deux eaux de l'océan Indien. On respirait mieux et son nom ne servait plus qu'à faire peur aux enfants. C'est alors qu'on apprenait un nouveau méfait. Le Chat Gris et son bâtiment de pirates déguisé en navire de commerce avaient encore frappé. Parfois même, on le signalait en même temps sur la côte de Coromandel et près des îles du Cap-Vert.

Pour refaire de l'eau et des vivres frais, pour soigner ses malades de plus en plus nombreux, la *Normande* fait une escale imprévue chez les Hollandais du sud de l'Afrique. On mouille à Simons Baie, près du cap de Bonne-Espérance, au milieu des montagnes. Un fort, une belle maison, un café, quelques baraques, les fastes et les rumeurs de Lorient sont loin. Mais, dit François Marie, c'est le bonheur, après avoir été, tant de jours, confinés. Tout est bonheur : l'espace, le sol immobile, la possibilité de fuir, de regarder couler un ruisseau ou une fontaine avec la permission de boire de l'eau pure à satiété, de s'en asperger, de la gaspiller. Bonheur de la viande fraîche et des fruits. Bonheur de l'herbe et du vent dans les arbres. Bonheur du solide, de l'équilibre. Bonheur de la terre. En descendant de la chaloupe, François Marie s'est aperçu qu'à force de ne pas marcher, il ne sait plus marcher. Il a des crampes dans les mollets et ses pieds le font souffrir.

Avec Tromelin et quelques officiers, ils iront chasser des springboks, grands boucs sauteurs aux cornes en croissant qui se déplacent par bonds à travers la montagne. Ils chasseront aussi des loups-marins à tête de chien[1] mais dont ils n'aimeront pas la chair trop huileuse.

Il note que, pour la première fois, il échange quelques mots avec Guillemette Trousseau et partage avec elle la première orange de leur vie. La jeune fille quoique amaigrie et très pâle a, comme lui, assez bien résisté à l'épreuve du voyage. Quant à l'Effrontée qui se moquait si fort de lui en quittant Lorient et remontait si haut ses jupes à bord, elle n'en mène plus large. Ses appas ont fondu, elle a perdu ses dents et ses cheveux se sont clairsemés. Elle gît dans une

1. Sorte de petits phoques.

baraque où l'on tente de la soigner. Quand on appareillera, dans une semaine, on lui proposera de la laisser à terre mais elle refusera. A bout de forces, elle demandera à repartir : elle veut le mari qu'on lui a promis à l'Isle de France. Quand la *Normande* aura repris la mer, on s'apercevra que cinq matelots et un lazariste ont déserté.

— Vous dormez ?

— Non, dit Bénie. Je n'y arrive pas. Je rêvasse.

— Vous allez passer les fêtes à Maurice ?

— Fêtes si l'on veut, dit Bénie. Ma grand'mère, qui m'a élevée, est morte depuis huit jours.

— Oh, pardon ! dit la fille, je suis désolée.

— Y'a pas de mal, dit Bénie.

La nuit, bousculée par les fuseaux horaires, a été courte. Déjà un soleil orange monte derrière les stores des hublots. Le bétail de l'avion est assoupi (*roupille,* songe Bénie que ce mot fait rire) dans un désordre de couvertures trop exiguës pour recouvrir les corps. Ces humains, entassés dans l'avion, sont plus supportables endormis qu'éveillés. Le sommeil atténue les vulgarités, les rend inoffensifs, leur redonne une innocence de vieux bébés. Des couples gisent enlacés — pour gagner de la place —, l'homme souvent abattu sur l'épaule de la femme, lorsqu'ils sont âgés et qu'au fil des années, il est devenu son enfant égoïste qui ne voit plus en elle qu'un oreiller tutélaire. Chez les plus jeunes, au contraire, c'est lui qui protège la femme, débordant son siège, l'envahit, la tête posée sur ses genoux qu'il entoure d'un bras possessif.

Beaucoup dorment, la bouche ouverte, révélant sans pudeur les ravages ou les restaurations de leur denture ; d'autres, le cou flexible, dodelinent d'une tête qui ne sait où se poser ou dégagent, en grimaçant, un membre ankylosé. Certains sont aveuglés de masques sombres. Tous ressemblent aux corps retrouvés à Pompéi, statufiés par la lave.

— Je m'appelle Nicole, dit la brune. Nicole Gibot. Et vous ?

— Moi, c'est Bénie, dit Bénie. Enfin, Bénédicte. Une idée de ma grand'mère. J'ai toujours détesté ce prénom. On m'appelle Bénie.

— C'est joli, dit l'autre. C'est mieux que Nicole.

L'évocation du cahier noir et des histoires du vieux Carnoët ont rendu à Bénie sa bonne humeur. Que n'est-on capable de supporter, je vous le demande, quand on procède d'un Breton de l'Argoat qui s'est nourri avec délice d'yeux de thon et de rats grillés, a résisté au scorbut et aux tempêtes du Mozambique, épousé successivement trois femmes, engendré douze enfants, défriché les buissons d'une île caillouteuse pour y construire une maison et faire pousser de l'indigo et des cannes à sucre ? Sûrement, il ne se doutait pas en rédigeant ce cahier, à la fin de sa vie, qu'il réconforterait, deux siècles plus tard, une jeune fille paumée dans un avion français.

La curiosité de sa voisine amuse Bénie et sa façon enfantine d'engager la conversation. « Comment tu t'appelles ? Où tu habites ? Qu'est-ce qu'ils font, tes parents ? Où c'est, ton pays ? »

Au cours d'une récréation, dans la cour de Jeanne-d'Arc, à Pithiviers, Bénie avait, pour la première fois de sa vie, subi cet interrogatoire. Son arrivée en plein trimestre, son teint hâlé, sa taille sportive intriguaient les petites Beauceronnes courtaudes qui la regardaient comme une martienne débarquée d'une soucoupe volante. On savait qu'elle était la nièce de la supérieure et cela étonnait car on ne pouvait imaginer que cette grande fille blonde pût être de la même famille que l'austère, maigre, jaune et moustachue tante Éda, dite mère Dominique de la Croix.

Dans cette cour grise, plantée de tilleuls, dont la brise aigre de février faisait grincer les branches défeuillées et tinter faiblement la cloche qui commandait les mouvements du pensionnat, au milieu de ces petites Françaises à grosses fesses qui la dévisageaient et lui tournaient autour, Bénie, égarée par le décalage horaire, s'était crue en plein cauchemar.

Tout lui était étranger. Tout lui semblait hostile : le froid de l'hiver, le ciel gris, les corbeaux, les chaussettes de laine blanche qui lui grattaient les jambes et ces lourds vêtements bleu marine qui l'engonçaient ; l'odeur de fauves que dégagent les dortoirs de filles, les relents graillonneux du réfectoire lui faisaient lever le cœur. Mais que faisait-elle dans ce pays sans soleil, sans fleurs, sans palmes, sans planches à voile glissant sur la mer, sans Laurencia à sa dévotion, ce pays sans montagnes, sans Vivian, sans autres échappées que ces récréations sinistres où on l'obligeait à jouer au ballon « avec vos compagnes », ces petites mémères de quinze ans qui ressemblaient déjà à leurs parents, ou à gesticuler pauvrement au cours de gymnastique, dans un ridicule *bloomer* d'uniforme dont les élastiques lui serraient pudiquement les cuisses, sous les ordres d'une bonne sœur qui rythmait les mouvements en tapant dans ses mains ? Que faisait-elle, elle, Bénie, dans ces promenades en rangs, à travers les mails désespérants et les rues endormies de cette bourgade du Gâtinais ? Une rivière, ce ruisseau sale, profond d'un pied à peine et qui s'appelait l'Œuf ? Que faisait-elle, errant, solitaire, dans la pension déserte, les dimanches, quand les mémères avaient rejoint leurs fermes pour le week-end ? Elle subissait deux messes, ce jour-là. Celle de sept heures, à la pension, comme tous les jours, et la solennelle de onze heures, à la paroisse de la ville car le curé, désolé de ses bancs vides, avait demandé au couvent d'y faire figuration. Et Bénie était obligée de s'y rendre avec les religieuses qui pépiaient le long des rues, dans un envol de voiles noirs et de scapulaires blancs. La tante Éda ne voulait pas la laisser seule à la pension, craignant peut-être une évasion ou quelque autre bêtise.

Mais où donc étaient ses cascades, ses Chinois du Port-Louis, ses Indiens de Mahébourg et le bruit de la mer au large de l'*Hermione,* et le Morne dans le rouge du soir, où étaient les mains de Vivian ?

Ici, tout la rebutait. Jusqu'à cette tante Éda qu'elle avait imaginée ronde et tendre avec une figure souriante comme celle de sa sœur Charlotte et qui n'était qu'une harpie glacée. Par souci, sans doute, d'éviter tout favoritisme familial qui aurait fait mauvais effet sur les élèves, elle voussoyait Bénie et se montrait avec elle, plus sévère encore qu'avec les autres. Dès le premier jour, elle l'avait avertie d'avoir à l'appeler, comme tout le monde « ma mère » et non pas « ma tante ».

Que savait-elle au juste de ce qui avait motivé l'exil de Bénie ? Sûrement, la tante Thérèse, cette truie malade, avait raconté à sa façon le scandale de la montagne. Ah, comme elle s'était vengée !

Bénie se sentait épiée, surveillée. On l'avait prévenue que son courrier serait lu avant de lui parvenir et qu'elle devait remettre ses lettres, ouvertes, pour l'expédition. Impossible, dans ces conditions, d'espérer un mot de Vivian dont elle n'avait même pas l'adresse en Afrique du Sud.

Ce jour-là, dans la cour de récréation, Bénie, tendue par la volonté de refouler un hectolitre de larmes, grelottait de froid et de détresse. Et alors, comme d'habitude, quelque chose de bizarre s'était produit. Au fond de la cour, sur un socle de pierre, se dressait une statue de la Vierge, les bras ouverts. Le voile de pierre qui la recouvrait de la tête aux pieds était sali par les pluies, la poussière, la tête et les épaules conchiées par les oiseaux. On avait envie de débarbouiller l'idole, de la laver au jet, pour lui rendre un peu de dignité. Mais elle avait les bras ouverts et Bénie, dans son désarroi avait adressé une prière à cette image d'accueil et de mansuétude, une prière à sa façon, un peu brutale mais si fervente : « Je vous en prie, Sainte Vierge, tirez-moi de cette saloperie de pension, sans quoi je vais crever ! » Et voilà que la *chose* stupéfiante s'était produite, que jamais elle ne pourrait raconter à personne autre que Vivian car personne, à part lui, ne voudrait la croire. Là-bas, au fond de la cour, le regard vide de la statue sulpicienne s'était animé l'espace d'une seconde, s'était fixé sur Bénie et LA VIERGE LUI AVAIT CLIGNÉ DE L'ŒIL. Et, immédiatement, Bénie avait été tout entière parcourue d'une chaleur mystérieuse, d'une force subite qui avait asséché la rivière de larmes qui étouffait son cou. Et, toisant les dodues curieuses, elle avait répondu à leurs questions et ajouté :

— Je m'appelle Bénie et je vous préviens : la première qui m'appelle Bénédicte, je lui casse la gueule. Je suis plus grande que vous et j'adore taper sur les plus petites que moi.

Maintenant, Bénie est sûre, sûre que l'avion va se *crasher*. Comment expliquer autrement toutes ces images de son enfance qui resurgissent et ce besoin impérieux de les communiquer à cette inconnue que le hasard a fait asseoir près d'elle ? Ceux qui vont mourir revoient leur vie, c'est bien connu.

L'avion a quitté la côte africaine et survole l'océan Indien, droit sur la Réunion où il se posera, en principe, dans trois heures. En principe. Bénie est sûre du contraire mais, bizarrement, n'en éprouve aucune peur. Elle ne sera pas surprise : elle sait. Elle guette le bruit anormal par quoi va commencer le chambardement, la secousse, le réacteur en feu, l'éclatement, le déséquilibre, la trouée d'air, le tournoiement vertigineux de l'appareil en plongée accélérée, sa propre perte de conscience puis le blanc pur du néant. Pas le temps de souffrir.

En même temps, elle organise le miracle inévitable de sa survie. Car elle est foncièrement persuadée que si une seule personne doit en réchapper, ce sera elle, Bénie. Et, au bord de la catastrophe, elle vérifie la solidité de sa ceinture de sécurité, l'ouverture rapide de la boucle et même, du bout des doigts, la présence de la jaquette gonflable, sous son fauteuil. La porte de secours est proche et il y a longtemps qu'elle a repéré son système de déverrouillage. Ainsi, la certitude de mourir se double de la certitude qu'elle ne mourra pas.

L'idée de la mer que surplombe à présent l'avion la rassure. Elle a beau savoir que le choc risque d'être aussi rude que sur le sol, l'eau est pour elle un élément si familier, qu'elle ne peut pas lui faire de mal. Avec l'eau, Bénie s'arrange toujours. Elle flottera cette fois encore, comme elle a toujours flotté, chaque fois qu'elle s'est jetée à l'eau. A Londres, l'été de ses quatre ans, elle se promenait avec son père, le long de la Serpentine, dans le jardin de Kensington et l'eau, soudain, l'avait tellement attirée que, lâchant la main d'Yves, elle avait sauté dans la Serpentine où son père, affolé, avait plongé à sa suite. Elle ne savait pas encore nager mais pas un instant elle avait douté que cette eau ne puisse la porter. Et, en effet, elle se souvient parfaitement de son immersion et de la force qui l'avait repoussée à la surface où elle s'était sentie aussitôt agrippée par la poigne paternelle, hissée sur la berge et fessée d'importance pour lui ôter l'envie de recommencer. Mais on s'était vite aperçu de l'attirance qu'elle subissait, de l'eau. L'enfant courait aux rivières, aux étangs, aux mares, aux bassins, aux piscines. Elle se précipitait dans les vagues les plus fortes qui battaient les plages. Les cascades, les jets d'eau la faisaient se récrier de joie. Faute de mieux, elle ouvrait les robinets, tombait en arrêt devant les fontaines, remontait les ruisseaux à pied ou sautait dans les flaques de pluie. On lui avait vite appris à nager pour limiter le danger.

Au-dessus de l'océan Indien, par le détour de la Serpentine, une bouffée d'Angleterre assaille Bénie, dans son fauteuil. Londres, si lointaine dans sa mémoire. Londres à Noël. La ville et la fête sont, pour elle, indissociables. Une ville de joie et de cadeaux dont les habitants trottinent dans tous les sens, comme des fourmis déroutées, avec des paquets dans les bras. Une ville qui chante avec des lambeaux de *Christmas carols* qui s'échappent par les portes battantes des magasins et les hymnes de l'Armée du Salut, au coin des rues. Une ville de lumières avec les lampions clignotants du grand sapin de Piccadilly auquel répondent tous les petits sapins illuminés derrière les *bow-windows* des maisons. Et Maureen, enfouie jusqu'aux yeux dans du loup gris. Et, mêlés à la suie, au lard frit et à l'iode qui composent l'odeur de Londres, des parfums de conifères, de mandarines, de gâteaux chauds et de bougies. Des mouettes survolent la Tamise, planent au-dessus de Portobello. On l'emmène se promener les dimanches matin à Hampstead où elle fait courir le petit fox Eugène qui la fera tant pleurer quand elle devra le quitter, avant le départ pour Maurice. Et les étalages de brocante de ce *Caledonian Market* où Maureen, parfois, entraîne à l'aube son mari et sa fille, parmi les amas d'objets venus échouer là de tous les coins du monde, ce *Caledonian* où Bénie verra, pour la première fois, un dodo reconstitué, tout en plumes, dans une cage de verre ; où Maureen se fournit en robes de perles des années vingt et en boas dont les élégantes propriétaires paradent depuis longtemps au royaume des mulots. Et ce *loft* de Portobello, fillonnière de Maureen, un ancien entrepôt transformé en atelier, une pièce immense cloisonnée par des paravents en laque de Chine, récupérés dans les greniers de Midhurst. Là, le berceau de Bénie, œuvre d'un sculpteur, ancien amant de sa mère, avait la forme d'un gros œuf d'acier dont la partie inférieure était une coque pleine et le couvercle un entrelacs de tiges métalliques surmonté d'un anneau qui permettait de le hisser à l'aide d'une poulie. Le bébé qu'elle était s'était balancé dans les courants d'air d'une fête permanente avec de la musique, le jour, la nuit. Garée au plafond, paisible, elle dormait dans son œuf.

Ce berceau avait, paraît-il, scandalisé lady Oakwood, la mère de Maureen. Elle ne comprenait pas qu'on suspende ainsi un bébé au-dessus du bruit sans parler des effluves de cigarettes bizarres et d'encens qui brûlaient dans des cassolettes et rendaient l'air malsain.

A Midhurst, dans le château de sa grand'mère Oakwood, c'était une autre Angleterre, verte, moussue et calme. Une Angleterre de printemps où l'on vivait le nez en l'air pour saluer, comme il se doit, les pans de ciel bleu que découvraient les nuages. *What a glorious day!* Où, le soir, on s'assemblait sur la terrasse de l'invraisemblable castel néo-gothique de briques construit au début de l'autre siècle, au milieu d'un grand parc vallonné, planté d'arbres immenses, avec des pelouses en saut-de-loup, des boulingrins, un labyrinthe de buis taillé, des tonnelles couvertes de roses et un bassin alimenté par l'eau d'une rivière détournée au moyen d'un lacis de minuscules canaux dissimulés dans un sous-bois dont ils assuraient la fraîcheur en été et la prospérité d'énormes moustiques.

Bénie n'oubliera jamais Midhurst. En particulier, ceci : elle a quatre ans et c'est l'été. Tous les après-midi, on l'oblige à faire deux heures de sieste, ce qui l'exaspère. Un jour de juillet, elle est allongée sur son lit dans la légère pénombre d'un soleil tamisé par des stores blancs, occupée à résister au sommeil pour embêter les grandes personnes responsables de son exil vespéral et quotidien. Elle repose, en chien de fusil, la joue sur le lin blanc de son oreiller. La pièce est fraîche mais, par les fenêtres ouvertes, l'été bourdonne contre les stores, exaspère le parfum des magnolias. Un râteau gratte le gravier d'une allée en un long, un régulier soupir de fer. Un arroseur en tourniquet cliquette sur une pelouse voisine, un bruit espiègle et régulier comme si le jet d'eau léger et qui prodigue ses perles se moquait du râteau qui mord la poussière. Du tennis voisin, amorti par la charmille, le bruit d'une balle qui frappe deux raquettes, chponk, chponk... Et la petite fille dont les paupières se ferment, malgré sa volonté de demeurer éveillée, Bénie éprouve pour la première fois l'éclair vertigineux de bien-être total et de sérénité qu'on appelle le bonheur. Combien de temps dure, à chaque fois, une crise de bonheur ? Une minute ? Une seconde ? Elle en aura d'autres, dans sa vie. Dans la cabane de la montagne, avec Vivian. Ou seule, à Paris, en traversant le pont des Arts, dans le bleu et le rose d'un matin de juin. A chaque fois, dans sa mémoire, reviendra le bruit d'un râteau qui remue des cailloux dans une allée de Midhurst, celui d'un jet d'eau et les balles de tennis dans les effluves des magnolias.

Même si elle l'a peu connue, cette lady Oakwood est, elle aussi, une bien singulière et inoubliable grand'mère avec son troupeau de chats à queue coupée à qui elle consacre plusieurs chambres du château, ce qui ne les empêche pas de cavaler partout en maîtres absolus des lieux qu'ils ont imprégnés de leur odeur infecte. Lady Oakwood est intraitable lorsqu'il s'agit de défendre les privilèges de ses chats. Si l'un d'eux s'installe au creux d'un fauteuil, il est interdit à qui que ce soit — fût-ce la Reine — de le déloger. Les matous ont le droit de grimper sur les tables, de goûter aux plats et même de dormir dans le lit de qui leur plaît.

C'est longtemps après l'avoir connue et perdue que Bénie, devenue grande, éprouvera une grande curiosité pour cette petite femme râblée et sportive ; car tout le temps qu'elle ne consacre pas à ses chats, lady Oakwood le passe à dresser des chevaux et, à soixante ans passés, elle a encore, dans le comté, la réputation de pouvoir dompter les poulains les plus rétifs. Lady Oakwood se lève à l'aube, été comme hiver, et commence par engloutir un gigantesque petit déjeuner composé de kippers, d'œufs frits, de rognons ou de côtelettes avec des muffins et des toasts qu'elle fait rôtir elle-même à la flamme de la cheminée — car elle a refusé qu'on installe le chauffage central à Midhurst — avec une longue pique d'argent emmanchée d'ébène. Le tout arrosé d'un thé couleur d'ambre rouge, un mélange spécial qu'on lui fait chez *Fortnum and Mason.* Après quoi, elle part monter, toujours impeccable, cravatée de piqué blanc, en jodhpurs et veste de velours, sa bombe sous le bras, fouettant sa botte de sa cravache.

Le soir, métamorphose complète. La centauresse du matin devient une lady de gravure victorienne, en corsage de dentelle dont les poignets avancent en pointe sur le dos de ses mains baguées d'émeraudes et de diamants. Un fin lorgnon d'or pincé à mi-nez, elle brode des *samplers* d'un air séraphique, s'interrompant de temps à autre pour tremper ses moustaches dans un verre de sherry amontillado dont elle raffole. Autour d'elle, un parterre de chats s'étirent sur le tapis ou jouent avec les pelotons de soie ramassés dans une corbeille, à ses pieds.

Quand Bénie s'aventurait à cette heure dans le salon, lady Oakwood lui parlait mais sans lever les yeux de son ouvrage, sans jamais la regarder, ce qui impressionnait beaucoup l'enfant.

Sa vie était si régulière qu'on pouvait la quitter pendant des semaines, des mois et être sûr de la retrouver, aux mêmes heures, dans les mêmes occupations. Souvent, Bénie s'était demandé quelle jeune fille, quelle femme elle avait été, cette petite dame qui était l'image même de la solitude.

Lady Oakwood parlait peu, ne se plaignait jamais et deux syllabes suffisaient, en général, à exprimer son indignation ou sa contrariété : « Oh, no ! » prononcées sur un ton de ferme réprobation et qui en disaient long. « Oh, no ! » pour la déclaration de la guerre, pour une excentricité de Maureen. « Oh, no ! » pour le blitz de Londres, la mort d'un chat, le triomphe de l'Angleterre sur l'Irlande au Tournoi des Cinq Nations ou l'écart incongru d'un cheval comme celui qui, plus tard, devait définitivement lui rendre la vie insupportable.

C'était peut-être aussi ce qu'elle avait pensé, à dix-sept ans, le jour où le baronet Oakwood, qui avait vingt-cinq ans de plus qu'elle, l'avait épousée, après l'avoir gagnée aux dés contre son père avec lequel il chassait le renard. C'est ainsi qu'elle avait quitté son Galway natal pour le Sussex où les renards ne manquaient pas. Edward et Maureen étaient nés, ce dont Bénie s'était toujours étonnée car il lui était difficile d'imaginer que lady Oakwood ait pu jouer à la bête-à-deux-dos ni même accoucher. Non, rien, dans sa personne ne permettait de soupçonner qu'elle se soit jamais livrée à de semblables gesticulations. Oh, no !

Elle s'était suicidée à quatre-vingt-deux ans, après avoir soigneusement empoisonné tous ses chats et lâché ses chevaux dans la campagne. Un matin, sa femme de chambre avait trouvé un papier épinglé sur la porte de sa chambre et une enveloppe posée par terre. Sur la porte, le message était bref : « *Marjorie, n'entrez pas : je viens de me tuer. Appelez mon médecin et faites parvenir cette lettre à mes enfants.* »

La lettre destinée à Edward et Maureen n'était guère plus longue. « *Ma mémoire baisse et je suis tombée de cheval, hier.*

Rassurez-vous, personne ne m'a vue. Je me suis tuée seule et sans aide.» Signé : « *Maman.* »

On l'avait retrouvée, allongée sur son lit à baldaquin, vêtue d'une robe de sa jeunesse, coiffée, du rose aux joues, des fleurs dans ses cheveux, ses bagues aux doigts et sa rivière de diamants au cou. Sur sa table de chevet, un bol dans lequel elle avait touillé une soupe de tranquillisants. L'emballage des médicaments avait été soigneusement jeté dans une corbeille à papiers. Rien ne traînait à l'entour.

Dans le fauteuil d'à côté, Nicole, la jeune dentiste, en a oublié de regarder le film. Les histoires de cette Bénie l'amusent davantage que les gesticulations de *Chapeaux melon et bottes de cuir.* Elle aimerait avoir pour amie cette grande bringue fantasque qui ne se laisse pas marcher sur les pieds mais chez qui elle devine un désarroi à fleur de rire. Ces larmes, tout à l'heure... Parce qu'elles ont le même âge, le tu a remplacé le vous, naturellement.

— Tu es née à Londres, dit Nicole, tu as été élevée à Maurice, tu vis à Paris, tu te sens quoi : Française ? Mauricienne ? Anglaise ?

— *That is the question,* dit Bénie. Je n'en sais rien. Ou, plutôt, cela dépend des moments. A Maurice, je suis française mais mauricienne à Paris et toujours un peu anglaise. Quelquefois, tout cela s'embrouille et je ne sais plus du tout ce que je suis. Dans ce cas-là, je me sens surtout bretonne. A la fois granitique et évaporée, en attente et en partance. Celte. Indo-européenne. Ici et là-bas. Un pied sur le rivage et un pied sur le bateau. Bretonne, quoi. Mais tu ne sais pas tout.

PENDANT trois ans, Vivian et Bénie avaient été séparés. Lui, dans son collège d'Afrique du Sud, elle à Pithiviers (Loiret). Même pendant les vacances, quand les enfants reviennent à Maurice. La mère de Vivian veillait, armée de toute sa rancune, de toute la vigilance haineuse dont elle était capable, à ce que son fils ne puisse même adresser la parole à l'épouvantable Bénie. A peine les deux cousins s'apercevaient-ils de loin en loin.

La deuxième année, Thérèse de Carnoët, craignant sans doute de ne pouvoir longtemps les tenir éloignés l'un de l'autre à Maurice, avait inventé d'expédier Vivian en France, chez des amis qui habitaient la Dordogne et cela justement quand Bénie arrivait à Rivière Noire. Elle estimait — et elle n'avait pas tort — qu'un quart de monde n'était pas de trop pour empêcher ces deux-là de se retrouver.

Mais « ces deux-là » grandissaient, prenaient de l'indépendance et, la troisième année, Vivian refusa catégoriquement d'être, une fois de plus, privé de son île. Aussi belle que soit la Dordogne, elle ne remplacerait jamais, pour lui, la baie de Tamarin ou la route des Trois Mamelles où pousse le poivre rose. Thérèse avait dû céder.

Mille fois, dans son exil, dans ses rêveries de pensionnaire, Bénie avait tourné et retourné l'image heureuse du jour, de la minute où Vivian et elle, enfin délivrés, seraient réunis. L'éloignement le lui rendait encore plus cher. Mais, les semaines et les mois passant, elle constatait avec tristesse que, s'il était toujours présent à sa mémoire, il y pâlissait, s'y effaçait comme les photos trop exposées à la lumière. Parfois, elle devait faire un effort pour reconstituer ses traits. La silhouette de Vivian demeurait mais le son de sa voix se perdait. Restaient encore certains de ses gestes, une façon de sourire ou de relever ses cheveux entre ses doigts mais l'image devenait de plus en plus floue.

L'émotion aussi s'usait. Le chagrin d'être séparée de lui était moins aigu, plus supportable. Elle avait pensé mourir de ne plus le voir et elle n'était pas morte. Elle s'était crue inconsolable et elle était calme. Il lui semblait même parfois que la télépathie qui leur permettait naguère des liaisons stupéfiantes à travers l'espace s'affaiblissait. La ligne, entre eux, était brouillée, l'appel au secours, vain, l'espérance d'un réconfort, nulle.

Après son bac, lorsqu'elle s'était inscrite à la Sorbonne et avait, enfin, obtenu de vivre seule à Paris dans le studio de la rue de Beaune que Maureen lui avait acheté, Bénie s'était aperçue que son amour pour Vivian, qu'elle croyait farouchement exclusif, admettait assez bien d'autres émotions parallèles. Elle avait eu quelques amants. Avec mauvaise conscience, d'abord, s'accusant de trahison, vis-à-vis de Vivian puis le remords aussi s'était dissous. Bénie était incapable de renoncer au plaisir de plaire, à l'amour de l'amour. Puisque, contre sa volonté, elle était séparée de Vivian pour un moment, puisqu'elle n'y pouvait rien, à quoi bon se morfondre et refuser les petites joies que la vie lui offrait. Car ce n'étaient là que de petites joies. C'était Vivian qu'elle aimait et tout le reste était sans importance, des broutilles d'amour dont elle distrayait son exil. Il suffisait, ensuite, de se taire pour qu'il n'en reste rien.

Pour le silence et le mensonge par omission, Bénie était très forte. Cette politesse de l'amour lui semblait essentielle et elle était prête à jurer à Vivian, ses yeux bleus dans ses yeux bleus à lui, qu'aucun garçon n'avait posé sa patte sur elle. A le jurer sur leurs deux têtes ou mieux — quand même un peu superstitieuse — sur celle de la tante Thérèse qu'elle imaginait alors, avec délice, culbutant par l'une des fenêtres de Rivière Noire et s'étalant, raide morte avec encore, à la main, le drap qu'elle était en train de secouer.

Et lui, là-bas, au bout de son Afrique, il ne vivait sûrement pas comme un moine, ce Vivian sur lequel — elle en avait été témoin — les femmes, des vertes aux mûres, se retournaient dans la rue, l'œil luisant de convoitise ou frappées de stupeur comme au passage d'un ange. Le moyen de résister à de si constantes tentations ? Peut-être tenait-il le même raisonnement qu'elle. Et lui non plus n'avouerait jamais rien. Ils étaient si semblables, Vivian et elle, si jumeaux, tous deux narcissiques, sensibles aux hommages, au plaisir aventureux, à l'excitation des débuts, si capables de dissimulation, en plus, pour épargner l'autre.

Sûrement, quelles qu'aient été leurs vies, étant séparés l'un de l'autre, ils se retrouveraient un jour dans la candeur de leur amour, triomphants, oublieux du reste du monde dans leur invincible passion fraternelle, semblables aux enfants qu'ils avaient été dans la cabane de la montagne, aux enfants qu'ils seraient jusqu'à la fin des temps.

Mais rien n'arrive jamais comme on l'imagine. Quand ils s'étaient retrouvés, un matin de décembre, sur la plage de l'*Hermione*, Bénie avait à peine reconnu ce Vivian bizarre, un peu distant et qui semblait intimidé en sa présence. Un Vivian encore plus beau que le souvenir qu'elle avait gardé de lui mais un autre Vivian, à la fois distrait et sur la défensive, plus fermé qu'une coquille de bénitier vivant et il avait fallu plusieurs jours pour que cesse ce malaise dont Bénie ne comprenait pas la cause.

Un soir, poussé dans ses retranchements par Bénie, Vivian s'était effondré, la tête dans ses mains.

— Si je te raconte ce qui m'est arrivé, dit-il, tu ne voudras plus jamais me voir.

Ils étaient assis sur les marches du petit kiosque d'où les soleils couchants étaient si beaux, abrités des yeux indiscrets de la maison par un massif de veloutiers. Vivian, soudain, avait basculé, le visage sur les genoux de Bénie qu'il entourait de ses bras. Ses épaules de surfeur tremblaient. Vivian pleurait et c'était, pour Bénie, tellement inattendu, tellement incroyable ce Vivian en larmes sur ses genoux qu'elle resta un instant désemparée, regrettant amèrement son acharnement à lui poser des questions, s'attendant au pire, un pire d'autant plus effrayant que rien, un instant auparavant, n'avait pu laisser deviner, chez lui, un pareil désarroi. « Je ne veux pas te perdre ! Je ne veux pas te perdre », disait-il en la serrant avec force.

Ne sachant comment, par quels mots endiguer ce chagrin, Bénie avait refermé ses bras autour des épaules convulsives et, le berçant comme un enfant malade, elle lui avait soufflé à l'oreille la comptine de son enfance, celle que Maureen lui chantait lorsqu'elle était chagrine :

Nobody likes me
Everybody hates me
I'll think I go and eat worms...

Et les épaules de Vivian avaient cessé de trembler. Alors Bénie s'était mise à fourrager lentement ses cheveux, à pleines mains, remontant de la nuque au sommet du crâne, mi-caresse, mi-massage.

— Tu ne me perdras jamais, imbécile. Jamais, quoi que tu fasses. Tu le sais bien qu'on ne *peut* pas se quitter, tous les deux.

Le soleil était tombé sous la mer et le crépuscule fonçait à vue d'œil.

— Tu n'es pas malade ? souffla Bénie. Tu ne vas pas mourir ?

La tête de Vivian fit signe que non.

— Ah bon ! Est-ce que, par hasard, tu aurais tué quelqu'un ? Est-ce que tu ne saurais pas quoi faire du corps ?

— Non, fit encore la tête qui se releva.

— Parce que, dans ce cas, continua Bénie, il suffit de me le dire. Je suis ton amie, ce que tu as peut-être oublié mais pas moi. Et à quoi reconnaît-on un vrai ou une vraie amie ? D'abord à ce qu'il soit capable de vous aider à transporter un corps sans poser de questions. N'est-ce pas ?

On ne résistait pas à Bénie. Vivian avait levé sur elle ses yeux d'autrefois, ses yeux de Vivian dans la cabane.

— Sans poser de questions ? dit-il. Ça m'étonnerait. Tu en es incapable. Mais rassure-toi. Je n'ai pas de corps à transporter. Si j'ai tué quelqu'un, c'est nous que j'ai tués.

— Nous ? Ça m'étonnerait, dit Bénie. Increvables nous sommes !

Et la suite était venue très vite. Ce qui était arrivé à Vivian tenait en trois mots :

— Je suis amoureux.

Et Bénie qui s'attendait à tout, sauf à cela, avait pâli, cou serré, gorge sèche et bourdon dans les oreilles. Une Bénie subitement dédoublée, triplée, centuplée, comme une armée de Bénies courant en tous sens, affolées, contradictoires, se heurtant les unes aux autres. Je m'en fiche. Non, je ne m'en fiche pas. Ah, que je te déteste, mon amour ! Ah, que je t'aime, salaud ! Et cette image de bande dessinée, dérisoire, obsédante, d'une Bénie renversée sur le dos, exactement comme Milou, chien de Tintin, assommé par un malfrat et qui gît, la patte en l'air, tétanisé, avec des petits ronds au-dessus des oreilles, des étoiles et des bougies qui clignotent, gloup ! Zim ! Boum ! Zing ! Zing ! Zing ! Bénie-Milou, au tapis !

Et toutes les Bénies, soudain, se rassemblent à toute vitesse, se fondent les unes dans les autres pour n'en laisser qu'une, plus fléchée que saint Sébastien, vibrante mais vivante encore, une Bénie qui démarre, emportée au galop par des chevaux fous, le cheval gris de l'amertume, le blanc du désespoir et le plus beau, le plus puissant, celui qui crache du feu par les naseaux, le diabolique, l'invincible cheval noir de l'orgueil. Mon Dieu, mon Dieu, quel bonheur que la nuit soit tombée et qu'il ne puisse voir la tête que je fais, que je ne peux m'empêcher de faire, si stupide, jalouse comme la dernière des idiotes parce que Vivian amoureux mais de qui, nom de Dieu ? Qui, cette salope ? Ses mains sur elle, sa bouche sur elle, sa queue entre ses cuisses. Pire encore : sa pensée sur elle, sa complicité avec elle, ses mots pour elle. Amoureux, il l'a dit. Tombé amoureux. Il est tombé. Tombé de moi. Amoureux ! Amoureux à en pleurer. Mais pas moi. Pas pleurer. Et puis quoi, encore ? Respirer yoga. Vite rebondir. Rebond-dire. Dire quelque chose, n'importe quoi. Quelque chose de cinglant. Non, quelque chose de prodigieusement intelligent, léger et inoubliable à la fois. Et partir très vite, se casser, c'est bien ça : se casser. Les laisser à leur bonheur de merde où je ne suis pas. Les laisser comme Bérénice, à la fin, sur une phrase somptueuse comme un manteau de velours à longue traîne qui caresse des marches de marbre et disparaît... *Adieu. Servons tous trois d'exemple à l'univers...* Et l'on descend les marches lentement vers la mer, vers l'oubli, dans une solitude magnifique, laissant loin derrière ces pauvres amoureux condamnés au tête-à-tête mortel. C'est ça, partir d'un pas royal en faisant attention, toutefois, à ne pas se prendre les pieds dans la traîne ce qui ficherait tout par terre et transformerait le départ royal en culbute de dessin animé. Rire, c'est ça. Rire, rire. Respirer yoga et rire.

Elle rit.

— Pas possible ! Amoureux ? Et de qui ? Comment est-elle ?

— Pas *elle*, dit Vivian. *Il.*

Et il baisse les yeux. Et les relève. La regarde, inquiet. Et ne comprend pas pourquoi cet air heureux, délivré qu'elle a, tout à coup.

— Raconte, dit-elle doucement.

Il raconte son arrivée à Pietermaritzburg dans ce collège à la discipline excessive où les garçons sont fouettés à la badine de rotin à la moindre faute, où blasers et cravates sont de rigueur. Il dit sa solitude et son étouffement après sa vie libre à Maurice et son chagrin d'être séparé d'elle. Et les autres garçons mauriciens de Pietermaritzburg, si bruyants qui ne lui sont d'aucun secours.

— Personne, dit Vivian, je n'avais personne à qui parler. Pas un mec possible, sauf un, Christopher Schelle. Un jeune surveillant hollandais qui m'avait pris en amitié...

Une amitié très étrange, très troublante qui, peu à peu était devenue de l'amour. Un amour partagé. Vivian admirait Christopher, de trois ans son aîné. Il aimait la beauté, l'élégance de Christopher, sa désinvolture, son humour, son esprit alerte. Christopher lui apportait des livres, l'emmenait au concert. Christopher avait transformé sa vie à Pietermaritzburg comme un rayon de soleil métamorphose une pièce sombre. Et il avait transformé Vivian, lui aussi. Une révélation foudroyante : Vivian aimait les garçons. Mais cela avec un terrible revers de médaille, une culpabilité poignante qui procédait de son éducation de petit-bourgeois franco-mauricien. Non pas que l'homosexualité — masculine ou féminine — soit inconnue à Maurice mais elle est occultée et réprimée par la moquerie, surtout en ce qui concerne les hommes. Le mot pilon [1] suffit à déprécier un garçon jugé trop efféminé.

1. Pilon : pédé.

— Voilà, dit Vivian. Tu sais tout. Je crois bien que tu seras la seule femme de ma vie. Je ne te semble pas... monstrueux ?

Non. Monstrueux n'était pas le mot. Bénie était sidérée. Elle s'était attendue à tout sauf à cela et ce qu'elle avait ressenti en écoutant Vivian était très ambigu, elle ne pouvait pas le nier. Quand il s'était avoué amoureux, elle avait cru qu'il s'agissait d'une fille et là, franchement, elle n'avait pu s'empêcher de regretter que Vivian n'eût pas, plutôt, assassiné quelqu'un. Quand il avait précisé qu'il s'agissait d'un garçon, la surprise de Bénie s'était assortie d'un réel soulagement. Un garçon, c'était différent. Un garçon ne la dépossédait pas, elle, Bénie, comme l'eût fait une autre fille à laquelle elle se serait immédiatement opposée en rivale. L'amour de Vivian pour ce Christopher n'était à ses yeux qu'une singularité de plus de sa personnalité qu'elle acceptait parmi d'autres singularités. Que Vivian aime les garçons, qu'elle soit seule à le savoir et à l'admettre était une complicité de plus avec lui. Elle aussi aimait les garçons. Le silence qu'elle s'était promis de tenir sur ses propres aventures pour ne pas peiner Vivian n'avait plus de raison d'être. Il pouvait tout comprendre d'elle comme elle pouvait tout comprendre de lui. Et, comme il l'avait exprimé tout à l'heure, elle serait sa seule femme, ce qui était très agréable à entendre et sûrement vrai. Non sans perfidie, elle jouissait aussi de ce qui ne manquerait pas de ravager les parents de Vivian s'ils l'apprenaient, la tante Thérèse surtout qui avait mis tant de soin à mettre son fils à l'abri des femmes.

Mais Thérèse de Carnoët était si sotte ou si décidée à ne pas voir ce qui crevait les yeux que ce fut elle-même qui invita Christopher Schelle à passer des vacances à Maurice, s'avouant séduite par la beauté et les bonnes manières de ce grand garçon dont la famille possédait une banque à Amsterdam et une mine de diamants près de Johannesburg, ce qui ne gâtait rien.

Il est vrai que Christopher était la séduction même. Aussi beau en brun que Vivian l'était en blond, c'était un être lumineux qui semblait doué pour tout. Quand, en hiver, les vagues sont hautes à Tamarin, il étonnait par son aisance à s'envoler de crête en crête sur sa planche de surf. Christopher jouait du piano comme personne. Christopher pouvait réciter des poèmes entiers de Rimbaud ou de Byron. Christopher était gai et son rire irrésistible, contagieux. Christopher dansait le séga comme un métis. Les chevaux lui obéissaient. Les chiens se roulaient à ses pieds. Il usait envers les femmes d'une galanterie à laquelle leurs maris ne les avaient guère habituées. En quarante-huit heures, il avait entortillé la mère de Vivian dans un réseau de drôleries et d'attentions. Thérèse de Carnoët ne jurait plus que par ce Christopher, mettait les petits plats dans les grands en son honneur et roucoulait. Elle en oubliait son hygiène maladive et de secouer tout ce qui lui tombait sous la main. Quant aux petites sœurs de Vivian, minettes en plein âge bête, qui passaient leur temps à tortiller des fesses, à relever les cheveux qui leur voilaient le visage et à dévorer des sucreries en se balançant dans des hamacs, elles béaient devant Christopher, rivalisant de coquetterie pour le séduire. Quel fiancé de rêve il était !

C'était aussi l'avis de Mme de Carnoët mère.

— Ce garçon est épatant, dit-elle à Bénie. Il me semble qu'il te regarde avec intérêt. Quel merveilleux mari il ferait !

L'oncle Loïc, lui-même, se détendait, en présence de Christopher qui se destinait à la banque et au commerce, étant appelé à succéder à son père, chef d'une importante dynastie commerciale qui étendait ses activités dans le monde entier.

Bref, tout le monde louait Christopher et se réjouissait de la bonne influence qu'il ne manquerait pas d'avoir sur Vivian.

Bénie comprenait tout à fait pourquoi ce dernier n'avait pas résisté à ce torrent de charme qu'était Christopher Schelle. Et qui donc pouvait se douter, en le voyant, qu'il était un pilon ? Est-ce que, l'ayant rencontré en d'autres circonstances et sans connaître ses goûts, elle-même, Bénie, n'aurait pas été séduite par tant de vie, tant de beauté, tant de gaieté ?

Que savait au juste, Christopher, de ce qui s'était passé entre Vivian et elle ? Rien dans son attitude ne permettait de déceler l'ombre d'une jalousie ni la plus légère méfiance. Etait-il si assuré de son pouvoir sur Vivian ? Christopher manifestait à Bénie une tendresse fraternelle sans faille. Parfois, c'est lui qui venait la chercher à l'*Hermione* pour l'associer à une promenade ou à une partie de pêche. Vivian, Bénie et Christopher ne se quittaient plus.

Le trio commençait même à faire jaser mais personne ne se doutait de ce qui les unissait.

En moins d'une semaine, Christopher dont c'était le premier séjour à Maurice avait acquis, de l'île, une connaissance que peu de Mauriciens de naissance possédaient. Jolies maisons, plages secrètes, petites routes exquises serpentant entre deux montagnes, comme Maureen, autrefois, rien ne lui échappait. Les farouches gardiens des propriétés privées levaient les barrières à sa demande. Christopher entraîna Bénie et Vivian dans des endroits dont ils n'auraient jamais soupçonné l'existence : tripots chinois dissimulés dans des arrière-boutiques d'épicerie, du côté de Rose Hill, ou concerts indiens à Poudre d'Or, au milieu des champs de cannes. Curieux de tout, Christopher découvrit au Port-Louis des maisons hantées, des vaudous à Souillac. Avec la complicité d'un chauffeur de taxi du Port-Louis, ils étaient allés, tous les trois, fumer de l'opium dans une cabane indienne de Trou Fanfaron. C'est Christopher qui avait découvert chez un Indien d'Henrietta une extraordinaire gangia dont la moindre pincée roulée avec du tabac engendrait d'infinis fous rires. Parfois, il disparaissait avec Vivian, et Bénie les retrouvait sur la plage, au matin, pâles, défaits, avec d'étranges sourires. Oui, ces expéditions étaient mille fois plus amusantes que les bals, les réceptions et même les soirées dans les boîtes de nuit de Grand Baie ou de Vacoas, fréquentées par la jeunesse dorée de l'île.

La rentrée les avait séparés. Vivian était entré dans une école d'architecture de Cape Town. Bénie, à la Sorbonne, préparait une maîtrise de lettres. Christopher, lui, était à New York. Il écrivit quelque temps à Vivian, à Bénie puis ses lettres s'espacèrent et on le perdit de vue. Vivian en fut assombri quelque temps puis il se consola et eut d'autres aventures. Il écrivait de longues lettres à Bénie, son unique confidente. Il lui faisait part de ses projets : vivre à Maurice et y construire, avec des matériaux et des techniques modernes, des maisons capables de résister aux cyclones mais aussi belles que celles du passé ; il voulait essayer de lutter contre la laideur des constructions de béton, les affreuses maisons sous dalles ou ce marché de Curepipe qui déshonoraient cette île qu'il aimait.

A Paris, Bénie, elle, menait une vie que sa grand'mère Carnoët n'aurait pas hésité à qualifier de « patachon ». En réalité, ses histoires d'amour étaient décevantes et brèves. Avec aucun de ses amants de passage, elle ne parvenait à retrouver la ferveur, l'exaltation qu'elle avait connues avec Vivian. En même temps, ses rapports avec lui n'étaient plus les mêmes. Ils s'aimaient mais la fièvre était passée. Le désir, entre eux, était mort. Ils auraient pu dormir ensemble mille fois sans que rien se produisît. Où étaient-ils passés, cette violence chaleureuse de la cabane, cet élan qui les précipitait dans les bras l'un de l'autre ? Jamais ils n'en avaient parlé mais Bénie savait que Vivian éprouvait la même chose qu'elle et cela la troublait beaucoup. Etait-ce donc cela, l'amour, une flambée et puis rien ? N'était-elle que cela, cette chose dont les livres, les opéras, la poésie et les faits divers exaltaient les délices et les tourments ? Nul tourment n'agitait plus Bénie en ce qui concernait Vivian — du moins elle le croyait — et c'était ce qui la troublait le plus.

Alors, elle se disait qu'elle se trompait. Tant de fumée autour de l'amour ne pouvait être sans feu, depuis des siècles qu'on en parlait. Ce devait être elle, Bénie, qui avait le don maléfique de geler la passion, de réduire l'absolu. Elle chercha, autour d'elle, à se rassurer. Mais ni les livres ni les gens qu'elle connaissait ne purent la réconforter sur ce point. Ses parents, par exemple, s'étaient aimés, lorsqu'ils étaient jeunes, à Londres. Bénie qui fouillait partout lorsqu'elle était enfant, avait retrouvé, un jour, dans les tiroirs de sa mère, les lettres et les poèmes exaltés qu'Yves lui avait écrits, autrefois. Elle se souvenait même de ces jeunes parents amoureux qui se couvaient des yeux, se tournaient autour, s'embrassaient, ce coursaient, électrisés comme des chats au printemps. Qu'en restait-il, des années plus tard ? Ils étaient séparés et Maureen, pour sa part, ne semblait pas en souffrir.

Et dans quel état finissent les amants qui ne se séparent pas ? Ceux qu'une mort propice ne saisit pas dans le feu de leur amour ? Ce n'est pas un hasard si les couples mythiques périssent à peine unis. Y a-t-il, quelque part au monde, par bonheur, un Tristan et une Iseult, encore exaltés, vingt ans après leur premier baiser ? Bénie les cherchait désespérément pour y croire comme Abraham en quête de ses dix justes réclamés pour sauver de la destruction la ville maudite. Mais, comme Abraham, elle ne les trouvait pas. Et les livres n'étaient pas plus rassurants que l'humanité réelle. Les amants éternels et vivants n'y foisonnaient pas.

Qu'ils fussent mariés ou non, aucun des couples qu'elle rencontrait ne lui faisait envie. Quand la haine ou le mépris ne les dressait pas l'un contre l'autre — ah ! cet éclair sauvage qu'elle avait surpris parfois dans le regard de l'oncle Loïc contemplant son épouse... — l'ennui les engourdissait. Ils ne se parlaient plus, ne se voyaient plus, chacun étant devenu, pour l'autre, un meuble familier dont l'absence troublerait mais dont la présence ne se remarque plus. Dans les avions, les restaurants, à la terrasse des cafés du dimanche, elle observait des couples d'âge mûr qui respiraient, côte à côte, sans s'adresser la parole autrement que par monosyllabes indispensables à leur vie quotidienne, chacun exilé dans sa planète étanche, dans un rêve incommunicable, plus seul que le plus solitaire ermite dans sa grotte. Ils avaient la même tête de chien grognon car, en plus, la vie commune les avait fait se ressembler par mimétisme, mêmes tics, mêmes grimaces et des sexes indéfinissables, femmes à moustaches et hommes à la villosité raréfiée.

Dans cette France vieillissante, sur cette ligne à destination de la Réunion, Bénie croisait de plus en plus souvent des retraités en déplacements collectifs vers le lointain département français pour des vacances « de troisième âge » à tarifs réduits, organisés par des clubs, des associations qui les prenaient en charge dans les aéroports et les enfournaient comme des moutons dans les avions. C'étaient, pour la plupart, des provinciaux, des paysans ou des ouvriers qui accomplissaient là l'important, l'unique, l'ultime voyage de leur vie, gagné au cours d'un jeu radiophonique, grâce à un paquet de lessive ou parce qu'une agence de voyages, une réclame publicitaire ou un syndicat d'entreprise avait su les convaincre qu'ils ne pouvaient mourir sans avoir vu des cocotiers penchés sur des lagons turquoise ; que le ciel austral était plus clément que celui de Limoges, le sable plus doux qu'à Pornichet, les êtres humains moins féroces qu'à Vayres-sur-Essonne. Et ils se retrouvaient là, dépaysés, butant dans leurs valises, obsédés par la crainte de les égarer ou de se les faire voler, agglutinés deux par deux, parqués dans les salles d'attente, des étiquettes à leurs noms épinglées sur la poitrine. En rupture d'habitudes, ils avaient l'air inquiets, effarés par le bruit, les appels des haut-parleurs, les palpitations des tableaux d'affichage, ce mouvement perpétuel d'arrivées et de départs qui les étourdissait, leur donnait des yeux de chouettes réveillées en plein jour. Avec cela, des peurs nouvelles : celle de manquer l'avion, de ne pas entendre l'appel qui leur faisait contrôler dix fois l'heure de leur montre avec celle du billet ; peur de se faire barboter leur portefeuille qui leur faisait tâter leur veste à n'en plus finir ; et peur d'être séparé de l'autre, quand même.

Les hommes avaient vieilli en maigrissant, en se ratatinant, leurs petites fesses maigres flottant dans des pantalons trop larges, attachés trop haut, avec de minces cous d'oiseaux sous les casquettes. Les femmes, elles, au contraire, avaient été en s'élargissant du poitrail et de la croupe, molles et rebondies à la fois, les décolletés tendus à craquer par des seins dont le poids, tirant le soutien-gorge, leur sciait le dos sous le corsage en un double bourrelet. Elles étaient devenues les mères de leurs fragiles époux. De grosses mères impérieuses qui les traitaient en gamins irresponsables : « Mets ta veste, il fait froid ! Desserre ton pantalon, tu seras mieux ! Ote tes chaussures, tes pieds vont gonfler ! » C'est elles qui portaient passeports et billets, comptaient les valises, choisissaient les menus au restaurant, comptaient, distribuaient avec autorité les pilules et les gélules que les petits hommes avalaient docilement, merci maman, pour le cœur, le foie, la prostate, contre la tension ou l'insomnie. Ils avalaient tout, sans discuter, confiants, laminés. Elles auraient pu leur faire bouffer du poison qu'ils auraient dit merci.

Et Bénie contemplait avec épouvante ces fins de vie conjugale que l'on qualifiait de réussies, parce que ces hommes et ces femmes étaient restés rivés les uns aux autres depuis des années, soudés par la peur de la solitude, des intérêts minables et des concessions à perpétuité. Ah, mille fois la solitude plutôt que ce compagnonnage délétère et cette érosion lente. Ou alors, être veuve. Elle avait rencontré, parfois, de ces vieilles voyageuses que la perte d'un époux ne semblait pas avoir réduites à quia. Au contraire. Elles avaient cet air détendu et même guilleret que donnent les chagrins dépassés et l'assurance de vivre, désormais, à sa guise.

Il y avait longtemps que cette histoire de veuvage tracassait Bénie. Quand elle avait douze ans, sa grand'mère de Carnoët, folle d'opérettes et viennoises, en particulier, avait emmené Bénie au théâtre de Rose Hill où une troupe française, de passage, interprétait *La Veuve joyeuse* de Franz Lehar. Justement la préférée de Françoise de Carnoët qui en chantonnait un des airs lorsqu'elle était de bonne humeur, c'est-à-dire lorsqu'elle s'occupait de ses plantes, sous la varangue. On l'entendait, du salon qui fredonnait : « *Ure exquise, qui nous glise len-te-ment...* tandis que cliquetait son sécateur dans les allamandas. Bénie avait été absolument émerveillée par le décor, les valses et cette ravissante veuve, Missia Palmieri, avec son faux cul, sa traîne, sa taille de guêpe, ses diamants, ses plumes et ses dentelles qui se pâmait en chantant sous des glycines mauves tandis que des hommes à moustaches papillonnaient autour d'elle, attentifs à la séduire. Là, sa vocation était née ; elle voulait être veuve. Elle en avait fait part à sa grand'mère dans la voiture qui les ramenait à l'*Hermione*.

— Tiens, avait dit Mme de Carnoët distraitement, quelle drôle d'idée ! Pourquoi veux-tu être veuve, ma chérie ?

— Pour être joyeuse, avait répondu Bénie.

POUR être veuve, il faut d'abord être mariée mais Bénie, même en cherchant bien, même en se forçant, ne voyait autour d'elle aucun garçon, aucun homme qu'elle eût voulu épouser. Vivre en commun avec quelqu'un : la barbe. Sauf, bien entendu, avec Vivian mais Vivian n'était pas de l'espèce des maris. Pourtant, c'est grâce à lui ou plutôt à cause de lui que Bénie, l'année précédente, avait trouvé un fiancé. Un fiancé modèle à prénom de fiancé : Patrick.

Pour la première fois de sa vie, elle était allée à la réception traditionnelle du 14 juillet de l'ambassade de France. Une corvée ou une distraction réservée aux parents qui ne pouvaient s'en dispenser, pour raisons d'affaires ou peut-être, tout simplement pour, une fois dans l'année, se sentir un peu français. Les jeunes boudaient cette bousculade républicaine. Mais voilà que Vivian avait décidé de s'y rendre. Et pourquoi ? A cause d'une fille française rencontrée une dizaine de jours auparavant dans une boîte de Grand Baie et dont il ne cessait de parler à Bénie depuis. Cette Diane était la *script* d'une équipe de cinéma venue tourner à Maurice, un film de propagande sur le club Méditerranée. A entendre Vivian, il avait passé l'une des nuits les plus gaies de sa vie avec les cinéastes français et, en particulier, cette Diane qui connaissait tout le monde à Paris et même tutoyait la terre entière. Un phénomène. Vive, amusante, mieux que jolie, piquante ; toute petite, toute menue mais infatigable et rieuse. Un lutin malicieux.

— Je suis sûr que tu la trouveras formidable, avait dit Vivian.

Mais Bénie n'avait pas — loin de là — partagé son enthousiasme lorsque Vivian avait amené Diane à Rivière Noire. Soudain plus britannique que toute sa famille maternelle l'avait jamais été au cours des siècles, Bénie, glacée, hautaine, avait à peine adressé la parole au « lutin malicieux » (Un lutin, et puis quoi encore !) qui, pourtant, s'était mise en frais pour la dérider.

Plus tard, lorsqu'ils avaient été seuls, Vivian s'en était étonné.

— Tu ne la trouves pas mignonne ?

— Elle a une assez jolie tête, avait répondu Bénie. Mais ce n'est pas une nana. C'est un abrégé de nana. J'ai peur des nains. Ta Diane, elle me fait penser à un bonsaï. Tout y est : les feuilles, les racines, la forme mais la réduction est inquiétante. On a l'impression, à côté, d'être soi-même bizarre, géant, perdu.

La comparaison de Diane avec un bonsaï avait amusé Vivian, tout de même un peu surpris de son agressivité. Elle, si proche de lui, qui le comprenait si bien, à qui il pouvait tout dire, elle qui avait accepté si facilement, si chaleureusement même son histoire d'amour avec Christopher, quelle mouche la piquait, soudain, à propos de cette Diane de passage ? Est-ce qu'il se gourmait, lui, quand Bénie lui parlait des hommes qu'elle rencontrait ici ou là, de ceux qui avaient été ou étaient ses amants ?

En même temps, il était assez flatté qu'on pût le soupçonner d'une aventure avec une fille. Cela rassurait en lui une angoisse secrète. Son goût pour les garçons qu'il était obligé de dissimuler, à sa famille du moins — Vivian ne souhaitait pas avoir à s'en expliquer, encore moins à s'en justifier —, parfois l'étouffait. Et il lui arrivait d'envier certains de ses cousins qui couraient les filles ouvertement, en étaient obsédés, se vantaient de succès auprès d'elles, souvent imaginaires mais qui leur attiraient une indulgente considération des parents.

Vivian, lui, au contraire, n'envisageait pas sans crainte ce qui l'attendait de ce côté-là. A moins de se résoudre à afficher ses goûts profonds, c'est-à-dire à affronter les réactions facilement imaginables de sa famille et de son entourage, sa vie ne serait pas facile. Il en avait même fait, une nuit, un cauchemar. Il s'était vu dans son rêve, à un repas de Noël, assis à une jolie table dressée sur la pelouse, sous les flamboyants de Rivière Noire. Toute la famille de Carnoët réunie au grand complet avec des invités bizarres : la jeune femme qui donnait des cours de plongée à Flic en Flac, le maître d'hôtel de la Flore mauricienne au Port-Louis, l'historien Auguste Toussaint, un barman du Méridien, le curé de La

Gaulette, une caissière du Prisunic et même Gaëtan Duval avec une veste mauve à brandebourgs. Vivian était en bout de table et des jeunes filles, autour de lui, s'empressaient à le servir. Elles se bousculaient pour remplir son assiette, puisant dans les plats, y mélangeant le sucré, le salé, les sauces épicées avec la glace à la vanille, des camarons avec du gâteau au chocolat, tout cela pêle-mêle dans son assiette si pleine qu'elle commençait à déborder salement sur la nappe, ce qui n'empêchait pas les filles de continuer à remplir l'assiette comme si de rien n'était, souriant, pépiant, affairées. Et Vivian, débordé par cette insupportable sollicitude, cherchait Bénie du regard, afin qu'elle empêche ces folles de continuer à faire déborder son assiette. Mais Bénie était absente. Soudain, Auguste Toussaint s'était levé, comme pour faire un discours et, les deux poings appuyés sur la table, il s'était adressé à Vivian sur un ton solennel, tandis que les convives faisaient silence :

— Alors, mon cher Vivian, laquelle de ces jeunes personnes allez-vous choisir ?

Si la forme de la question était aimable, le visage du vieil historien était extrêmement sévère et Vivian reçut l'interrogation comme une sommation. Tous les visages s'étaient tournés vers lui, attendant sa réponse. Vivian, pris d'une rage folle, avait explosé :

— Mais vous ne voyez donc pas que je suis un pilon ! Un PILON !

Il ne se souvenait plus de ce qui s'était passé ensuite et il s'était réveillé en nage comme cela lui arrivait toujours au moment le plus insupportable d'un cauchemar.

Ainsi, s'il n'optait résolument pour une vie marginale, un jour viendrait, c'était inévitable, où il serait contraint de passer par la filière imposée, c'est-à-dire par le mariage. Et ça, vraiment, il s'en sentait incapable. Non pas à cause des responsabilités que cela lui imposerait ni même à cause des enfants qui pouvaient en résulter ; Vivian aimait les enfants et s'imaginait très bien en père de famille, même nombreuse. Mais pour avoir des enfants, il fallait faire l'amour avec une femme et là, Vivian déclarait forfait. Alors que le garçon le plus banal était capable de le mettre dans tous ses états, la fille réputée la plus excitante le laissait froid. Bénie avait été et serait sans doute la seule créature féminine dont il avait aimé le corps, la peau, l'odeur. Il se souvenait parfaitement du plaisir partagé avec elle dans la cabane lorsqu'ils étaient adolescents, du trouble délicieux qui les saisissait, de cette avidité l'un de l'autre qu'ils ressentaient à tout moment ; il lui arrivait même d'en avoir la nostalgie mais jamais, depuis qu'ils s'étaient retrouvés, le miracle ne s'était reproduit. Ni pour lui ni pour elle sans doute car jamais Bénie, depuis, ne lui avait fait la moindre avance. Jamais ils n'en avaient parlé, pas la moindre allusion à ce qui avait été, à ce qui n'était plus, comme si l'un et l'autre craignaient de ternir par des explications l'amour éclatant, absolu, de leur enfance.

Bénie, pourtant, avait eu d'autres amants alors que seul un corps de garçon pouvait, lui, l'émouvoir. De cela, ils parlaient sans se gêner, et même, parfois, assez crûment, chacun étant le confident préféré de l'autre. Mais le silence sur leurs sentiments était si total que Vivian, parfois, se demandait s'il n'avait pas imaginé ce qui s'était passé dans la cabane.

Pour l'instant, on le laissait en paix sur le chapitre des femmes. Le scandale qu'avait déclenché sa mère lorsqu'elle les avait surpris avait été suffisamment retentissant pour assurer à Vivian une réputation de chaud lapin, de cavaleur de filles qui le mettait à l'abri des soupçons et ses vingt-quatre ans lui assuraient un répit. Si on ne lui connaissait aucune petite amie attitrée parmi toutes celles qui n'auraient pas demandé mieux, on lui prêtait des aventures discrètes. Un garçon qui avait été si précoce ne pouvait s'arrêter en chemin. Sûrement, il menait sa vie quelque part.

Mais qu'arriverait-il, les années passant, quand il atteindrait trente, trente-cinq ans, lorsqu'il deviendrait une proie toute désignée, cuite à point pour le mariage ? Il ne voulait même pas y penser.

C'est pourquoi l'irritation de Bénie à propos de Diane lui parut cocasse.

— Tu ne crois tout de même pas que j'ai envie de coucher avec elle ? avait-il plaisanté. Tu n'es pas jalouse, quand même ?

— Moi, jalouse ? avait explosé Bénie, tu plaisantes ou quoi ?

— Ah, bon ! dit Vivian. Parce qu'il n'y aurait vraiment pas de quoi. Diane m'amuse et nous rions ensemble, c'est tout.

Et Bénie l'avait regardé, silencieuse, les dents serrées. Parce que Vivian, sans s'en douter le moins du monde, venait de mettre un doigt rude sur le point le plus aigu de sa souffrance. Parce que rire ensemble, comme il disait, c'était bien pire, bien plus impardonnable que de coucher ensemble. Était-ce bien pire, au fait ? Elle ne savait plus très bien.

En attendant, elle ne pouvait pas faire un pas dans l'île sans les rencontrer, ces deux-là. Elle les croisait en voiture, les apercevait au Port-Louis, à Curepipe et même à Tamarin sur *sa* plage, sur *leur* plage, à Vivian et à elle, où il avait eu le culot d'amener Diane, un jour de grandes vagues, ce qui était apparu à Bénie comme une insupportable profanation. Et pourquoi pas dans la cabane de la montagne, pendant qu'il y était !

Parfois, pour apaiser cette jalousie humiliante qui la taraudait, elle se gendarmait, mettait au compte de son orgueil des craintes exagérées et tentait de remettre les mots à leur place. Elle n'était pas *jalouse* mais *agacée* par cet empressement incongru de Vivian auprès de la Française. Et il n'y avait pas de quoi en faire toute une histoire. Il ne faisait que jouer au guide touristique auprès de son bonsaï. Fier de son île, il avait envie de la montrer, c'était normal. Était-elle si peu sûre d'elle et de l'indéfectible lien qui les unissait, Vivian et elle, pour se conduire aussi misérablement, en mémère possessive qui craint de se faire débarquer par son jules au profit d'une autre souris ? D'abord, Vivian n'était pas son jules. Mais qu'était-il, au fait, pour elle ? Et elle n'était pas une souris ordinaire mais la triomphante Bénie que rien ne pouvait, ne *devait* affecter. En conséquence de quoi, elle allait rapidement redresser sa barre, être aimable avec ce bonsaï qui ne méritait pas l'honneur qu'on lui fasse la tête et cesser de se tourmenter pour des choses qui n'en valaient pas la peine.

Mais ces bonnes résolutions étaient de courte durée. Bénie, loin de l'indifférence à laquelle elle aspirait, fuyait, feignait d'être distraite ou myope, lorsqu'elle rencontrait Vivian et Diane. Le couple — elle ne pouvait s'empêcher de leur associer ce mot — le couple qu'ils formaient, si désaccordé, si bizarre, l'attirait. Elle avait envie de les ignorer et de les suivre à la fois. De les effacer et de ne pas les lâcher. Et c'est pourquoi elle avait accepté de les accompagner à la réception de Rose Hill où Vivian voulait amener Diane pour lui montrer tout ce que l'île contenait de Franco-Mauriciens, un pareil rassemblement ne se produisant pas deux fois dans l'année.

Dès l'entrée de la salle des fêtes, ils avaient été pris par des tourbillons de foule. Bénie, happée par des cousins et des cousins de cousins, avait été séparée de Vivian et de Diane. Le consul était venu l'inviter à danser. Puis elle avait été accaparée par un de ses amis d'enfance, fils d'une libraire du Port-Louis.

Malgré les portes ouvertes, la chaleur de la salle était pénible et le bruit insupportable. Des enfants, excités, se poursuivaient en poussant des cris aigus, se cognaient contre les adultes, tombaient, étaient houspillés par des parents excédés, pleuraient. Des femmes, endimanchées, minaudaient, un verre de champagne tiède entre les doigts. Des hommes congestionnés, un peu ivres, qui n'osaient quitter leur veste, se bousculaient autour d'un buffet drapé de tricolore et parlaient fort pour se faire entendre malgré le boucan de l'orchestre perché sur une estrade ornée de lampions et de banderoles patriotiques. Puisqu'il était d'usage de danser pour fêter la reddition de la Bastille, les musiciens en nage enchaînaient les slows aux rocks et les valses aux tangos, chaque danse attirant au pied de l'estrade des couples de son âge, valses et tangos pour les anciens, rocks pour les plus jeunes et slows pour tous.

Bénie s'ennuyait ferme, furieuse contre elle-même de se trouver là, perdue parmi ces gens qui ne lui étaient rien. Elle n'avait qu'un désir : s'enfuir et retrouver le calme de sa Rivière Noire. Mais elle n'avait pas de voiture pour rentrer puisqu'elle avait eu la bêtise de se faire conduire par Vivian et que celui-ci demeurait invisible parmi la foule.

Soudain, comme s'il répondait à son désir, elle l'aperçut, là, à trois mètres d'elle, dominant de sa haute taille la foule des invités, et ce que faisait Vivian était vraiment incroyable. Vivian, qui ne dansait jamais, dansait avec Diane qui se collait à lui comme une liane-cuscute. Lui si grand, elle si petite que le sommet de sa tête atteignait à peine la poitrine du garçon. Elle avait posé sa joue sur le torse de Vivian et, les yeux fermés, extasiée, un demi-sourire de bébé repu aux lèvres se laissait bercer sur un air dégueulando langouresque qui était une scie de l'année. Vivian, la tête baissée, l'air aussi concentré que celui de Diane était colimaçonné autour d'elle. Ils dansaient dans la foule, se mouvant à peine, insouciants du bruit, des bousculades. Bénie en tremblait de rage. A qui se fier, nom de Dieu, si un garçon qui n'aime que les garçons se révèle aussi sensible, aussi attentif à la première pétasse venue ! Que faire pour que cesse le spectacle insupportable de Vivian et du bonsaï enlacés ? Bénie, de tout son cœur, souhaita une catastrophe épouvantable, dix tonnes de béton se détachant du plafond, un raz de marée sévère ou un incendie géant qui dévorerait en quelques secondes cette salle des fêtes maudite, ce couple grotesque et elle-même, Bénie, avec sa jalousie ridicule car, enfin, est-il bien raisonnable de souffrir pour un cousin pilon qui danse avec une naine de passage ? Mais le plafond était solide, la mer calme et pas la moindre odeur d'incendie.

Bénie, accablée, s'adossa à l'une des portes ouvertes, chaussa ses lunettes de soleil pour dissimuler le désarroi qui lui brouillait les yeux et sortit une cigarette. Elle s'énervait à la recherche d'un briquet lorsqu'une petite flamme jaillit devant son nez.

— Vous permettez ?

Elle permettait. Elle avait même tenu la main de celui qui lui tendait une allumette, afin d'ajuster la flamme au bout de sa cigarette.

— Vous tremblez, dit-il. Vous n'avez pas l'air dans votre assiette. Que puis-je faire pour vous ?

C'était un jeune homme de l'espèce dite convenable, en costume de toile claire, chemise impeccable, cravate sombre, les cheveux coupés court, les traits réguliers, une jolie bouche, un regard réservé et attentif à la fois, le teint pâle, sûrement pas un touriste, pensa Bénie. Un Français, sans doute. Elle ne l'avait jamais vu à Maurice.

— Tout ce monde m'étourdit, dit-elle, réconfortée tout à coup de n'être plus seule dans la foule.

— Voulez-vous que j'aille vous chercher à boire ? dit-il. Je suis un peu chez moi, ici.

— Chez vous ?

— Je fais mon service militaire à l'ambassade. Coopération. Service national actif. Attaché commercial à l'ambassade de France. Patrick Sombrevayre pour vous servir, ajouta-t-il en claquant des talons comme pour souligner plaisamment sa présentation protocolaire. Vous êtes en vacances, ici ?

— Oui, non, dit Bénie. Je vis à Paris mais je suis d'ici. J'habite à Rivière Noire chez ma grand'mère pour les vacances.

Et, pour répondre à son claquement de talons, par jeu, elle esquissa une révérence qui aurait été de mise au bal du Dodo.

— Bénédicte de Carnoët, dit-elle, s'étonnant en même temps de prononcer un prénom qu'elle n'utilisait jamais.

Il y eut un silence. Il avait envie de lui poser d'autres questions mais soit par timidité, soit par une réserve prudente, il se contentait de la regarder et même de la dévisager, souriant, content d'être à ses côtés mais attendant d'elle un signe, un mot qui lui indiquerait ce qu'elle souhaitait qu'il fît : prendre congé s'il lui était importun ou rester près d'elle, ce qui ne semblait pas le rebuter.

Bénie perçut l'initiative qu'on lui laissait. L'idée qu'il puisse s'éloigner en ce moment où elle avait tellement besoin de parler à quelqu'un, de plaire à quelqu'un — et elle lui plaisait, c'était évident — lui parut si désagréable qu'elle fit exactement ce qu'il espérait. Otant ses lunettes, elle découvrit son regard le plus vert et sourit à son tour.

— J'ai soif, dit-elle.

Il eut un mouvement de joie.

— Eh bien, nous allons boire du champagne pour fêter notre rencontre, dit-il.

Et, pour ne pas la perdre dans la foule, il lui prit la main d'autorité et l'entraîna vers le buffet.

Le slow s'était terminé. Vivian et Diane, réveillés, faisaient de grands signes à Bénie et se dirigeaient vers elle.

— Attendez, dit Bénie, voilà mon cousin.

Et elle entraîna Patrick vers Vivian.

— Même si vous m'entendez dire des choses surprenantes, souffla-t-elle à l'oreille de Patrick, ne me démentez pas, je vous en prie. C'est une farce, je vous expliquerai.

Patrick était assez beau garçon pour que Vivian n'y soit pas insensible. Bénie qui le connaissait par cœur le savait et, cette fois encore, elle constata qu'elle ne s'était pas trompée. Il y eut dans les yeux de Vivian allant d'elle à Patrick une interrogation muette, amusée, un éclair d'intérêt. Vivian, soudain, avait pris cet air à la fois attentif et nonchalant qui correspondait chez lui à l'arrêt frétillant d'un chien de chasse, oreilles dressées qui voit passer un beau lièvre. Bénie, enfin, nota, non sans soulagement, que la curiosité dont Patrick était l'objet avait totalement détourné l'attention de Vivian du bonsaï. Elle n'existait plus.

— Patrick, dit Bénie, je vous présente mon cousin, Vivian de Carnoët. C'est mon meilleur ami.

Puis, se tournant vers Vivian :

— Patrick, mon fiancé, dit-elle.

Patrick, prévenu, n'avait pas bronché. Complice de la plaisanterie qu'on lui avait annoncée, il en avait même profité pour prendre un air très fiancé et entourer les épaules de Bénie d'un bras de propriétaire.

— Vous vous mariez bientôt ? demanda Vivian tout de même interloqué.

Bénie et Patrick se regardèrent en riant. Et, sans la quitter des yeux, Patrick répondit :

— Nous n'avons pas encore arrêté la date mais cela ne saurait tarder.

Et c'est ainsi, par défi, par jeu, qu'avait commencé l'aventure de Patrick et de Bénie.

CELA n'avait pas tardé. Le rôle de fiancé qu'on lui avait attribué dans une comédie dont il ignorait les tenants et les aboutissants convenait trop bien à Patrick Sombrevayre pour qu'il n'ait pas le désir de transformer la mystification en réalité.

En moins d'une semaine il était tombé amoureux de cette grande fille qui lui était apparue si désemparée dans la foule de Rose Hill. Il n'avait même pas mis tant de temps à flamber pour Bénédicte de Carnoët — Bénie soit-elle ! — dont la beauté si sereine, si triomphante coupait, au passage, le sifflet des voyous et laissait rêveurs les hommes de tout poil et de tous âges. Chaque mouvement, chaque geste d'elle le ravissait et, lorsqu'il en était séparé, pendant les heures qu'il passait dans son bureau de l'ambassade, il avait beaucoup de mal à se concentrer sur son travail, obsédé par ce corps de jeune déesse blonde, aux épaules carrées, aux seins menus, tout de finesse et de force à la fois. Il fermait les yeux pour se concentrer sur le beau visage aux pommettes celtes, haut perchées, héritées d'une lointaine Bretagne, dont la peau fine, à peine hâlée, se nuançait aux joues d'une roseur d'églantine et de quelques éphélides sur un petit nez bien droit ; sur son regard bleu ou vert ou gris selon la lumière ou l'humeur ; sur la mâchoire peut-être un peu trop carrée pour qu'on ne devine pas que la demoiselle, à ses heures, pouvait être impérieuse ; sur la bouche trop ronde en son milieu pour ignorer sa gourmandise, trop fine en ses commissures pour ne pas y voir de la malice ; sur l'oreille délicate mais dont l'ourlet franc et le lobe charnu, nettement détaché, signalaient l'impatience et la colère. Et cette façon altière de remettre en place, d'un coup de tête, une chevelure exubérante où le soleil avait allumé tous les éclats de l'or fulminant, ces cheveux d'une texture solide et souple que seule produisait une longue hérédité d'aisance, de soins attentifs et de bonne nourriture.

Cette beauté l'avait tourneboulé, dont on sentait que seuls, le temps ou la mort pouvait venir à bout. Et encore, ce n'était pas sûr car le squelette, on le devinait, était élégant et de bonnes proportions.

Et puis il y avait l'esprit, l'imagination, la curiosité et l'humour dont était composé le charme de cette fille. Même ses défauts semblaient aimables à Patrick : sa susceptibilité de sensitive, son orgueil inflexible et même ses humeurs imprévisibles, cette manière qu'elle avait de passer brusquement, sous l'impulsion d'on ne sait quel vertigo, du dédain le plus glacé à la douceur, à la plus chaleureuse attention. Et la façon étrange dont cette cyclothymique à cycles courts basculait de la joie la plus exubérante en de subits accès de tristesse qui la figeaient, muette, sourde, lointaine, intouchable et dont elle sortait avec l'air d'une personne qui revient d'un long voyage et s'étonne de retrouver un décor familier qu'elle croyait avoir oublié.

Pas facile, la créature mais comme elle rendait ternes toutes les filles qui l'avaient troublé depuis qu'il était en âge d'être troublé par les filles ! En une semaine, elle avait effacé toutes les petites nanas de sa vie, pas très nombreuses à dire vrai. Trop absorbé par ses études, ses examens, ses concours, il n'avait jamais eu le temps d'avoir des liaisons suivies ni même d'aventures sentimentales compliquées.

Est-ce qu'un garçon de vingt ans et même de vingt-cinq, pas mal fait de sa personne et d'un caractère plutôt aimable a vraiment besoin de draguer les filles ? Patrick Sombrevayre s'était très vite aperçu que non. La demande était si grande, de l'autre côté, qu'il n'y avait, le plus souvent, qu'à se laisser faire. C'était même d'une facilité confondante, à croire qu'elles avaient toutes le feu aux fesses, des petites pouffes vulgaires qui le provoquaient en ricanant dans le train de Jouy-en-Josas jusqu'aux snobinettes des alentours de Sciences-Po, qui portaient kilts et catogans, se parfumaient au mûre-et-musc, une substance chimique inventée par un parfumeur de la rue de Grenelle et devenue le relent favori du faubourg Saint-Germain.

Par des pouffes ou des mûres-et-musc, Patrick, de temps à autre, s'était donc laissé faire, tout en fuyant les hystériques, les pots-de-colle et les obsédées du mariage, loin d'imaginer que toutes l'étaient plus ou moins, même celles qui semblaient les plus délurées ou les plus éloignées, en apparence, de cette idée-là.

A part Sophie, beaucoup plus âgée que lui et qui l'avait dépucelé lorsqu'il avait dix-sept ans, Sophie à qui il rendait visite de temps à autre et faute de mieux quand son mari était absent, Patrick, la plupart du temps, était d'une chasteté qui aurait confondu certains de ses amis qui n'arrêtaient pas, eux, de se vanter de leurs conquêtes.

Quant au mariage, mot imposant et lourd d'obligations, de contraintes, il évitait d'y penser ou vaguement comme à une échéance indispensable dans un plan de vie mais lointaine encore. Une fois ses études terminées, sa situation établie, il serait bien temps d'y penser.

Était-ce son changement de vie, l'éloignement de son pays, le charme de cette Bénie si différente des autres filles ou parce qu'il venait d'avoir vingt-sept ans, Patrick Sombrevayre, pour la première fois de sa vie, avait trouvé normal et même agréable qu'on le mît dans la peau d'un fiancé. Mieux : il était prêt à le devenir pour de bon. Oui, cette Bénie-là était exactement la femme qu'il souhaitait donner comme mère à ses enfants. Elle s'était inclue, en douceur, dans son plan d'avenir.

C'est à peu près ce qu'il lui avait dit, un soir, solennellement, dans le petit pavillon de fonte tarabiscotée qui dominait la plage devant sa maison et où elle l'avait emmené pour lui montrer le coucher du soleil. Pour sa plus grande joie, elle avait dit oui. Ensuite, tout avait été très vite. Le bon élève d'HEC qu'il était avait appris à reconnaître une affaire saine et à la traiter rapidement. Ils s'étaient fiancés. Ils avaient même fait l'amour, une nuit, dans la chambre de Bénie où il était venu la rejoindre sur la pointe des pieds, après que toutes les fenêtres de la maison se fussent éteintes. Personne ne s'en était aperçu ou tout le monde avait feint de ne pas s'en apercevoir.

Le plan d'avenir se présentait bien. Bénie rentrerait en France à la fin d'août pour travailler à son mémoire sur Apollinaire. Elle enseignerait, plus tard, lorsqu'elle serait agrégée. Patrick n'était pas contre le travail des femmes et il l'encourageait à poursuivre ses études. En octobre, quand il aurait terminé sa période de service à l'ambassade, il la rejoindrait à Paris pour intégrer le poste de cadre commercial à UTA qu'on lui avait promis, ce qui leur permettrait de faire quelques voyages à bon compte. En décembre, elle reviendrait seule à Maurice pour passer les fêtes avec sa famille, comme d'habitude, et elle y resterait jusqu'en février pour préparer leur mariage qui aurait lieu à Rivière Noire, selon le vœu de Bénie pour qui un mariage ne pouvait être beau, émouvant et joyeux qu'à Maurice. Son cousin serait son témoin. Il aurait, lui, son frère Jean-François qui en profiterait pour prendre ses vacances d'hiver à Maurice, avec sa femme. Il inviterait aussi ses parents qui, depuis leur voyage de noces, n'avaient pratiquement pas quitté leur pharmacie d'Orléans. Vraiment, la vie s'annonçait belle.

CE n'était pas tout à fait l'avis de Vivian. D'abord amusé par la plaisanterie de Bénie, il la trouvait tout à coup un peu longue. Toute l'île bruissait à présent du prochain mariage de Bénie de Carnoët avec le jeune coopérant. Avec, évidemment, des commentaires divers. Thérèse, sa mère, avait fait tout un déjeuner là-dessus, vexée que ce Patrick Sombrevayre n'ait pas plutôt jeté son dévolu sur l'une de ses filles. Elle plaignait ouvertement le pauvre garçon qui allait s'encombrer de cette Bénie qu'elle considérait à peu près comme un stock de mangues avariées à vendre en solde au marché du Port-Louis. Vivian avait fini par se fâcher.

— Mais, maman, c'est une blague, ce mariage. Vous connaissez Bénie. Par moments, elle ne sait quoi inventer pour faire parler d'elle !

— Une blague, vraiment ? avait sifflé Thérèse. Ah bon ! Et pourquoi, alors, a-t-elle été présenter ce garçon à Grand'Mère qui ne cesse d'en parler depuis à tout le monde. Elle est tellement contente d'avoir largué sa Bénie — et je la comprends, entre nous — qu'il est sans cesse invité à l'*Hermione* où on met, pour lui, les petits plats dans les grands. S'il s'agit d'une blague, c'est d'un goût très douteux, tu m'avoueras.

Vivian n'avait pas voulu poursuivre cette discussion avec sa mère, sachant très bien à quels éclats elle pouvait aboutir mais il était troublé. Bénie, il le savait, était capable de tout par bravade et, un jour où elle était passée le voir dans son atelier, il avait voulu en avoir le cœur net.

— Tu n'aurais pas dû monter ce canular à Grand'Mère, dit-il. Elle n'aime pas qu'on plaisante avec ces sujets-là. Pas d'humour là-dessus. Elle t'a crue. Elle est contente. Elle fait des projets de fête. Ce n'est pas bien. C'est une vieille dame, maintenant. Elle est fragile.

Il était assis à sa table à dessin et, tout en parlant, il crayonnait sur un plan, effaçait, soufflait sur les peluches de gomme sans regarder Bénie.

— Mais qu'est-ce que tu me chantes là, dit Bénie. Je ne me moque pas d'elle. Je ne lui ai pas raconté de salades. Nous sommes allés la voir avec Patrick pour lui dire que nous allions nous marier. A qui voulais-tu que je le dise ? C'est elle qui m'a élevée, ma mère s'en fout et mon père n'est plus là. Ça me semble tout à fait normal. Elle est contente comme tout. Elle trouve Patrick très bien. Si tu la voyais se pomponner quand il vient déjeuner, on dirait que c'est elle, la fiancée. Je t'assure que ce n'est pas un drame pour elle, au contraire. Elle ne pense plus qu'à la fête qu'on va faire à l'*Hermione*, comme autrefois. Elle va enfin pouvoir ressortir ses baccarats, ses nappes qui ne servaient plus à grandchose. Elle fait des listes d'invités. Elle a vingt ans de moins... Je t'assure, on aurait envie de se marier, rien que pour lui faire plaisir.

Cette fois, Vivian avait levé la tête, s'était accoudé à la table, le menton béquillé dans ses mains et avait considéré Bénie, bien en face.

— Arrête, dit-il. Arrête tes conneries !

— Pourquoi, tu ne me crois pas ? Tu ne crois pas que je vais épouser Patrick ?

— Non, dit Vivian. Je ne te crois pas.

— Eh bien, tu as tort, dit Bénie. Et c'est bête parce que, justement, je voulais te demander d'être mon témoin. Tu m'entends ? JE VAIS ME MARIER.

— C'est pas possible !

— Comment, pas possible ? Je suis trop moche pour qu'on ait envie de m'épouser ? C'est ça que tu veux dire ?

Il eut un geste de découragement, se fourragea les cheveux.

— Bon. C'est vrai, dit-il. Mais pourquoi ? Tu l'aimes ?

— Je ne sais pas, dit Bénie. Il me rassure. Je suis vieille, tu sais, j'ai vingt-quatre ans...

— Ça va pas ! hurla Vivian. Mais qu'est-ce qu'il t'arrive ? Toi, moche ? Toi, vieille ? Tu es piquée, ma pauvre fille, ça, c'est sûr !

— Ne m'embête pas, dit Bénie doucement. Je te laisse vivre ta vie, moi.

C'est vrai qu'elle le laissait vivre, enfin presque. Est-ce qu'elle se fâchait quand Vivian s'éprenait d'un garçon ? Quand, n'ayant qu'elle à qui confier ses élans, ses gourmandises et ses tristesses, il lui racontait ses amours ? Et Dieu sait si Vivian tombait amoureux tous les trois matins. Est-ce qu'elle n'avait pas été tendre et amicale, quand l'avait désespéré le départ de ce jeune marin russe en escale qu'il avait rencontré au Port-Louis ? Pendant quinze jours au moins, patiemment, elle avait écouté le récit des charmes de ce Boris disparu. Alors, était-ce trop lui demander de comprendre qu'elle aussi, de son côté, essayait de vivre le moins mal possible ? En même temps, elle était bien obligée de s'avouer que cette jalousie de Vivian, secrètement, lui plaisait. Que tout cela était donc compliqué !

Elle se leva et appuya son front à la vitre de l'atelier. Construit à flanc de montagne, la verrière encadrait, au premier plan un paysage contrasté de rochers abrupts, d'eucalyptus décolorés par la sécheresse et de bigaradiers d'un vert éclatant. La forêt qui couvrait le sommet de la montagne se terminait là, entre les maisons, mêlant ses vieux arbres épineux, à des plantations plus récentes. Des cocotiers ondulaient sous le vent. Le jaune soufre, intense des fleurs d'allamandas éclatait sur un fond d'herbe grise. Un buisson de bougainvillées bicolores escaladait le squelette d'un arbre bois-de-fer, mort depuis longtemps, le parant d'une perruque rose et blanche d'où surgissaient les griffes sombres de l'arbre dénudé. En contrebas, entourant la maison des Loïc de Carnoët, une pelouse à l'anglaise, bien tondue, bien arrosée, d'un vert acide, contrastait avec le sol rude, caillouteux des environs. Deux bibis[1] coiffées d'énormes chapeaux de paille rodriguais, une main dans le dos, l'autre armée d'un balai-maison plumeux, balayaient mollement les brindilles de la pelouse qu'elles poussaient ensuite dans des pelles à long manche. Le soleil faisait étinceler le rectangle turquoise de la piscine bordée de badamiers aux feuilles luisantes. A l'horizon, l'énorme rocher du Morne s'allongeait en bleu sombre sur le vert pâle du lagon. Un cerf déboula à quelques

1. Servantes préposées à l'entretien des jardins.

mètres à peine de la maison, faisant rouler des pierres sous ses jeunes sabots, à la recherche d'un viandis que la montagne desséchée ne lui fournissait plus. Il s'était arrêté net, la tête dressée, en alarme, humant le vent. On voyait battre son poitrail. Soudain, il bondit, gracieux, s'envola par-dessus un buisson, disparut. Et ce bond léger du cerf avait, elle ne savait pourquoi, serré le cœur de Bénie.

— Je n'ai pas envie de quitter tout ça, dit-elle sans se retourner. Mais j'en ai marre de la vie que je mène, des bougres que je rencontre ici ou là, de n'être fixée nulle part, attachée à rien, à personne. Peut-être que c'est le moment, pour moi, d'avoir des enfants, d'être utile à quelque chose. J'essaye de vivre le moins mal possible, tu comprends ? Je suis de bonne volonté, tu me crois ? Je vais me mettre dans une ligne droite, devenir une femme simple, claire, sans histoires et Patrick est parfait pour cela. Ce n'est pas un fantaisiste. Il n'est pas inventif comme nous, mais il sait où il va. Il a déjà tracé sa vie, jusqu'à sa mort, c'est reposant. Et puis, il m'aime.

— Et toi ?

— Tu m'embêtes. Je ne crois pas aux mariages d'amour. Tu vois ce que ça donne, les mariages d'amour. Regarde-les tous, minables, fatigués, haineux ou indifférents, après quelques années, chacun trompant l'autre ou souhaitant sa mort ou, au moins, son absence. Elle est belle, la passion refroidie. Avec Patrick, je ne peux que me réchauffer. Peut-être qu'un jour, à la longue, quand des années et des années auront passé, je m'apercevrai que je l'aime aussi. Pas de passion mais d'un amour à petit feu, increvable.

— Tout cela me semble bien sinistre, dit Vivian. Tu n'as pas peur de t'ennuyer dans tout ce raisonnable ?

— J'ai lu, il n'y a pas longtemps, des lettres de Stendhal à sa sœur Pauline, quand elle avait mon âge. Il lui conseillait de se marier parce qu'il faut »... *un cheval à un dragon pour vivre, et un mari à une jeune fille* ». Mais pas de se marier n'importe comment. Surtout pas, par passion. Il dit — je le sais par cœur — « *Comment diable trouver dans l'union d'un homme et d'une femme les conditions nécessaires à faire naître ou à entretenir une passion ? Il ne s'en trouve aucune. Ce résultat donné par la théorie, semble démenti par le spectacle de quelques mariages ; mais le plus souvent, celui des mariés qui a le plus d'esprit joue la comédie pour l'autre, et tous les deux pour le public.* » Il écrit encore à Pauline : « *Je crois donc qu'il faut chercher le bonheur dans un mari bonhomme qu'on mène. On contracte pour lui ce genre de bienveillance qu'avec un bon cœur on éprouve toujours pour les gens qui vous font du bien. Ce mari qu'on mène vous rend la mère d'enfants que vous adorez ; cela remplit la vie non d'émotions de roman qui sont physiquement impossibles (d'après la nature des nerfs qui ne peuvent pas être tendus longtemps au même degré, et parce que toute impression répétée devient plus facile et moins sentie) mais d'un contentement raisonnable.* » Voilà, dit-elle, ce que je veux. Patrick sera tout à fait ce mari-là. Sans grande fantaisie mais aimable et reposant comme une oasis.

Vivian avait lâché son crayon, s'était approché d'elle et, doucement, tendrement, avait glissé ses bras sur ses épaules et l'avait serrée contre lui, sa tempe appuyée contre la sienne.

— Tu es la plus folle des folles, dit-il, mais je t'aime ainsi. Et je ne serai jamais loin de toi, pour la fantaisie.

QUAND elle avait eu à choisir un sujet pour son mémoire universitaire, le professeur qui la dirigeait avait proposé à Bénie « L'expression amoureuse dans l'œuvre de Guillaume Apollinaire ». Suggestion qui ne devait rien au hasard. Félix Romeu, spécialiste de la littérature du XXe siècle et, en particulier, d'Apollinaire, était en train de rédiger un ouvrage monumental sur le poète au front bandé qui devait faire autorité. Mais son emploi du temps, surchargé par ses cours et les conférences qu'il donnait un peu partout, ne lui permettait pas d'effectuer toutes les recherches nécessaires à son entreprise. Cette petite Carnoët avait l'air d'une bosseuse. Elle lui fournirait au moins les éléments utiles à la rédaction d'un chapitre. Ce n'était pas la première fois que Félix Romeu utilisait ses étudiants dont il se considérait le capitaine comme mousses de son vaisseau universitaire.

Bénie ne connaissait d'Apollinaire que quelques très convenables poèmes de morceaux choisis qu'on lui avait fait décortiquer et apprendre par cœur à Pithiviers. Un vague souvenir de colchiques et de vaches en automne, de saltimbanques avec des tambours et des cerceaux dorés. *(Expliquez pourquoi chaque arbre fruitier se résigne, quand de très loin ils lui font signe. Pourquoi : se résigne ?)* Il y avait aussi une vert sombre histoire de sapins en bonnets pointus, quelque part au bord du Rhin, avec une montagne qui accouche et là, évidemment, toute la classe ricanait. Apollinaire, c'était le devoir allié à la mélancolie. Des appels de notes qui renvoyaient au bas des pages, acharnées à éclairer *a giorno* les ombres fallacieuses de la poésie, à rompre la musique, à noyer les étincelles. Quant à l'auteur, avec ce nom bizarre, empli de consonnes piégées — combien de *p*, de *l*, de *n* ? — il demeurait à peu près inconnu. Les profs des classes de troisième s'aventurent rarement dans la vie des poètes, ces êtres bizarres qui vivent cul par-dessus tête, c'est bien connu. Apollinaire, signalé en capitales au bout de ses poèmes, c'était l'Auteur. Point. Célèbre et mort sans âge, frère d'autres morts lyriques, les Albert Samain, les José-Maria de Heredia ou les Francis Jammes, tous enfants du couple diabolique, Lagarde et Michard.

Pour les besoins de son mémoire, Bénie avait très vite comblé ses lacunes. En quelques semaines, elle avait, d'Apollinaire, tout lu : vers, prose, chroniques, pièces de théâtre, le bon et le moins bon et même ses romans érotiques. Mais c'était aux poèmes qu'elle revenait toujours, émerveillée, s'étonnant d'avoir pu, si longtemps, ignorer la grâce des complaintes déchirantes ou farceuses. Les mots de celui que, désormais, elle appelait familièrement Guillaume lui venaient aux lèvres à tout moment,

A la fin tu es las de ce monde ancien
Bergère ô tour Eiffel le troupeau des ponts bêle ce matin...

en traversant le pont des Arts dans une aube mauve de juin et ceci qui la ramenait à son océan d'enfance :

Je ne veux jamais l'oublier
Ma colombe, ma blanche rade
Mon île au loin, ma Désirade,
Ma rose, mon giroflier...

Par le pouvoir immortel de ses mots le charme posthume de Guillaume l'avait saisie. Elle le ressuscitait patiemment, page à page, écumant bibliothèques et bouquinistes. Procédant à la façon d'un détective, elle reconstituait le puzzle de sa vie, à travers les témoignages de ceux qui l'avaient connu, de ses amis et de ses maîtresses mortes dont elle était jalouse. Ainsi, l'auteur abstrait, vaporeux de ses manuels scolaires cédait le pas à un jeune émigré, mi-polonais, mi-italien mais terriblement français, bâtard de bonne famille, mort à trente-huit ans d'une mauvaise grippe, deux jours avant l'armistice de 1918.

Il avait un prénom, à présent, et même plusieurs, ce Wilhelm Apollinaire de Kostrowitsky, dit Guillaume et Gui pour les dames qui s'étaient multipliées dans le cœur et le lit de ce gros garçon, pas beau mais si charmeur, perpétuellement amoureux et toujours déçu. Elles ne résistaient guère à l'attention qu'il leur portait, à son ardeur et à ses rires. Et Bénie qui avait l'âge et le tempérament de ces jeunes femmes dont s'éprenait Guillaume, était tombée, elle aussi, comme une mouche foudroyée, sous ses sortilèges.

Ce printemps-là, elle fut plus attentive à ce jeune homme mort depuis plus de soixante ans qu'à aucun de ses amants vivants ou aux garçons de son âge qui lui tournaient autour. Elle, si sensible pourtant à la beauté des hommes beaux comme des anges, à la finesse de leurs traits, elle qui fondait devant la grâce élégante d'un maigre longiligne, était troublée par la silhouette lourde, massive de ce poète trop gourmand, par ce visage empâté, comme sculpté dans du saindoux et dont les gros sourcils de jaloux se rejoignaient sans ménagement à la racine d'un nez impérieux.

Et il ne faisait rien pour corriger cette lourdeur. Guillaume s'habillait à la décrochez-moi-ça, de vestes mal coupées, trop longues, trop amples, plantait à l'arrière de son gros crâne de ridicules petits chapeaux de clown. Ses cravates étaient nouées à la hâte, mal centrées sous le col de ses chemises blanches et ses nœuds papillon battaient de l'aile, toujours de biais.

Mais Bénie était émue aussi par cette absence de coquetterie. Elle considérait avec attendrissement ses pantalons informes, trop courts, feu-au-plancher, mal arrimés sur la bedaine et qui découvraient des chevilles solides et d'immenses pieds de facteur de campagne.

Elle avait tapissé sa chambre de photos de Guillaume, trouvées au cours de ses recherches. Sur l'une, le large visage était métamorphosé par un sourire, feu d'artifice de malice et d'intelligence qui l'éclairait jusques aux yeux d'un plaisir enfantin et Bénie entendait le rire sonore qui avait dû jaillir quelques secondes avant qu'on prenne ce cliché, ce rire de Guillaume, si communicatif, qui avait frappé la mémoire de ses amis et que chacun d'eux avait évoqué, longtemps après sa mort ; ce rire profond qui le soulevait tout entier, comme une houle, quand la joie le prenait, tandis qu'il se pinçait le nez entre deux doigts comme pour en venir à bout. Et cette façon qu'il avait, là, sur cette autre photo, de se croiser les bras pour réfléchir, un geste d'attente et de repos hérité de ses collèges de curés, lorsqu'il allait, en rang, à la chapelle ou en étude.

Geste de celui qui s'ennuie, mais décemment, à la messe ou qui veut avoir l'air attentif aux discours lénifiants d'un prof particulièrement ennuyeux ; un geste de fœtus qui protège son cœur.

Près du miroir de la cheminée, elle avait punaisé un autre Guillaume, mondain celui-là, très cravaté, l'air interrogatif et qui la toisait. Et un autre, encore, d'une trentaine d'années, horizontal, voluptueusement allongé sur un sofa cerné de livres en piles et, sur l'ensemble, flottait une odeur d'opium.

Sur le mur, près de son lit, Bénie avait accroché la photo de lui qu'elle préférait entre toutes, assis en uniforme d'artilleur, le front bandé après sa blessure de guerre, la main pendant sur le dossier d'une chaise. La joue obscurcie par une barbe de deux jours — lui qui aimait tellement se raser, comme il disait, *en peau-de-cuisse* —, un peu las et sur la défensive, il regardait Bénie de trois quarts, un léger sourire quelque peu douloureux aux lèvres. Cette photo-là irradiait des ondes mouvantes ; elle parlait et même bougeait. L'expression de ce visage n'était jamais la même. Bénie l'apercevait à son réveil et, parfois, le regard de Guillaume, allumé par sa nudité, la troublait. Il évoquait la sensualité violente, son obsession sexuelle permanente ou du moins, ce qu'en savait Bénie par ses écrits, tous ces fantasmes exprimés dans ses romans érotiques et ses lettres. Alors, ce Guillaume déchaîné, fouisseur, suceur, renifleur, lécheur, enculeur et père Fouettard, que le cul des femmes rendait fou, la faisait frissonner sous le drap qu'elle ramenait sous son menton pour se dérober à son regard. Mais c'était peine perdue, elle ne pouvait lui échapper. Elle le sentait se détacher du mur, prendre forme — et quelle forme ! —, s'approcher d'elle, blottie sous son drap, fiévreuse soudain, terrifiée et ravie à la fois, esclave rétive et consentante, prête à tout ce qui lui ferait plaisir et le refusant, *vorrei e non vorrei,* rebelle et déjà vaincue, docile, hurlante. Parfois, au contraire, le sourire de Guillaume se figeait, s'amincissait et son regard de papier devenait presque inquiet, suppliant, le regard d'un jeune homme ordinaire qui a envie de voit, voyait approcher la mort et l'appelle, elle, Bénie, à son secours.

Elle ne sortait plus, ne parlait plus, refusait de voir ses amis, laissait sonner le téléphone, requise tout entière par ces Guillaumes qui, dès qu'elle passait le seuil de sa chambre, se fondaient en un seul qu'elle suivait dans un Paris que son ombre transfigurait. Ils allaient ainsi, lui l'entraînant, le long des quais de la Seine, dans l'île Saint-Louis, dans les rues d'Auteuil qui fleurent le platane, le berlingot et le pipi de chat ; à Montmartre aussi mais surtout à deux pas de chez elle, boulevard Saint-Germain, dans l'appartement sous les toits, au-dessus du Bizuth, un petit bistrot que, dès son arrivée à Paris, Bénie avait élu d'instinct pour y prendre ses petits déjeuners, sans même avoir remarqué la plaque qui signale que Guillaume a vécu et est mort dans cette maison. Lui là, elle rue de Beaune, ils étaient de la même paroisse à un demi-siècle de distance. Et Bénie dont la piété n'était pas la vertu majeure s'était mise à hanter l'église Saint-Thomas-d'Aquin, étouffée au fond d'une petite rue par de vilains immeubles du début du siècle, où Guillaume avait fini par se marier un jour avec une personne rousse, où, le 13 novembre 1918, ses amis étaient venus lui dire adieu.

Elle venait là, attirée par une force irrésistible qui la poussait aux épaules, l'obligeait souvent contre son gré à faire un détour pour gravir les marches de l'église, y entrer, en faire le tour dans la pénombre. L'ombre de Guillaume alors se dissolvait, l'abandonnait pour un moment comme soucieuse de ne pas troubler son recueillement. Aucune autre église, curieusement, n'exerçait sur elle cette attraction, elle l'avait vérifié.

Il lui arrivait parfois de se heurter aux portes closes lorsqu'elle y venait en dehors des heures d'office et elle en éprouvait un véritable désespoir. Comment peut-on fermer les portes d'une église au nez de l'angoisse qui vient s'y réfugier ? Un curé à qui elle avait posé la question avait regardé d'un air soupçonneux cette jeune fille qui ne ressemblait guère à ses ouailles habituelles. Il avait parlé de précautions nécessaires, de surveillance difficile, d'heures d'ouverture. Une réponse de gardien de musée.

C'est en descendant, un matin, du parvis de Saint-Thomas-d'Aquin que Bénie avait éprouvé, pour la première fois, l'un des phénomènes hallucinatoires qui allaient se reproduire par la suite, en d'autres circonstances.

Midi, par un beau jour de mai. La température était très douce lorsqu'elle était entrée dans l'église. Et voici qu'en en sortant, quelques minutes plus tard, elle avait été saisie par une fraîcheur inattendue. Au bout de la courte rue, devant l'église, les arbres du boulevard Saint-Germain avaient perdu leur aspect printanier. Un vent glacé arrachait de leurs branches dénudées les dernières feuilles mortes. Bénie, trop peu couverte pour ce temps d'hiver, frissonnait. Mais ce qui l'avait surprise davantage avait été la foule qui se pressait sur la petite place, déserte quelques instants plus tôt. Une foule tout à fait bizarre, composée de gens déguisés comme pour un film en costumes d'époque. Les femmes — elles étaient en majorité — étaient habillées de robes et de manteaux noirs qui leur frôlaient les chevilles. Elles portaient des manchons et de volumineux chapeaux aux voilettes serrées sous le menton. Les hommes, en cols durs et redingotes sombres, chaussés de bottines, ne cessaient d'ôter et de remettre des chapeaux hauts de forme pour saluer de nouveaux arrivants. Tous ou presque portaient des moustaches et de courtes barbes. Beaucoup, parmi les plus jeunes, étaient en uniformes militaires. Plus ou moins éclopés, estropiés ou défigurés mais la poitrine couverte de décorations, ils avançaient lentement vers l'église, s'appuyant sur des cannes, sautillant entre des béquilles, escortés d'essaims de jeunes femmes affairées, attentives à aider à marcher ces survivants dont certains, aux visages ravagés, portaient des nez de carton qui leur donnaient des airs de clowns.

Et la foule continuait d'affluer sur la petite place, montant vers le parvis de l'église où se tenait Bénie, pétrifiée de surprise et de froid. Elle ne reconnaissait plus rien de ce qui l'entourait, de ces rues pourtant familières qu'elle empruntait tous les jours. Autour d'elle, les immeubles avaient rapetissé, noirci ou changé carrément de façade. Des boutiques avaient disparu ; d'autres étaient devenues méconnaissables. Ainsi, le café en face de l'église où Bénie, souvent, allait jouer au flipper, avait rétréci et ses vitres encadrées de bois sombre étaient tendues, à l'intérieur, de rideaux de filet à motifs de fleurs. Au goudron de la chaussée, des pavés de bois s'étaient substitués que raclaient, devant l'église, les sabots de chevaux empanachés de noir, attelés à un corbillard à grandes roues. Il sembla à Bénie que les bruits de la ville, la qualité de l'air elle-même n'étaient plus les mêmes. On entendait, au loin, la rumeur d'une foule en fête.

Pour se raccrocher à une réalité rassurante, Bénie avait cherché du regard l'équipe technique du film qui se tournait là, la caméra, les camions de la production, le matériel d'éclairage. Mais elle ne vit ni machinistes ni éclairagistes, rien ni personne susceptible de donner une explication logique à cet extraordinaire rassemblement.

Et elle, plantée sur les marches, disparate avec ses jeans et son ticheurte blanc parmi cette foule élégante d'un autre temps. Le plus étonnant c'est que personne ne semblait remarquer cette jeune fille qui grelottait sur le parvis. Elle n'arrêtait pas les regards. Elle était transparente.

La foule avançait, de plus en plus dense, vers l'église dont les portes s'étaient ouvertes en grand. Bénie vit passer des drapeaux au-dessus des vêtements de deuil. Au carillon des cloches se mêlèrent des sonneries militaires, des appels, des cris et des flots d'orgues se déversèrent par les portes de l'église. L'air sentait le crottin de cheval, la suie et le chypre.

Bénie, bousculée, étourdie par le mouvement qui l'entourait eut un vertige. Ses oreilles bourdonnaient, sa tête était douloureuse. Elle ferma les yeux. Lorsqu'elle les rouvrit, tout avait disparu. Plus de foule. Plus de bruit. La place avait repris son aspect habituel avec ses vilains immeubles et ses boutiques de mode. Le soleil de mai, revenu, caressait ses bras. Les arbres avaient des feuilles. Des contractuelles platinées relevaient les numéros des voitures garées en infraction. Des autobus bondés filaient vers la Seine par la rue du Bac.

Bénie, vacillante, s'assit sur la dernière marche du parvis et alluma une cigarette. Derrière elle, les hautes portes grenat de l'église étaient fermées, comme à l'accoutumée. Le trafic habituel des voitures avait repris sur le boulevard et dans les rues adjacentes. La ville grondait comme à l'ordinaire et Bénie huma avec délice l'air à nouveau alourdi de gaz carbonique. Tout était devenu normal, autour d'elle, et elle en éprouvait une joie très grande, celle d'un cosmonaute qui reprend pied sur un sol familier après un très long et très périlleux voyage. Elle vit à sa montre que quelques secondes à peine s'étaient écoulées depuis qu'elle était sortie de l'église. Et, parce que cela l'arrangeait, elle décida que, prise de fatigue, elle s'était endormie pendant un instant et avait rêvé ce qu'elle venait de voir.

Elle était fatiguée, voilà tout. Ses recherches sur Guillaume Apollinaire et l'obsession qui avait suivi l'avaient épuisée. Tout cela dépassait, et de loin, le devoir universitaire. Surtout, Bénie s'était aperçue très vite que le sujet du mémoire imposé par Félix Romeu l'assommait. Plus que l'analyse minutieuse de son style, même amoureux, c'était Guillaume en personne qui l'intéressait.

Parmi les femmes qu'il avait aimées, une, surtout, intriguait Bénie : cette Louise de Coligny-Chatillon qu'il appelait Lou ou Loulou selon l'humeur, pour laquelle il avait flambé d'amour pendant près de six mois et écrit de si brûlants poèmes et de si belles lettres. Bénie, jalouse, évidemment, de toutes les dames mortes qui avaient su émouvoir son cher Guillaume, les Marie, les Madeleine ou les Jacqueline, sans compter toutes celles dont on n'avait pas retenu les noms, Bénie ne s'était intéressée vraiment qu'à Lou, de toutes la plus folle, la plus fugitive, et, parce que la plus fugitive, celle, sans doute, qui avait été la plus aimée. Cette histoire d'amour si brève, si chaude du gros Guillaume et de cette jeune femme qui menait à Nice une vie très ollé-ollé avait tout pour séduire Bénie. L'opposition entre cette Côte d'Azur de 1914, si paisible, si frivole et la guerre sur le front de l'Est, les étreintes passionnées du deuxième canonnier-conducteur Guillaume de Kostrowitzky et de la fantasque Lou, encore plus exaltées par la brièveté des permissions, leurs fumeries d'opium et ce quiproquo douloureux entre celui qui aimait trop et celle qui aimait ailleurs, les mots charnels de tendresse, de rage et de jalousie, écrits à la lueur des obus de Mourmelon, ces lettres de Guillaume que Lou lisait à peine et la cendre de l'oubli qui tombe par le temps et la distance sur les amants séparés, voilà ce que Bénie voulait écrire, voulait faire revivre et qui l'intéressait bien davantage que les tropes de Guillaume Apollinaire. Cette histoire d'amour si brève, si violente, si triste, cette histoire qui la bouleversait, y trouvant un rapport qu'elle ne comprenait pas bien encore mais qu'elle avait envie d'approfondir, avec sa propre vie.

Elle s'en était ouverte à Félix Romeu qui, voyant son chapitre lui filer sous le nez, n'avait pas du tout été content. Il ne comprenait pas comment une élève douée comme elle et assurée d'un brillant avenir universitaire, pouvait se fourvoyer à ce point. Conduite d'échec ? Il avait tenté de la convaincre qu'elle s'égarait, faisait fausse route en accordant une attention démesurée à cette anecdote, à cette liaison fugace avec la comtesse de Coligny dont le seul intérêt était d'avoir inspiré à Guillaume de très belles pages, d'accord, mais qui n'étaient pas les meilleures de son œuvre. Non, cette Loulou n'avait aucun intérêt. A son avis à lui, Félix Romeu, cette petite rouquine qui aimait les fessées n'était qu'une personne très vulgaire et qui avait sûrement eu moins d'influence sur l'œuvre et la vie d'Apollinaire que la pulpeuse Anglaise, Annie Playden dont il était tombé amoureux à vingt ans, sur les bords du Rhin. Moins importante, encore, que le peintre Marie Laurencin avec laquelle il avait vécu plusieurs années. Et il n'en voulait pour preuve que le manque d'intérêt que lui avaient accordé les biographes d'Apollinaire qui ne la mentionnaient que brièvement.

Bénie s'était défendue.

— Mais Nice ? Mais l'opium ? La guerre ?

Romeu, exaspéré par cette insistance — il ignorait encore l'opiniâtreté d'une Carnoët —, avait fini par exploser.

— Et alors, l'opium, Nice, la guerre, qu'est-ce que vous voulez faire avec tout ce fatras ?

— Je ne sais pas encore, avait répondu Bénie d'une voix rêveuse. Un livre peut-être, ou un film...

Romeu en prenait des tics nerveux. Cette gamine était stupide, décidément. Un livre ! Et du cinéma, par-dessus le marché !

— Vous vous imaginez sans doute que vous allez faire un best-seller avec cette histoire minable, hein ? Mais si personne ne l'a fait jusqu'à présent, ma pauvre petite — sous-entendu : si moi, Romeu, grand spécialiste incontesté d'Apollinaire, etc. —, c'est que cela n'en vaut pas la peine. Revenez donc à votre sujet et n'en débordez pas. En vous lançant dans de semblables fantaisies, vous ne ferez que compromettre votre carrière. L'agrégation, ce n'est pas du cinéma.

— Je crois que vous avez raison, dit Bénie. Ma carrière universitaire s'annonce mal. Je ne serai jamais agrégée. En revanche, je crois que je vais commencer à m'amuser.

— ARRÊTE, dit Bénie. Arrête la voiture. Et répète ce que tu viens de dire.

Vivian, docilement, gara la grande Peugeot sur le terre-plein du côté de la mer, coupa le contact. Il comprenait tout à fait qu'une nouvelle aussi importante nécessitât, pour l'assimiler, un moment d'immobilité.

— L'*Hermione* est à toi, dit-il en détachant ses mots. Grand' mère te l'a donnée. C'est écrit, noir sur blanc, dans son testament. L'*Hermione* avec ses meubles et les terres avoisinantes et même les salines. Tout est à toi, depuis la mer jusqu'à la route. Autant te dire qu'on ne parle que de ça à la maison. Ma mère est furieuse. Elle a toujours rêvé d'être la châtelaine de l'*Hermione*. Et, en plus, que ça soit toi... Quant à mon père, il ricane. Je ne suis pas sûr qu'il soit enchanté de ne pas avoir cette maison où il a passé son enfance mais de voir sa femme enrager à ce point lui met du baume sur le cœur.

— Mais pourquoi moi ? dit Bénie. Pourquoi m'a-t-elle donné cette maison plutôt qu'à n'importe lequel de ses enfants ?

— Ne t'inquiète pas pour eux. Ils ne sont pas oubliés ni lésés. D'après ce que j'ai entendu dire, c'est à Yves que Grand'mère destinait l'*Hermione*. Mais elle n'a jamais digéré sa fuite et encore moins son silence depuis. Alors c'est à toi, fille d'Yves, qu'elle a donné la maison. Nous, enfin mon père, hérite des terres de Rivière Noire. Charlotte, Erwan et les autres se partagent les sucreries, les basaltes, les salines, les plantations de thé de Chamarel, les chassés, la fabrique de gonis[1], un immeuble à

1. Sacs de jute en fibre d'aloès.

Curepipe, une maison à Moka, des bureaux et un restaurant au Port-Louis, le paquet d'actions qui nous rend majoritaires à la Simpson dont dépendent les hôtels et les services touristiques. Sans compter un compte en Suisse, assez bourré paraît-il, ouvert par Grand-père, il y a des années et dont on ignorait l'existence. Il était prudent et prévoyait que nous serions peut-être un jour obligés de quitter Maurice, d'où ce matelas qu'il s'était constitué en Europe. Vieille mentalité d'émigrant. Tu vois que tu n'as aucun scrupule à avoir à propos de l'*Hermione*. C'est surtout un héritage sentimental et c'est pourquoi, je pense, Grand'mère te l'a donnée. Elle savait à quel point tu es attachée à cette maison.

— Mais toi aussi, tu l'aimes, cette maison...

— Moi, mon père ne s'est pas tiré, dit Vivian. Je ne figure pas sur le testament. Mais toi et moi, c'est pareil et je suis très content que l'*Hermione* t'appartienne. Si tu as des travaux à faire, je t'aiderai. Tu en auras. Par exemple, il faut réparer le toit. Il y a des poutres rongées par les carias qu'il faut changer. Le chaume est vieux, il s'arrache par endroits. Les oiseaux l'ont bousillé. Il ne résistera pas au prochain cyclone.

Vivian avait arrêté la voiture juste avant Baie du Cap, sur cette côte où, d'habitude, ils plongeaient dans la mer pour célébrer les retours de Bénie. Cette fois, ni lui ni elle n'avaient songé à cette baignade rituelle ; ce retour était différent. Mais, tandis que Vivian exposait son idée à propos du toit de l'*Hermione*, proposait d'en changer le chaume de vétyver contre des bardeaux solidement cloués et peints en vert pâle, ce qui est très beau sur les vieilles demeures coloniales et résiste mieux aux vents et aux embruns, Bénie, une fois de plus, ressentait le pouvoir apaisant que la beauté exceptionnelle de ce rivage dispensait. Le soleil déjà déclinant donnait en contre-jour à la masse sombre du Morne une douceur vaporeuse. Le fracas de la mer sur la barre, lointaine en cet endroit, était adouci, presque imperceptible et de longues vagues silencieuses, issues de l'horizon, se poursuivaient jusqu'à la grève, sans écume, dans une houle souple, couleur de bonbon à la menthe, si paisibles qu'elles ne troublaient même pas l'équilibre d'un pêcheur, debout dans sa pirogue, occupé à jeter un épervier sur la surface de l'eau. Et il y avait une telle harmonie entre cette mer paisible, cette lumière sereine, ce velouté de l'air, le geste de l'homme qui arrondissait son filet et la voix posée de Vivian précisant que, justement, il connaissait au Port-Louis un Chinois qui taillait des bardeaux pour restaurer les toits anciens que Bénie sentit fondre la fatigue de son voyage et se résorber l'angoisse endémique qui la tenaillait depuis Paris. Soudain, il flottait du bonheur dans l'air comme, à d'autres moments, de la tristesse. Ce qu'elle avait redouté de ce retour, à cause de l'absence irrévocable de sa grand'mère, son appréhension de la grande maison désemparée par la mort, peut-être que tout cela ne serait pas aussi terrible qu'elle l'avait craint.

Et, plus encore que la beauté de la mer en cet endroit, c'était de la présence de Vivian à ses côtés que venait son apaisement. Vivian irradiait des ondes bénéfiques, réconfortantes. Dix mille fois, elle l'avait éprouvé depuis leur enfance. Rien de mauvais ne venait de lui, au contraire. Cette maison qui était désormais la sienne, c'est par la voix de Vivian qu'elle venait de la recevoir. Et elle le bénissait de parler du toit en péril, des bardeaux vert pâle, bien cloués et qui résisteraient à la tempête, au lieu de s'appesantir sur la mort de leur grand'mère qui l'avait éprouvé, lui aussi, elle le savait. Quelle bonne idée il avait eue, particulièrement aujourd'hui, de venir la chercher et seul. Il était bien son double, son plus cher ami, son enfance retrouvée. Et même s'ils n'avaient plus envie de faire l'amour, il y avait entre eux un lien si doux et si fort que rien ne pourrait jamais casser.

Une émotion profonde la souleva. Elle regarda son cousin qui regardait la mer, voulut lui dire sa joie de sa présence mais, pudique ou intimidée, ne trouva rien d'autre qu'une phrase un peu mondaine :

— Merci d'être venu.

Vivian tourna la tête vers elle. Ses yeux brillaient.

— Mais tout le plaisir est pour moi, dit-il sur le ton même qu'elle avait employé.

Il passa son bras autour du cou de Bénie, rapprocha leurs visages, posa son front contre le sien et lui frotta le nez de son nez à lui, en baiser esquimau, comme autrefois dans la cabane. Puis, il démarra en trombe, comme font les jeunes Francos soucieux de montrer le nombre de chevaux qu'ils ont dans le moteur de leur Peugeot, voiture de luxe s'il en fût, à Maurice.

— C'est bizarre, reprit Bénie, Grand'mère ne m'a jamais parlé de ce cadeau qu'elle voulait me faire.

— Ça ne m'étonne pas, dit Vivian. Elle ne disait jamais tout ce qu'elle pensait. C'était une drôle de bonne femme et ce qui m'agace, c'est qu'on ne saura jamais qui elle était vraiment.

— Pourquoi ris-tu ? demanda Bénie, surprise de la mine réjouie de son cousin alors que rien de ce qui venait d'être dit ne le justifiait.

— Parce que, dit Vivian, dans les heures qui ont précédé sa mort, elle a dit, justement, ce qu'elle pensait. Mais je ne sais pas si je dois te raconter ça.

— Mais quoi ? Mais quoi ? Raconte !

Vivian, à présent, s'étranglait de rire.

— Tu connaissais Grand'mère, dit-il, tu vois la dame convenable et pieuse qu'elle était...

— Oui, et alors ?

— Et alors, elle n'est pas morte du tout d'une façon pieuse ni convenable.

— Mais comment ? De quoi est-elle morte ?

— Un jour, elle a eu de la fièvre. On ne s'est pas inquiété, elle n'était jamais malade. Cette fois, pourtant, elle s'est mise au lit. Le lendemain, elle a eu une espèce de congestion et elle a commencé à débloquer, je ne te dis pas. Elle délirait à toute vapeur. Des cochonneries pas possibles. Des histoires de cul à n'en plus finir. A tel point que les parents nous ont interdit, à nous les enfants, d'aller la voir...

— Et alors comment sais-tu qu'elle racontait des cochonneries, si on ne t'a pas permis de l'approcher ?

— Par Laurencia, dit Vivian. Elle m'a tout raconté. Enfin, presque tout. Elle ne l'a pas quittée jusqu'à la fin. Elle restait près d'elle, le jour, la nuit. Elle avait les yeux qui lui sortaient de la tête à entendre Madame. Si elle n'était pas aussi noire, elle serait devenue toute rouge. Elle était tellement choquée qu'elle ne voulait rien me dire. Mais je ne l'ai pas lâchée, tu me connais. J'ai tellement insisté que Laurencia a fini par craquer : « Ayo, Bon Dié ! Madam' so la têt' ti pé allé ! Li ti pé zouré... Mo pas capav dir ou ! — Dir' moi ! Dir' moi ! — Ène paquet z'affair's mal él'vées ! » Elle se tortillait, riait nerveusement en parlant, je ne la lâchais pas : « Dir' moi ki z'affair's... » Elle a mis ses mains devant sa bouche comme pour retenir ce qui allait en sortir : « Cock, chouchoute, li ki... ban mauvais zesprits fine gât' so la têt' ! Zamais mo fine entend' Madam' dir' ça paroles-là[1]. »

— Et je te passe le reste, dit Vivian. Elle disait des horreurs en créole, en français et même en anglais. En anglais, tu te rends compte ! Elle chantait des chansons dont on peut se demander où elle les avait apprises. La pauvre nénène sortait de sa chambre en larmes, en se bouchant les oreilles, prétendant que c'était le Diable qui avait pris possession de Grand'Madam' et l'agitait ainsi.

— Tu es sûr que tu n'inventes pas ?

— Je te le jure, dit Vivian. Tu n'auras qu'à demander à Laurencia, si tu ne me crois pas. Au début, je ne le croyais pas non plus. Je me demandais si le chagrin n'avait pas rendu Laurencia encore plus folle que d'habitude. Mais pourquoi les parents nous avaient-ils interdit d'entrer dans sa chambre ? Pourquoi avaient-ils interdit toutes les visites ? Je ne croyais pas à leur explication d'une contagion possible. Ils avaient peur, tout simplement, qu'on entende Grand'mère déconner. Ça leur faisait honte d'entendre l'aïeule parler de son cul. C'est ça, la vérité. Un soir, je suis allé écouter à la porte de sa chambre et je l'ai entendue de mes propres oreilles. Elle parlait avec quelqu'un mais ce n'était pas avec Laurencia que j'entendais renifler. Elle parlait toute seule avec quelqu'un d'invisible. Elle disait : « Mais parfaitement, j'irai danser sur la place d'Armes pour la Saint-Louis ! Et personne ne m'en empêchera, mettez-vous bien ça dans la tête ! » Et puis, elle s'est mise à chanter d'une voix suraiguë une chanson bizarre :

Moi j'en ai un, cré nom de nom
De tagada à Popo-les plumet-tes...

1. « Ayo, Bon Dieu ! Madame a la tête dérangée ! Je ne peux pas te dire... — Dis-moi ! Dis-moi ! — Des tas de grossièretés ! — Mais quoi, quelles choses ? — Bite, con, le cul... Les mauvais esprits lui ont pourri la tête ! Je n'ai jamais entendu Madame dire des choses comme ça. »

Je ne me rappelle plus la fin mais c'était gratiné. J'avais du chagrin et, en même temps, je ne pouvais pas m'empêcher de rire, derrière la porte. C'est drôle comme on peut à la fois être très malheureux et avoir envie de rire. Est-ce que ça t'arrive, toi aussi ?

— Tout le temps, dit Bénie. Je ne peux jamais être ni complètement heureuse, ni complètement malheureuse. Dans le pire des chagrins, j'attrape des fous rires et quand il m'arrive une grande joie, j'ai toujours un peu envie de pleurer. Je me demande si les autres sont comme nous.

— Je ne crois pas, dit Vivian. Regarde les gens : quand ils rient, ils rient et quand ils pleurent, ils pleurent. On ne doit pas être très normaux.

— En tout cas, dit Bénie, ce qui est sûr, c'est que si on meurt à l'inverse de ce qu'on a vécu, toi et moi on crèvera en chantant des cantiques.

APPAREMMENT, tout est normal à l'*Hermione*. La mer bat doucement le rivage, au bas de la pelouse et les martins se chamaillent comme à l'accoutumée, entre les branches du vieux jujubier tordu qui ombrage la terrasse. Laurencia a tout remis en ordre, après l'enterrement, et sans doute parce qu'elle a échappé au remue-ménage des funérailles, Bénie n'a pas éprouvé en entrant dans la maison le malaise auquel elle s'attendait, cette atmosphère trouble de déménagement qu'on perçoit dans les maisons où quelqu'un vient de mourir.

Elle n'a même pas été spécialement émue comme on l'est souvent en retrouvant, après la disparition d'une personne aimée, certains objets qui lui étaient si familiers qu'on ne les remarquait pas et qui se révèlent tout à coup doués d'un pouvoir d'évocation insupportable. Ceux qui ont échappé aux rangements de Laurencia, des lunettes dans leur étui oubliées sur une table du salon bleu avec le petit stylomine d'argent dont Mme de Carnoët se servait pour ses mots croisés ou encore, sous la varangue, le fauteuil à bascule d'où elle aimait regarder les couchers du soleil, toutes ces choses n'ont, du moins pas encore, de pouvoir nostalgique. Bénie n'a pas l'impression que sa grand'mère est morte mais simplement absente et qu'elle va la voir apparaître, rentrant de faire ses courses à Quatre Bornes ou à Curepipe, gravissant les marches de pierre, lentement, en posant les deux pieds sur chaque marche comme un bébé malhabile, appuyée au bras de Lindsay, pestant contre la foule des magasins, la fumée des camions sur la route, la difficulté de trouver une place à l'ombre pour garer la voiture, le danger des chauffards qui doublent en haut des côtes, l'absence contrariante de camemberts importés au Prisunic, le caractère lunatique de cette Lucie Dampierre qui l'a croisée sans la saluer, alors qu'elles étaient à l'école ensemble chez les Lorettes, tu te rends compte, ce n'est pas d'hier, et se sont mariées la même année, non mais elle se prend pour qui ? L'ascension de l'escalier de pierre, on ne savait pourquoi, provoquait toujours chez Françoise de Carnoët le râle et la grogne. Sur une marche, la chèreté de la vie en prenait pour son grade. Deux marches et elle constatait avec irritation que Fifine était en train d'arroser les fleurs en plein soleil. Une marche encore et la râleuse gémissait sur l'obligation d'avoir à courir en ville par une chaleur pareille alors qu'on est si bien à Rivière Noire, décidément le seul endroit vivable de Maurice.

Est-ce que vraiment tout est si normal que ça, à l'*Hermione* ? Bénie flaire quelque chose d'inaccoutumé dans l'air de la maison, comme une nervosité des lieux, des choses. Par moments, elle a la perception très nette de vibrations, d'ondes qui se propagent à travers les pièces. Comme si la maison était devenue une personne vivante avec des caprices, des humeurs qui se matérialisent par de petits incidents auxquels elle n'a pas pris garde, au début, mais dont la répétition finit par l'intriguer. C'est une porte qui claque sans qu'il y ait le moindre courant d'air, une lame de parquet qui se met à grincer dans une pièce vide comme si quelqu'un marchait dessus ou bien un livre dont elle aurait juré qu'il était, quelques instants plus tôt, serré parmi les autres et qui tombe d'une étagère et s'aplatit, ouvert, au sol.

C'est surtout le soir que se produisent ces incidents, quand Bénie se retrouve seule dans la maison, après le départ des bonnes qui regagnent leurs cases, près de la route. Laurencia part la dernière et il ne se passe jamais rien en sa présence. Comme si la maison attendait d'être seule avec la jeune fille pour vivre sa vie sans se gêner.

Mais toutes les vieilles maisons rongées par les carias craquent et gémissent et les livres qui tombent en vol plané des étagères ne sont pas forcément propulsés par des fantômes malicieux. Si elle n'a jamais rien remarqué de semblable auparavant, c'est tout simplement parce qu'elle était moins attentive à cette maison. Depuis qu'elle lui appartient, c'est différent.

La prise de possession ne s'est pas faite immédiatement. Il aura fallu au moins deux semaines pour que Bénie s'accoutume à cette idée que l'*Hermione* qui, jusqu'à présent était pour elle *la* maison, c'est-à-dire la propriété d'une famille dont elle n'était qu'un des membres, soit devenue *sa* maison sur laquelle elle a, désormais, un droit de vie et de mort avec la permission de l'entretenir ou de la laisser s'écrouler, de la transformer ou de la vendre à son gré. Elle était intimidée par ce brusque cadeau.

Les premiers jours, elle s'y sentait intruse, osait à peine s'y aventurer, obéissant encore aux interdits de son enfance, par exemple la chambre condamnée de cette Bénédicte, noyée à vingt ans et dont elle portait le prénom. Personne n'y avait dormi depuis la dernière nuit qu'y avait passée la jeune fille. Mme de Carnoët avait pieusement rangé la chambre, tiré les rideaux et les volets n'avaient pas été ouverts depuis plus de trente ans. C'était une chambre de chagrin à laquelle personne ne faisait même allusion. Bénie qui furetait partout lorsqu'elle avait une dizaine d'années était la seule à avoir osé pousser la porte de Bénédicte. Elle avait vu, dans la pénombre, le lit étroit voilé d'une moustiquaire dont le tulle blanc était devenu gris de poussière, une coiffeuse démodée avec un alignement de flacons et une armoire entrouverte où l'on apercevait des robes qui lui avaient fait penser aux corps des femmes égorgées par Barbe-Bleue et découverts par sa dernière épouse trop curieuse. Elle n'avait même pas osé faire un pas dans la chambre.

Cette fois, elle a osé. Elle a tiré les rideaux, ouvert en grand les fenêtres et le soleil est entré dans la chambre de Bénédicte qu'elle a fait dépoussiérer pour en faire une chambre d'amis. Et, malgré l'air scandalisé de Laurencia, elle est entrée dans la chambre, également close, de Mme de Carnoët où une bizarre odeur de poisson et de moisissure a frappé ses narines. Là aussi, elle a fait voler les rideaux et ouvert les fenêtres et la lumière est entrée à flots. C'est alors qu'elle a découvert, sur la commode, un bouquet de flamboyants posé devant une photo de sa grand'mère et une petite soucoupe qui contenait des morceaux de poisson salé et des bouts de mangue. L'odeur venait de là. Derrière son dos, Laurencia se tordait les doigts en silence.

— Qu'est-ce que c'est que ces saletés qui sentent si mauvais ?

Laurencia a bafouillé qu'elle avait déposé là le poisson et les mangues pour nourrir Grand'Madam'. Parce qu'on doit laisser de la nourriture devant l'image des morts, durant les quarante jours qui suivent leur décès, afin qu'ils ne viennent pas vous tirer les pieds, la nuit, pour vous réclamer à manger s'ils ont faim. C'est par pure gentillesse qu'elle a ajouté quelques-uns de ces flamboyants que Grand'Madam' aimait tant. Et elle n'a pas oublié de « faire la couverture » du lit, comme Grand'Madam' l'exigeait tous les soirs, le drap replié bien ouvert et la chemise de nuit étalée, prête à être enfilée.

— Parce que tu crois vraiment, a hurlé Bénie, qu'elle va venir la nuit manger tes cochonneries et mettre sa chemise de nuit pour dormir dans son lit ?

Laurencia n'a pas répliqué mais elle a regardé Bénie avec commisération. On peut ignorer ces choses quand on n'a pas eu de morts dans sa vie mais elle devrait lui faire confiance à elle, Laurencia, qui sait mettre toutes les chances de son côté dans les relations qu'on a avec les défunts.

Bénie était accablée.

— Ah bon ! Et après quarante jours, elle n'aura plus faim ? Plus sommeil ?

Un sourire a fendu la figure de Laurencia, d'une oreille à l'autre.

— Après quarante jours, fini, a-t-elle affirmé. Plus faim, plus sommeil ! Ils reposent en paix.

Et elle a fait un signe de croix.

Bénie a renoncé à discuter les superstitions de Laurencia mais elle lui a tout de même ordonné fermement d'aller jeter le contenu de la soucoupe et de laisser les fenêtres ouvertes.

— C'est la plus belle chambre de la maison, a-t-elle dit, et c'est moi qui dormirai ici, désormais. Si Grand'Madam' vient, la nuit, me réclamer à manger, ne t'inquiète pas, je lui ferai une tartine.

Un à un tombent les vieux sortilèges. Bénie, refoulant les terreurs de son enfance, s'est même *obligée* à entrer chez les Dragons, dans le fumoir chinois dont le plancher musical recouvrait, dans ses cauchemars d'autrefois, des centaines d'oiseaux.

Pour en finir une bonne fois, pour les exorciser, elle a marché sur les rossignols à pas comptés, à cloche-pied, à quatre pattes. Elle a couru sur les rossignols en long, en large et en travers et le salon rouge s'est mis à bruire comme une volière à l'aube, à rossignoler, à gringotter, à gazouiller, à triller, passant du chant mélancolique au rire emplumé sous les pas profanateurs de cette nouvelle maîtresse. Les dragons, sur les murs et le plafond, n'en revenaient pas. Ils demeuraient la langue pendue, les yeux exorbités, les naseaux éteints, les griffes rétractées, un peu vexés tout de même de ne plus faire peur. Quant aux chrysanthèmes fous, ils tordaient leurs corolles pour mieux voir ce qui se passait au ras du sol, enchantés de voir traiter sans ménagement ces rossignols prétentieux qui, depuis tant d'années, leur raflaient la vedette, accaparant l'attention des visiteurs, tandis qu'eux, les chrysanthèmes, méprisés, se tordaient en pure perte, en vulgaire fourrage de dragons, sans même attirer un regard.

Pendant qu'elle y était, Bénie a résolu d'utiliser aussi la grande salle de bains, la fameuse salle de bains qui avait tant fait parler en ville, construite en 1936 par le grand-père Jean-Louis (sûrement le plus raffiné de tous les Carnoët), pour son usage strictement personnel. Ni sa femme ni aucun de ses enfants n'avaient eu le droit d'y pénétrer de son vivant sans risquer la foudre de sa colère, Jean-Louis estimant qu'un homme de quarante ans qui se décarcassait comme il le faisait pour élever sept enfants et leur assurer un avenir doré, avait tout de même le droit de clapoter dans sa baignoire à son aise et de rester au cabinet aussi longtemps qu'il le désirait, sans qu'un importun vienne frapper à la porte, ce qui est exaspérant quand, les fesses calées jusqu'à la ventouse, on est en train de déguster *Les Trois Mousquetaires*. En réalité, Jean-Louis de Carnoët, qui avait une passion pour les salles de bains et pour Alexandre Dumas, détestait sa marmaille qu'il trouvait nombreuse et bruyante. On ne pouvait pas faire un pas dans cette maison sans buter sur un lardu. Et il y en avait toujours un qui traînait dans la salle de bains commune, au moment précis où il avait, lui, Jean-Louis, envie d'y être tranquille. C'est pourquoi il avait décidé, un beau jour, de faire faire trois salles de bains à l'*Hermione*. Deux modestes, l'une pour sa femme, l'autre pour les enfants et la troisième, pour lui-même.

Cette salle de bains avait été son luxe, son bijou, sa folie. Il était allé lui-même à Paris en choisir tous les éléments : un grand lavabo moderne dit « vasque », avec piédestal masquant la tuyauterie et deux robinets à bec plat de cuivre nickelé, le tout surmonté d'une glace ovale. Plus, une baignoire blanche de fonte émaillée, modèle « Écossaise », dont l'eau chaude était fournie par une petite merveille de chauffe-bain instantané qu'on pouvait alimenter au bois ou au charbon. Il était allé choisir, chez Fargue, les grands carreaux de céramique peints à la main, à motif de paons bleu et vert se promenant dans un jardin de paradis. La douche, indépendante, occupait un angle de la vaste pièce, avec robinetterie mélangeuse et panneaux de verre gravé sertis de cuivre nickelé. Le sol, pavé de dalles de basalte poli et ciré brillait comme un marbre sombre. Sous la grande baie voilée de tissu blanc, un lit de repos capitonné, avec dossier et accoudoirs était destiné à réconforter le corps étourdi par les ablutions. Mais le chef-d'œuvre de cette salle de bains était le trône d'acajou, véritable fauteuil dont la délicate cuvette de porcelaine (commandée à Londres), couronnée d'acajou, s'ornait d'un rabattant de fine marqueterie. Le dossier, capitonné à l'emplacement des reins et de la nuque, assurait un confort total. Le tout était hissé sur deux marches d'acajou ciré, flanquées de deux petits coffres, l'un orné d'une boule de cuivre qui commandait une chasse d'eau invisible. *Les Trois Mousquetaires* étaient posés en permanence, sur l'autre. C'est là que Jean-Louis de Carnoët, dans un silence et un luxe pompéiens, élaborait les directives de ses conseils d'administration ou rêvait aux bras blancs de Milady. Et c'est cette salle de bains-là que Bénie avait élue.

Les murs de cette pièce dégageaient une énergie particulière, à la fois reposante et vivifiante. Une herse invisible arrêtait à sa porte les arias, les tracas, les impatiences. Le temps s'y suspendait, perdait ses dimensions courantes. Le plus curieux, c'est que la salle de bains avait ses têtes et n'y pénétrait pas impunément qui voulait, comme si la volonté de celui qui l'avait conçue s'exerçait encore de l'au-delà. Par exemple, aucun des enfants de Jean-Louis de Carnoët n'y était admis. Yves qui avait tenté d'y prendre une douche s'était ébouillanté. Loïc était ressorti la joue balafrée pour avoir voulu se raser devant la glace du lavabo. Et même la douce, l'innocente Charlotte qui, un jour, s'était précipitée là, prise de colique, s'était fait pincer le derrière de façon incompréhensible par le rabattant de marqueterie. Bénie se souvenait d'un couple d'amis parisiens qui avait habité l'*Hermione*, un été. On leur avait ouvert la salle de bains mais dès que le mari s'y enfermait, les appareils se détraquaient. La chasse d'eau refusait de fonctionner alors que la bonde du lavabo et celle de la baignoire refoulaient. Au contraire, quand c'était au tour de la jeune femme de faire sa toilette, aucun incident ne se produisait. L'endroit choisissait aussi ses servantes. Il avait, une fois pour toutes, banni Laurencia, lui dépêchant, sur le seuil même, une énorme guêpe venue d'on ne sait où et qui l'avait attaquée en vol piqué. Mais il tolérait tout à fait l'Indienne Fifine qui, sans dommage, faisait onduler son joli corps voilé d'un sari orange, en astiquant les dalles de basalte, une demi-noix de coco coincée sous son pied nu en guise de brosse. C'est pourquoi personne n'osait profaner le sacro-saint *buen retiro* de Jean-Louis de Carnoët. Même sa femme, qui haussait les épaules quand on lui disait que la salle de bains était hantée, se gardait bien d'y mettre les pieds.

Personne, sauf Bénie, nouvelle héritière de l'*Hermione*. Elle y est admise. Il semble même que les mânes grand-paternelles ne sont pas mécontentes de cette intrusion. Elles n'ont pas bronché lorsqu'elle y a posé ses boîtes de maquillage, ses parfums et tout son fourbi de jeune femme coquette. Pour elle, la douche reste tempérée et inoffensif le couvercle des cabinets. Elles acceptent même qu'elle utilise les rasoirs anglais, un pour chaque jour de la semaine, pour se raser les jambes et même la pierre d'alun dont l'emballage s'orne d'un bel homme à moustaches et d'une femme enchignonnée qui lui dit d'un air benêt : « *O, mon ami, que votre barbe est douce, aujourd'hui.* » Elle peut même se servir des instruments de manucure à manches d'argent marqués au chiffre de Jean-Louis et de ses belles serviettes de lin damassé. Mieux, elles ont souri lorsque Bénie a été dépendre du salon le portrait de ce grand-père qu'elle n'a jamais connu, celui dont on lui disait qu'il avait un faible pour la montagne, pour l'accrocher dans cette salle de bains qu'il a tant aimée.

Et, quand elle repose voluptueusement dans la grande baignoire, dite « Écossaise » au soleil venu de la baie vitrée, Jean-Louis de Carnoët, dans son cadre d'ébène, n'a plus cet air bougon qu'il prend au salon. Au contraire, son regard, peint selon une technique particulière, la suit, débonnaire, à travers la pièce tandis que, sur les murs, les paons venus de France n'en finissent pas de faire la roue en l'honneur de ces deux Carnoët qu'unit une connivence certaine.

IL y avait eu une séance très ennuyeuse chez le notaire de la famille au Port-Louis où Bénie devait signer des papiers, puisqu'elle était absente à l'ouverture du testament, personne n'ayant soupçonné qu'elle ferait partie des légataires. Les enfants de Françoise de Carnoët étaient presque tous là, le gros Erwan venu de Rhodésie pour la circonstance, les jumeaux, Charlotte et Hervé, l'innocent curé de la Réunion qui s'obstinait à porter soutane malgré la nouvelle mode lancée par le Vatican. Manquait Eda qui avait envoyé une procuration de son couvent de Pithiviers et Yves, bien sûr, le père de Bénie.

Toutes ces grandes personnes regardaient Bénie comme un enfant à qui l'on vient de faire un cadeau qui n'est pas de son âge, sauf, peut-être, les jumeaux, égarés dans leurs nuages mentaux. Maître Torfou lui-même semblait considérer cette jeune Bénédicte comme une incongruité dans son étude. Il avait relu le testament et Bénie avait appris, ce jour-là, que l'*Hermione* ne constituait pas sa seule part d'héritage ; lui revenait aussi une partie des actions de la Simpson dont son oncle Loïc était le président et qui constituait un capital appréciable et inespéré.

C'est alors que maître Torfou, qui ne pouvait s'empêcher de rougir chaque fois qu'il s'adressait à cette jeune fille vraiment court-vêtue, lui avait expliqué le choix qui s'offrait à elle : ou bien vendre ses actions, aux autres Carnoët de préférence pour ne pas mettre en péril leur majorité dans le *holding* ou bien, ce qui serait encore mieux, « si je puis me permettre » (maître Torfou prononçait cette phrase à tout bout de champ), de laisser ses actions dans l'affaire, ce qu'avaient choisi les autres Carnoët, à la gestion compétente (petit salut en direction de Loïc) de l'oncle-président qui lui verserait des dividendes, constituant une rente confortable. Oui, s'il pouvait se permettre de lui donner un conseil, cette solution était celle qui lui paraissait la meilleure. (Et tous les Carnoët d'opiner.) A condition, bien entendu, que Mlle de Carnoët ait une entière confiance en l'homme d'affaires émérite (re-salut en direction de Loïc) qu'était son oncle.

Et Bénie, qui se voyait mal en train de discuter les décisions de la Simpson au milieu des vieux crabes qui en constituaient les chargés de pouvoir, Bénie, qui n'avait retenu dans tout ce fatras que les mots « rentes confortables », Bénie avait accepté de laisser gérer ses parts de la Simpson par Loïc, ce qui avait nettement détendu l'atmosphère.

— Si je peux me permettre, avait conclu maître Torfou, permettez-moi de vous féliciter.

Le soir même, elle n'avait pu couper au dîner qui réunissait les Carnoët, chez Loïc et Thérèse. La présence de Vivian compenserait heureusement celle de sa tante. Maureen, invitée elle aussi — on n'avait pu faire autrement —, s'était excusée.

Si le don de l'*Hermione* fait par Mme de Carnoët à sa petite-fille avait surpris la famille, il avait franchement irrité Thérèse de Carnoët qui, bien qu'étant une « pièce rapportée », comme ne se privait pas de le lui rappeler son mari, se sentait vilainement dépossédée par cette volonté de feu sa belle-mère. Mais comme elle ne pouvait rien là contre, elle avait décidé d'affronter Bénie en douceur. Elle avait son plan. Cette nièce qui, finalement, vivait davantage en France qu'à Maurice et qui manifestait en toute chose une insouciance que, pour sa part, elle avait toujours jugée proche de l'écervelage, Bénie, donc, n'avait peut-être pas l'intention de garder l'*Hermione* dont l'entretien nécessitait une présence permanente. Il y aurait donc là un moyen de récupérer ce domaine côtier qu'elle, Thérèse, avait toujours eu envie de gouverner. Ce magnifique campement des Carnoët, de par son emplacement historique, faisait un peu figure de château dans l'île, ce qui était tout de même plus gratifiant que la maison neuve qu'avait fait construire Loïc à flanc de montagne. Puisque, de toute façon, il lui refuserait toujours ce qui était son plus cher désir : habiter l'une des maisons cossues de Floréal, dans la banlieue résidentielle de Curepipe, ce qui passait pour le comble du chic, puisqu'elle était condamnée à Rivière Noire, sur cette côte ouest dépourvue de collèges et de Prisunic, autant valait habiter l'*Hermione*. Puisque Bénie avait eu la docilité surprenante de laisser Loïc gérer ses actions, peut-être accepterait-elle aussi de le laisser s'occuper de l'*Hermione*. Il ne resterait plus qu'à convaincre Loïc de déménager et d'engager des frais pour restaurer la vieille maison. Ce ne serait pas commode, mais, au besoin, elle en ferait une maladie. En attendant, le premier obstacle à vaincre, c'était cette petite peste.

Elle avait donc attaqué entre les camarons et le cerf braisé :

— Alors, ma petite chérie, te voilà propriétaire...

Bénie, alertée par ce « chérie », si incongru dans la bouche de sa tante s'adressant à elle, avait dressé l'oreille. Mais l'autre avait continué, tout miel, tout guimauve, copine comme pas une, presque chaleureuse.

— Qu'est-ce que tu vas faire d'une grande baraque comme ça ?

— Je ne sais pas encore, ma tante, avait prudemment répondu Bénie. Y vivre, sans doute.

— Y vivre ? Mais je croyais que tu voulais continuer tes études, après ton mariage...

— Mes études ne sont pas en très bonne voie, dit Bénie. De toute façon, il faut que j'en parle avec Patrick. Je ne suis pas encore décidée, vraiment, je me demande si ma vie n'est pas ici.

— Eh bien, si tu te décides à vivre à l'*Hermione*, j'aime mieux ça pour toi que pour moi. Merci bien ! Cette maison isolée avec tous ces Indiens qui rôdent autour... Remarque, je ne crois pas du tout qu'elle soit hantée comme on le raconte...

— Ah bon, dit Bénie, on raconte ça ?

— Oh, tu sais, les créoles disent n'importe quoi. Non, ce qui est beaucoup plus ennuyeux, c'est l'état de cette maison. Ta pauvre grand'mère était trop fatiguée pour entreprendre les travaux nécessaires. Tu as vu les toits ? Tu as vu le bois des fenêtres ? Tu as vu la lézarde sur le mur de la cuisine ? Il va te falloir refaire l'électricité, la plomberie... Et je ne te parle pas du jardin, la pelouse n'est plus qu'un vieux paillasson et il y a au moins dix ans que les raquettes[1] des haies n'ont pas été taillées. D'ailleurs il faudrait remplacer Laurencia et Lindsay qui sont

1. Plantes grasses épineuses dont on fait, à Maurice, des haies impénétrables.

beaucoup trop vieux pour être gardiens. Laurencia qui se croit la maîtresse de l'*Hermione* en prend à son aise, elle laisse les bonnes faire n'importe quoi ; quant à Lindsay, il passe plus de temps à vider des chopines aux Trois Bras qu'à s'occuper du jardin et c'est un très mauvais chauffeur.

Tandis qu'elle parlait, Bénie observait attentivement ce petit visage dur qui pouvait encore passer pour juvénile à distance mais qui, de près, affichait déjà son masque de vieille femme rancie par l'amertume et le manque de générosité, ces lèvres minces, en lame de couteau qui transformaient sa bouche en blessure débridée, inguérissable, ce petit nez retroussé qu'on avait dû qualifier de mutin autrefois et qui, aujourd'hui, avec ses narines apparentes, évoquait plutôt la vieille prise de courant, ce petit nez qu'elle, Bénie, avait eu l'honneur de faire éclater naguère d'un coup de poing vengeur, ce qu'elle n'évoquait jamais sans un plaisir certain. Elle détaillait la petite silhouette de guenon mal nourrie, au bréchet apparent, aux seins inexistants, épuisée par les courses à pied intensives auxquelles elle se contraignait pour suivre son mari, croyant ainsi l'empêcher d'aller courir les créoles, et les mains sèches aux jointures arthritiques, déjà tavelées des pâquerettes de cimetière de la ménopause, ces mains aux ongles de fainéante, avec les griffes trop longues laquées d'un rose éteint que la vendeuse de vernis avait dû qualifier de *distingué,* ces doigts de femme frustrée, surchargés de bagues et ces poignets où déjà la peau plissait, grelottant de fausses gourmettes Cartier copiées par le bijoutier indien du Port-Louis. Comment Vivian avait-il pu jaillir, sans s'écorcher, de cette carcasse ingrate ? Comment avait-elle pu concevoir, dans ses petites tripes avares, un ange ?

Les griffes d'un rose distingué s'agitaient sous son nez et le ton de la voix qui s'adressait à elle était d'une amabilité doucereuse bien que Thérèse ait compris que Bénie ne lui céderait pas la maison. Elle enrageait mais ne voulait pas s'avouer battue. Plutôt brûler l'*Hermione,* puisque l'*Hermione* lui échappait.

— Si j'étais à ta place, ma petite Bénie, voilà ce que je ferais : ou bien je vendrais la maison au gouvernement pour un bon prix avec ses dépendances ; le bâtiment, même tel qu'il est, peut abriter une colonie de vacances ou même on pourrait y faire un hôpital, et je demanderais gentiment à mon oncle Loïc de me céder un terrain de l'autre côté de la route pour m'y faire construire une belle, belle maison toute neuve, sous dalle, qui résisterait aux cyclones, avec tout le confort moderne, four à micro-ondes dans la cuisine, grande réserve d'eau et générateur électrique. Ou alors, je transformerais l'*Hermione* en hôtel de luxe, puisque le tourisme se développe rapidement. Cela nécessiterait des travaux, bien sûr, mais on pourrait t'aider. Un certain investissement même, car il faudrait faire creuser le lagon, trop peu profond pour y plonger ou amarrer des bateaux. A moins, bien sûr, de se contenter d'une belle piscine, qu'on pourrait creuser au bas de la pelouse, devant les filaos. On pourrait installer un *boat-house* dans la vieille poudrerie et un bar de plein air dans le kiosque des amoureux. Le terrain devant la mer serait parfait pour les barbecues ; il y a tout le bois nécessaire alentour. Tu vois ce que je veux dire, un genre de club Méditerranée en plus petit, en plus distingué, avec un ponton pour la pêche au gros, des planches à voile, des pédalos, bref, un club-hôtel de loisir. Le *Club de l'Hermione,* ça sonne bien, non ? Je suis sûre qu'il serait très vite d'une rentabilité certaine. Tu rentrerais dans ton argent. Qu'est-ce que tu en penses ?

— Ce que j'en pense, dit Bénie. C'est que, justement, ma tante, vous n'êtes pas à ma place.

Loïc trouvait que Thérèse exagérait mais il s'était tu, engourdi par cette prudente lâcheté des hommes fourvoyés dans une discussion de femelles hargneuses. Secrètement, il approuvait sa nièce, hérissée à l'idée de transformer l'*Hermione* qui avait été sa maison d'enfance en club touristique.

Si Bénie héritait de la maison et de ses meubles, Mme de Carnoët, qui connaissait son monde, avait soigneusement réglé, dans son testament, le partage de ses bijoux entre ses enfants et il y avait eu une réunion de famille à l'*Hermione* pour l'ouverture du coffre-fort qui les contenait. Moment pénible pour Bénie qui avait été la seule admise à considérer ce qu'elle appelait le trésor du coffre. Étant enfant, elle aimait y accompagner sa grand'mère lorsque celle-ci allait y choisir un bijou qu'elle désirait porter et chaque visite au coffre revêtait un caractère de solennité auquel la petite fille était sensible. C'était pour elle, l'accès à la caverne d'Ali-Baba, aux trésors enchantés de ses contes de fées.

Elles entraient toutes les deux dans le bureau de M. de Carnoët où le coffre noir, massif, occupait tout un angle. Alors commençait la cérémonie. Pour être tranquilles, on fermait la porte du bureau à clef et l'on tirait les rideaux sur les vitres de la varangue. On approchait deux sièges du coffre. L'enfant suivait attentivement les gestes qui s'imposaient pour atteindre le trésor : la courte clef ronde introduite tour à tour dans les quatre serrures que dissimulaient des couvercles pivotants. Avec une attention extrême, Mme de Carnoët faisait tourner la clef dans les serrures et l'on entendait les petits clics d'un code chiffré connu d'elle seule, un chiffre par serrure dont l'ensemble composait — on venait de l'apprendre par le testament — l'année de naissance de Jean-Louis de Carnoët : 1896. Puis, la porte épaisse tournait sur ses gonds avec un bruit de ventouse et Bénie frémissait d'excitation devant la cavité obscure qui évoquait le four et le tombeau, où le faisceau d'une lampe de poche révélait des piles de boîtes, des liasses de papiers, d'enveloppes resserrées par des élastiques et d'écrins de toutes les formes que Mme de Carnoët tirait, un à un, de l'obscurité. Assise pour être plus à son aise, Bénie appuyée à son épaule, elle ouvrait les écrins et les bijoux accumulés par plusieurs générations surgissaient du velours et du cuir.

Mme de Carnoët les portait rarement. Ce qu'elle aimait c'était leur rendre visite, les effleurer, les caresser, les ranimer un moment entre ses doigts, restituer à chacun sa valeur sentimentale, des histoires, des souvenirs heureux de tant d'anniversaires, de fêtes. Chaque bijou la rajeunissait de dix, de vingt, de cinquante ans. Elle parlait toute seule, pour Bénie mais surtout pour elle-même... « Tiens, la parure de deuil de ma grand'mère. Perles de jais montées sur or blanc. On ne plaisantait pas avec le chagrin. Pendant un an, une veuve ne devait porter que du jais... » Des fantômes de poignets fins, de cous graciles, de doigts fluets naissaient des bracelets, des colliers, des bagues. « Tiens, les pendants d'oreilles en perles-poires de Jeanne, ma mère... Tiens, la montre-oignon de ton grand-père Hauterive, écoute, elle sonne... Mon Dieu, je ne peux plus enfiler ma bague de fiançailles qu'au petit doigt, tu te rends compte !... Et ça, c'est le collier de saphirs et de diamants que ton grand-père de Carnoët m'a rapporté un jour du Sud-Afrique où il était resté plus longtemps que prévu, pour ses affaires. Un cadeau si important, si déraisonnable que je me suis demandé immédiatement de quel remords il résultait... Ton grand-père ne jetait pas l'argent par les fenêtres... Pas vraiment ladre, non, mais économe. Un homme qui n'avait pas l'habitude de faire des cadeaux aussi beaux en dehors d'une occasion précise. Je n'oublierai jamais l'air qu'il avait pris en me tendant cet écrin-là : un chien qui a volé un jambon. Tss ! Ce collier, je ne l'ai presque jamais porté. Je ne l'aime pas beaucoup... Tiens, ça, c'est ma bague casse-tête, 1940, la mode des grosses, lourdes chevalières. Jean-Louis m'avait fait faire celle-ci au Port-Louis. Je la portais à la main droite et figure-toi, Bénie, qu'un jour, j'ai à moitié assommé ton oncle Loïc qui s'était montré particulièrement odieux. La claque est partie toute seule. Je n'avais plus pensé à ma bague et le pauvre enfant, atteint à la tempe, en a été tout étourdi, avec un bleu qui a duré au moins huit jours. J'en étais désespérée, tu imagines ! En plus, l'insupportable gamin, quand on lui demandait ce qu'il avait sur le coin du front, répondait d'un air dolent et ravi : ce n'est rien, c'est maman qui m'a cogné. J'avais honte ! Je n'ai plus jamais tapé sur les garçons, même quand ils étaient insupportables. Pas besoin. Je retirais simplement ma bague et ils comprenaient que ça allait chauffer. Attention, maman retire sa bague ! Et le calme revenait instantanément... Oh, ça, regarde, ces trois rubis montés en marquise avec le bracelet assorti, c'est l'humour de ma mère. J'étais très coléreuse quand j'étais jeune et, un jour, de rage, j'ai jeté à terre un vase en porcelaine de Chine qui a volé en éclats. Ma mère n'a rien dit mais, pour mon anniversaire suivant, elle m'a offert ces rubis qui ont, dit-on la propriété de calmer les coléreux... Ça, c'est le petit solitaire de mes trente ans. Il n'est pas gros mais je l'ai beaucoup aimé et beaucoup porté, regarde, l'anneau est tout usé... Non, Bénie, je ne peux pas te le donner. Une jeune fille ne porte pas de diamants. Mais, tiens, dès que tu auras résolu, enfin, de ne plus ronger tes ongles, je te donnerai celle-ci — où est-elle fourrée ? ah, la voilà —, cette petite perle fine qu'on m'a offerte pour le bal de mes dix-huit ans. J'avais une robe d'organdi blanc avec une ceinture de velours gros bleu et un rang de petites roses artificielles tressées dans ma longue natte. C'était ravissant. »

Et voilà. La magie des bijoux avait disparu avec Mme de Carnoët. Ils étaient tous posés en vrac sur la table, certains dans les écrins ouverts, les autres répandus en petits tas, ici les plus précieux, là ceux qui ne valaient pas grand-chose. Des bijoux sans âme, des bijoux tout nus et qui semblaient frileux. On ne leur parlait plus, on les estimait, on les soupesait. Erwan de Carnoët, un œilleton grossissant enfoncé sous le sourcil, cherchait les poinçons. Le charme des bijoux était rompu et Bénie ne reconnaissait pas dans cette joncaille entassée l'étincelant trésor qui avait fait rêver son enfance. Elle avait envie de les ramasser, sous le nez de sa famille et de les jeter pêle-mêle dans l'oubli noir du coffre. Mais de quoi ne l'aurait-on pas accusée !

Le tri avait commencé. Le testament était formel : à chacun des enfants Carnoët revenait, d'abord, le bijou que, traditionnellement, Jean-Louis avait offert à sa femme, à chaque naissance.

Cette fois-là encore, Thérèse s'était montrée odieuse. Non seulement elle avait enfoui dans son sac le pendentif de Lalique attribué à son mari avec une précipitation qui avait sidéré l'assistance mais encore elle s'était permis de s'étonner que Mme de Carnoët eût attribué à Bénie, en plus de la broche (émail bleu et diamant central en forme de cœur percé d'une flèche, le tout bordé d'un rang de perles, une petite merveille fin XVIIIe), la jolie montre de Fabergé, ornée de rubis, qui aurait dû revenir à l'aînée des Carnoët, l'autre Bénédicte, celle qui s'était noyée. Logiquement, disait-elle, ce bijou devenait revenir à Loïc, second des enfants Carnoët, c'est-à-dire à elle. Mais c'était impossible, Mme de Carnoët ayant pris soin de préciser que la montre était destinée à Bénie. Thérèse étouffait de rage, en constatant que Bénie, profitant sournoisement de l'attention générale fixée sur les bijoux, la narguait en promenant insolemment son index sous son menton.

Thérèse pianotait nerveusement du bout des doigts à chaque attribution, estimant du regard le poids du bracelet étrusque en or avec scarabée de cornaline que porterait sa belle-sœur, femme d'Erwan, l'orient des perles qui revenaient aux jumeaux ou la taille du diamant en goutte d'eau monté sur platine d'Éda. Qu'est-ce que cette bonne sœur allait bien pouvoir en faire ?

Elle était devenue hystérique lorsqu'un écrin de cuir gris avait libéré l'étincelant collier de saphirs et de diamants dont Mme de Carnoët avait précisé dans son testament — et sûrement non sans malice — que ce bijou unique étant indivisible, elle laissait à l'équité de ses héritiers le soin de son attribution à l'un ou l'autre, à charge pour celui-ci de dédommager les autres par la somme convenable, après expertise.

La main avide de Thérèse s'était posée sur le collier. Elle était en transe, les yeux fixes, luisants, les lèvres sèches, les pommettes de ses joues envahies d'une soudaine couperose. Ce collier, elle le voulait et elle allait le faire expertiser, si personne n'y voyait d'inconvénient. Elle en paierait la contrepartie, n'est-ce pas, Loïc ?

Mais elle n'avait pas eu le temps d'enfouir le collier dans son sac. Une main d'acier s'était abattue sur son poignet, celle de sa belle-sœur, Marjorie de Carnoët, née Diamond, épouse d'Erwan, dont on n'avait pas entendu, jusque-là, le son de la voix. L'entêtée Marjorie le voulait, elle aussi, ce collier. Dans un français rocailleux, elle expliqua que son père étant courtier en pierres précieuses à Johannesburg, elle aurait toute facilité pour l'expertise et c'est elle qui paierait le dédommagement, n'est-ce pas, Erwan ? Et elle maintenait fermement le poignet de Thérèse dont les doigts gonflaient sous la pression, une Thérèse qui ne se contrôlait plus et appelait son mari à l'aide.

Mais Loïc avait croisé le regard de son frère Erwan, un regard déterminé à donner à Marjorie ce qu'elle voulait. Et Loïc qui n'avait pas très bonne conscience en ce qui concernait certain partage de bénéfices où Erwan, vraiment, avait été désavantagé, Loïc eut, de la main, un vague geste de boursier dont la signification était sans équivoque : OK, c'est pour toi.

— Laisse ce collier à Marjorie, dit-il sèchement à Thérèse.

Et, tandis que celle-ci repoussait rageusement le bijou, que Marjorie, triomphante, le rangeait dans son écrin, Bénie aperçut, appuyée contre la porte qui donnait sous la varangue, la silhouette de sa grand'mère, secouée par un fou rire qui faisait trembler ses épaules. Du doigt, elle désignait Thérèse et son rire était tel qu'elle en avait les yeux mouillés.

Et, parce que le fou rire est communicatif, Bénie, à son tour, éclata de rire, les yeux tournés vers la porte où tous les regards de l'assistance convergèrent aussitôt pour voir ce qui motivait cette explosion. Mais personne autre que Bénie ne put apercevoir la grand'mère qui se tordait de rire. Et Bénie se retrouva soudain environnée de regards sévères qui augmentèrent encore son incompréhensible, sa choquante hilarité. Seule, Charlotte de Carnoët considérait sa nièce d'un air bonasse. Le rire de Bénie avait amené un sourire sur ses lèvres. Il était possible qu'elle eût, elle aussi, aperçu sa mère qui riait aux larmes près de la porte. Avec Charlotte, on pouvait s'attendre à tout.

BÉNIE a quitté l'*Hermione*, de bonne heure, pour aller faire sa provision de légumes et d'épicerie à Curepipe. Les légumes sont plus beaux au marché du Port-Louis mais elle n'a pas eu le courage d'affronter la chaleur écrasante du port, le grouillement et la puanteur du Bazar. Il y a des jours comme ça où Port-Louis est insupportable. A Curepipe, au moins, il fait frais.

Dans la vieille 4 L si commode pour entasser les provisions, elle fonce sur la route de Quatre Bornes, indifférente, ce matin, à la beauté des Trois Mamelles qui se dressent dans un ciel transparent, à l'éclat des bougainvillées et des fleurs de cassia qui bordent la route. Même pas un regard, au passage, sur le massif de brèdes-songes qui prospèrent, les pieds dans la rivière des Remparts, au rond-point de Palma.

Bénie est de mauvaise humeur. Bénie, mal réveillée, grogne et s'irrite à cause des camions et des cars qui rament dans la montée, sur la route trop étroite pour doubler les mastodontes, ce qui contraint à les suivre au pas et à l'aveuglette à cause des lourds pets de fumée noire qui sortent des pots d'échappement et obligent, malgré la chaleur, à fermer les vitres pour ne pas mourir raide asphyxiée. Elle râle contre les cars qui stoppent brutalement, sans prévenir, contre le danger des fossés profonds, sans parapets, le grouillement humain des villages et les mille dangers imprévisibles qui font de vingt kilomètres une expédition fatigante.

Elle râle surtout, Bénie, parce que Noël approche et qu'elle pense sans le moindre plaisir à l'absorption massive de dindes surgelées qui l'attend. Ces dindes, importées de France, constituent une sorte de cauchemar alimentaire annuel, à cause des nombreuses invitations familiales auxquelles il est difficile de se dérober dans la petite société des Francos. Depuis que les avions rapides se posent à Maurice, chaque famille s'oblige à composer, pour la semaine de Noël, un nostalgique repas français, ce qui est une façon d'affirmer ses origines et de se rassembler. Le menu est invariable, d'une maison à l'autre : gratin de cœurs de palmier — seule concession indigène —, dinde et bûche aux marrons. Au Prisunic de Curepipe, le rayon des surgelés est transformé en morgue volaillère, avec des amas de dindes monstrueuses, à qui la nourriture hormonée a donné des cuisses d'enfant de deux ans dans un pays surdéveloppé. Dans les pâtisseries, les chromos crémeux que sont les bûches de Noël locales résistent difficilement aux trente degrés de l'été austral. Malgré la climatisation et les ventilateurs, les feuilles de houx en pâte d'amande s'effondrent dans les friselis mous, roses, de la crème anglaise.

C'est Noël. Jusque dans les moindres échoppes, les vitrines affichent des *Merry Christmas!* peints en blanc sur les vitres auxquels succéderont des *Happy New Year!* avec des flocons de coton collés alentour pour faire neige. Cette neige mythique que la plupart des Mauriciens n'ont jamais vue se multiplie aussi par bombes chimiques dont on asperge les malheureux filaos ravagés pour la circonstance et qui servent de substituts aux sapins de la vieille Europe. Même les enfants indiens et les petits Chinois arrachent aux filaos des branches plus grandes qu'eux et qu'ils remorquent à la traîne sur le sable brûlant des plages pour aller faire Christmas, quelque part.

Pendant huit jours, l'île s'agite comme une fourmilière en folie ; c'est la ruée sur les cadeaux et la boustifaille. Partout, dans la rue, dans les magasins, des haut-parleurs diffusent, trop fort, des chants de Noël qui se déversent en graillonnant sur les éventaires de jouets et de pétards étalés sur les trottoirs. Dans les boutiques plus *smart,* on nage dans le papier à fleurs et le bolduc frisé en coques des emballages de fête. Une pluie de boules scintillantes et de paillettes s'abat sur l'île.

Le centre de cet énervement de consommation, c'est Curepipe. La ville perchée sur la montagne, la ville résidentielle des Blancs, la ville fraîche couronnée de nuages, assise dans la verdure, la bourgade commerçante avec ses banques, ses magasins de confection et de souvenirs pour touristes, abrités sous des arcades pour se protéger d'une pluie quasiment perpétuelle, Curepipe est devenue, sans conteste, la ville la plus laide de tout l'hémisphère sud. C'est pourquoi elle ne figure jamais sur les dépliants touristiques.

Ravagées par les cyclones, les belles maisons d'autrefois y ont été remplacées, peu à peu, par des immeubles, amas de béton catastrophiques dont les étages supérieurs, en surplomb, abritent les boutiques des rez-de-chaussée qui ne sont souvent que des hangars aménagés, des entrepôts de marchandises entassées, défendues contre les voleurs par d'énormes grilles de fer. Entre les immeubles subsistent des terrains vagues, dépôts d'ordures ou emplacements de maisons démolies dont une végétation sauvage recouvre les ruines. Et tout cela donne l'impression d'une ville reconstruite à la diable, sans ordonnance, au gré des besoins, mal finie et qui se délabre déjà.

Au centre du bourg, en face de ce qui reste d'un bel hôtel de ville de style colonial, un architecte fou a remplacé le vieux marché par une verrue de béton hérissée de manchons d'aération en troncs de cylindre, bariolés par la publicité d'une marque de peinture. Les trottoirs de basalte, défoncés, boueux, de hauteurs inégales, sont bordés de caniveaux, d'égouts ouverts, traîtres aux distraits.

Pourtant, le béton accumulé n'a pas réussi à étouffer complètement le charme de ce grand marché asiatique qu'est Curepipe. Entre les affreux immeubles subsistent des maisonnettes de bois, à toits de bardeaux souvent remplacés par des tôles fixées sous d'énormes pierres. Rendues anachroniques par les nouvelles constructions, elles demeurent gracieuses dans leur délabrement. Elles abritent, le plus souvent, des familles entières de commerçants chinois, canfouinés dans les minuscules échoppes bourrées à craquer de vivres, de quincaillerie, de vêtements, d'objets les plus divers entassés dans les rayonnages, les vitrines, ou suspendus au plafond, le tout dans des relents d'épices, de brillantine, d'encens, et de toile de jute.

C'est la naphtaline et le camphre qui dominent dans les magasins de tissus indiens, plus spacieux dans les nouveaux rez-de-chaussée bétonnés, où s'alignent d'énormes rouleaux de soieries multicolores, brochées, brodées à la machine, pailletées, lamées, destinées aux saris.

Curepipe est un festival d'odeurs. Aux abords du marché, c'est la coriandre, le *cotomili* des Indiens et l'oignon qui dominent les parfums douceâtres des fruits. A midi, le curry et le safran jaune curcuma envahissent les rues avec de grandes bouffées de friture échappées des petites charrettes des cuisiniers ambulants, des marchands de gâteaux-piment vendus, brûlants, dans des cornets de papier journal, de soupes chinoises distribuées à la louche ou de *dohl puri,* goûteuses crêpes indiennes faites de farine de lentilles jaunes et farcies de légumes pimentés, que les chalands avalent debout, en s'échaudant les doigts, en guise de déjeuner. Plus loin, d'autres marchands ambulants étalent à même le trottoir des pyramides de leechies vendus à la pièce et dont les marchands comptent les fruits à toute vitesse en tenant la branche haut perchée, des paniers de mangues, de papayes et d'ananas épluchés au sabre.

Et là, en plein grouillement, carré, le béton crépi de blanc, le temple de la consommation blanche, la caverne d'Ali-Baba des exportations de Londres, de Paris, de Sydney ou de Johannesburg, le point de rencontre favori de la population européenne de Maurice, l'épicentre, le nid des commérages, des cancans, des piapias, le creuset des vanités et des indiscrétions, le dernier-salon-où-l'on-cause, le PRISUNIC où le camembert a valeur de caviar, où la nostalgie est véhiculée par les sardines en boîte, venues de Douarnenez ou de Concarneau pour faire trembler le cœur des Bretons de l'océan Indien.

Mais ce n'est pas pour acheter des sardines de Concarneau que Bénie s'est levée si tôt en ce matin de décembre, qu'elle s'énerve, à présent, dans une file de voitures qui grimpent, au pas, la côte de Floréal. Passe encore pour les légumes introuvables à Rivière Noire mais quelle idée d'aller acheter de l'épicerie à la veille de Noël, alors que les placards de l'*Hermione* sont encore remplis des provisions faites par Mme de Carnoët et que jamais Bénie, jusqu'à présent, ne s'est préoccupée de l'intendance. Vivian dirait qu'elle joue à la ti'dam'[1]. La voilà découragée. Après s'être donné tant de mal pour parvenir aux abords de Curepipe, elle n'a plus qu'une envie : fuir le bruit, les fumées, la poussière et la chaleur

1. Petite dame.

insupportable de cette voiture sans climatisation. Tant pis pour les légumes et l'épicerie, elle va rebrousser chemin et rentrer à l'*Hermione*. Mais à peine a-t-elle pris cette décision que tout se ligue, autour d'elle, pour l'empêcher de la mettre à exécution. Les voitures se resserrent autour de la sienne et le flot l'emporte jusqu'aux premières maisons de Curepipe, comme s'il était impératif qu'elle s'y rende. Depuis les premières lueurs de l'aube, elle s'est sentie attirée par Curepipe comme une aiguille par un aimant. Le soleil glissait à peine de la mer qu'ouvrant les yeux, sa première pensée a été : Curepipe. Et cette envie inexplicable, urgente n'a fait que croître et embellir tandis que Laurencia versait dans sa tasse le grand souchong de son petit déjeuner.

Bizarre car, ce matin même, elle avait rendez-vous sur la plage de Flic en Flac avec Vivian et Stéphane Guilloteau pour aller pêcher au-delà de la barre et pique-niquer sur l'île des Bénitiers. Ces sorties au large avec Stéphane et Vivian, c'est tout ce qu'elle aime. Stéphane, ce fou de la mer, est l'un des meilleurs plongeurs de l'île et un fin pêcheur. Il passe sa vie à inventer des ancres et des lignes de pêche perfectionnées. A Flic en Flac, il a même construit, tout seul, la grande pirogue à voile dont il se sert pour aller à la pêche. Souvent, elle est allée, par plaisir, regarder le jeune homme assembler ses planches, retrouvant dans ses gestes ceux d'Yves, son père, la même façon de caresser le bois du plat de la paume pour en éprouver le poli ou de chantonner, la bouche pleine de clous.

A force de les explorer, Stéphane connaît comme personne les fonds de Maurice avec leurs méandres et leurs épaves, si nombreuses à cause de tous les bateaux qui se sont fracassés sur la ceinture coralienne de l'île. Stéphane tire son pain quotidien de cet océan qui lui est aussi familier que son jardin. Il donne des leçons de plongée aux touristes d'un grand hôtel avoisinant et, à ses heures perdues, pêche des poissons rares destinés à des aquariums de collectionneurs européens. Il a appris à plonger à Vivian et lui a communiqué sa passion sous-marine.

Bénie, trop claustrophobe, malgré sa curiosité, pour s'enfoncer sous l'eau a toujours refusé de les suivre en plongée mais elle les accompagne en mer, les aide à enfiler leurs combinaisons de caoutchouc, leurs bouteilles d'oxygène et les attend dans le bateau ancré, repérant sur la mer les bulles qui signalent leur présence, inquiète lorsque leur disparition se prolonge. Elle retrouve instinctivement le geste de ses aïeules bretonnes plantées au bout des môles, la main en visière au-dessus des yeux, une prière à fleur de lèvres, guettant dans la brume l'apparition d'un bateau.

Elle est avide de leurs récits, quand Vivian et Stéphane remontent à bord, la plaignant de ne pas avoir vu ce qu'ils ont vu : une grotte haute et voûtée comme une cathédrale avec des colonies de langoustes dans les chapiteaux, des algues-fleurs aux couleurs étonnantes, gorgones rouges ou actinies irisées, mi-animales, mi-végétales. Stéphane qui, en surface, est plutôt réservé, devient expansif, sous l'eau. Il a des entretiens chaleureux avec des créatures sous-marines tout à fait imprévues. Vivian assure qu'il l'a vu danser avec une rascasse volante, que les coryphènes dorées, les voiliers porte-épée, les poissons-coffre et même les espadons s'empressent à sa rencontre. Il a même des échanges très amicaux avec un vieux requin-tigre qui remonte de ses profondeurs en se dandinant de plaisir dès qu'il le voit, pour venir cueillir, à la bouche même de Stéphane, le poisson qu'il lui a promis, la veille. C'est un numéro qu'il a mis au point pour époustoufler les touristes.

Sous l'eau, au large de Flic en Flac, Stéphane n'a que deux ennemis personnels : une certaine murène verte, surnommée la Salope qui, un jour lui a épluché une main et un poisson-pierre perfide et sournois, déguisé en vulgaire caillou mais qui n'a qu'une envie : lui planter encore une fois ses treize dards empoisonnés dans la plante des pieds. Stéphane est fasciné par ces deux malfaisants et ne manque jamais, à chaque plongée, d'aller les narguer.

A chaque remontée des deux garçons, leur récit est différent. Tandis qu'ils se défont de leurs peaux de caoutchouc, rangent les bouteilles au fond du bateau et ouvrent des boîtes de bière, tandis que le bateau glisse avec ses lignes de traîne bien tendues vers l'île des Bénitiers, Bénie, allongée sur le roof, les épaules et le dos mordillés par le soleil, écoute ses plongeurs lui décrire des canons moussus arrachés de quelque frégate anglaise il y a deux siècles et qui reposent par trente mètres de fond.

A midi, quand la faim se fait sentir, Stéphane scrute la mer, s'aligne sur de mystérieux repères qu'il est seul à voir, mouille l'ancre, déclare qu'il va « au marché », enfile sa ceinture de plomb, ses bouteilles, ses palmes, se laisse couler dans la mer et resurgit un moment après avec trois langoustes de contrebande qu'on ira faire griller sur un curieux rocher volcanique, surgi dans le lagon en forme de champignon, il y a peut-être des millions d'années et qui possède un creux fait exprès pour la grille et le charbon de bois. C'est le bonheur.

Ce bonheur, Bénie n'arrive pas à comprendre ce qui l'a poussée, aujourd'hui à le mépriser, à manquer le rendez-vous de Flic en Flac. Elle l'a oublié. Bloquée au premier feu rouge de Curepipe, elle pense avec regret aux deux garçons qui, en ce moment même, doivent l'attendre, là-bas, sur la plage. Elle imagine Vivian, agacé, scrutant le chemin par où elle doit venir, tandis que Stéphane, de l'eau jusqu'aux cuisses, tient en laisse par une amarre, le bateau qui tressaute d'impatience à chaque vague. Poser des lapins, cela ne ressemble guère à Bénie surtout quand il s'agit d'un plaisir et Vivian passe de l'agacement à l'inquiétude. Il s'assoit sur le sable, allume une cigarette, interroge Stéphane du regard. « Qu'est-ce qu'on fait ? On l'attend ? » On l'attend.

Bénie a fini par garer sa voiture dans le parking, près du Prisunic, après avoir tourné trois fois autour du marché. Elle esquive le clodo-gardien qui prétend défendre les voitures en stationnement contre les voleurs dont il est vraisemblablement l'indicateur. Il joue au flic, dirige les manœuvres, se précipite pour aider les gens à enfourner les provisions dans les coffres, empoche les pourboires sans dire merci et retourne gratter ses poux à l'ombre, le dos appuyé contre le mur.

Stéphane et Vivian, lassés d'attendre, ont poussé le bateau dans les vagues, mis le moteur en marche et s'éloignent vers la passe.

Bénie regarde sa montre. Qu'ils ne l'attendent plus soulage sa conscience. Dans cinq minutes, elle le sait, les deux garçons occupés à vérifier leurs bouteilles, à nouer leurs hameçons, à border le foc, l'auront oubliée.

A l'intérieur du Prisunic, Noël se déchaîne furieusement. Un grand pavois de guirlandes scintillantes et de boules de plastique multicolores traverse le plafond en diagonale. Le crépitement des caisses se mêle à des carillons et des chants de Noël dont les cassettes usées distordent les sons, s'ajoutent à la rumeur de la foule en un vacarme assourdissant. Des enfants trépignant de convoitise devant les jouets ou les sucreries, piaillent, houspillés par leurs mères. Le haut-parleur beugle entre deux chansons que du foie gras est arrivé de France pour la « Nouël ». La foule se presse déjà entre les rayons, embouteille les travées par des accrochages de caddies et des files nerveuses s'allongent aux caisses. On s'interpelle par-dessus les soutiens-gorge ou les brosses à dents : « Hello, Gladys ! Hello Jean-Marc ! On se retrouve au campement ? »

Bénie se cogne à Virginie de Luneretz et à sa mère, suivies de leur bonne qui pousse un caddy bourré de conserves françaises, de surgelés, de bouteilles de vin et de sucreries en tous genres, le tout sommé d'une quantité impressionnante de rouleaux de papier à cabinets parfumé à la violette.

La présence des Luneretz mère ou filles produit toujours chez Bénie un instantané besoin de provocation. Leur bêtise, leur snobisme, leur affectation de bon ton est un défi auquel elle s'efforce de répondre par une quintessence de vulgarité. Cette fois, elle lorgne les rouleaux de papier hygiénique et affecte l'étonnement :

— Eh bien, la tripe fonctionne bien, chez vous, à ce que je vois ! C'est la provision pour les fêtes ?

Virginie pouffe en jetant un coup d'œil circulaire pour s'assurer que, tout de même, personne n'a entendu. Mme de Luneretz qui déteste Bénie, a haussé les épaules et fonce vers la caisse, en faisant signe à sa fille, qu'elle appelle Choupette, de la rejoindre.

Mais Choupette que Bénie fascine depuis l'école, s'attarde.

— Tu viens à Vacoa, ce soir, chez mes cousins Durand de Saint-Prompt ? Il y aura un orchestre gé-nial et des Français hyper-branchés que Viviane a connus à Paris. Tu as reçu l'invitation ?

Bénie fait la sourde.

— Chez les quoi ?

Vingt fois, cent fois, elle a expliqué à cette idiote que ses cousins Durand ne sont pas plus « de Saint-Prompt » que sa bonne Laurencia n'est « de la Rivière Noire ». Ce qui n'est même pas une bonne comparaison puisque le nom de jeune fille de Laurencia, son nom de famille est Reine-de-Carthage, ce qui est tout de même mieux que Durand et Saint-Prompt réunis. Il n'est que d'entendre Laurencia, épouse Runjeet, préciser fièrement qu'elle est née Reine-de-Carthage (elle prononce Cartaze), son père, Auguste Reine-de-Carthage, natif de Case Noyale, ayant convolé en justes noces, dans les années 25, avec une demoiselle Zorah Rajabally de Mahébourg. Et si Laurencia, qui serait bien incapable de situer la célèbre ville méditerranéenne, prend des airs de reine Didon pour se targuer de son ascendance paternelle, c'est parce que le sens de l'aristocratie ne manque pas aux arrière-petites-filles d'esclaves qui savent très bien, elles aussi, discerner les torchons des serviettes.

Laurencia qui professe un respect tout relatif pour sa grosse vieille maman qui passe ses journées à s'éventer en rotant devant sa case de Tamarin, Laurencia laisse entendre que celle-ci a eu bien de la chance de se marier avec un Reine-de-Carthage, famille métisse honorablement connue dans l'Ouest et tout ce qu'il y a de plus catholique, quand on n'est qu'une Rajabally, c'est-à-dire rien. Et quand elle dit rien, sa moue dédaigneuse laisse entendre : moins que rien. Des baise-sa-maman[1] les Rajabally ! Tous mal so'tis. Alors que chez les Reine-de-Cartaze, Bénie, tous les enfants sont bien, bien so'tis[2] ! Et si Laurencia, elle-même, est la plus mal so'tie de tous ses nombreux frères et sœurs, avec sa figure de baba coaltar et ses cheveux crêpelés, c'est aux Rajabally, cette ripopée d'Indiens malabars et de Malgaches qu'elle le doit. Sûrement pas aux Reine-de-Carthage, tellement croisés avec les « rats blancs[3] » que certains en sont encore blonds avec des cheveux bien raides. Et même des yeux bleus, ça, oui !

Pour en revenir aux Durand, de Saint-Prompt ou pas, ce n'est pas demain la veille que Bénie ira se commettre chez ces gens, elle ne l'envoie pas dire à Choupette.

— Je ne les supporte pas, figure-toi. Il n'y a pas plus snob, plus bête que Viviane et Didi Durand. Et les enfants sont encore pires

1. Expression de mépris créole.

2. Dans le langage populaire de Maurice, un métis dont la peau est plus blanche que noire est dit bien sorti, et mal sorti, si sa peau est plus noire que blanche.

3. Nom donné par les métis aux Blancs.

que les parents ! Je ne comprends vraiment pas ce que tu leur trouves d'intéressant.

— Ce sont mes cousins, dit Choupette, un peu vexée.

— Ma pauvre, dit Bénie, ce n'est pas ta faute...

L'air pincé de la jeune fille la met en joie et, comme on peut tout faire avaler à Choupette de Luneretz qui est affligée d'une cervelle de dodo, Bénie, diabolique, ne s'en prive pas. La voici qui prend un air penché, pathétique :

— Tu sais, dit-elle, comme j'aimais ma pauvre grand'mère...

— Oui, dit Choupette, mais je ne vois pas...

— ... elle m'a fait jurer, la dernière fois que je l'ai vue, de ne jamais, jamais, fréquenter les Durand.

— Mais pourquoi ?

— Comment, tu ne sais pas ?

— Mais quoi ?

— Tu ne sais pas d'où ils viennent, les Durand ? Tes parents ne t'en ont jamais parlé ?

— Non.

— Evidemment, dit Bénie. On ne raconte pas ces choses-là aux jeunes filles. Si je ne l'avais pas découvert moi-même, tu penses bien que ce n'est pas ma grand'mère qui m'en aurait parlé !

— Mais de quoi ? bêle Choupette qui n'en peut plus de curiosité.

— Eh bien, ma vieille, dit Bénie en pesant ses mots, le premier des Durand qui a mis le pied ici et qui venait de Lyon, a épousé, en descendant du bateau, une pute venue de Quimper. Ce qui fait que tous les Durand qui en sont descendus, sont des fils de pute. Tu me suis ?

— Pas très bien, dit Choupette, déconcertée par le ton grave avec lequel Bénie raconte cette vilaine histoire.

— Mais parce que fils de pute, petit-fils de pute, arrière-petit-fils de pute, etc., jusqu'à Didi Durand. Si tu l'observes bien, tu verras qu'il a quelque chose d'un fils de pute, cet air gelé, trop distingué...

— Tu inventes.

— Moi, inventer ? Ma pauvre fille, c'est écrit noir sur blanc dans le cahier du vieux Carnoët qu'on a à la maison. Ils étaient sur le même bateau, ce Carnoët et lui. Des mois ils ont mis pour arriver alors, forcément, il a eu le temps de le connaître. Et, à l'arrivée, il a tout vu, je te dis, la pute sur le quai avec des plumes partout et des bas noirs...

— Avec des plumes et des bas noirs ?

— Bien sûr. Des plumes et des bas noirs. Et les cheveux platinés. Et maquillée comme une voiture volée.

— Tu crois vraiment qu'elles étaient comme ça, les putes, dans ce temps-là ?

— Elles sont toujours comme ça, dit Bénie, péremptoire.

Choupette, sceptique, ne désarme pas.

— Et comment elle s'appelait, celle-là ?

— Attends un peu que je m'en souvienne, dit Bénie, surprise par la question et pour se donner le temps d'inventer un nom de pute tout à fait convaincant.

— Ah oui... Jocelyne. Jocelyne Quelquechose... J'y suis : Jocelyne Pétard, femme de Barnabé Durand, forgeron de son état. Tu parles, forgeron, il a vite fait fortune, avec tout ce qu'il y avait à forger au Port-Louis. Et quand il a été riche, il a ajouté Saint-Prompt à Durand pour que ça fasse mieux.

— Et tout ça est vraiment écrit dans le cahier ?

— Mais oui, je te dis. Et c'est pour ça que ma grand'mère se retournerait dans son trou si j'allais chez les Durand. Tu sais ce que c'est qu'une vieille dame morte qui ne plaisante pas avec les convenances... D'ailleurs, ce soir, je ne peux pas, dit-elle, car je suis invitée à un grand dîner chez les Reine-de-Carthage.

ENTRE le rayon de la charcuterie et celui des fromages où n'abordent que les clients copurchics, l'atmosphère tient de la sacristie et de la *party* mondaine. Enfin entre soi pour aller quérir sa mortadelle de fête. On s'embrasse, on se congratule, les rires de bonne compagnie survolent les bacs des surgelés. Bénie oblique du côté des yaourts pour ne pas avoir à traverser l'assemblée où elle a reconnu, de loin, des cousins et des amies de classe, afin d'échapper aux condoléances et aux questions qu'on ne manquerait pas de lui poser. Alors, Bénie, l'*Hermione* ? Ton fiancé ? Tes études ? Ta vie ?

Évidemment, elle a oublié la liste des achats qu'elle se proposait de faire. Une liste ! La tête de Patrick, le jour où, faisant des courses avec lui, il lui avait demandé en entrant dans le magasin : « Qu'est-ce qu'il te faut, au juste ? As-tu fais ta liste ? » Bénie l'avait regardé, ahurie. C'était bien là un propos d'homme. Est-ce qu'une femme sait précisément ce qu'elle veut en entrant dans un magasin ? Elle avait tenté de lui expliquer que le plaisir qu'on prend dans un magasin n'a rien à voir avec le fait d'y acheter ce dont on a besoin mais qu'il consiste à musarder entre les tentations multiples qu'il offre, en y cédant ici ou là, à s'y laisser séduire au passage, à satisfaire des caprices souvent modestes, nés d'une forme ou d'une couleur. Cela n'a rien à voir avec la logique d'une liste établie à l'avance et dont on raye au fur et à mesure les éléments. C'est un jeu de fantaisie propre à calmer les désarrois et les tristesses vagues qui sont les pires.

Bénie dont l'humeur est on ne peut plus fluctuante, Bénie, capable en une heure de plonger de l'allégresse dans le plus sombre désespoir et cela sans raison apparente, Bénie, habituée à ne compter que sur elle-même pour remettre sa quille à flot, Bénie est coutumière de ces déambulations solitaires dans les palais de consolation que sont les magasins. Cela remonte à un film de son enfance qui l'avait enthousiasmée. On y voyait Charlot, enfermé la nuit, dans un grand magasin livré à sa fantaisie. Quand elle imaginait le mari qu'elle aurait plus tard, la petite fille le voyait sous la forme d'une espèce de prince Charmant dont le principal attrait était qu'il fût propriétaire d'un grand, d'un gigantesque magasin où toutes les choses de la vie seraient entreposées, les utiles et les frivoles. Les frivoles surtout. Et parce qu'elle était la princesse de ce prince-là, elle serait, elle, Bénie, la maîtresse absolue de tout l'entrepôt et de sa cargaison. Le prince le lui avait assuré, le jour de leurs noces, en lui remettant solennellement la petite clef (d'or) qui lui permettrait de s'introduire, de nuit, comme Charlot, dans le magasin. Non pas pour s'approprier certains des milliers d'objets qu'il contenait et les emporter chez elle mais pour en jouir là, sur place, dans une vie parallèle tout à fait intéressante.

Évidemment, le Prisunic de Curepipe n'offre pas toutes les possibilités du grand magasin fantasmagorique de son enfance mais il peut faire office de tranquillisant, certains jours. Et Bénie est justement dans un de ces jours où la baguenauderie s'impose d'urgence.

Elle n'a pas pris de caddy à l'entrée et accumule maladroitement entre ses mains ce à quoi, aujourd'hui, elle n'a pas pu résister : un paquet de yaourts à l'acide prussique, dits aux amandes amères, des chaussures de plastique d'un bleu étourdissant, du vernis à ongles vert jade qui séchera dans sa bouteille avant qu'elle l'utilise, des piments, des œufs, un ticheurte jaune fluo qui donnerait bonne mine à un mort et de la rouge confiture de *raspberries* venue de Londres, par nostalgie subite d'un thé brûlant servi le long d'une fenêtre d'octobre obscurcie par la brume. En passant devant les jouets, elle ajoute à son chargement une poupée ficelée dans une boîte au milieu de son trousseau, des sacs de billes et un cerf-volant qu'elle destine aux petits-enfants de Laurencia qu'elle entend souvent jouer sur la plage, devant l'*Hermione*.

Maintenant, suffit. Bénie, les bras encombrés, le menton coinçant la boîte de la poupée au sommet du tas, se fraye un passage vers une caisse quand, tout à coup, merde, merde, merde, la boîte d'œufs lui échappe. Elle veut la rattraper mais un sac de billes et les yaourts suivent les œufs dont plusieurs se sont fracturés au sol, juste entre deux grands pieds immobiles chaussés de tennis blancs, marqués « Spring Sport ». Bénie se penche pour ramasser au moins les yaourts et les billes. Les pieds blancs n'ont pas bougé et le regard de Bénie remonte le long d'un pantalon de toile beige, d'une chemise blanche, d'un sourire éclatant qu'encadrent des cheveux bruns, raides humides, qui sortent depuis peu de sous une douche. Un jeune homme. Un jeune homme qu'elle ne connaît pas, qu'elle n'a jamais vu et que semble amuser beaucoup cette fille maladroite qui se trouve à ses pieds. Il rit et, sous ce rire, l'irritation de Bénie s'évapore. Tant pis pour les œufs cassés. Elle a envie tout à coup de s'asseoir carrément par terre au lieu de rester bêtement en équilibre sur ses talons et de continuer à rire avec ce type qui ne la quitte pas des yeux.

— Attendez, dit-il, je vais vous chercher un caddy.

Il s'éloigne d'un pas souple, s'efface dans la foule. Bénie s'est relevée, attend qu'il réapparaisse. Elle donnerait sa vie, pour cela. Non parce qu'elle a besoin qu'on l'aide à transporter ce fatras mais parce qu'elle veut revoir le sourire de la chemise blanche, les yeux qui pétillent, les cheveux mouillés de ce jeune homme inconnu mais dont elle est sûre, en cet instant, que c'est pour venir à sa rencontre qu'elle s'est réveillée si tôt, ce matin, qu'elle est partie pour Curepipe, oubliant son rendez-vous avec Vivian et Stéphane. C'est pour cela qu'elle n'a pas fait demi-tour sur la route, qu'elle s'est obstinée à affronter la foule de Noël et même qu'elle a perdu du temps avec Choupette de Luneretz, parce qu'elle était en avance sur l'heure du rendez-vous fixé avec cette chemise blanche, de toute éternité.

— Voilà, dit-il.

Elle ne l'a même pas vu revenir. Déjà, il charge le caddy avec les paquets qu'il range dans un carton, ramasse les yaourts et pousse du pied sous un comptoir ce qui reste des œufs. Puis, d'autorité, il se dirige vers les caisses et Bénie le suit. Elle paye ses achats, machinalement tandis que le haut-parleur annonce qu'on va casser les prix et diffuse un chœur d'anges « ... *glo-oooooooooooooo ri-a, in exelsis de-o...* » Bénie pousse son caddy et suit la chemise blanche qui se dirige vers la sortie.

Elle la suit comme elle n'a jamais suivi personne et cela ne l'étonne même pas. Elle est comme ces villageois ensorcelés de la légende allemande derrière un joueur de flûte qui les emmène à la mort. Et elle sait qu'elle est capable, à la suite de cet inconnu, de traverser la ville, les villages, les champs de canne jusqu'à la mer et, avec lui, d'y entrer, de s'y enfoncer jusqu'à ce qu'une vague ultime les efface. Bénie ne marche même pas, elle effleure le sol, en lévitation, tandis que *Petit Papa Noël* barbouille le chœur des anges. Et soudain, une envie impérieuse la saisit de revoir le visage de celui qui l'entraîne, sûr de soi, sans se retourner. Elle veut, justement, elle exige qu'il se retourne. Elle veut revoir son visage. Elle veut revoir ses yeux et sa bouche dont elle ne se souvient déjà plus. Déjà, il s'apprête à franchir la porte et Bénie, ralentie par la foule qui s'interpose entre elle et lui, Bénie se dit qu'elle va le perdre, qu'il va disparaître tout à coup, ce qui serait intolérable et, affolée, elle crie : « Attendez ! Il faut que j'achète du pain ! » Elle n'a nullement besoin de pain mais elle a saisi le premier prétexte inspiré par l'étal de la marchande de pain, à la porte du Prisunic.

Le garçon s'est arrêté net, a fait demi-tour et la rejoint. Et Bénie voit ce qu'elle voulait voir : ses yeux dont elle remarque pour la première fois que l'un est plutôt vert et l'autre plutôt bleu, les dents très blanches que son sourire découvre et la petite cicatrice qui balafre sa joue.

Ces yeux, ce sourire et l'odeur du pain ont effacé l'image du funeste joueur de flûte. Bénie reprend pied dans la réalité, désigne une baguette à la marchande mais le garçon, une fois encore, s'interpose.

— Pas celui-ci, dit-il. Le pain maison est meilleur.

Et Bénie obéit. Elle achète cinq petits pains ronds. Il a raison. Les pains mauriciens sont meilleurs que les imitations locales de pain français — le pain chic — à la mie trop blanche, trop lourde. Elle l'avait oublié.

Mais qui est-il donc, ce touriste (il n'a pas le moindre accent mauricien) qui prétend savoir mieux qu'elle ce qui est bon dans son pays ? Qui est-il, celui-là qu'elle ne connaissait pas il y a un quart d'heure et qui d'autorité porte ses provisions comme un jeune mari qui accompagne sa femme pour faire les courses de Noël et lui donne des conseils sur le pain, comme s'il devait le partager avec elle ? Le plus bizarre, c'est que, se posant ces questions, elle n'a pas vraiment envie de leur trouver des réponses. Il est là et c'est bien.

Ce qui est moins bien, c'est Laura Manière qui vient de surgir et lui fonce dessus comme un personnage maléfique dans une tragédie de Shakespeare. Laura Manière avec sa lèvre boudeuse, son grand nez pointu et ses cheveux rares où elle plante à perpétuité des lunettes de soleil en guise de serre-tête. Un bandage maintient son bras gauche en équerre. Laura Manière (les Manière de Riche en Eau, papa sucrier, maman basalte, gros-gros pal'tots, comme dirait Laurencia), Laura Manière est une jeune fille qui a dépassé la trentaine. Elle est la seule parmi ses frères et sœurs à n'être pas mariée et cela l'obsède tellement qu'elle saute à pieds joints sur tout ce qui porte pantalon pour tenter de s'en faire un mari. Ses parents, sa mère surtout, clament à tous les vents le montant d'une dot qui s'arrondit d'année en année et la traînent de bals en parties de chasse, de dîners en sauteries, dans l'espoir de se débarrasser enfin de cette fille en solde. Mais rien à faire : c'est la débandade dès qu'elle arrive quelque part, au Club de Grand Baie, dans les *parties* et même à chaque bal du Dodo où elle fait tapisserie malgré les belles robes françaises très chères qu'on fait venir pour elle de la Réunion, à cette occasion. Les Manière ferment même les yeux sur les escapades de Laura au club Méditerranée où l'on raconte qu'elle se conduit de façon in-qua-li-fia-ble. Mais là aussi elle fait chou blanc, ce qui paraît incroyable, étant donné le nombre de fiancés potentiels qui y défilent. Même le fils cadet des Robineau (les Robineau de Saint-Félix) qu'on croyait ferré, a lâché l'hameçon et s'est esbigné, ce qui est un comble, vous m'avouerez, de la part d'un garçon tout juste normal et qui parle comme s'il avait, en permanence, une demi-noix de coco en bouillie dans la bouche. Marie-Paule Manière, sa mère, en est désespérée. Elle en vient même, certains jours, à accueillir favorablement l'idée d'un gendre qui ne serait pas d'une condition sociale assortie à la leur. Pas un métis, tout de même — Dieu nous en protège ! — mais il doit sûrement y avoir parmi les Francos qu'on ne reçoit pas, un jeune homme honnête ou même un veuf, pourquoi pas, de bonne volonté qui se chargerait de sa fille et couvrirait les méfaits inévitables de son tempérament ardent. A deux reprises, déjà, on a été obligés d'expédier discrètement Laura à la Réunion où l'avortement est autorisé, grâce au président Giscard d'Estaing. Ce n'est pas demain la veille qu'on acceptera un bâtard ou une fille-mère chez les Manière, famille honorable et chrétienne, aussi loin qu'on remonte parmi ses membres. En attendant, s'il en est une qui porte sa croix, c'est bien elle, Marie-Paule. Et seule. On dirait que Raoul s'en moque. Il passe son temps à son bureau du Port-Louis. C'est bien simple, il n'y a que le cours mondial du sucre qui l'intéresse. Chaque fois qu'elle essaye de lui parler de Laura, il se défile, hausse les épaules, prend des airs agacés ou se met carrément en colère. Il a même osé, un jour, lui dire que si elle l'avait mieux élevée, Laura serait mariée depuis longtemps. Un pareil reproche est vraiment d'une injustice cruelle. Elle qui s'est dévouée corps et âme à ses enfants ! Elle si difficile pour le choix des nénènes, si attentive à leur alimentation, à leurs carnets scolaires, à leur équilibre, à leurs cours de danse, à leurs fréquentations ! Et la preuve, ce sont les trois aînés, tous casés à l'heure qu'il est, et dans les meilleures conditions : Chantal qui a épousé le jeune baron Boussinaud, Julie qui s'appelle aujourd'hui Mme Marc Tangon des Blainvillais, Jean-Marie qui est l'époux d'Isabelle Mucksown dont le père a la haute main sur la *Colonial & Overseas Trading*. Alors, on est vraiment mal venu de lui faire des reproches au sujet de cette malheureuse Laura qui a profité de la même éducation et des mêmes avantages ! La vérité, c'est que Laura s'y prend comme une idiote alors qu'elle n'est pas plus bête qu'une autre. Elle est trop directe. Elle ne dissimule pas assez son but. A peine rencontre-t-elle un garçon qu'elle lui parle des enfants qu'ils auront ou de la maison qu'ils habiteront. Mille fois, elle lui a conseillé de se taire, de laisser venir, de se faire désirer au lieu de se comporter avec les jeunes gens comme une murène sur un banc de labres.

Ce que Mme Manière ne sait pas ou ne veut pas savoir, c'est que, en réalité, la désespérante mise en quarantaine de sa fille est moins due à sa façon maladroite de traquer le fiancé qu'à une particularité aussi inquiétante que vérifiée par tout un chacun : elle porte la poisse. La voiture la plus neuve tombe en panne entre ses mains, le bateau le plus stable, dès qu'elle y met le pied, chavire. Où que se trouve Laura Manière surgit l'accident, le drame, la discorde. C'est le genre de personne maléficiée que sa ceinture de sécurité étrangle, que son extincteur brûle, à qui les antibiotiques donnent des boutons et les pilules contraceptives des triplés. Et elle n'est pas la seule à être victime de ce mauvais œil : tous ceux qui l'approchent en sont éclaboussés. C'est pourquoi, dès qu'elle se penche sur eux les bébés pleurent. Elle fait rugir les moutons et transforme en rapaces les colombes. A son contact, les enrhumés deviennent pneumoniques et suicidaires les déprimés légers. Bénie n'oubliera jamais le jour où la pressurisation de l'avion qui la ramenait de France est tombée en panne ; Laura était assise à trois fauteuils devant elle. Ni celui où s'est décroché le grand lustre du Plaza de Rose Hill ; Mlle Manière venait de passer dessous.

Elle est le contraire d'un trèfle à quatre feuilles, n'y peut rien. C'est pourquoi on la fuit. C'est pourquoi on l'a surnommée « la Margoze[1] ». C'est pourquoi Bénie vient d'avoir un mouvement de recul et, instinctivement, croise son majeur sur l'index, vieux geste de conjuration, hérité de Laurencia qui s'y connaît en détournement de mauvais sorts. « Mon Dieu, mon Dieu, faites qu'elle ne m'approche pas, qu'elle ne me touche pas, ce n'est pas le jour ! » Mais trop tard. La Margoze, déjà est sur elle et l'embrasse, clac, clac sur les deux joues.

— J'ai beaucoup pensé à toi, dit-elle, quand ta grand'mère...

« Ça ne m'étonne pas ! » pense Bénie qui, pour faire dévier la conversation, pointe un doigt sur le bras en écharpe et interroge du regard.

Et la Margoze raconte qu'une vague venue d'on ne sait où car jamais le lagon n'avait été plus calme a projeté sa planche à voile sur la barre où elle est allée se cracher en se fracturant le coude sur les coraux.

— Bien entendu, dit-elle, avec ton deuil, tu ne viendras pas au bal du Dodo, cette année ?

1. « La Malchance », du nom de la margoze ou liane-merveille *(Momordica charantia)* dont le fruit est très amer.

— Tu m'as déjà vue au bal du Dodo ? Je ne vais *ja-mais* au bal du Dodo ! Le bal du Dodo me pompe ! grogne Bénie.

Près d'elle, le garçon en chemise blanche se marre silencieusement. Soudain, Bénie le voit qui, profitant d'un mouvement de foule, se glisse rapidement derrière la Margoze puis revient près d'elle. La Margoze a eu une sorte de hoquet puis s'est retournée brutalement et s'est mise à invectiver un grand type boutonneux en short qui se trouvait derrière elle.

— Ça ne va pas, non ? Vous voulez ma main sur la figure ?

Le boutonneux rougit, visiblement déconcerté par cette fureur à laquelle il ne comprend rien. Il bat des bras, grotesque et se retourne même pour voir à qui peut bien s'adresser cette folle. Des curieux s'agglutinent, entourent le type en short et la Margoze dont la voix aiguë domine, un moment, les annonces des haut-parleurs.

— Espèce de cochon ! Essayez de recommencer, pour voir !

Le boutonneux, de plus en plus cramoisi, offre un véritable visage de coupable qui lui attire des regards menaçants. Le mot « satyre » court parmi la foule soudain alléchée et une femme propose d'aller chercher la police. Le garçon à la chemise blanche profite d'une bousculade pour tirer Bénie par le bras vers la sortie.

Dans la rue, il continue à la tenir par le bras.

— Et vous ne me remerciez même pas ! dit-il d'un air de reproche.

— Pourquoi, dit Bénie, parce que vous m'avez aidée à ramasser mes affaires ?

— Mais non, ça, c'est naturel. Pour vous avoir débarrassée de la poison.

— Pourquoi dites-vous : la poison ? Vous la connaissez ?

— Pas du tout. Mais elle n'est pas nette. Je l'ai senti tout de suite. Et, surtout, que vous n'aviez pas tellement envie de parler avec elle.

— Mais qu'avez-vous fait ?

— Vous n'avez pas vu ? Je lui ai pincé les fesses. Elle a cru que c'était le type, derrière elle. Vous avez une voiture ?

— Là, dit Bénie, en désignant du menton la vieille 4 L le long du mur. Maintenant, je vais pouvoir me débrouiller toute seule. Je vous remercie aussi pour votre aide.

Mais il n'a pas semblé entendre ce qui ressemble à un congé. Il soulève le battant du coffre et y pose le carton. Et, tandis qu'elle ouvre sa portière, il reste planté, debout, de l'autre côté de la voiture, les deux coudes appuyés sur le toit. Il la regarde en riant.

Bénie, cette fois, est totalement déconcertée. Que lui veut-il, au juste ?

— Qu'est-ce qu'il y a de si drôle ? dit-elle. Qu'est-ce qui vous fait rire ?

— Mais rien, dit-il. Je suis content, c'est tout. Je suis content de vous regarder. Vous n'êtes pas la personne la plus laide que j'aie rencontrée.

— Merci, dit Bénie. C'est quoi, votre nom ?

Elle entend, dans sa bouche, comme un bruit de cailloux.

— Je n'ai pas compris, excusez-moi...

— M'étonne pas. Un nom impossible. Je m'appelle Brieuc, comme le saint, comme la ville. Vous connaissez Saint-Brieuc, en France, pardon, en Bretagne ? Brieuc, K. E, deux R, O, U, É. Je reconnais que ce nom est beaucoup moins joli que le vôtre.

— Ah, parce que vous connaissez mon nom ?

— Mais oui, dit-il. Qui, ici, ne le connaît pas ? Vous vous appelez Bénédicte de Carnoët et on vous appelle Bénie. Et vous habitez la jolie maison, le long de la mer, derrière les salines de Rivière Noire.

— Bravo, dit Bénie. Et c'est tout ce que vous savez ?

— C'est tout, dit Brieuc. Enfin, presque tout.

— Et vous, dit-elle, où habitez-vous ?

Il se met à rire, agite la main.

— Moi ? dit-il, ici et là mais le plus souvent ici, et il désigne du doigt, l'une des plus immondes, des plus bétonneuses constructions de Curepipe, le Hongkong Hotel qui fait face au Prisunic, avec ses neuf fenêtres aux rideaux sales, le Hongkong Hotel dont l'enseigne s'étale, peinte en rouge sur blanc, entre deux réclames de Pepsi-Cola, avec ses vilaines boutiques orange au rez-de-chaussée et sa porte furtive, ce Hongkong Hotel sur lequel elle n'aurait jamais posé les yeux si Vivian ne lui avait affirmé, un jour, que c'était un hôtel de passe, ce qui, tout de même en a fait, à ses yeux, un objet de curiosité.

Et elle n'a même pas le temps de demander à ce beau Brieuc ce qu'il fait dans un endroit pareil car une voiture s'est arrêtée derrière la sienne créant à sa suite un embouteillage immédiat. On claquesonne, on s'interpelle et Bénie voit s'encadrer à la portière de la petite voiture le buste de sa tante Thérèse qui lui demande d'un ton sec si elle va partir bientôt, parce que cela fait trois fois qu'elle tourne sans trouver une place, parce qu'elle est pressée et qu'elle n'a pas le temps, elle, de traînasser.

— Ki manièr'[1] ? dit Bénie qui sait que rien n'agace plus sa tante que d'être interpellée en créole, surtout devant des étrangers.

Choupette de Luneretz plus la Margoze plus la tante Thérèse qui piaffe dans son Austin et la dévisage d'un air fielleux, c'est trop pour un seul jour. Oui, elle va s'en aller. Oui, elle va laisser sa place à cette punaise. Oui, elle va briser là cette conversation bizarre avec ce Brieuc bizarre qui semble tout savoir d'elle alors qu'elle ne sait rien de lui.

— Mo allé. Kilé, tantin'[2] !

Elle rentre dans sa voiture et commence à manœuvrer pour se dégager du parking. Elle procède calmement, elle prend son temps, s'applique à changer ses vitesses et à se retourner, le bras gauche par-dessus le dossier, pour voir où elle va, pour bien agacer sa tante par sa lenteur et, surtout, pour lui laisser le temps à lui, Brieuc, de sauter dans la voiture et de partir avec elle. Elle en meurt d'envie. Elle ne peut pas le quitter comme ça, sans savoir. Sans savoir quoi ? Elle est sûre que, lui non plus n'a pas envie qu'ils se séparent aussi vite, qu'il va ouvrir la portière et s'installer près d'elle. Elle en est sûre parce qu'elle le veut et que les désirs de Bénie sont des ordres pour le Ciel.

Elle s'est dégagée des voitures garées en épi, fait quelques mètres et s'arrête pour lui permettre de la rejoindre. En effet, il vient. Elle le voit dans le rétroviseur qui approche et son cœur tremble de joie. Mais le Ciel, cette fois, est resté sourd comme

1. « Bonjour, comment ça va ? »
2. « Je m'en vais. Reculez, ma tante. »

un pot. Brieuc n'a pas ouvert la portière. Il se penche, il dit : « On se reverra », et s'éloigne. Dans ces conditions, il n'y a, pour la dignité, que deux choses à faire : ne pas répondre et démarrer en trombe. Et Bénie se tait et démarre en trombe ce qui, avec une 4 L hors d'âge, est une façon de parler.

Les enfants fouilleurs sont imaginatifs, insatisfaits et curieux. C'est-à-dire intelligents. Dès qu'ils se tiennent debout sur leurs petites pattes arrière, ils furètent, persuadés qu'on leur cache une montagne de choses qu'ils n'ont de cesse de découvrir. Ils veulent voir et savoir. Tout ce qui est fermé, tout ce qui est dissimulé les attire. On les croit endormis, ils inventorient un tiroir, explorent les recoins d'une armoire, fracturent, au besoin, la coquille des secrets, moins satisfaits souvent, par la découverte que par la recherche. Pour satisfaire leur inlassable curiosité, ils se font acrobates, plongeurs, miniaturistes. Ils développent un flair de détective, une obstination de spéléologue, une patience de dentellière. Ils ont les doigts détecteurs et leurs yeux sont des loupes. Plus tard, on les retrouve, chaussés de lunettes, le dos arrondi, sous les lampes vertes de la Bibliothèque nationale ; ou en train de scruter des partouses de microbes dans le silence d'un laboratoire ; ou rampant sur le ventre dans les boyaux d'une pyramide ; ou, les trous de nez noirs de poussière, l'air égaré, feuilletant des archives. Ils adorent les greniers, les caves. Les araignées qui les connaissent bien les contournent sans les piquer, vont tisser leurs toiles ailleurs. Le passé est leur champ d'action favori. Chevaliers de la marche arrière, ils s'évadent des précarités du présent par des certitudes archaïques. Quand la vie quotidienne les angoisse, ils se shootent avec les siècles, bondissent à travers le temps, ressuscitent les morts. Ils ont les moyens de les faire parler.

Bénie et Vivian avaient été des enfants fouilleurs. C'est même ainsi que Bénie s'était compliqué la vie, à sept ans, en découvrant derrière une pile de draps, dans une armoire de Mme de Carnoët, une boîte de perles et une maison de poupée qu'elle avait retrouvées sur ses souliers, la nuit de Noël, au pied du filao scintillant dressé dans le salon. C'est ainsi qu'elle avait appris que le Père Noël n'existait pas ; ce qui l'avait plutôt soulagée car ce vieux barbu en robe de chambre qui était censé savoir le fin mot de ses bonnes et mauvaises actions, lui faisait peur. Mais, pour ne pas peiner sa grand'mère, — et aussi pour ne pas révéler son indiscrétion —, elle avait feint, pendant quatre ans, d'être dupe. Et, pendant quatre ans, tandis que la vieille dame se donnait un mal de chien pour que sa petite-fille croie au Père Noël, celle-ci s'était donné un mal de chien pour lui faire croire qu'elle y croyait.

Plus tard, chez sa mère, elle avait trouvé et lu des lettres de son père à Maureen. Vivian, de son côté, avait trouvé, au fond d'un tiroir de son père, dans une innocente enveloppe commerciale, des photos d'une jeune femme brune, très jolie, qu'on voyait sourire à Chamarel, à Tamarin, à Souillac et dans une rue du Port-Louis. Dans une pochette à part, il y avait d'autres photos, prises au polaroïd celles-là, de la même jeune femme mais nue et dans des postures qui ne laissaient aucun doute sur les rapports qu'elle avait eus avec Loïc de Carnoët. Vivian et Bénie en avaient été soufflés. Ni l'un ni l'autre ne connaissait cette jolie et impudique dame. Seul indice, un prénom et une date, au dos d'une des photos « convenables » : *Laure, juillet 1965*. « Il est fou, de garder ça ! avait dit Vivian. Tu te rends compte, si ma mère tombait là-dessus ? »

— Et tu te rends compte, avait répondu Bénie, la tête qu'il ferait s'il savait que, nous, on est tombés dessus ?

Vivian avait reposé les photos au fond du tiroir.

Et voilà qu'à présent, ils avaient à leur disposition une maison entière à fouiller et, dans cette maison, un sanctuaire jusque-là à peu près respecté : le bureau de leur grand-père, Jean-Louis de Carnoët, refuge d'un homme isolé au milieu d'une famille nombreuse et dans lequel reposait les archives familiales et peut-être des secrets dont il était le dernier dépositaire.

Si les deux adolescents y avaient fait quelques incursions furtives et, en particulier, dans le fameux cahier noir de l'ancêtre, — le journal d'Hervé était moins amusant, — ils n'avaient jamais vraiment eu le temps ni la tranquillité nécessaires pour l'explorer à fond. Leur grand'mère ne quittait guère la maison et Laurencia aurait pu les voir. Même privé de surveillance, le bureau se défendait tout seul. Une barrière invisible en défendait l'accès et cela ne s'expliquait pas entièrement par l'interdiction faite aux enfants d'y pénétrer.

Cette pièce était impressionnante. Bénie et Vivian l'avait ressenti car, plus encore que dans sa chère salle de bains, la présence physique du grand-père Jean-Louis y demeurait, même après trente-cinq ans d'absence. Par une présence que révélait dans l'air une vague mais perceptible odeur de néroli (son eau de Cologne, sa coquetterie) et de tabac froid ; par une pipe culottée, posée sur un cendrier ; un basculant porte-buvard de marbre dont le papier conservait des traces de son écriture inversée ou l'empreinte d'une solide paire de fesses, encore marquée dans le coussin de cuir du fauteuil, derrière la table.

Ce grand-père, mort depuis si longtemps, se révélait à eux, dans cette pièce, par des indices que, seuls, des fouilleurs émérites pouvaient déceler. Près d'une des fenêtres, un fauteuil de planteur, au long siège prolongé d'appuie-jambes, était resté orienté sur la vue du Morne et restituait l'horizon préféré de ses rêveries. Sur l'un des murs, un râtelier de fusils, avec un crochet vide, sans doute celui de l'arme dont une balle l'avait tué à la chasse. Suicide ou maladresse ? La maladresse avait été retenue officiellement mais il était difficile de croire que cet homme de cinquante-quatre ans, dont la chasse était la passion comme en témoignaient sa collection d'armes et les trophées qui les surmontaient, massacres de cerfs, défenses d'éléphant et hure de phacochère empaillée rapportées d'Afrique, il était difficile de penser qu'il ne savait pas tenir son fusil et s'était fait partir accidentellement une balle dans la carotide. « A moins, avait suggéré Vivian, en découvrant dans un petit placard de palissandre, des bouteilles entamées de vieil armagnac et de whiskies raffinés, à moins qu'il ait été bourré ! »

Sur le mur, au-dessus d'un canapé de cuir, étaient accrochées des gravures anciennes, vues du Port-Louis ou de la campagne mauricienne au XVIIIe siècle, scènes de chasse ou de pêche et fanions d'universités anglaises, souvenirs de jeunesse. Ce qui attirait davantage l'attention était une photo en sépia, agrandie, d'un château paysan à grosses tourelles du XVIe siècle, avec cette légende, écrite à la main : « *Ancien château des Carnoët (Côtes-*

du-Nord), photo prise par mon père en 1903, lors de son voyage en France. » Au premier plan, en pied devant ce château qui n'appartenait plus aux Carnoët, depuis la Révolution, une jeune femme coiffée d'un chapeau volumineux souriait au photographe. Le soin avec lequel on avait encadré cette photo et la façon dont on l'avait exposée, seule sur un pan de mur entre les deux fenêtres, à la place d'honneur, disaient la valeur sentimentale que le maître des lieux lui avait attribuée. Prise à l'époque de l'occupation anglaise de Maurice, ce petit château sans grâce, perdu au bout du monde, était devenu pour les Carnoët de l'océan Indien, la preuve visible et émouvante de leur identité française contre laquelle ne prévalaient ni le temps, ni la distance, ni les Godons.

Bénie et Vivian avaient mis plusieurs jours avant d'oser toucher à quoi que ce soit, dans cette pièce gardée par des ombres. Ce qui les avait surtout attirés était la grande bibliothèque aux portes vitrées, doublées à l'intérieur de rideaux de soie beige et dont les rayonnages contenaient surtout des livres d'économie, d'agronomie, des registres de comptes et une collection reliée d'au moins cent ans de numéros du journal *Le Cernéen,* fondé en 1832 par Adrien d'Epinay[1] qui avait été l'ami de l'ancêtre Hervé de Carnoët.

Bénie ouvre le premier recueil du *Cernéen,* année 1832, numéro 1, mardi, 14 février. La devise du journal : *Libertas sine licencia,* donne le ton des quatre pages sur deux colonnes qui arrivera chez les abonnés, le mardi et le vendredi, pour trois piastres par trimestre, payables d'avance. Elle tourne les pages d'un papier qui craque et sent le champignon. Un siècle et demi s'efface sous ses yeux. Elle n'est plus la Bénie aux jupes courtes qui bondit deux fois l'an, par le ciel, d'Europe en océan Indien mais une jeune fille

1. Planteur créole et avocat. Fondateur, en 1827, d'un Comité colonial, destiné à « concilier les vues du gouvernement de Sa Majesté avec les intérêts de la colonie ». Envoyé en mission en Angleterre, il obtint du gouvernement des promesses de liberté de presse, de création d'une banque et qu'il n'y aurait pas d'abolition de l'esclavage, sans compensation pour les propriétaires, projet qui fut voté par les Anglais en 1833. *Le Cernéen* ou *Petite Revue africaine,* premier journal libre de la colonie, devait cesser de paraître, faute de moyens, en 1982.

de l'*étanlontan*[1], tout en mousseline et qui abrite son teint sous de permanentes ombrelles. Les visages hâlés ne sont pas en vogue, ici, c'est le moins qu'on puisse dire et on ne saurait exposer au bal, un petit nez couvert de pétés-dindes. Assise sous la varangue de sa maison du Morne Brabant, construite par son arrière-grand-père François Marie (les Carnoët ne sont pas encore installés à l'*Hermione*) elle tourne les pages du nouveau journal qui lui parle d'un monde qu'elle ignore. Londres, Paris sont à des millions de vagues d'ici ; des mères patries qui étincellent dans son imagination, Paris surtout et elle n'aime rien tant que d'être au Port-Louis quand arrivent les grands bateaux français, les bricks, les corvettes, les frégates dont les hautes mâtures se balancent au loin et qui débarquent à pleines chaloupes, les passagers, les marchandises et même des vaches et des chevaux, épuisés par le long, long voyage... *le brick français la* Ninon, *est en réparation... Le capitaine Loulié de l'*Harmonie, *qui arrive de Madagascar, n'est pas content : on lui a refusé l'autorisation d'embarquer une cargaison de bœufs à Vohémar... Ventes publiques de riz de Bengale légèrement avarié, en provenance du navire* Betsy. *Le 17, on vendra du lard d'Irlande très frais, du vin de Montferrant dit Blanc de Grave, du Chablis en barriques et du Frontignan en bouteilles, des selles, des harnais, des bougies diaphanes, du linge pour noirs et matelots, des mouchoirs de batiste... des graines potagères très fraîches, arrivées de Nantes... Il reste encore 3 ou 4 chambres à bord du beau navire la* Caroline *(construit en teck, 500 tonneaux, capitaine Fewson) qui partira le 20 pour Londres, faisant escale au cap de Bonne-Espérance. Les passagers seront parfaitement traités.*

Bénie tourne les pages bourrées d'annonces locales... *M. Dufau prévient le public qu'il donne des leçons de musique vocale, de violon et d'accompagnement... On demande au 13 de la rue de la Corderie, un bon cuisinier garanti bon sujet et une nourrice de toute satisfaction ayant un enfant de deux mois. On vend... un phaëton avec siège de cocher mobile, une belle vache d'Angleterre et son veau de 6 mois, récemment arrivés par la* Caroline. *Un esclave vaut 1 000 piastres... le 24 décembre à 11 heures du matin, Mme Vve Genoy vendra 14 esclaves à l'encan, en l'étude et par le*

1. Mot créole qui signifie : autrefois. (Les temps d'il y a longtemps.)

ministère de Me Bonnefin. Le plus âgé a 49 ans, le plus jeune, 7 ans. Il y a 6 filles et 8 garçons[1]*...*

En cette année 1832, la colère gronde à Maurice, sous domination anglaise depuis vingt-deux ans, contre le gouvernement de Londres qui vient de leur expédier un petit fonctionnaire de l'Anti-Slavery Society, avec le titre de procureur général. Ce John Jérémie, procureur particulièrement intransigeant, s'est déjà fait éjecter des Antilles par les colons de Sainte-Lucie. Son arrivée à Maurice, le 3 juin 1832, déclenche une grève générale qui paralysera l'île pendant quarante jours et quarante nuits, jusqu'à ce que le gouverneur anglais Sir Charles Colleville fasse réexpédier Jérémie à Londres, pour ramener l'ordre.

Abolir l'esclavage, les colons ne sont pas contre mais pas sans une indemnité qui leur évitera la ruine. Ils finiront par l'obtenir.

Le Cernéen, organe de la résistance contre les décisions de Londres, ne parle que de cela. Son numéro du 27 mars, encadré d'un épais filet noir, proclame : « *Le Cernéen ne porte pas le deuil d'un Roi ou d'un Prince ; mais celui de la colonie qui va périr si l'ordre en conseil qui vient d'arriver de Londres est promulgué ! ! !* » Hervé de Carnoët qui possède cinquante esclaves, applaudit. Il n'a jamais fait partie de ces maîtres cruels que Jérémie a décrits à Londres. Il n'a pas attendu la loi de l'année précédente qui interdit l'usage de la chaîne pour les esclaves, sur les plantations, et de corriger les fautifs avec un instrument contondant, alors qu'un martinet suffit. On est humain, chez les Carnoët. On ne fouette pas les esclaves, même avec un martinet. Et on les nourrit convenablement. C'est pourquoi ils ne marronnent pas. C'est pourquoi, même après l'abolition, ils demanderont à rester sur l'habitation.

C'est pourquoi Hervé de Carnoët, cinquième aïeul de Bénie, est abonné au *Cernéen* dont il partage les colères. Ce comte de Carnoët, petit-fils du jeune aristocrate breton, celui qui est venu le premier à Maurice et qui sait que cinq membres de sa lointaine famille française ont été guillotinés sauvagement en 93 aurait pu signer cette lettre que vient d'adresser au journal, son ami Salgues

1. En 1802, Bonaparte a décidé de maintenir l'esclavage dans les colonies françaises, pour ne pas ruiner leur économie. Il faudra attendre 1835 pour l'abolition de l'esclavage à Maurice.

qui habite la Savanne : « *J'admire ceux qui me disent : Traitez les nègres comme s'ils étaient vos compatriotes et qui traitent leurs compatriotes comme on ne traite pas les nègres. J'aurais plus de foi à la philanthropie si je n'eusse pas entendu prêcher l'amour des noirs au milieu des échafauds sur lesquels coulait le sang des blancs.* »

C'est lui, sans doute, cet Hervé, qui a encadré au crayon deux colonnes du journal : une lettre, vraie ou fausse, mais qui l'a fait rire et un fait divers.

La lettre est celle d'un esclave, adressée à Mr Thomas Fowell Buxton M.P., qui habite l'Angleterre.

Rivière du Rempart, 27 mai 1832

Monsieur,

J'ai entendu dire que vous êtes l'ami des esclaves noirs et que vous leur voulez beaucoup de bien. Cela m'enhardit à vous exposer ma situation et à vous demander votre protection pour l'améliorer.

J'ai 110 ans. Depuis 40 ans, je ne travaille plus ; mais je mange et bois fort bien. Mon maître me donne tous les jours ma ration de riz et mon verre d'arack. Il m'a fait construire une petite hutte bien close auprès de la sucrerie. J'ai permission de ramasser dans le hangar des charpentiers, les éclats de bois et les copeaux, avec lequel je fais mon feu et je cuis mes brèdes. Assis tout à côté, bien dans la fumée, je passe mes journées à chanter sur un air mozambique, en m'accompagnant de mon bobre : « Tété tombé, tété dibouté. »

J'avais au recensement de 1826, deux camarades de plus de 100 ans. Mais ils sont morts depuis ; et je cause peu avec la jeunesse. J'ai bon pied, bon œil, bon estomac et pas d'autres infirmités que des reins courbés par l'âge. Vous voyez que je ne suis pas heureux comme vos paysans d'Angleterre qui jouissent de la liberté. Si vous me pouviez procurer sur une ferme de votre Comté, quelque bonne place où il n'y eût rien à faire et où je fusse, comme ici, logé, nourri, vêtu, chauffé à mon goût, ce serait un bel acte de philanthropie de votre part.

Je suis, en attendant, Monsieur Buxton, votre très humble serviteur.

Pèdre, esclave de M. M. Pitot.

Le fait divers raconte l'histoire d'une esclave, Virginie, affranchie par sa jeune maîtresse qui vient d'épouser un Anglais. Elle aime beaucoup sa Virginie et lui a fait cadeau de sa liberté, avant de partir pour l'Angleterre, avec son mari. Mais voilà Virginie qui implore sa maîtresse de l'emmener avec elle, en Angleterre. Elle pleure. On l'emmène. Mais après vingt mois, elle revient au pays sur l'*Arab* (capitaine Bennett), disant qu'elle préfère vivre esclave à Maurice que libre en Angleterre !

Bénie, fascinée par l'*étanlontan,* n'arrive pas à se défaire du *Cernéen.* Au fil des pages, son œil accroche, ici et là, de vieux échos du monde. Voilà qu'en France, la Chambre des députés a décidé que la pairie ne serait plus ni héréditaire ni salariée. La Belgique a fait la paix avec la Hollande tandis qu'en Grèce, le président-comte Capo d'Istrias qui se rendait à l'église de Nauplie pour entendre la messe du dimanche, s'est fait estourbir d'un coup de pistolet dans la tête assorti d'un coup de yatagan dans le bas-ventre. En Prusse, c'est l'horreur : le *cholera morbus* se répand parmi les trente mille réfugiés polonais qui ont fui la domination russe. Il faut dire que les Russes abusent de leur victoire sur les Polonais de la manière la plus odieuse ; les plus douces punitions sont le knout et l'exil en Sibérie. L'Algérie est beaucoup plus calme. Le duc de Rovigo qui vient d'être nommé commandant en chef de cette colonie, a constaté que les soins et les essais d'agriculture occupent paisiblement les colons. Pendant ce temps, à Maurice, les dames anglaises se pâment de jalousie devant l'élégance des dames françaises. A tous les grands bals qui ont lieu de juin à septembre, on se défie par chiffons et bijoux interposés. A propos de bottes ou pour des questions de préséance, notables français et anglais se prennent de querelle et des incidents éclatent au théâtre, à la sortie de l'église ou sur la promenade du Champ de Mars. On se bat en duel. La douce Isle de France que les Anglais ont rebaptisée Maurice est devenue un champ de violence. Le bruit court du retour dans l'île de l'abominable Jérémie et une psychose de peur commence parmi les colons. M. Jamin tue à coups de sabre sa femme et ses deux fils et se blesse mortellement sur leurs cadavres. Pourquoi ? Parce qu'il a voulu, dira-t-il, soustraire sa famille et lui-même aux horreurs dont la colonie est menacée.

La tension devient telle que les Anglais vont construire un fort très coûteux sur la Petite Montagne qui domine Port-Louis, pour y installer une garnison susceptible de réprimer immédiatement toute rébellion de la population. Les visites domiciliaires se multiplient. On cherche des armes et ceux qu'on soupçonne de conspiration sont arrêtés.

Jérémie revient en avril 1833, avec deux régiments. Il sera destitué en août, à la grande joie des colons qui en remercient officiellement le roi d'Angleterre.

Violence aussi et peur des esclaves marrons qui errent dans les bois, affamés, et attaquent les passants. On n'ose plus s'aventurer sur les routes à la nuit tombée, à moins d'une escorte sérieuse, armée jusqu'aux dents. Des histoires épouvantables circulent. Il y a quatre ans, trois esclaves ont dévoré le bébé de M. Grenier, à Rivière du Rempart. D'autres allument des incendies sur les plantations.

Cependant, la frénésie du sucre a saisi les propriétaires terriens dont trois violents cyclones ont ravagé les plantations de girofle ou de café. La canne, elle, résiste aux tornades. Elle plie sous les vents mais ne se rompt pas. Alors, on va planter des cannes et faire des tonnes de ce sucre qui se vend si bien à Londres et dans le monde entier. Hervé de Carnoët, lui-même, arrache ses cultures vivrières pour les remplacer par des cannes.

Désormais, on ne pense plus qu'au sucre, on ne vit plus que pour le sucre. La vapeur, peu à peu, va remplacer l'eau, les bœufs et les bras humains pour faire tourner les moulins à broyer les cannes. La banque accorde d'énormes crédits aux sucriers, ce qui leur permet d'importer de la main-d'œuvre indienne. L'île se couvre de canne, n'est plus, dans l'hiver de juillet qu'une haute forêt de plumes roses. Les commerçants, eux-mêmes, s'y mettent ; ils abandonnent leurs trafics pour planter et des fortunes très sucrées s'élaborent.

En 1832, Hervé de Carnoët habite encore la maison où il est né, celle que son grand-père François Marie a découverte, un jour de 1784, en prospectant, à pied, les forêts du sud-ouest de l'île, à la pointe déserte du Morne Brabant où se réfugient les Noirs marrons. François Marie, déjà deux fois veuf et père de cinq enfants vient d'épouser sa troisième femme et cherche une habitation moins exiguë que sa maison de Pamplemousses pour y loger sa nombreuse famille. Le Breton est tombé en arrêt devant la beauté du Morne, la mer verte et la petite maison abandonnée à la garde d'un Noir, dans une clairière, près d'une source d'eau claire qui cascade de la montagne et court en ruisseau, jusqu'au rivage. Cette maison a appartenu à une famille de Blancs dont le père est mort. La veuve est repartie habiter le Port-Louis et François Marie lui a acheté la maison qui n'est qu'une longue case de bois couverte de feuilles de latanier. Il l'a consolidée, agrandie, prolongée de magasins et de logements pour les domestiques. D'après son cahier noir de 1820, il possède là trente esclaves noirs qui cultivent et gardent la propriété, trois chevaux, vingt-cinq bœufs, cinquante chèvres, vingt moutons et des volailles diverses. Son fils aîné Yann, né de son premier mariage avec Guillemette Rousseau, reprendra la propriété.

En 1837, son petit-fils, Hervé de Carnoët quittera la maison du Morne pour la belle *Hermione* qu'il a fait construire à Rivière Noire, sur les ruines d'un ancien fort. Le petit-fils du pauvre charpentier de marine arrivé de Lorient en 1768, est devenu un bourgeois opulent. C'est à l'*Hermione* qu'il vivra, désormais, avec sa femme, Clotilde Sornais, qui lui donnera dix enfants et toutes les terres avoisinantes. En 1865, il sera l'un des commanditaires des *Messageries impériales* dont les vaisseaux croiseront entre Aden, Seychelles et Mascareignes, puis vers l'Australie et Tahiti.

Mais il ne suffit pas d'être riche. Il faut, pour le prestige, que cela se sache, que cela se voie. La cave d'Hervé sera bourrée de vins de France, de Madère et de Xérès qu'il fera venir à grands frais d'Europe (les factures sont là), pour les brillants dîners qu'il donnera à l'*Hermione*. Clotilde étouffera dans le velours comme les dames de Paris et, chaque fois qu'elle se rendra au Port-Louis, ce sera dans une calèche, elle aussi venue de France. Car on peut dire ce qu'on veut des Anglais : depuis qu'ils sont là, les routes sont plus nombreuses et plus carrossables.

Mais à ce Carnoët-là, cet Hervé engoncé dans ses *gros pal'tots* de bourgeois parvenu, Bénie et Vivian préfèrent François Marie, son grand-père, le marin, dont ils ont loisir, à présent de lire ouvertement *tout* le cahier noir. Parce que c'est un aventurier qui a bravé la mort si probable au cours du long voyage, pour aérer sa vie et courir au bout du monde, alors que son petit-fils, né à Maurice, se contentera d'y prospérer. François Marie qui a leur âge, dans les premières pages du cahier, leur est proche. Ils ont en commun d'être les enfants d'un siècle pair, c'est-à-dire explosif et libertin, alors qu'Hervé fait partie d'un siècle impair, c'est-à-dire puritain et sédatif. Les récits de François Marie ont le ton léger, ironique et papotier de son époque. C'est un aristo-anarchiste, un déraciné volontaire. Il a les naïvetés de son temps ; il croit en la bonté naturelle de l'homme, au Bonheur, au Progrès, aux Lumières, à la Nature. Il est un peu écolo. L'autre, Hervé, déjà entré en bourgeoisie pépère, est un sédentaire pour qui le profit et le respect des conventions sont les mamelles du pouvoir et de la félicité. Les récits de François Marie, plus cultivé que sera son petit-fils, sont mieux écrits, plus lyriques et plus vivants. Il ne se contentera pas, comme Hervé, de noter essentiellement ses expériences agricoles et le détail des étapes progressives de sa fortune mais s'attardera aux élans de son âme, de ses sens et de son cœur. François Marie est curieux, sensible, sentimental, sensuel et même paillard. Il aime la danse, les femmes, la bonne chère et la liberté. Ce vieillissime ancêtre est, pour Bénie et Vivian, le plus jeune de leurs fantômes familiaux.

Ils découvrent son désarroi, en arrivant à ce Port-Louis de 1768, si cruellement différent de l'Eldorado que le jeune homme entrevoyait, à Lorient, par les récits des voyageurs. Cette patrie nouvelle pour laquelle il a abandonné sa Bretagne, ce Port-Louis des Indes auquel tous les garçons de vingt ans rêvaient pour y faire fortune, qu'ils imaginaient mille fois plus beau, plus riche, plus exaltant que Lorient, n'est qu'un embryon de ville, un petit bourg puant, écrasé de chaleur, mussé au fond de la rade entre des montagnes pelées, avec ses boues, ses ruisseaux fétides, ses petites maisons de bois qu'on transporte sur des rouleaux, hâtivement construites, des maisons qui ne sont encore que des abris, mal ajointés, disposés sans ordre, sans vitres ni rideaux aux fenêtres, envahis de fourmis, de cent-pieds, de maringouins, de puces et autres poux volants, sans parler des gros rats qui mènent sabbat parmi les détritus et mettent la petite Guillemette au bord de la pâmoison. Et la chaleur, ma Doué ! La chaleur dans les rues incertaines, à peine esquissées où les pieds se tordent sur un sol hérissé de rochers, défoncé de fondrières où s'accumulent des ordures qu'un soleil dru, que ne tamise encore aucun arbre, putréfie. La déception de François Marie est amère et profond son découragement.

Grâce à son métier, François Marie ne va pas chômer au Port-Louis où l'on s'arrache les charpentiers, les menuisiers et les forgerons pour réparer les navires, édifier des entrepôts et des habitations. Il va construire la cabane qu'il habitera avec Guillemette, un peu en hauteur, loin des gadoues. Une petite maison adossée à la montagne. Il assemblera lui-même les meubles de première urgence : une table, des chaises, un lit avec une paillasse de feuilles sèches et un garde-manger suspendu, à l'abri des rats. Il y peinera car les bois dont il dispose lui sont inconnus, plus secs, plus durs à travailler que les essences d'Europe. Et les outils sont rares et chers.

Dans le port dont l'abord est rendu difficile par la vase qui bouche le chenal et les carcasses des navires que des cyclones ont fait naufrager, des vaisseaux arrivent tous les jours dont les noms volent de bouche en bouche. Les flûtes, les corvettes, les frégates déchargent à pleines chaloupes des corps de troupe et des marchandises. On rit, on pleure, on crie, on siffle, on s'insulte ou on s'embrasse. Aux coups de canon qui saluent les arrivées de marque se mêlent des meuglements de vaches au désespoir, des cris de cochons colériques et la fureur caquetante de volailles enfermées dans des paniers. La montagne répercute sur la mer un écho brouillé de fifres, de flûtes, de tambours battant et de cornemuses. La joie bruyante des survivants qui, enfin, ont touché terre, couvre, au bord de l'eau, des murmures d'adieu, là où des prêtres en surplis, donnent l'extrême-onction aux mourants qu'on décharge des chaloupes et, à tout hasard, bénissent les morts, tandis que la foule, prudente, s'écarte : peste ? dysenterie ? variole ?

Les nouveaux arrivants sont sales, puants, hagards. Beaucoup, malades, se traînent à peine. Tous titubent, les pieds endoloris, malhabiles, après des mois de mer. Des soldats ivres rient, troussent des femmes glapissantes, entre les esclaves dégoulinant de sueur qui halent des barriques ou portent des charges plus lourdes qu'eux.

Guillemette ne va jamais au port, par crainte des bousculades. Son ventre s'est arrondi sous la poussée d'un enfant qui naîtra au printemps. Elle préfère attendre François Marie, assise sous la varangue de sa petite maison, battant de l'éventail, emmitouflée dans un grand châle des Indes que son mari lui a offert pour la réchauffer car Guillemette, malgré la chaleur, a froid. Le soir, elle entend avant de le voir, le bruit de son mulet qui fait rouler des pierres dans le chemin. C'est l'heure d'allumer les chandelles et de servir la soupe, comme à Quimperlé. Il est content de la retrouver. Il l'entoure tendrement de ses deux bras, content de voir que, malgré la petite toux qui la secoue par moments, elle a retrouvé des couleurs, des pommettes rose vif et des yeux brillants. Si elle a maigri, encore, c'est sans doute à cause de l'enfant qui la mange de l'intérieur. Il parle. Elle l'écoute. Il lui raconte tout ce qu'il a vu, dans sa journée, l'agitation du port, les bateaux. C'est l'*Heure du Berger* qui, en sortant du port, a touché sur la vase. Mme Poivre vient d'accoucher. Le gouverneur a rendu visite à l'Intendant pour le féliciter. Voilà que tout le port est en ébullition à cause de l'*Ambulante* qui a débarqué clandestinement des esclaves du Mozambique. Ce matin, le Gouverneur a passé les Milices nationales en revue.

Un jour de novembre, il arrive très excité et raconte à Guillemette que M. de Bougainville vient d'arriver au port sur sa frégate la *Boudeuse,* suivie de sa conserve l'*Étoile* qui porte à son bord M. de Commerson, le botaniste, et M. Véron, l'astronome. La *Boudeuse* est partie de Nantes, il y a un an pour faire le tour du monde, afin de reconnaître des îles pour le Roi. Et voilà que la frégate est arrivée cette nuit, après avoir échoué, à trois heures du matin près de la Baie des Tombeaux, à cause de la mauvaise manœuvre d'un officier du port, ce qui a causé une avarie :

quarante-cinq pieds au moins de la fausse quille emportés. La flûte l'*Étoile* est arrivée quelques heures plus tard. Immédiatement, on a mis la *Boudeuse* en carène pour la réparer et François Marie a été appelé pour y travailler. Il est fou de joie de toucher à ce navire qui vient de Nantes. De Nantes, Guillemette ! Un beau vaisseau, la *Boudeuse*. Cent vingt pieds de long et au moins quinze pieds de tirant d'eau. Et vingt-six canons. Et un lion dressé à la proue. Il va falloir aussi changer une partie de la mâture. Tous les ouvriers du port et ceux de l'*Étoile* y travaillent. « J'ai vu M. de Bougainville, comme je te vois, avec le sauvage qu'il a ramené de Cythère, une petite île perdue entre la Patagonie et la Nouvelle-Hollande[1]. Tout le monde, sur le port, regardait avec curiosité ce sauvage qui n'a pas l'air très méchant. Pas très grand, les cheveux frisés avec des boucles d'oreilles. Lui, regardait tout le monde en souriant. Un homme de l'*Étoile* m'a raconté qu'il a fait toute une comédie pour qu'on l'embarque et M. de Bougainville va l'emmener en France. Sûrement pour prouver qu'il a bien été à Cythère ! Il s'appelle Aotourou Poutaveri. M. Poivre l'a pris par la main et l'a emmené chez lui. Et tu ne sais pas la meilleure, Guillemette ? Il y avait même, sur l'*Étoile*, une femme déguisée en homme ! C'est la bonne de Commerson qui est aussi sa bonne amie. Elle s'est travestie pour pouvoir embarquer secrètement et elle avait tellement l'air d'un homme qu'il a fallu des mois pour qu'on s'aperçoive de la supercherie ! Il paraît que M. du Bouchage, l'enseigne, est au plus mal d'une mauvaise colique qu'il a prise à Batavia. On désespère de le sauver. »

Guillemette de Carnoët écoute avec plaisir les histoires que lui raconte son mari car elle a de moins en moins envie de descendre au port qui n'est vraiment pas un endroit sûr pour une jeune dame en voie de famille.

A part celles que les bateaux débarquent de temps en temps, les femmes y sont rares. Les vaisseaux de France apportent surtout des troupes en escale sur le chemin des Indes. Très peu de couples mariés habitent le Port-Louis. La plupart sont installés avec leurs familles, à Flacq ou à Pamplemousses. Au Port-Louis, ville d'hommes célibataires, on passe. Au Port-Louis, les amours sont

1. Tahiti.

fugaces et les créatures féminines que les soldats et les marins rencontrent dans les cabarets ne sont pas des modèles de vertu. Les hommes, après des mois de mer, se jettent volontiers, sans délicatesse ni discernement sur tout ce qui porte jupon. Se promener seule, au Port-Louis, quand on est une jeune femme, est donc s'exposer à des mésaventures.

Les femmes des colons ne viennent en ville que pour faire leur Pâques ou pour aller au bal de quelques jolies demeures. Privées de distractions, la danse est leur passion. Elles passent des heures à se parer et arrivent au Port-Louis en palanquins, chacun porté sur les épaules de quatre esclaves noirs et de quatre autres qui les suivent à pied pour les relayer. C'est la seule façon de venir en ville sans gâter ses mousselines, à cause de l'état des chemins, trop défoncés pour que des voitures puissent y rouler. Les hommes, souvent les accompagnent à cheval. Mais les maris n'aiment guère ces expéditions qui mobilisent huit esclaves par palanquin, ce qui nuit au travail sur les plantations.

Au Port-Louis, on flemmarde, on se promène sur la place, on se salue, on joue de l'ombrelle et de l'éventail, de la prunelle et de la croupe. On s'espionne aussi, on se jalouse. Des bagarres, parfois, éclatent entre deux belles, qui abandonnent, sous l'effet de la colère, les manières sucrées apprises depuis peu pour retrouver le vocabulaire plus corsé de leurs débuts. Mais ces bagarres sont moins fréquentes toutefois qu'entre les hommes rendus irritables par le climat et l'exil. Beaucoup d'entre eux, anciens marins de la Compagnie des Indes qui se sont établis ici à leur propre compte, déçus par ce qu'ils ont trouvé à l'Isle de France, par rapport à ce qu'ils en avaient espéré, sont amers et vindicatifs. Les duels sont fréquents, parmi les officiers et les notables. Chacun veut en imposer à l'autre et nombreux sont les quartiers de noblesse, surgis des vagues, au cours du voyage. On ajoute une particule, un nom de terre à son nom roturier, on s'invente un blason, des ancêtres brillants, on se fait comte, marquis ou baron et l'on exige d'en avoir les privilèges.

Ceux qui débarquent n'ont pas tous l'innocence de François Marie. Le mirage des îles que les bénéfices spectaculaires de la Compagnie ont fait naître, y a attiré une racaille cosmopolite. Financiers véreux, criminels en fuite, libertins ruinés, malfrats divers extradés d'Europe ou d'Asie se mêlent à de jeunes ambitieux qui, par protection de Paris ou de Versailles, ont obtenu des charges qui vont leur permettre, espèrent-ils, de faire rapidement fortune dans la colonie. Et tout ce monde s'épie, se déteste, se vole ou complote, règle ses comptes et s'étripe à la moindre occasion.

Les habitants du port aiment bien les matelots qui leur apportent l'air d'ailleurs et, prodigues, dépensent facilement l'argent qu'ils ont gagné dans le voyage mais ces matelots sont détestés des officiers bien nés qui les méprisent. Quant aux marchands qui roulent tout le monde et ne sont sensibles qu'au profit, ils sont détestés de tout le monde.

Sur le port même, c'est le marché aux serviteurs et aux esclaves, loués ou vendus. Les Indiens malabars, venus de Pondichéry sont très recherchés comme ouvriers, charpentiers ou maçons. Ils sont sobres, économes, adroits mais lents. Coquets, ils portent des turbans, des bijoux et des robes de mousseline. Ils refusent de labourer la terre mais se louent volontiers dans les maisons les plus riches, pour faire office de pions[1].

Les Mozambiques, vendus par les Portugais, baptisés avec le chapelet autour du cou, sont les meilleurs esclaves pour l'agriculture. Ils sont forts, lourds, patients et ne cherchent pas à s'enfuir. Ils sont très économiques. Contents quand ils sont bien nourris, ils mangent volontiers des reptiles s'ils n'ont rien d'autre. On peut se procurer un Mozambique pour un baril de poudre, des fusils ou de la toile. Le plus cher n'excède pas cinquante écus.

Les plus coûteux sont les nègres Yolofs, importés de Guinée. Grands, robustes, courageux et fiers, ils ne supportent pas d'être outragés et commandent volontiers aux autres esclaves qu'ils méprisent. Ce sont des cadres. Le dessus du panier. Ils aiment la danse, la musique et jouent du bobre. Certains valent jusqu'à 1 200 livres mais on peut en trouver de moins chers à Goa, en contrebande.

Il y a aussi quelques mélancoliques Chinois de Batavia, aux cheveux clairs, au teint cendré mais dont on dit qu'ils ont des passions féroces et on s'en méfie. On voit passer de très jolies

1. Coursiers.

esclaves, toutes jeunes, avec des petits derrières rebondis qu'elles balancent avec malice sous le nez des hommes. Elles sont la hantise des femmes de colons ; ces derniers, en effet, résistent rarement aux voluptueuses petites négresses.

Guillemette n'ira jamais danser à Port-Louis. Elle mourra, épuisée, après la naissance de son fils Yann Marie, en avril 1768. Dans son cahier, François Marie ne donnera guère de détails sur cette fin malheureuse qu'il signale, par pudeur peut-être, en passant. De même, plus tard, il ne s'étendra pas davantage sur la mort de certains de ses enfants. Quelques mots, seulement : « Aujourd'hui, notre petit Louis est mort d'une fièvre mauvaise. » Les enfants sont plus nombreux. Ils meurent davantage. La mort est banale.

L'année suivante, il épousera sa seconde femme, Anne Quettehou, fille d'un négociant du Port-Louis. Une robuste plante de vingt-deux ans, tout le contraire de Guillemette. Elle lui donnera cinq filles, avant de mourir, elle aussi, en 1782, de la petite vérole. Puis, en troisièmes noces, Catherine, avec laquelle il ira habiter la maison du Morne Brabant, dont il aura des jumeaux et qui lui survivra dix ans.

En tournant les pages du cahier noir, Bénie fait surgir une île qui se développe en accéléré. Des cyclones passent, des bateaux coulent, des maisons brûlent aussitôt remplacées par des constructions plus solides. Le Bazar change de place. En 1772, on ferme le cimetière où repose Guillemette, près du jardin de la Compagnie, pour ouvrir celui du Fort Blanc, à l'ouest. Les rues du Port-Louis commencent à être nivelées. François Marie a vingt-quatre ans lorsqu'il va au théâtre pour la première fois, voir *Le Misanthrope* et *L'École des femmes.*

La distance dénature les événements en en retardant l'information. On se réjouit en retard, on pleure à contretemps à cause des gazettes et des nouvelles qui ne parviennent ici que des mois plus tard. Ce n'est qu'en 1776, deux ans après l'avènement de Louis XVI, que l'Isle de France et Bourbon vont fêter le nouveau souverain. Vivats, messe, *Te Deum*, bals. En 1793, la France de l'océan Indien continuera à crier : « Vive le Roi ! », alors qu'à ce roi, là-bas, on vient de couper ignominieusement la tête.

En 1776, François Marie de Carnoët a vingt-sept ans. Il vit avec sa famille sur une petite habitation de Pamplemousses qui appartient à son beau-père, le négociant Quettehou, qui possède trois entrepôts au Port-Louis. François Marie n'est pas très doué pour le commerce mais grâce à son beau-père qui s'est intéressé à son entreprise de charpente, il a pu mettre sur pied, au Trou Fanfaron, un chantier de construction ouvert sur la mer et dont la réputation a bondi de Saint-Malo à Lorient, de Bordeaux à Marseille. Le nom de Carnoët signifie le salut pour les vaisseaux qui ont subi des avaries et Dieu sait s'ils sont nombreux à casser du bois sur cette dangereuse route des Indes. On sait que les mâts et les quilles de Carnoët à l'Isle de France sont solides et on le presse de se lancer dans la construction de navires. Mais François Marie n'est pas encore outillé pour cela. Il se contente d'assembler des coques de bateaux de petites traversées, moins importantes que celles des vaisseaux de ligne, des chaloupes, des yacs.

Outre la charpenterie, son chantier comporte une forge et une étuve dont il a fait venir les éléments et les plans de Hollande pour goudronner les câbles et les cordages.

Il gagne de l'argent et fait, à présent, figure de notable. Il a son banc à l'église Saint-Louis et fait partie du Conseil supérieur. Il est invité dans les meilleures maisons où l'on goûte fort son entrain et sa joie de vivre.

François Marie aime les femmes à la folie. Il aime leurs formes, leurs couleurs, leurs chiffons, leur caquetage. Il leur plaît, évidemment et cela ne va pas sans quelques tracas, du côté de la sienne, qui est d'une jalousie vigilante. François Marie se tient (à peu près) tranquille pour ne pas se mettre mal avec sa belle-famille qui a de plus en plus de part dans ses affaires.

C'est pourquoi, ainsi tenu en lisière, il s'intéresse beaucoup aux marivaudages des autres, à leurs histoires d'amour, à leurs dévergondages et aux scandales qui en résultent parfois. Plus l'histoire est leste, plus elle le réjouit. Il n'en manque pas. L'île de cette fin de siècle, avec son brassage de populations, ses allées et venues continuelles sur le chemin de la guerre des Indes, ses jeunes femmes souvent seules et désœuvrées car elles ont de nombreux domestiques pour s'occuper de leurs enfants et de leurs maisons, l'Isle de France et son climat qui échauffe les sens, n'encourage guère les bonnes mœurs. A tel point que le prude et prudent Suffren n'aimera pas beaucoup que ses troupes y séjournent, car les hommes s'y trouvent si bien qu'ils n'ont plus envie de partir à la guerre[1].

Port-Louis embellit tous les jours. Les milliers de pieds de bois-noir qu'on y a plantés ont poussé et ombragent déjà les rues. Le soir, dès la fraîcheur venue, on déambule sur la promenade du Champs de Mars. Tout le monde, même les dames, s'y rassemblent. On boit de la bière, on discute de la paix qui vient, enfin, d'être signée avec l'Angleterre ou du ballon aérostatique que l'on a lâché de l'habitation des Hauterive.

C'est surtout quelque temps avant la Révolution française que la vie de François Marie semble avoir été le plus agréable. Le vieil homme qui écrira ses souvenirs vers 1820, s'attachera à rappeler surtout ceux de sa jeunesse, quand il est arrivé dans l'île et ceux de sa vie d'homme fait, quand il aura une quarantaine d'années, comme si ces deux périodes avaient été les plus importantes, les plus mémorables de son existence.

En 1787, son temps se partage entre la culture de ses terres, au Morne et son chantier de bateaux, au Trou Fanfaron. Il fait pousser, avec plus ou moins de réussite — car les cyclones viennent trop souvent ravager les moissons — du café, du manioc, du coton et de l'indigo. La canne lui donne moins de tracas et il exporte, par son beau-père, le bois d'ébène coupé dans ses forêts de la montagne.

Du Morne, il se rend au Port-Louis par un bateau qu'il a construit pour son usage personnel, un bateau bizarre qui tient de la pirogue et du chasse-marée, gréé carré, qui remonte bien au vent. Passer par la mer est plus commode et plus rapide que

1. Il notera dans son Journal : « Ce pays-ci amollit ; il y a une quantité de jolies femmes et une façon de vivre fort agréable. [...] Si on y a des succès on n'en doit plus revenir ; fuir surtout cette île qui ressemble à celle de Calypso. [...] Je sers pour faire la guerre et non pour faire la cour aux femmes de l'Isle de France. »

d'emprunter le chemin de terre, si mauvais que les chevaux s'y déferrent et s'y cassent parfois les jambes.

Souvent, François Marie reste plusieurs jours au Port-Louis. Il dort chez des amis ou, au pire, dans une cabane de son chantier, ce qui lui permet d'échapper à la surveillance de sa femme. Il conjugue ainsi une double vie de célibataire et de père de famille. Son heureux caractère, sa gaieté, son entrain en font un convive apprécié et il est souvent invité par l'un ou l'autre des officiers, en escale sur la route des Indes et dont il répare les bateaux. Beaucoup d'entre eux ont installé leur famille dans l'île.

Le va-et-vient incessant des navires amène tous les jours des têtes nouvelles ou ramène des connaissances. Par son métier qui le met en contact avec la maistrance, François Marie est à la source des nouvelles, des cancans et de tout ce qui se trame à Lorient ou à Saint-Malo, au Cap, à Bourbon et même à Pondichéry.

Exilé depuis près de vingt ans dans cette île qui est devenue sa patrie, où il est heureux dans la famille qu'il s'y est faite, la France cependant lui manque cruellement, certains jours. Elle lui manque physiquement. Il a envie d'un hiver véritable, avec de la neige sur les champs, de la terre durcie par le gel et des chevaux qui fument par les naseaux. Il a envie d'arbres défeuillés. Il meurt de ne plus sentir le parfum sucré des aubépines de mai sur ses haies d'Argoat. Il rêve des poissons de France dont même les plus humbles ont plus de goût que ceux d'ici. Il a des fringales de galettes de sarrasin, de tripes au cidre et de ces lièvres à la royale, marinés au vin de Bourgogne, que sa mère accommodait si bien. Il a même le regret de ce qui, autrefois, lui semblait pénible, le fin, l'insidieux crachin qui transperçait ses vestes de drap, le ciel bas de novembre sur les chênes dénudés de Carnoët ou, en été, l'odeur souvent insupportable de l'eau qui croupissait dans les douves familiales que, faute d'argent, on ne curait pas souvent. Tout cela lui manque et le plonge parfois dans des accès de nostalgie qui lui mettent les larmes aux yeux. Anne qui est une femme concrète, a tiré un trait, une bonne fois pour toutes sur ce pays lointain dont elle n'a que de très vagues souvenirs. Elle hausse les épaules. Ses propres enfants écoutent poliment ses récits de brume et de neige, les récits de cette Bretagne que l'éloignement rend fabuleuse, et qu'ils ne connaîtront jamais, cette Bretagne qui agite leur père comme un accès de fièvre endémique.

Un rien fait éclater ces crises. Un mot, un nom, une chanson de son enfance, *Auprès de ma blonde* ou *Trois Jeunes Tambours*, fredonnée par un matelot. Alors, cette France qu'il ne reverra sans doute jamais, lui monte à la gorge et la serre.

C'est pourquoi il aime et recherche tous ceux qui en reviennent, tous ces capitaines, ces officiers, ces matelots qui rapportent dans les plis de leurs vareuses, l'air de là-bas. C'est pourquoi François Marie s'applique à panser leurs bateaux blessés, content à l'idée que ces quilles, ces étraves, ces étambots qu'il remet en état, iront bientôt mouiller dans les eaux de son enfance. Et c'est comme si lui-même y retournait.

Mais les plaisirs de l'île chassent vite les chagrins de l'exil. Les nouveaux débarqués ne demandent qu'à rire et à festoyer. Durant leurs escales, les officiers sont invités partout. On sait que la nourriture à bord n'est pas bonne. On les gâte. Parfois, ils louent une maison à terre et y transportent la vaisselle de leurs bateaux pour recevoir à leur tour. Toute cette jeunesse, comprimée pendant des semaines, des mois de navigation, à peine à terre, se défoule à l'envi.

François Marie se souvient de joyeux dîners chez le gouverneur, François de Souillac qui a gardé son accent de Sarlat ; chez Antoine de Menou — les Menou, de Nantes — qui a été Garde-marine et en a conservé la turbulence et le goût des mystifications ; chez les Schuller, chez les Hautcrive qui font des briques à Montagne Longue, chez les Ligeac de Pamplemousses. Partout, on danse, on fait de la musique. Les soirées sont très gaies chez les Kersauzon de Goasmelquin dont la jeune maîtresse de maison (née Trobriant), l'une des plus belles et des plus spirituelles femmes de la colonie, est, dit-on, en coquetterie avec le lieutenant de vaisseau d'Ainant qui lui fait une cour acharnée, quand son mari est absent. Ce qui ne l'empêchera pas d'émouvoir toute la colonie par son chagrin quand Kersauzon mourra en huit jours d'une peste attrapée dans l'épidémie qui a éclaté à bord du *Nécessaire*. La jeune veuve qui vient d'accoucher, est bien émouvante, avec son nouveau-né dans les bras. Elle veut suivre son époux au tombeau. Elle ne le suivra pas et François Marie cite, à son propos, l'ironique M. de La Fontaine :

> *La perte d'un époux ne va pas sans soupirs :*
> *On fait beaucoup de bruit et puis on se console.*
> *Sur les ailes du Temps, la tristesse s'envole*
> *Le Temps ramène les plaisirs...*

Si les jeunes filles de l'île apparaissent un peu niaises, il y a, à l'Isle de France, des jeunes femmes « on ne peut plus intéressantes », note pudiquement François Marie. Mme Desroulette, jolie, vive et qui danse à ravir, Mme Destours qui est une ravissante et joyeuse veuve, Mme de Chermon, si gracieuse mais affligée d'un mari stupide, brutal et jaloux.

Quelques originaux ont aussi frappé sa mémoire, comme ce comte d'Harambure, ruiné par sa prodigalité et qui emprunte de l'argent qu'il ne rend jamais. Sa logeuse du Port-Louis qui n'a pas été payée depuis six ans, a même été obligée, pour qu'il décampe, de faire décoiffer de son toit la maison qu'elle lui loue. Il y a Mme Robillard, une curieuse personne qui se vêt en homme et adore se battre en duel. On la redoute car c'est une bretteuse de première force. On dit aussi qu'elle ne cherche querelle qu'aux jolis garçons. Ou encore, ce phénomène qui vit près de Rivière Noire, le comte Saint-Rémy de Valois (frère de la comtesse de la Motte, la voleuse du collier de la Reine). Ce Valois de Rivière Noire, pauvre comme Job, se prétend de sang royal, par un bâtard d'Henri II et affirme que Louis XVI lui a usurpé sa couronne. Il vous rebat les oreilles de sa généalogie et s'épanouit d'aise quand on lui donne du Monseigneur.

François Marie aime beaucoup Antoine d'Entrecasteaux, un parent de Suffren qui vient d'arriver de l'Inde sur la *Résolution*, pour succéder, comme gouverneur, à François de Souillac. Un drame familial a obscurci la vie d'Antoine. Son frère, président au parlement d'Aix, a trucidé sa femme pour épouser sa maîtresse, une demoiselle de Castellane, elle-même épouse d'un magistrat qu'elle a empoisonné pour s'en débarrasser. Après le scandale qui a suivi ce double meurtre, Antoine a voulu démissionner de la marine mais le Roi qui a cet officier en estime, a refusé sa démission, estimant qu'il n'était pas responsable des actes de son frère. Et il lui a donné le commandement de la *Résolution*. Après avoir fait le tour du monde dans des conditions périlleuses, il a été nommé gouverneur de l'île.

Il y a encore Antoine d'Unienville qui n'est pas encore l'homme sérieux qu'il deviendra[1]. Les femmes de l'île raffolent de ce beau lieutenant de vaisseau de vingt-trois ans et se l'arrachent pour leurs réceptions car c'est un musicien hors pair. Il les charme au violon et au flageolet. Il compose des chansons, des opéras, danse à ravir et peut animer, à lui seul, toute une soirée.

Mais les amis que François Marie préfère sont deux Bretons, comme lui. L'un s'appelle Motais de Narbonne, l'autre est Charles Magon.

Motais, nommé depuis peu commissaire général et intendant par intérim des îles de France et de Bourbon, est né à Hennebont, près de Lorient, Sa famille est installée à Bourbon, ce qui fait de lui un célibataire, lorsqu'il vient séjourner à l'Isle de France. Toujours prêt à participer à une partie de plaisir, c'est le plus joyeux et le plus remuant compagnon qu'on peut avoir pour dîner, chasser ou pêcher. Il est parfois pénible à supporter quand, ivre, rond comme une roue de carrosse, il titube mais redresse sa petite taille, pris de susceptibilité aiguë et provoque en duel tous ceux qui, à son avis, le regardent de travers. François Marie qui est pacifique n'aime pas du tout l'agressivité éthylique de Motais qui l'oblige trop souvent, puisqu'il est son ami, à prendre son parti et à se battre à ses côtés.

L'autre, Charles Magon — Magon de Saint-Malo — est le fils de Magon de Villebague, ancien gouverneur des deux îles. Charles est entré dans la marine à quatorze ans. A vingt-trois, il commande la gabarre l'*Amphitrite*. Il est marié à une femme plus âgée que lui, drôle, excellente harpiste et qui a une très jolie voix. Le défaut de Magon, c'est son goût effréné pour les femmes. Il ne pense qu'à elles et passe son temps à tomber amoureux et à vouloir séduire à tout prix, ce qui lui a valu, dans l'île, le surnom de « gros-cerf-la-

1. Maire de Savane, après 93, député et président de l'assemblée coloniale. Ami de Decaen, il perdra toutes ses charges en 1810 et gagnera sa vie, pendant trois ans, en donnant des leçons de violon. Nommé ensuite archiviste de l'île, il sera l'auteur d'une très intéressante *Statistique de l'Ile Maurice* qui sera publiée à Paris, après sa mort.

plaine[1] ». Même dans cette société assez libre, ses frasques font scandale et lui coûteront sa femme qui, lassée par cet incorrigible don Juan, se séparera de lui, quelques années plus tard.

Carnoët, Magon et Motais sont inséparables. Qui voit l'un, voit les deux autres. Motais qui aime la pêche à la folie, entraîne ses deux amis du côté de Rivière Noire, dans le barachois de Tamarin, pour attraper de gros bécunes[2] qui remontent parfois jusque dans la rivière ou ces grosses tortues de mer dont la chair ressemble à s'y méprendre à du bœuf tendre.

Ou bien ils s'en vont tous trois, à l'aube, tirer dans la montagne des cerfs et des cochons marrons[3], des perdrix, des tourterelles mauves. En revenant, ils pourchassent, le long des grèves, les corbigeaux[4] qui fouillent dans la vase et s'envolent en poussant de triomphants kikikikiki dès qu'ils ont trouvé un mollusque à digérer.

Les retours de pêche ou de chasse donnent lieu à de fameux dîners sur l'une ou l'autre habitation. Poissons et gibier rôtissent sur des feux de braise entretenus par les esclaves, tandis que l'on accorde les instruments pour le concert qui va suivre.

L'île est folle de musique. Chaque maison de la colonie a un ou plusieurs musiciens amateurs dont certains sont excellents. Le soir, au Port-Louis, les rues bruissent de violons, de guitares, de clarinettes et de flûtes. Magon joue du cor et du piano-forte. Carnoët, du violon dont il a appris les rudiments dans son enfance. Il joue moins bien que le beau d'Unienville mais il tient sa partie honorablement et assez pour faire danser.

Quand les expéditions des trois compères ne s'achèvent pas dans une maison convenable, certains soirs où la bière, le vin et les matapans[5] ont eu raison de leur raison, Magon les entraîne vers le Camp Malabare où de délicieuses petites négresses aux culs tout ronds, rôdent dans la nuit. Mais là, curieusement, la mémoire écrite de Carnoët se tarit. Comme s'il voulait faire croire aux

1. En rut, comme le gros cerf dans la plaine.
2. Bécune : ou thazard, gros poisson bleu foncé, cousin du thon et du barracuda. Il nage très vite et possède des dents redoutables.
3. Sangliers.
4. Courlis Corlieu. Echassier au long bec incurvé dont la chair est excellente.
5. Diables.

futurs indiscrets qui mettront leur nez dans son cahier noir, que seuls, l'endiablé Magon et Motais se livraient à de luxurieux déportements.

C'est seulement à la fin du mois de janvier 1790, qu'on apprend qu'une révolution a commencé à Paris, par la reddition de la Bastille. A Maurice, la Révolution française n'aura pas le caractère sinistre des événements qui se produiront en métropole. Le climat ne s'y prête pas et les habitants sont pacifiques. A peine quelques exaltés s'improviseront jacobins et tenteront de copier, de loin, ce qui se passe en France. Des discours. Des formalités.

En 1793, on plantera un arbre de la Liberté surmonté d'un bonnet phrygien au Champ de Mars puis une statue assez ridicule symbolisera, elle aussi, la liberté. Il y aura des fêtes de sans-culottes, des « déesses Raison » portées en triomphe mais qui ne seront guère prises au sérieux. Des carnavals.

Les prêtres, peu nombreux dans l'île et pauvres, ne seront guère inquiétés ; ils ne font envie ni ne gênent personne. On se contentera, pour la forme, de saisir leurs maigres biens et on les obligera momentanément à quitter leurs vêtements ecclésiastiques.

Il n'y aura pas de Terreur à l'Isle de France. On changera la potence du Champ de Mars contre une guillotine, on coupera le cou d'une chèvre pour l'essayer et on démontera l'appareil, plus tard, sans s'en être servi.

C'est pourquoi François Marie sera horrifié quand il apprendra ce qui s'est passé en France : l'exécution du Roi et de la Reine, les massacres en Vendée, à Lyon, à Paris et les horreurs de Nantes. Chaque bateau qui arrive de France apportera des nouvelles d'une incroyable férocité. François Marie apprendra que deux de ses frères ont été guillotinés, qu'un troisième a réussi à se sauver en émigration et que le petit château des Carnoët a été vendu avec ses terres.

A l'Isle de France, le changement de régime se manifestera surtout par des mots et des tracasseries. Dans les églises, on ne chantera plus *Domine salvum fac Regem* mais *Domine salvum fac Gentem.* On supprimera les insignes et les emblèmes de la royauté. Il faudra porter des cocardes. Des noms de rues changeront. Port-Louis s'appellera un moment Port-et-Ville-de-la-Montagne, Bourbon deviendra la Réunion et Mahébourg, Portde-la-Fraternité. La pratique du calendrier républicain, compliqué et malcommode sera très impopulaire et ne remplacera pas longtemps le calendrier traditionnel.

Hormis l'inquiétude et le chagrin qu'on éprouvera dans la colonie, en apprenant la mort, en France, de nombreux parents et amis, les événements de la période révolutionnaire ne seront guère ressentis à l'Isle de France où les colons seront plus affectés par certains avatars locaux : création de l'impôt sur le revenu, restriction légale de l'usage des liqueurs fortes ou service militaire obligatoire pour les hommes de quinze à quarante-cinq ans. L'abolition de la traite, elle-même, sera assez bien acceptée. Mieux, en tout cas, que la libération des esclaves qui sera proposée, plus tard.

Bénie, égarée dans l'*étanlontan,* a du mal à reprendre pied dans son siècle. Tous ces Carnoët qui se sont succédé à Maurice, depuis François Marie, lui donnent le tournis. Ce qui la surprend le plus c'est que, à part François Marie et son petit-fils Hervé qui ont laissé par leurs écrits des traces de leurs vies, elle ne connaîtra jamais rien des autres Carnoët, jusqu'à son grand-père. Rien que des dates de naissance, de mariage et de mort. Sans parler de tous les Carnoët d'avant, ceux de France, perdus dans les brumes de l'oubli. Comme si tous ces êtres humains qui ont tout de même vécu pendant un certain nombre d'années, n'avaient existé que pour se reproduire. Quel homme a été Yann, fils de François Marie ? Et Jean-Louis, mort en 1829 ? Et Erwann-Louis ? Et son arrière-grand-père, encore un Yann mais 1870-1905, celui-là ?

Et du côté des femmes Carnoët, l'obscurité est encore plus totale. A part Guillemette et Anne, entrevues dans le cahier noir, les autres s'étaient évanouies dans le néant. Les femmes, à part quelques lettres, n'écrivaient pas. Savaient-elles seulement lire ? La plupart n'étaient pour les hommes de leur temps que des ventres et des dots. Mais comment était-il possible que, parmi toutes ces mères-de-mes-enfants, pas une seule Carnoët, dans ce gouffre du XIXe siècle n'ait laissé quelque souvenir d'un caractère, d'un amour ou d'un caprice ?

Il y a, dans le bas du placard, une grande boîte remplie de

photographies entassées dont les plus anciennes, collées sur des supports de carton, doivent remonter à 1850. Il y a là un siècle et demi de Carnoët, hommes, femmes, enfants, vieillards, couples, groupes dont personne n'a pris soin de noter les noms et les dates. Bénie en est accablée : personne ne pourra plus jamais lui dire qui ont été ces êtres humains anonymes dont les visages lui glissent entre les doigts, tous ces gens dont elle procède et que la mort a dissous depuis longtemps. Ni qui ils ont été ni ce qu'ils ont fait de leurs vies. Il y a là une collection impressionnante de mémères rondouillardes et graves, figées par l'appareil impressionnant qui fixait leur image. Pas un sourire. Pas un geste naturel. Elles sont assises, raides, la poitrine comprimée par des corsages baleinés jusqu'au menton, avec des petites mains potelées, posées sagement l'une sur l'autre, sur leurs genoux bien joints. Ou, debout, appuyées à l'épaule d'un homme assis, jambes croisées, la chaîne de gousset apparente dans l'écartement d'une redingote. Il y a des collégiens dans leurs uniformes, quelques officiers de marine qui bombent le torse.

Beaucoup de barbes et de moustaches chez les hommes et, sur tous, un air de profond ennui. Les bébés, les enfants, vêtus, pour les plus anciens, de robes de dentelle qui rendent indiscernables les filles des garçons ont des airs de poupées ahuries, déguisées en essuie-plumes. Certains ont même l'air carrément idiots. Sûrement se côtoient dans cette boîte, plusieurs clichés du même être à des âges différents, sans qu'on puisse savoir qui est devenu qui.

Les photographies du XXe siècle, prises par des amateurs sont moins bonnes, moins nettes mais plus naturelles. Il y a des jeunes femmes aux cheveux courts en robes de tennis et des hommes glabres en pantalons clairs. Quelques sourires apparaissent sur les visages parce que l'appareil photographique fait moins peur et que celui ou celle qui le tient est un familier. On a pris l'habitude de la pose. On brandit une raquette, un gros poisson qu'on vient de pêcher, on se déguise, on montre son profil. Il y a des photos d'art, retouchées, de jeunes femmes aux purs visages, dont les imperfections ont été estompées par le photographe du Port-Louis. Elles se détachent sur les draperies d'un studio ou sur un fond vaporeux qui les dilue sous les omoplates. Elles ont des colliers de perles sur des cous nus et certaines regardent par-dessus une épaule remontée. Elles sont bonnes à marier et on a fait les frais de les emmener au Port-Louis pour fixer d'elles une image idéale, convaincante. Mais comment s'appelaient-elles ? Qui est, parmi elles, Bénédicte, la noyée ? Qui est Françoise de Carnoët, née Hauterive ?

Tous ces visages oubliés rappellent à Bénie une conversation avec Maureen, sa mère, quand elle avait une quinzaine d'années. Elles s'étaient querellées comme cela arrive entre mère et fille pour une robe refusée ou une sortie interdite et Bénie, furieuse, lui avait jeté au visage, qu'elle n'avait pas demandé à naître, phrase stupide, que tous les adolescents en révolte prononcent de génération en génération, pour se justifier de n'être pas ce qu'on attend d'eux.

Maureen s'était mise à rire et, calmement, lui avait expliqué que, si, justement, elle avait demandé à naître. Et même plus que cela. Elle lui avait raconté comment le minuscule têtard, invisible à l'œil nu qu'elle avait été s'était battu, avait lutté pendant des heures pour arriver enfin à trouver le nid qui ferait de lui un être humain vivant. Oui, elle avait demandé à vivre, et comment ! Car elle n'était pas seule à lutter pour parvenir au nid. Ils étaient des millions de petits têtards qui avaient la même prétention qu'elle. Cinq millions, au moins et un seul serait élu. Alors avait commencé une course folle contrariée par des obstacles perfides, des lacs empoisonnés, des collines exténuantes à franchir, des précipices mortels à éviter. Et Maureen avait même dessiné à Bénie les lacs, les collines et les précipices, tout en couleurs, avec les monstres microbiens qui guettaient les petits têtards, derrière des buissons organiques. Sans parler des quatre millions neuf cent quatre-vingt-dix-neuf mille neuf cent quatre-vingt-dix-neuf frangins et frangines, tous d'une férocité inouïe qui, tout le long de ce rallye infernal, essayaient de faire la peau au petit têtard qui s'appellerait Bénie de Carnoët, pour lui prendre sa place dans le nid douillet où elle commencerait à devenir un bébé. « Pas demandé à vivre, vraiment ? Pourtant, tu as gagné, Bénie. Tu as été la plus forte, la plus rapide, la plus vive, la plus habile, la plus féroce, aussi. Tu n'as pas eu la moindre pitié pour tes concurrents. Avec ta tête en pépin de raisin pointée en avant, tu as foncé vers le nid, obsédée par ton désir de gagner, de vivre, et tant pis pour ceux et celles qui te barraient le chemin. D'un coup de ta petite queue vibrillonnante, tu les balayais, tu les envoyais valdinguer, flac contre les rochers, flac dans les trous d'eau et les maelströms. Mille fois tu as failli te noyer, te dissoudre, te fracasser, t'engluer, t'égarer et mille fois tu as surmonté les dangers, les pièges, mille fois tu es repartie, fonçant vers la vie avec une obstination que tu as conservée, je dois le dire. Alors, *pleeeeeeeeease*, ne me dis plus *jamais* que tu n'as pas demandé à venir au monde ! Et ne dis jamais non plus que tu n'as pas de chance, puisque, cette fois-là, tu as gagné la course la plus extraordinaire, la plus périlleuse qui soit ! »

Bénie, convaincue par la démonstration de Maureen, n'avait plus jamais prononcé la phrase stupide. Mais ce qui l'avait troublée, dans cette histoire, c'est que *tous* les êtres humains qui, comme elle, étaient parvenus au nid de la vie, étaient aussi les gagnants de la course extraordinaire. Même ceux dont la vie, par la suite avait été brève, très médiocre ou très malheureuse. Elle comprenait difficilement pourquoi ils s'étaient donné tant de mal. Pourquoi ils avaient réussi. C'était inutile et absurde. Si elle considérait tous les têtards triomphants qu'elle connaissait, elle se posait des questions. Pour certains, ce n'était pas surprenant : ils avaient conservé de leur triomphe initial, quelque chose d'exceptionnel. Que Guillaume Apollinaire ou même son cousin Vivian aient été des têtards triomphants, n'avait rien de surprenant. Mais cette pauvre tante Charlotte et son frère jumeau ? Mais le fils des Gouffion-Chevry, de Moka, complètement banban, collé au plafond, qui se promenait depuis seize ans, la langue pendante, une main s'agitant sans cesse dans sa culotte et ne s'exprimait qu'en grognant comme un cochon, et la tante Thérèse, bête à manger du foin, et les Luneretz, difficile de penser que tous ceux-là avaient été, aussi, des têtards triomphants. Et tous ces Carnoët morts, dont les photos étaient entassées dans la boîte, tous ces têtards triomphants dont personne ne conserverait les noms et la mémoire, ils avaient triomphé, pourquoi ? Sinon pour produire d'autres têtards triomphants dont une proportion infime justifiait l'effort initial.

Et Bénie range la boîte qu'elle n'aurait pas dû ouvrir. Tous ces regards morts l'ont contaminée, lui ont sapé le moral. Elle se dit qu'elle n'est sans doute elle-même qu'un vieux têtard triomphant sur le chemin du néant. Il est vrai que Noël approche, que la chaleur augmente et que le baromètre descend en chute libre.

La seule histoire de femme un peu vivante, c'est dans les affaires personnelles de sa grand'mère qu'elle va la trouver. Un petit carnet aux feuillets fins, dont la couverture de cuir surchargée d'une décoration florale, porte le mot DIARY, en lettres d'or. Les pages sont remplies d'une écriture en pattes de mouche, un peu penchée, celle d'une jeune fille de 1886. Un nom sur la garde du livre : Jeanne de Quérancy, qui fut la mère de sa grand'mère de Carnoët.

Bénie lit.

4 juillet 1886.

Dîner chez les V. Il y avait là un jeune homme bien extraordinaire. Il s'appelle Paul. C'est le fils des T. de Souillac. Il vient du sud de la France où il est né. Il est très grand, très blond, avec une moustache un peu rousse. Le teint pâle. Il est beau. Il a dix-neuf ans. Il est très ironique et sûrement timide. Ma sœur Valentine est persuadée qu'elle lui plaît beaucoup. Valentine m'irrite quand elle croit que le monde entier a les yeux fixés sur elle.

5 août.

Paul T. est venu chez nous, hier soir avec Clément Charoux et James Le Maire. Papa les a retenus à dîner. Soirée très gaie. On a joué à colin-maillard, après le dîner. C'est Paul qui avait le bandeau. Il m'a attrapée et ne voulait plus me lâcher. Il n'est pas timide du tout. Valentine m'a dit ensuite que j'avais fait exprès de me faire prendre, que tout le monde s'en était bien aperçu et que cela n'avait pas fait bon effet. J'espère qu'elle ne va pas raconter ça à maman qui était partie se coucher. Paul est resté pour dormir dans la petite maison des invités, avec ses amis.

Ce matin, je me suis levée de bonne heure et je suis allée me promener sur la plage. Paul était là depuis le lever du soleil, à ce qu'il m'a dit. Il aime beaucoup Savannah. Il dit que c'est le plus bel endroit de Maurice. Il trouve que les couleurs de la mer, du ciel, des filaos et des cannes font penser à une assiette de Chine. Cela ne me serait jamais venu à l'idée mais il a raison.

J'ai l'impression qu'il est beaucoup, beaucoup plus âgé que moi et pourtant, il n'a que deux ans de plus.

Il est plus aimable quand il est seul que quand il est avec les autres. Plus doux, moins narquois. Nous avons parlé longtemps. Il est né en France et sa mère est morte peu après sa naissance. Il ne l'a donc pas connue mais il pense beaucoup à elle. Maman dit que c'est une histoire très triste. Elle était amie avec la mère de Paul qui s'appelait Emma et qui était très jolie. Paul dit qu'elle était brune, comme moi. Est-ce qu'il me trouve très jolie ?

Il a été élevé en France par des jeunes tantes. Son père est revenu à Maurice pour s'occuper de ses affaires avec sa fille aînée, Jane. Paul s'entend très bien avec Jane. Son père s'est remarié, il y a huit ans, avec une nièce de sa femme qui n'a que huit ans de plus que Paul. Il dit que c'est amusant d'avoir une belle-mère aussi jeune. Maman trouve qu'elle est trop jeune. Il a des demi-frères qu'il aime aussi beaucoup. Il ne les connaissait pas car c'est la première fois qu'il vient à Maurice. Son petit frère Stéphane est mort au printemps dernier. Il avait quatre ans et Paul dit qu'il en a été très triste. Il est enterré au cimetière de Souillac.

Paul lit beaucoup et il s'est moqué de moi parce que je ne lis jamais, à part Paul et Virginie, *de temps en temps. Il dit qu'on se rouille le cerveau quand on ne lit pas. Il a ajouté que cela n'avait pas beaucoup d'importance pour les femmes qui n'ont qu'une toute petite cervelle inoxydable. Il veut que je lui parle en créole, parce que cela le faire rire. Il m'appelle Floryse. Il dit que cela me va mieux que Jeanne. Je n'ai pas dit à Valentine qu'on avait parlé sur la plage.*

25 août

Nous avons rencontré Paul au Champ de Mars, aux courses en l'honneur de Sir John et Lady Pope Henessy. J'avais ma robe rose neuve et Valentine était en bleu ciel. Paul m'a fait un compliment et m'a caressé le bras, au moment où nous rentrions dans notre loge. Il est resté derrière moi et j'étais tellement émue que je n'ai rien vu des courses.

Je n'ose pas lui demander de revenir nous voir à Savannah. Comment faire, mon Dieu, pour qu'il vienne ? Je ne cesse de penser à lui.

Il m'a dit qu'il se promenait dans toute l'île avec ses amis. Il est invité partout. Il va chasser à Grand Baie. Parfois il habite à Curepipe à l'hôtel Salaffa, parfois à Souillac chez son père. Mais il va souvent aussi au Port-Louis. Il prend le train jusqu'à Mahébourg. Maman ne veut pas qu'on prenne le train. Elle a trop peur des accidents. Pourvu que Paul n'ait pas d'accident. J'en serais très, très triste. J'ai une nouvelle capeline avec des rubans bleus.

28 septembre

Hier, nous sommes allés montrer à Paul la fête du Yamsé à Chamouny. Il n'avait jamais vu de fête indienne et il était enchanté de voir ceux qui tournaient le feu, les acrobates et les lutteurs.

*Nous sommes rentrés très tard, en voiture, dans la nuit. Paul était assis entre Valentine et moi. Il chantait et plaisantait avec Yves et Pierre qui étaient assis sur la banquette mais ses mains n'étaient pas sages ! Il veut que nous lui apprenions à danser le séga. Mais qui, Valentine ou moi ? Le cheval a fait un écart et a failli nous verser dans le fossé. Paul nous a serrées dans ses bras pour nous empêcher de tomber. La nuit était très belle. Il y avait des étoiles filantes mais j'aurais aimé être seule avec lui. Dans le noir, Paul récitait des passages d'*Hamlet *en se donnant des claques pour tuer les maringouins qui venaient le piquer. Il prend des cours d'anglais avec Louis Gélé Ferré. Son accent est presque parfait. Mais il boit trop. Valentine m'a dit qu'il fumait du gandia comme les vieux Malabars. Comment le sait-elle ?*

Jeudi

Nous avons emmené Paul au jardin des Pamplemousses. Il avait très envie de le visiter à cause du poète Baudelaire qu'il aime beaucoup. Il a été déçu. Il trouve notre jardin épouvantablement ennuyeux avec tous ses écriteaux et ses gardes.

Pour une fois, je lui ai tenu tête mais il était de si mauvaise humeur que ni le palmier talipot qui ne fleurit que tous les cent ans, ni les beaux nymphéas du bassin n'ont trouvé grâce à ses yeux. Il dit que ses bois du Béarn sont mille fois plus beaux. Il marchait très vite dans les allées, si vite que j'avais de la peine à le suivre. Je crois qu'il le faisait exprès. Il avait l'air furieux et triste à la fois. C'est un enfant gâté. Les jeunes tantes qui ont remplacé sa mère l'ont sûrement entouré excessivement, lui passant tous ses caprices. Il ne supporte pas d'être contrarié ni que les choses soient autrement qu'il les avait imaginées.

Nous nous sommes disputés, sur le retour, à cause du jardin. Paul était glacé et me traita de sotte. Puis il s'en prit, je ne sais pourquoi, à Bernardin de Saint-Pierre. Il dit que c'est un sous-Rousseau, un imbécile doublé d'un hypocrite qui s'élevait contre l'esclavage, alors qu'il possédait des esclaves et les traitait fort mal. Il dit que son roman Paul et Virginie *est une misérable fleurette, une ineptie et que si nous aimons tant ce livre à Maurice, c'est uniquement parce que son action se déroule à Maurice, ce qui flatte notre vanité. Il a ajouté qu'il comprenait tout à fait que la belle Mme Poivre n'ait pas cédé à ce butor qui lui faisait une cour assidue. Et, pour me blesser, sans doute : « Voilà, dit-il, une femme d'esprit que j'aurais aimé rencontrer ici. Quelle merveilleuse créature ! »*

S'imagine-t-il que je puisse être jalouse de cette Poivre, mangée par les vers depuis cent ans ? Eh bien, oui, je le suis !

Je me suis laissé emporter par la colère et je lui ai dit, à mon tour des choses blessantes. « Ah, enfin, vous vous animez ! m'a-t-il dit en riant. La colère vous va très bien. »

Puis, l'écriture de Jeanne devenait plus heurtée, plus nerveuse, plus désordonnée. Sa plume, à plusieurs reprises, avait troué le papier.

12 mai 88

Valentine me ment. Ou si Paul, vraiment, l'a embrassée, hier soir, comme elle le dit, je ne le verrai plus jamais. Je suis si malheureuse que j'ai envie de mourir.

Suis allée rejoindre P., hier soir, sur la plage, comme il me l'avait demandé. J'ai dû attendre que la maison soit endormie. J'avais très peur en traversant le jardin mais les chiens n'ont pas aboyé.

On s'est querellés à cause de Valentine. Il l'a embrassée mais cela n'a, dit-il, aucune importance et c'est une sotte de me l'avoir répété. J'ai pleuré. Il m'a prise dans ses bras et, mon Dieu ! je n'ose même pas écrire la suite ! Si maman le savait, elle en mourrait ! Je suis rentrée avant le jour. Maintenant, je suis SÛRE qu'il m'aime ! Ne rien dire à Valentine.

...

Paul veut être consul. Il a le projet d'aller en Algérie dont le climat très doux conviendra à ses poumons fragiles. Il y apprendra le droit, utile pour sa carrière. Il n'a pas envie de rester à Maurice sur la guildiverie, comme son père le lui a proposé. Il veut voyager. Et moi ?

...

Je ne l'ai pas vu depuis trois semaines !

...

Dîner chez les V. à Moka. Paul était là. Il est très pâle, très maigre et il tousse. Ce temps trop chaud ne lui convient pas. Impossible d'être seuls et de se parler. Au moment où j'allais partir, il m'a dit qu'il m'attendrait, dimanche soir, sur la plage. Quel bonheur ! J'ai tellement prié la Vierge pour le revoir que j'ai été, ce matin, mettre un cierge pour la remercier. Je suis sûre qu'elle ne m'en veut pas de ce que nous faisons sur la plage. Elle protège notre amour.

...

24 octobre 1888

Pleuré toute la journée. Paul nous a quittés, hier, 23 octobre 1888. Il a embarqué sur le Pei-ho. *Je n'ai pas eu le courage de l'accompagner au Port-Louis. Je ne voulais pas voir son bateau s'éloigner. Il doit arriver à la Réunion, en ce moment. Il ne sera resté que 34 mois à Maurice et je suis triste à mourir.*

L'avant-veille de son départ, nous avons passé presque toute la nuit ensemble. Il m'a dit qu'il espère revenir un jour et si cela était impossible, qu'il ne m'oubliera jamais. Il m'a dit aussi : « Ah, Floryse, ce qui m'attriste le plus, c'est de penser qu'un jour, vous vous marierez et que vous deviendrez une grosse dame couverte d'enfants ! » Je lui ai juré que je ne me marierai pas. En tout cas, pas avec un autre que lui. Et que je ne deviendrai jamais une grosse dame.

Hier soir, j'ai tout raconté à Valentine qui a été tendre avec moi. Ma sœur chérie est ma meilleure amie. Avec qui pourrais-je parler de LUI si elle n'était pas là ?

12 novembre

Je n'ai plus faim, je n'ai plus soif, je n'ai plus envie de me promener, ni de jouer du piano, ni de danser, ni même de regarder la mer qui ressemble à une assiette de Chine. Je n'ai même plus envie d'aller à la messe. La Sainte Vierge m'a trahie. Tous les endroits où nous sommes allés, Paul et moi, sont pour moi, à présent, empoisonnés. A tout moment les larmes me viennent aux yeux. Je ne peux même plus voir le chien qu'il caressait.

17 décembre 88

Vivre m'est de plus en plus pénible. J'ai mal au cœur, tous les matins, en me réveillant. Valentine est très gentille. Elle fait ce qu'elle peut pour me sortir de ma torpeur. Elle m'a dit que Paul ne valait pas tout le souci qu'il me cause. Elle a su, par le frère de Mathilde que, pendant son séjour à Maurice il faisait la noce au Port-Louis, avec des actrices du théâtre.

20 décembre

Maman a fait venir le docteur. Ce qui m'arrive est épouvantable ! Je n'arrive pas à y croire ! La maison est devenue un enfer. Maman pleure et elle me gronde : « Comment as-tu pu faire une chose pareille ? » Elle dit qu'il ne faut pas en parler à mon père, pour l'instant. Elle cherche une solution.

Et puis, une dernière page :

22 janvier 1889

Maman a tout arrangé. Hier, je suis devenue l'épouse de Jean-François Hauterive. Il a trente ans et moi, vingt ans et demi. Il n'a pas l'air méchant. Nous allons habiter Saint-Aubin sur une terre que mon père nous a donnée. J'ai manqué à la promesse que j'avais faite à Paul de ne jamais me marier avec un autre que lui. Mais il fallait à tout prix étouffer le scandale. Il ne m'a pas écrit depuis qu'il est parti. Je crois que je ne le reverrai plus jamais.

C'est ainsi qu'en juin 1889, était né le petit Paul Hauterive, prématuré certes, mais tout à fait viable, qui sera le frère aîné de Mme de Carnoët. Jeanne de Quérancy, cette arrière-grand'mère de Bénie, avait eu, ensuite quatre filles et elle était morte d'éclampsie, à trente-deux ans, en mettant au monde, la dernière.

Entre-temps, elle avait manqué à la seconde de ses promesses faites à son fugitif amant : à force de manger des sucreries pour étouffer ses souvenirs et ses remords, Jeanne, dite Floryse, était devenue, une photo en faisait foi, une très grosse dame.

Quand elle racontait son enfance à Bénie, Mme de Carnoët, souvent, lui avait parlé de son frère Paul « qui nous ressemblait si peu », disait-elle. L'enfant, blond et chétif, différait en effet, totalement, des solides Hauterive. Après la mort de sa mère, il avait passé plusieurs années dans un sanatorium, en Suisse. Puis, guéri, il était revenu vivre à Maurice. Mais, toujours différent des Hauterive, il avait laissé dans l'île le souvenir d'un garçon bohème, coureur et inventif. Il avait beaucoup d'esprit mais ne s'exprimait qu'en créole, pour agacer les bourgeois. Françoise de Carnoët avait adoré ce grand frère marginal qui avait été l'ami de Malcolm de Chazal et du poète mauricien Robert Edwart Hart.

RÉVEILLÉE par les oiseaux, et par le regard posé sur elle, Bénie ouvre les yeux et aperçoit Laurencia, debout sous la varangue, au pied de son matelas. Laurencia, ce matin, est la statue noire de la Réprobation. Elle ne dit rien mais Bénie voit dans ses yeux que jamais, jamais, elle n'admettra que Mam'zelle dorme ainsi, par terre, seulement couverte d'un drap qui ne lui cache même pas les fesses.

— Eh bien quoi, dit Bénie, j'avais trop chaud dans ma chambre ! Arrête de faire cette tête ! Va plutôt me couler du café. J'ai mal au crâne.

Laurencia triomphe. Pas étonnant d'avoir mal à la tête quand on passe ses nuits dehors sans même se protéger de la lune, si malfaisante quand elle luit sur des personnes endormies. Et encore, si la lune était le seul danger ! Il y a les rôdeurs. N'importe qui peut venir jusqu'à la maison par les bois ou par la plage. L'habitation qui n'a pas de clôture, est ouverte à tout venant. La preuve : on voit souvent, au bas même de la pelouse, des promeneurs qui viennent, sans se gêner, regarder le soleil couchant. Lindsay en a fait déguerpir qui s'étaient carrément installés dans le pavillon pour pique-niquer. On a même vu des touristes en train de se photographier à côté des vieux canons.

Tout ça, encore, c'est pendant le jour. On voit venir. Ce que Laurencia craint par-dessus tout, c'est la nuit qui libère toute la méchanceté du diable. Dès que le noir est tombé, elle boucle la porte de sa case, les chiens couchés sur le seuil et mille roupies ne la feraient pas sortir de son antre protecteur. Elle ne sait pas lire mais son fils Armand qui a été à l'école, lui explique par le menu ce qu'il apprend dans le journal, les femmes qu'on viole, qu'on assassine, la jambe humaine qu'on a trouvée, coupée, sans le reste du corps, dans un champ de cannes du côté de Rose Belle ou ce boucher, venu de la Réunion, qui s'est fait égorger dans son lit, à Trou d'Eau Douce. Si Bénie veut finir comme ça, la gorge ouverte d'une oreille à l'autre — et le pouce de Laurencia souligne, sous son menton, ce qu'elle dit — elle n'a qu'à continuer à dormir ainsi, les fesses sous la lune.

Bénie a reposé sa tête sur l'oreiller, s'est roulée dans son drap et écoute, vaincue, les horreurs de la nénène. Elle sait que nul ne peut la faire taire quand elle est, ainsi, lancée. Elle l'écoute aussi parce que les histoires de Laurencia, au fond, l'amusent, avec les mots bizarres qu'elle emploie et la façon dont elle mime ce qu'elle raconte par tout un jeu des mains, des bras, de ses yeux qui roulent et de cent grimaces expressives. Elle l'écoute parce que la voix de Laurencia la ramène dans son enfance et que, sa grand'mère étant morte, cette vieille femme noire est peut-être sa vraie famille, la seule personne qui l'aime à Maurice, à part bien entendu, Vivian et Maureen. Mais ces deux-là, de plus en plus, vivent leur vie loin d'elle alors que cette Laurencia a gardé, sur elle, un pouvoir maternel réchauffant. Même si elle est agaçante, parfois, Bénie sait qu'elle est, pour elle, comme sa propre fille. Et, justement, Bénie a besoin, en ce moment, d'être la fille de quelqu'un.

Laurencia, abusée par l'attention de Bénie et son silence, persuadée qu'elle va bien finir par lui inspirer une peur salutaire, s'est assise par terre, à son chevet. Elle affirme, à présent, que non seulement il existe de mauvaises gens mais encore des personnes comme toi et moi qu'on a rendues mauvaises et dont il faut se méfier car elles ne savent pas ce qu'elles font. Elles ont le « malgache ». Elles sont envoûtées. Elle a connu un homme, à Flic en Flac, qui déracinait l'herbe avec ses dents quand il était en crise. D'autres tirent la langue, y posent un morceau de camphre enflammé qui s'y consume sans y laisser la moindre trace de brûlure. Certains ont la folie qui « lève » en un quart d'heure et se mettent à parler à toute vitesse dans une langue africaine que personne ici ne comprend.

Il y a eu une drôle d'histoire, autrefois, dans sa propre famille. Une sœur de sa mère que Laurencia a connue, quand elle était petite. Elle raconte que cette tante était très belle, quand elle était jeune, « toute claire de peau ». Dans le village, un bougre était amoureux d'elle mais, elle, le méprisait car il était bien noir. Cependant, il l'espionnait, la surveillait sans cesse. Alors qu'elle traversait le village avec sa mère, il entendit leur conversation et ces mots prononcés par la fille : « La nuit, tous les chats sont gris. » L'homme prit cette phrase pour une attention envers lui car il s'habillait de gris. A partir de ce jour, elle tomba gravement malade et cela dura des mois. Un soir, au plus fort de sa maladie, elle se leva, rassembla ses affaires et partit en robe de chambre, au milieu de la nuit. Passant dans le village, elle réveilla tous les Indiens laboureurs pour qui elle faisait de la couture à crédit ; elle leur réclama son dû. Puis, elle trouva un homme et sa charrette sur laquelle elle chargea ses affaires. Des habitants du village qui l'aimaient bien s'étonnaient en la voyant partir : « Mam'zelle, a coté ou pé allé ? » (Où donc allez-vous ?) Elle ne leur répondit pas et suivit la charrette, le vieil homme et le bœuf. On la déposa chez l'homme en gris où elle resta trois ans ! Quand sa mère venait la voir, elle faisait à ses questions des réponses incohérentes. Puis, la police s'en mêla mais personne ne put réduire le pouvoir que l'homme en gris avait sur elle. Un jour, il mourut, noyé et la jeune fille rentra chez sa mère, le soir même. Par la suite, elle épousa un courtier. Plus tard, devenue vieille, elle disait que les trois ans chez l'homme en gris étaient passés sans qu'elle s'en aperçoive et qu'elle ne se souvenait plus de rien, « li comm' ène movais rêv' » (c'était comme un mauvais rêve). Seule, la mort de ce sorcier l'avait délivrée. La mère de Laurencia disait qu'il l'avait envoûtée en faisant sur elle du Ti' Albert.

Laurencia n'est pas loin de se demander si cette Bénie qu'elle a torchée lorsqu'elle était petite, qu'elle a vue grandir, a bien toute sa tête à elle, aujourd'hui ; si elle n'est pas, elle aussi, victime d'un Ti' Albert. Elle ne la reconnaît plus. Pas seulement parce qu'elle dort sous la varangue. Ça, elle l'a toujours fait, malgré les mises en garde de Grand' Madam' et les siennes. Mais depuis qu'elle est revenue, depuis qu'elle est devenue la patronne de la grande maison, la vie ici est bouleversée. D'abord, elle a supprimé les repas de midi et du soir, ce qui ne s'était jamais vu de mémoire de Laurencia. Plus de nappe, plus de table dressée, plus de fleurs ! Depuis qu'elle est rentrée, on n'a pas senti dans la cuisine l'odeur d'un carry, d'un rougaille ou d'un bouillon-brèdes. Seulement des *breakfasts* et encore ! Quand Mam'zelle mange-t-elle ? Mystère ! Elle a bien ordonné qu'on lui laisse toujours dans la glacière, de quoi se faire un repas, Laurencia constate, tous les matins, qu'elle ne touche pas souvent à ses provisions. Régulièrement, Laurencia doit changer les salades fanées, les mangues blettes et les œufs trop vieux. Et quand dort-elle ? Souvent, la nuit, Laurencia qui a des insomnies, voit, de sa maison, briller à travers les arbres, les lumières de l'*Hermione,* jusqu'à des trois heures du matin.

Dieu, qu'elle a changé sa Bénie, depuis le temps où elle parvenait à lui faire peur, quand elle refusait d'aller se coucher. Il suffisait alors de lui dire : « Tention ! Loulou pou passer ! Ou... çat marron pou' mang' toi [1] » pour qu'elle s'enfouisse sous ses draps et se tienne tranquille.

Aujourd'hui, elle ne craint plus ni le loulou, ni la çat marron, ni les rôdeurs. Elle ne craint plus rien, comme la tante quand elle marchait, sourde et aveugle, derrière la charrette qui la menait à son homme gris.

Cependant, Laurencia n'a pas dit son dernier mot. Puisque Grand' Madam' n'est plus là, c'est à elle de veiller sur la petite. La prochaine fois qu'elle la verra partir avec sa voiture, elle en profitera pour brûler des pastilles de camphre, un peu partout dans la maison, pour éloigner les mauvais esprits. On ne se méfie jamais assez. Et, puisque, pour l'instant, elle l'écoute, elle va bien finir par lui faire comprendre ce qu'elle risque.

Laurencia, assise sur ses talons, se rapproche du matelas de Bénie et marmonne qu'il y a pire encore que les humains malfaisants, les fous, les assassins et les envoûtés qui rôdent. Ceux-là sont bien vivants, on peut les attraper et leur taper dessus pour en avoir raison, si c'est nécessaire. Mais les autres ! Ceux qui n'ont ni corps ni forme, ceux qui ne sont qu'ombres dans l'ombre et souffles dans le vent, les insomniaques de l'autre monde, les âmes en peine, les gniangs, les esprits pleureurs que des messes et des messes ne parviennent à apaiser... Laurencia a encore baissé la voix pour évoquer ces revenants impalpables et terriblement actifs qui remplissent la nuit de leurs regards invisibles, de leurs mains

1. « Attention ! Le loup va venir ou la chatte sauvage va te manger ! »

transparentes, de leurs rires, de leurs paroles qui courent au ras du sol, dégringolent des plafonds et font dresser le poil des chiens qui voient souvent ce que nous ne voyons pas.

Laurencia, à présent, chuchote et Bénie remarque que la peau de ses maigres bras nus, subitement s'est engrumelée et frissonne. La peur qui la submerge tout à coup tandis qu'elle évoque les ombres de la nuit est contagieuse. Bénie, à son tour, frissonne. Non pas à cause de ces histoires à dormir debout que lui débite sa nénène mais parce que cela vient justement au lendemain d'une expérience personnelle, on ne peut plus troublante.

La veille, seule dans la maison où elle avait passé la journée à fouiller dans les papiers de la famille, Bénie, comme la nuit tombait, s'était aperçue qu'elle avait faim. Elle était allée se faire cuire des œufs sur le plat, dans le petit office qu'avait fait installer sa grand'mère, entre le salon et la grande salle à manger et qui était réservé à la confection des petits déjeuners.

Tandis que ses œufs cuisaient, Bénie qui avait laissé ouverte la porte du salon, entendit soudain des craquements bizarres qui venaient de cette pièce. Elle n'y avait d'abord prêté qu'une attention distraite, étant habituée aux bruits de la vieille maison dont le moindre changement de température agitait les bois de la toiture ou des parquets qui se dilataient ou se rétractaient, selon le degré d'humidité de l'air. Les oiseaux qui nichaient dans le chaume du toit, les souris ou les petits rats qu'on voyait parfois courir sur les poutres, les insectes qui grignotaient les charpentes faisaient aussi toutes sortes de bruits qui lui étaient familiers. Mais, cette fois, les craquements étaient si nets et si forts que Bénie avait allumé les lumières du salon pour en connaître l'origine.

A son entrée dans la pièce, les bruits avaient cessé et Bénie allait retourner dans la cuisine lorsque les craquements reprirent de plus belle. Ils provenaient d'une jolie table ronde de la Compagnie des Indes, assez massive, de bois sombre, dont le plateau à l'entour finement sculpté à jour, reposait sur un pied central également sculpté et posé sur quatre pieds solides qui se terminaient en pattes de lion.

C'est là, sur cette table, bien éclairée par la fenêtre durant le jour et par une grosse lampe de porcelaine chinoise, le soir, que Mme de Carnoët s'installait pour des travaux d'aiguille ou rédiger son courrier. Bénie reprenant les habitudes de sa grand'mère, y avait posé, le matin même, un bloc de papier à lettres, avec l'intention de répondre à une longue et tendre lettre de Patrick Sombrevayre, reçue trois jours plus tôt.

Il n'y avait pas de doute, c'était cette table qui craquait. Pas encore inquiète mais très intriguée, Bénie avait allumé toutes les lumières du salon, y compris celle de la lampe chinoise, pour aller voir de plus près ce qui s'y passait. Les craquements semblaient venir du centre de la table. Elle avait alors posé ses mains à plat sur le bois et s'était aperçue que la table frémissait légèrement, comme à Paris, quand le passage d'un métro souterrain fait trembler certains immeubles jusque dans les étages supérieurs. Cette fois, rien ne pouvait expliquer le frémissement de la table que Bénie ressentait très nettement dans les paumes de ses mains. Les craquements, cependant, avaient cessé.

Elle pensa d'abord que ce phénomène était dû à ses propres mains et, pour en avoir le cœur net, elle était allée remplir un verre d'eau à la cuisine qu'elle avait posé sur la table. La surface de l'eau, d'abord immobile, s'était mise tout à coup à bouger et si fort que quelques gouttes s'étaient échappées du verre comme si l'eau commençait à y bouillir. Puis, tout s'était calmé et Bénie, en y reposant les mains, avait constaté que la table, cette fois, était inerte.

Curieusement, ce phénomène, loin de l'effrayer, l'avait intriguée et elle s'était dépêchée d'aller manger ses œufs pour revenir au plus tôt dans le salon. Tout en surveillant la table par la porte ouverte, elle avait avalé son dîner à même la poêle, impatiente d'en avoir terminé pour revenir à cette table qui l'attirait et dont elle avait hâte de s'approcher à nouveau. Tout en mangeant, elle ne la quittait pas des yeux et il lui sembla, un moment, qu'elle se soulevait légèrement sur deux de ses quatre pieds mais ce n'était là sûrement qu'un mirage de son imagination car, par ce mouvement, la lampe chinoise, déséquilibrée, aurait dû se renverser alors qu'elle n'avait même pas vacillé.

Bénie se trouvait dans un état d'excitation très singulier. Soigneusement, elle avait refermé la porte de la cuisine et celle qui ouvrait sur la varangue, comme lorsqu'on s'apprête à une conversation intime.

La table, à présent, demeurait tout à fait immobile et silencieuse et Bénie, quelque peu déçue, avait commencé à la provoquer, caressant le plateau de ses paumes ouvertes, l'interpellant même à voix haute : « Alors ? Alors ? C'est fini ? Tu ne bouges plus ? », tout en riant intérieurement à l'idée de la tête que ferait son cousin Vivian, par exemple, s'il la voyait parler à une table. Elle s'était à demi couchée sur le plateau, l'enserrant, les bras écartés, son visage posé de profil, l'oreille contre le bois lisse, comme pour l'ausculter. Mais la table, toujours immobile, ne bronchait pas. Bénie s'impatientait, dépitée et elle s'était même permis d'allonger un coup de pied dans le piètement, sans provoquer la moindre réaction.

Alors, elle s'était résolue, puisque la table boudait, à l'utiliser en meuble ordinaire et à y écrire enfin cette lettre à Patrick qu'elle remettait depuis quarante-huit heures.

Pour trouver l'inspiration, elle commença par relire les cinq feuillets tassés, recto verso, qu'elle avait reçus de lui et qu'elle n'avait fait que parcourir, rebutée par la fine écriture qui exsudait la tendresse et lui parlait d'avenir. Elle avait honte d'accueillir si mal les élans épistolaires de ce jeune homme qu'elle avait décidé d'épouser, cependant elle devait se rendre à l'évidence : Patrick Sombrevayre faisait partie de ces êtres que la distance efface, qu'on oublie dès qu'ils ont disparu, dont l'absence ne pèse pas. Elle était bien obligée de s'avouer que ce jeune homme charmant dont elle avait pensé avec raison, qu'il ferait un mari commode, c'est-à-dire suffisamment amoureux pour la protéger dans la vie et suffisamment occupé par sa profession pour ne pas attenter à sa liberté, elle était bien obligée de s'avouer que ce fiancé parfait, vu de loin, l'ennuyait. Elle pressentait qu'avec lui, sa vie serait peut-être douce mais sans surprise. Vivian avait eu raison de la mettre en garde ; elle avait eu tort de ne pas l'écouter.

Maintenant, elle se sentait prise au piège et ne savait plus comment s'en sortir, à moins de lui faire de la peine et cette idée lui était pénible. Elle aurait aimé recevoir, au lieu de cette lettre adorable, un mot bref lui expliquant qu'il s'était trompé et qu'il en aimait une autre. Quel soulagement elle aurait éprouvé à le féliciter et à l'oublier.

En même temps, elle se disait que, n'ayant pas choisi de faire un mariage d'amour, l'absence d'exaltation qu'elle éprouvait était normale et faisait partie de son entreprise raisonnable. Toutes les jeunes femmes qui, comme elle, avaient résolu de se marier par raison, avaient dû, comme elle, ressentir ce manque d'enthousiasme, ce découragement, avant de sauter le pas. Ce qui s'agitait en elle, en ce moment, c'était la Bénie romantique, un peu bêtasse, qui rêvait d'absolu, la Blanche-Neige qui parpelinge et se tord les mains en chantant : « *Un jour mon prince viendra...* », c'était l'Iseult saoulée par le philtre magique, bu par inadvertance, c'était à cause de ce besoin qu'ont les femmes de vouloir prolonger infiniment une extase qui n'est extase que le temps d'un éclair de chaleur. Puisqu'elle, Bénie, avait eu l'intelligence de parier sur le temps plutôt que sur l'extase, ce n'était pas le moment de tout envoyer promener. Tant pis pour l'exaltation. Exalté, Patrick l'était pour deux, comme en témoignait sa longue, son interminable lettre qu'elle avait sous les yeux et à laquelle elle se devait absolument de répondre aujourd'hui, au moins pour ne pas se conduire comme la dernière des salopes. Elle allait faire un effort.

Elle tripotait son stylo à bille, cherchant son début, soucieuse d'apparaître au moins à la hauteur de sa tendresse à lui, cherchant les mots qui lui feraient plaisir, ceux que son âme simple attendait mais, malgré sa bonne volonté, rien ne venait. Cela lui rappelait une certaine lettre de condoléances qu'elle avait eu à écrire quelques années plus tôt à sa marraine qui venait de perdre son mari. Ne sachant comment tourner cette lettre qui l'assommait, elle avait appelé sa grand'mère à son secours qui lui avait répondu d'un air agacé : « C'est pourtant simple, Bénie ! Laisse parler ton cœur ! » Facile à dire. Cette fois encore, son cœur, sollicité, harcelé, mis en demeure de parler, se taisait obstinément ou ne lui soufflait que des messages télégraphiques : « Tout va bien : stop : je t'aime : stop, salut ! » que Patrick jugerait sûrement irrecevables.

Cherchant ses mots, elle gribouillait sa page, y traçant de ces petits dessins machinaux chers aux esprits vagabonds lorsque, soudain, sa main posée sur le papier fit un brusque écart, démarra toute seule et se mit à tracer des lignes onduleuses. Poussée par une force qu'elle ne contrôlait pas, sa main entraînait le crayon à bille sur le papier, de gauche à droite, se soulevait au bout de la page, revenait à gauche, au début d'une nouvelle ligne, à toute vitesse et c'était comme si cette main ne lui appartenait plus. Elle allait, allait, en même temps, Bénie sentit que, sous son poing, la table, à nouveau, frémissait.

Épuisée, elle laissa tomber son crayon, au bout de quelques lignes et examina attentivement ce que sa main avait tracé. Les premières lignes étaient illisibles, réduites à des traits horizontaux, à peine compliqués, çà et là par des amorces de lettres mal formées comme en font les enfants qui feignent de savoir écrire. Puis les lettres se dessinaient de mieux en mieux et des mots apparaissaient, reliés les uns aux autres, sans interruption et Bénie se souvint que, tandis que sa main courait sur le papier, elle la sentait si lourde, si pesante, qu'elle ne pouvait la soulever. Les dernières lignes étaient claires et Bénie déchiffra cette phrase surprenante : ASSEZ FAIRE COUILLONNADES !

Elle arracha la page gribouillée, reposa sa main et son crayon sur la page suivante, attendit.

— Pourquoi COUILLONNADES ? dit-elle à voix haute.

La main se remit en mouvement et Bénie lut : CET HOMME EST BON POUR TOI.

— Quel homme ? dit-elle.

— PATRICK, écrivit la main.

Alors s'était poursuivi un délirant dialogue, composé de questions formulées par Bénie et de réponses tracées par sa main, certaines en pur français, d'autres mitigées d'expressions créoles.

— Mais qui êtes-vous donc ?

— Paul.

— Quel Paul ?

— Ton grand-oncle.

— Paul Hauterive ?

— Hauterive... si tu veux. C'est le nom qu'on m'a donné.

— Vous me connaissez ?

— Oui. Mais toi, tu ne me connais pas. Tu es née bien après que je sois parti d'ici.

— Vous êtes le frère de ma grand'mère ?

— Oui. Le frère de Françoise.

— Où êtes-vous ?

Silence. La main de Bénie resta immobile.

— Où êtes-vous ? répéta-t-elle.
— Là-bas. Là-bas et ici. Je voyage.
— Vous êtes... mort ? dit-elle à voix basse.
— Comme tu dis, bouffi !
— On vous a enterré à Pamplemousses ?
— Je préférerais être à Guétary.
— Où ça ?
— En France. J'y vais quelquefois.
— Pourquoi me parlez-vous, à moi ?
— Parce que tu me fais rire. Parce que tu as de beaux tétés et une belle croupe. Nous aimons cela, à Guétary.
— Que voulez-vous me dire ?
— Assez faire couillonnades !
— C'est tout ?
— Non. Dis à cette dinde de Charlotte qu'elle se trompe. Le trou n'est pas le bon.
— Quel trou ?
— Le trou de Souillac. Qu'elle tourne le dos à la mer. A dix pieds à droite du trou qu'elle est en train de fouiller, elle trouvera.
— Elle trouvera quoi ?
— Les coffres que Bertrand Geoffroy, le capitaine de la *Railleuse*, a déposés là, avec son ami, Joseph de Laborde. Anatole Ravon l'aidera. Nous lui avons déjà conseillé de prendre une autre orientation mais elle n'en fait qu'à sa tête. Elle a tort de ne pas nous écouter.
— Qui ça, nous ?
— Ceux qui sont près de moi. Ses amis.
— Qui est-ce ?
— Alexandra, la mère de Betty Tiger, Bertrand et Joseph qui ont décidé de leur offrir ce que contiennent les coffres pris sur le brick anglais, au péril de leur vie.
— Quand ont-ils mis ces coffres à Souillac ?
— En 1746. Ils voulaient revenir les prendre, plus tard, avec une escorte mais ils ont fait naufrage au sud de Madagascar et Bertrand y a péri.
— Pas Joseph ?
— Non. Une chaloupe l'a sauvé. Il est rentré en France, dans

son château de Méréville. Il est mort plus tard. En 1794, il a été guillotiné.

— Que faisait-il sur la *Railleuse*, il était marin ?

— Non. Il était parti avec Bertrand pour chercher des arbres rares qu'il voulait planter dans le parc de son château. Je l'aime beaucoup. Nous nous entendons très bien.

— Pourtant, vous n'avez pas vécu à la même époque que lui, mon oncle ?

— Non. Mais le temps n'existe pas et les morts n'ont pas d'âge. Nous nous sommes retrouvés en amitié.

— Où ça ?

— Tu es trop curieuse... Dis aussi à Charlotte qu'elle cesse de me faire dire des messes. Ça m'énerve. Elle ferait mieux de m'acheter un cigare et de me l'allumer car j'en meurs d'envie. J'aimais tellement les cigares... Et maintenant... adieu, je... suis... fatigué...

Bénie s'était réveillée, épuisée, elle aussi. Elle s'était endormie, la tête sur la table, sur un fouillis de feuilles manuscrites. L'aube était proche. Elle n'avait pas vu passer les heures.

AINSI donc, ce que racontait la tante Charlotte et ses amies était vrai. Pourtant, tout le monde, depuis trois ans, faisait des gorges chaudes à propos de Betty Tiger, Chantal Carrouges et Charlotte de Carnoët auxquelles un guéridon tournant avait révélé, à ce qu'elles disaient, l'emplacement d'un trésor, déposé par des corsaires, au XVIIIe siècle, à la pointe Sainte-Marie, derrière le cimetière de Souillac.

Aidées par Anatole Ravon, spécialiste en recherches de trésors et par Christian Fradet, un autre passionné qui avait prêté des ouvriers et du matériel de son entreprise, les trois vieilles filles avaient commencé une fouille à la pointe Sainte-Marie, guidées dans leur recherche par les « communications » de l'au-delà.

Toutes les îles sont des coffres-forts de pirates et Maurice n'échappe pas à la règle. La recherche des trésors y est permanente depuis que l'île est habitée et même les plus sceptiques admettent que les fortunes enfouies ne relèvent pas entièrement de la légende. A l'époque de la « guerre de course » encouragée par le roi de France, entre autres, de nombreux navires se sont entre-pillés dans l'océan Indien. Certains corsaires, devenus pirates, y ont aussi chassé pour leur propre compte. Souvent, ils enfouissaient leurs prises dans des lieux connus d'eux seuls, détournant des rivières pour les protéger, disposant des signes, des points de repère, des organeaux en forme de fer à cheval ou de têtes de tortue gravés dans les rochers pour retrouver leurs cachettes. Mais beaucoup périssaient dans les dangers de la mer, sans avoir eu le temps de revenir chercher leurs biens et les trésors égarés à la Réunion, à Madagascar, aux Seychelles, à Rodrigues et à Maurice continuent à enfiévrer les convoitises et les imaginations, encouragées, de surcroît, par certaines trouvailles. Ainsi, un paysan qui labourait un champ, à Bel Ombre, avait découvert l'entrée d'une cache, vraisemblablement vidée de son contenu, au début du siècle, comme en témoignait un chapeau de cette époque, trouvé au fond du trou. D'autres trésors avaient été mis au jour à Riche en Eau et à New Grove, sans compter ceux dont les inventeurs ne s'étaient pas vantés, pour éviter d'avoir à partager, selon la loi, leur découverte avec le gouvernement[1].

On chuchotait qu'Anatole Ravon qui ne possédait pas un sou vaillant mais entretenait plusieurs chantiers de fouilles, avait sûrement déjà trouvé « quelque chose » et assez important pour lui permettre d'entretenir ses recherches. Parfois, des actionnaires se réunissaient pour financer des investigations.

Le fait que Mlle de Carnoët et ses amis fouillaient à Souillac n'avait donc pas tellement surpris mais ce qui faisait rire à leurs dépens étaient les rapports de plus en plus bizarres que les trois vieilles filles entretenaient avec leurs informateurs de l'au-delà.

Maureen Oakwood qui, de temps en temps, allait prêter la main au guéridon de Riambel, Maureen que n'effrayait pas l'extravagance, Maureen elle-même avait fait part à Bénie de ses inquiétudes quant à la façon dont les « esprits » avaient fini par gouverner la vie quotidienne des trois demoiselles. Non seulement, feu la mère de Miss Tiger faisait sursauter sa fille par un « Tiens-toi droite ! », assez inattendu quand on savait que Betty frôlait la soixantaine mais encore elle lui dictait des recettes pour les soirs où les esprits s'invitaient au bungalow. Ces soirs-là, la table était mise pour sept convives et Betty, Chantal et Charlotte s'adressaient cérémonieusement aux quatre chaises vides. Les esprits faisaient des caprices. « Jetez, madame, une rose à la mer. » Ou bien : « Allumez donc la télévision pour nous distraire. »

Depuis que le guéridon s'était mis à parler, toutes sortes de faits extraordinaires se produisaient à Riambel. Paul Hauterive, farceur de son vivant, ne l'était pas moins dans l'au-delà ; pour faire des farces à la bonne, il faisait disparaître des objets familiers qu'on

1. La recherche des trésors est tellement courante à Maurice que celui qui ouvre une fouille doit, légalement, demander un permis au ministère des Terres et Logements et payer une taxe.

retrouvait, plus tard, aux endroits qu'il indiquait. Les fleurs posées devant la photo de Mme Tiger ne fanaient pas pendant trois semaines. Ou bien Joseph de Laborde, ami des plantes, révélait que si tel arbuste du jardin dépérissait, la racine importune d'un arbre voisin en était la cause. On déplantait l'arbuste, on trouvait effectivement la racine coupable et le veloutier transplanté, florissait.

Bénie, parfois, était allée aux week-ends de fouilles organisés par sa tante Charlotte. La surface du chantier était délimitée par des fils de fer barbelés et deux tentes étaient dressées, l'une pour abriter de la pluie le moteur générateur d'électricité et dissimuler aux curieux la remontée éventuelle du trésor, l'autre pour les ouvriers qui venaient y dormir dès le vendredi soir pour être à pied d'œuvre au jour levant. Bénie observait avec amusement l'excitation de la tante Charlotte qui avait troqué ses jupes désuètes contre un pantalon de toile et ses dentelles contre un bourgeron, vêtements plus convenables pour arpenter le chantier. Désormais férue en science quincaillière, elle discutait avec les ouvriers de marteau-piqueur Cobra, de masse, de pioche, de barre à mine ou de compresseur Broomwade. Des parasols étaient plantés au ras des tombes du cimetière, sans clôture du côté de la mer, pour abriter les sandwiches du pique-nique et les rafraîchissements destinés à ranimer la force des terrassiers bénévoles, tandis que Chantal Carrouges qui était le scribe du guéridon, sautillait de groupe en groupe, une liasse de papiers à la main, la boussole autour du cou, distribuant les directives. Elle ressemblait à une *script*, pendant le tournage d'un film. Miss Tiger, assise sur un pliant, se « tenait droite », surveillant les allées et venues, abritant son teint fragile sous un chapeau de paille.

Il y avait plus de trois ans qu'on fouillait à la pointe Sainte-Marie. On avait découvert une galerie, un vieux clou marin à huit pieds de profondeur et, à quinze, des traces de poudre à canon et l'amorce d'un virage à angle droit. Mais de trésor, pas. Arrivés au niveau de la mer, il avait fallu employer des pompes pour chasser l'eau de l'excavation. C'est alors que feu Paul Hauterive avait conseillé de creuser plus loin, ce à quoi se refusait — *God knows why !* — Mlle de Carnoët.

Une évidence avait frappé Bénie : les chercheurs étaient beaucoup plus passionnés par leur recherche que par le trésor lui-même. Quand, impatiente, elle avait suggéré de faire sauter à la dynamite toute la pointe où l'on soupçonnait que se trouvait le trésor, on l'avait regardée avec horreur, comme si elle venait de proférer un sacrilège. Même au nom d'une logique expéditive, il était hors de question de casser le rêve à la dynamite. Ces gens qu'elle avait choqués par cette proposition brutale, étaient prêts à creuser en vain jusqu'à leur mort, plutôt que d'être convaincus, en quelques instants, d'avoir poursuivi une chimère. Bénie en avait conclu que les messages du guéridon ne devaient être, eux aussi, que des émanations d'esprits chimériques.

Mais voilà qu'à présent, c'était à elle, Bénie, que Paul Hauterive s'adressait.

LE téléphone est mort, une fois de plus. Une ligne cassée, quelque part et l'*Hermione*, perdue au bout de sa pointe est devenue comme une île dans l'île. Impossible d'appeler la tante Charlotte pour lui communiquer le message qu'a capté sa main. Impossible surtout de joindre Maureen à Blue Bay. A la minuscule poste de Rivière Noire, les préposés ne savent rien et s'amusent visiblement de voir trépigner la jeune fille. Quand le téléphone reviendra ? Ils lèvent les mains à hauteur des épaules. *Bad connection !* Il faut attendre. Derrière la petite maison de bois qui sert de *post office*, on aperçoit les tombes désordonnées du cimetière. Les chèvres et les boucs du gardien pâturent entre les sépultures, les escaladent. Un paille-en-cul descend en vol plané et se perche sur une croix, toisant les boucs.

Attendre quoi ? S'il y a une chose que Bénie abomine, c'est bien d'attendre. Elle remonte dans sa voiture et file vers le sud. Parce que le téléphone refuse de lui laisser entendre la voix de sa mère, elle n'a plus envie que de cela : parler à cette Maureen que, finalement, elle connaît si peu. C'est à cause de Noël, sans doute. Peut-être qu'à Noël, tous les anciens bébés ont envie de se blottir dans les bras de leur mère. Rien que ce mot, blottir, la fait fondre. Il y a longtemps qu'elle ne s'est blottie quelque part. Peut-être aussi que toutes les mères ont besoin, à Noël, de serrer un enfant contre elles. Maureen l'appelle, depuis ce matin, elle le sent et Bénie appuie à fond sur le vieil accélérateur et fonce sans même voir la route qu'elle connaît par cœur. Elle conduit machinalement, freine dans les villages, évite les paysans assis sur la route, contourne les nids-de-poule creusés par les pluies sur cette voie secondaire que le gouvernement trouve superfétatoire de réparer.

Le visage de Maureen, son rire, sa voix, ses gestes l'obsèdent tant que, pour une fois, Bénie est indifférente à ce qui la réjouit d'habitude sur cette route, les flamboyants, dans la côte du Morne qui font au bitume un tapis de fleurs, l'horizon marin qui bondit, somptueux, en haut des côtes, le calme poignant d'un village de pêcheurs. Elle a dépassé, sans s'en rendre compte, l'avenue royale qui traverse la sucrerie de Bel Ombre et la végétation mystérieuse de Souillac. Elle fonce, traverse des *narrow bridges* qui surplombent des torrents cascadeurs aux combes tapissées de songes immobiles. Elle traverse les nuages noirs des camions et des cars qui rament dans les côtes. Pourvu qu'elle ne soit pas en danger ! Pourvu qu'elle ne soit pas morte, elle aussi ! Elle chasse cette idée maléfique, la remplace par une vision de Maureen bien vivante, indestructible. Elle est pieds nus sous sa varangue, rêveuse, avec son beau regard violet perdu dans le vague, tandis que ses doigts fins courent sur les cordes de sa guitare. A Londres, autrefois, quand elle était petite, Maureen, pour l'endormir, s'asseyait ainsi au pied de son lit et effleurait les cordes de sa cithare jusqu'à ce que les yeux de Bénie se ferment. Et aujourd'hui, ce n'est pas la route de la Plaine Magnien qu'elle voit défiler par les vitres de la voiture, ni l'horizon montagneux qui se découpe sur un ciel surchauffé, c'est une fenêtre de Portobello derrière laquelle descendent des flocons de neige. Comme à toutes les fenêtres de Londres, un arbre de Noël clignote, derrière le *bow-window*. Bénie a quatre ans, elle entend la cithare de Maureen et tient dans sa main une mèche de ses longs cheveux soyeux qu'elle roule entre ses doigts, qu'elle passe et repasse sur l'endroit si sensible, entre la lèvre et le nez. Les cheveux de Maureen sentent la bruyère et le patchouli. Derrière elle, il y a Yves, son père, assis au travers d'un fauteuil, les jambes par-dessus l'accoudoir. Il regarde la grande endormir la petite, en fumant de longues cigarettes qui sentent le miel, tandis que la neige s'accumule, ouatine les carreaux de la fenêtre. Maureen est une fée ; elle fait tomber la neige, la musique sort de ses doigts et elle permet qu'on touche à ses cheveux pour qu'un bonheur total emporte sa fille dans le sommeil. Yves qui les regarde se demande de laquelle il est le plus amoureux, la petite ou la grande.

La voiture de Bénie frôle l'aéroport, emprunte la vieille piste d'avion désaffectée qui mène au Lagon Vert. La piste s'enfonce, droite, entre les champs de canne à sucre, traverse des terres en friche, hérissées d'énormes blocs de basalte, sûrement tombés de la lune. C'est une route d'une largeur démesurée, ponctuée de culs-de-sac qui devaient servir à faire tourner les avions et Bénie se dit que, vraiment, seule une fée peut vous obliger à rouler en 4 L sur une piste d'envol pour gagner son repaire.

Avec ses badamiers géants, ses frangipaniers et ses pelouses tirées au cordeau, le parc de l'hôtel Lagon Vert, frais, ombreux, est une oasis après le désert qui borde la piste. Bénie s'engage sous le couvert des arbres, stoppe sa voiture à l'ombre, remarque que la Méhari rouge de Maureen est parquée, un peu plus loin, ce qui indique qu'elle est chez elle.

Il y avait là, autrefois, une jolie maison basse au toit de chaume, couverte jusqu'aux yeux d'une fourrure de bougainvillées. L'hôtel, agrandi pour les besoins du tourisme a supprimé cette maison qu'on a reconstruite en bois et béton dans le style rustico-mussolinien des camps de vacances dernier cri. Dès l'entrée, une piscine-haricot miroite auprès du bar, avec une estrade pour l'orchestre chargé, tous les soirs, d'abattre à grand renfort de décibels, la mélancolie du soleil couchant.

Le Lagon Vert fait partie de la chaîne hôtelière qu'administre l'oncle Loïc. Il a été, longtemps, l'objet de tumultueuses discussions familiales. Vivian ne pouvait admettre qu'on démolisse la vieille maison pour la remplacer par cette architecture pesante, copiée sur celle des grands hôtels de la côte est, ni qu'on ravage le parc plus que centenaire de l'ancienne propriété pour y construire de nouveaux bungalows. Mais Loïc de Carnoët était resté absolument imperméable aux arguments de son fils qu'il trouvait rétrogrades et stupides. L'hôtel, voisin de l'aéroport, devait être agrandi pour contenir une clientèle touristique plus nombreuse d'année en année et qui appréciait particulièrement de ne pas s'éloigner de son point d'arrivée et de départ. A peine débarqués de l'avion, les vacanciers trouvaient là ce qu'ils étaient venus chercher : un matelas de plage sur du sable blanc au bord d'une eau tiède, des chambres climatisées, une perpétuelle et langoureuse musique européenne, diffusée jusque dans les toilettes par des haut-parleurs invisibles. Cette musique avait l'avantage, aux dires des spécialistes en organisation vacancière, de créer une intimité qui évitait le sentiment de dépaysement et effaçait les bruits, oppressants à la longue, de la mer et du vent dans les branches de filaos. Le soir, la musique langoureuse faisait place aux éclats roboratifs de l'orchestre qui se mettait en batterie, dès l'apéritf, couvrait les bruits des repas, meublait les conversations difficiles et effaçait les stridulences de la nuit tropicale.

Le même esprit de confort moderne et de joyeuse convivialité avait fait supprimer la salle à manger, jugée trop solennelle avec ses menus à la carte et ses serviteurs empressés pour cette nouvelle clientèle qu'on se proposait de capter (de *cibler*, disait Loïc, converti au vocabulaire qui s'imposait désormais). Cette clientèle préférait, en effet, les longs buffets chargés de mets, devant lesquels ils faisaient la queue en maillot de bain, l'assiette à la main, puisant à leur gré dans les crudités, les fruits et les gâteaux, uniquement servis par des grilleurs de viande ou des touilleurs de carry qui leur évitaient de se brûler sur les barbecues. Des tonneaux de vins sud-africains, en perce, permettaient de remplir soi-même son verre, à volonté. Ce système de *self-service* établissait entre les convives une chaleureuse familiarité qui transformait vite les rapports des touristes entre eux. La preuve : au bout de deux jours, rares étaient ceux qui résistaient au tutoiement. Sans compter l'économie qu'on réalisait ainsi, en main-d'œuvre et en nourriture. Car si les touristes, aux premiers repas de leur séjour, se jetaient sur les plats offerts en toute liberté — certains faisaient même des provisions qu'ils emportaient dans leurs chambres — ils étaient vite rassasiés et diminuaient considérablement leur consommation, les jours suivants.

L'oncle Loïc était formel : cette nouvelle formule hôtelière était un succès. Le Lagon Vert qui, naguère, n'était guère fréquenté que par le personnel navigant en escale et par quelques amoureux égarés, était, à présent, surbondé de cargaisons d'Allemands et d'Italiens fournis par les tour-opérateurs. Il fallait réserver longtemps à l'avance. On refusait du monde et l'hôtel marchait à plein rendement. Un succès qui se confirme de jour en jour, disait Loïc d'un air satisfait. La nouvelle clientèle était enchantée et même *se fidélisait*. Le secret de cette réussite était simple : assumer le client, lui éviter d'avoir à prendre des initiatives fatigantes, lui éviter le moindre effort et même le *nurser* jusque dans ses distractions. Le matin, il tombait de son lit pour plonger, non dans la mer mais dans la piscine, plus sécurisante. Les plus aventureux sillonnaient le lagon balisé, en planches à voile ou se faisaient tirer sur des skis nautiques. Pour le soir, on avait engagé des animateurs pour mettre de l'ambiance et organiser toutes sortes de jeux qui facilitaient la promiscuité. Il y avait des concours de beauté, des courses en sac, des loteries et même des soirées de théâtre amateur qui permettaient aux touristes de se défouler en se travestissant et en improvisant des personnages qu'ils n'étaient pas. Une bénédiction pour les solitaires ou les couples fatigués. Tout le monde était d'accord pour juger que le meneur de jeu qu'on avait fait venir de la Réunion était un boute-en-train remarquable qui ne volait pas son salaire. Il n'était que de le voir suer sur son micro, certains soirs. Dès qu'apparaissait celui que tout le monde appelait familièrement Herbert, les visages s'éclairaient. Ce beau métis avait une façon de taper sur le ventre des hommes et de passer un bras câlin au cou des femmes qu'il appelait « mon poulet » quel que soit leur âge, qui mettait tout de suite de la bonne humeur. Et comme il n'était guère porté sur les femmes, les maris le voyaient d'un bon œil.

Que pouvait-on rêver de mieux pour une ou deux semaines, passées dans l'île ? On assurait même aux vacanciers une bonne conscience touristique en promenant dans l'île ceux qui le désiraient. Des cars climatisés les emportaient vers ce qu'il convenait de leur montrer à Maurice : le grand marché du Port-Louis dont les odeurs fortes étaient compensées par le pittoresque inusable du marchand de plantes, chez qui ils faisaient provision de tisanes aphrodisiaques, contre la constipation ou l'insomnie ; le jardin de Pamplemousses où ils s'extasiaient sur les talipots ; les terres de couleur de Chamarel ; les volières et les tigres encagés de Casella. Le car s'arrêtait même à certains « points de vue », pour permettre de prendre des photographies. Parfois, certains touristes, plus hardis que les autres, demandaient à ce qu'on les arrêtât près d'une boutique de souvenirs. Le cas était prévu et le chauffeur stoppait docilement devant l'une ou l'autre des boutiques sélectionnées, chinoises pour la plupart, où l'on pouvait acheter des nappes brodées à la main, avec les douze serviettes assorties et des napperons crochetés, pour des prix très abordables.

Mais la plupart du temps, les vacanciers se contentaient des boutiques de l'hôtel où ils trouvaient leur bonheur : des coquillages inconnus, rongés par l'acide jusqu'à la nacre, arrachés par les plongeurs aux profondeurs de la mer, des rameaux de corail détachés du récif et des cornes de cerf montées en lampes de chevet, des torchons imprimés Paul-et-Virginie et toutes sortes de dodos, en osier, en bronze, en peluche et même peints sur des porte-monnaie de cuir ou de plastique. Ils pouvaient aussi trouver là une collection de cartes postales qui représentaient en majorité des plages d'hôtels de l'île — ceux de la chaîne, ce qui faisait une publicité indirecte — bordées de cocotiers où des touristes se prélassaient sous des parasols de paille. Il y avait aussi des vues de piscines, prises sous éclairage nocturne, qui découpait les cocotiers en ombres chinoises, avec des pin-up qui plongeaient ou buvaient des cocktails multicolores, en robes décolletées et fendues. Elles s'appuyaient aux bras d'hommes bronzés, qu'on devinait baraqués sous les vestes claires et qui souriaient amoureusement, en découvrant des dentures éblouissantes. Les images mêmes du bonheur.

Au fil des années, on avait soigneusement retiré de la circulation, les cartes postales qui risquaient de compliquer le circuit des promenades en donnant aux touristes des idées d'indépendance et l'envie d'aller traîner dans des coins perdus de l'île où leur présence n'offrait aucun profit pour les hôtels. Le tourisme sauvage ou vagabond n'entre pas dans les ordinateurs. Seules, d'obscures boutiques chinoises de village conservaient dans leurs présentoirs des cartes postales désuètes, vieilles images de salines, du Port-Louis, de champs de canne à sucre, de pagodes ou de charrettes à bœufs menées par des indigènes. Et encore, elles étaient toutes gondolées et salies de chiures de mouches. Vivian les collectionnait avec une ferveur désespérée qui exaspérait son père. Il le traitait de snob et l'accusait de refuser de marcher avec son temps. Vivian était accablé. « Ça ne vous inquiète vraiment pas, demandait-il, de penser qu'un jour, nos plages seront envahies, déshonorées par des alignements d'hôtels où s'entasseront ce que l'humanité compte de plus bruyant, de plus vulgaire, de plus salissant ? » A quoi Loïc répondait, agacé, que c'était là une attitude qui témoignait d'un manque de réalisme navrant. Les touristes et leurs devises étant, en quelque sorte, le pétrole de Maurice, il convenait, au contraire, pour l'équilibre économique du pays, de les attirer en leur offrant ce qu'ils souhaitaient y trouver. Était-ce sa faute si l'Europe était le puits le plus important de ce pétrole-là ? Si l'Europe se démocratisait et vieillissait ? Loïc, homme d'affaires averti, ne s'attardait pas, lui, à de vaines nostalgies. Il allait de l'avant, il planifiait l'avenir (« Phrases de vieux con ! lisait Bénie dans le regard expressif de son cousin, il n'y a que les vieux cons qui parlent ainsi d'aller de l'avant ! ») Ces touristes que tu trouves regrettables, continuait Loïc, sont des merveilles, comparés à ceux qu'on nous promet dans les dix ans à venir. D'après les statistiques que nous avons, ceux qui s'annoncent seront les mêmes mais en vieux. Des « troisième âge » en retraite, ce qui nous obligera à modifier totalement nos structures d'accueil. Mais ce pétrole-là sera encore plus rentable que celui d'aujourd'hui : il bourrera nos hôtels à longueur d'année.

Et il décrivait alors une île Maurice envahie de vieillards plus ou moins valides, encadrés de service médicaux appropriés. Sur les plages, les planches à voile et les skis nautiques seraient remplacés par des pédalos et des bateaux traîne-couillons à fond de verre et toit isolant. On prévoyait des orchestres de tangos et des tournois de bridge ou de scrabble, des buffets diététiques, une infirmerie avec un centre de réanimation. On doublerait les kinésis. On installerait une pharmacie. Déjà les architectes travaillaient aux plans des futurs bâtiments, ajoutant des accès en pente pour les fauteuils roulants. Quant aux compagnies d'aviation, elles passeraient des contrats avec des entreprises de pompes funèbres internationales, pour assurer le rapatriement des corps, en vols de nuit, par avions spéciaux, afin de ne pas déprimer les survivants.

Bénie traverse le hall du Lagon Vert où des serveurs sont en train de fixer au plafond des guirlandes électriques et des bouquets de ballons de caoutchouc multicolores, certains en forme d'obscènes saucisses que des guirlandes en poils scintillants relient les uns aux autres. Noël va faire fureur, dès que la nuit sera tombée.

A cette heure de la matinée, tous les bateaux du ponton sont partis en mer, sauf celui de Marco. Assis à croupetons dans sa pirogue, il monte ses lignes de pêche et Bénie sait, d'avance, ce qu'il va lui dire, dès qu'il l'aura aperçue. La même plaisanterie, depuis des années. Elle ôte ses sandales, entre dans l'eau, s'approche du bateau.

— Ki manièr' Marco ?

Le vieux a levé la tête et son visage se fend de plaisir.

— To pou al' guett' to manman lor to plance ? To pa gagn' peur ? (Tu vas voir ta mère en planche à voile ? Tu n'as pas peur ?)

— Merci, non, dit Bénie. Tu me traverses ?

Elle monte dans la pirogue tandis que Marco range ses lignes, bascule le moteur dans l'eau et tire sur le démarreur.

Quand elle avait douze ans, Marco Pillet lui a sauvé la vie, ni plus ni moins. Elle allait passer le week-end chez sa mère et le chauffeur de *l'Hermione* l'avait déposée au Lagon Vert où elle attendait, sur la plage, que le gardien de Maureen vienne la chercher, en bateau. Des planches à voile étaient couchées sur le sable, près du *boat-house* et Bénie avait décidé d'en prendre une pour traverser, toute seule, l'étroit bras de mer qui sépare la plage du Lagon Vert de l'îlot des Deux Cocos où se trouve la maison de Maureen. Bénie était très forte, en planche à voile ; elle avait même gagné plusieurs concours, organisés au Morne pour les enfants. En bateau à moteur, il ne fallait même pas dix minutes pour atteindre l'îlot qu'on voyait, de la plage de l'hôtel, comme une touffe verte posée sur la mer. Bénie était sûre d'aller encore plus vite avec sa planche, ce qui épaterait sûrement Maureen et lui vaudrait des applaudissements, à l'arrivée.

Elle avait ôté sa robe sous laquelle elle portait un maillot de bain, y avait roulé ses sandales, avait arrimé le tout autour de sa taille. Puis, elle avait poussé l'une des planches à la mer et avait commencé à glisser, sûre d'elle, vers l'îlot. Bénie était déjà grande pour son âge et aucun des vacanciers allongés sur la plage ne s'était étonné de voir cette adolescente qui prenait le large. Une bonne petite brise gonflait sa voile mais, très vite, elle avait eu affaire aux courants violents de la baie et, au lieu de filer droit sur les Deux Cocos, elle avait été déportée vers le récif. Jusqu'alors, elle ne s'était aventurée que sur le lagon tranquille du Morne et elle ignorait tout des courants perfides de Blue Bay. Pour redresser sa direction, elle avait viré de bord à plusieurs reprises mais en vain. Elle s'éloignait de plus en plus. Une mauvaise manœuvre l'avait fait tomber de sa planche qui lui avait cogné la tête, l'étourdissant. Elle y était remontée et s'était épuisée à redresser la voile mouillée, trop lourde pour ses petits bras, tandis que le courant continuait à l'entraîner et justement vers l'endroit où la barque Delbair, disait-on, avait fait naufrage il y avait longtemps, un jour de cyclone, ce qui ne la tranquillisait pas. Ça et les requins qui, parfois, franchissaient la barre pour venir se promener de ce côté-là.

Bénie s'épuisait. A plat ventre, accrochée à sa planche dont la voile traînait dans l'eau, elle avait commencé à paniquer et sa tête lui faisait mal. C'étaient les requins, surtout, qui l'épouvantaient. Toutes les histoires qu'elle avait entendu raconter à leur sujet lui revenaient. Par exemple, Stéphane disait que si les requins pouvaient être inoffensifs et même jouer avec les plongeurs qui les rencontraient sous l'eau, ils prenaient un malin plaisir à bouffer les pieds et les jambes, qui dépassaient des bateaux. Et Bénie avait justement les pieds qui traînaient dans l'eau. Et personne alentour, pas un ski nautique en vue, pas un pédalo, pas un pêcheur. Et la planche continuait, poussée par le courant, à peine ralentie par la voile immergée, à s'éloigner. Bénie claquait des dents. Elle n'arrivait même plus à se souvenir des paroles du *Souvenez-vous...* la prière qui sauve de tous les périls, celle que sa grand'mère lui avait fait réciter tous les soirs de sa petite enfance. La trouille lui brouillait la mémoire. Toujours à plat ventre, soulevant ses pieds au maximum à cause des requins, elle bredouillait : « *Souvenez-vous, ô très miséricordieuse Vierge Marie... qu'on n'a jamais entendu dire...* » Là, un trou. Entendu dire quoi ? Ah, oui... « *qu'aucun de ceux qui ont eu recours à votre puissante protection...* » *Puissante* ou *aimable* ? Ou *protection* tout court ? Elle ne savait plus, s'énervait, ses doigts serrant le bord de la planche à s'y incruster. Quand on ne dit pas les vrais mots des prières qui sont des formules magiques, elles perdent leur pouvoir. Et elle recommençait : « *Souvenez-vous-ô-très-miséricordieuse...* », de bonne volonté et à toute vitesse pour tenter de retrouver, dans la foulée, la formule exacte qu'hier encore, elle était sûre de savoir par cœur mais se rebloquait à l'*aimable*, à la *puissante* protection, enrageait et, finalement, avait hurlé, en désespoir de cause :

« Merde ! Merde ! Merde ! Sainte Vierge !... Je vais couler, nom de Dieu !... Je vais mourir et ma grand'mère va m'engueuler !... Je vais me faire gronder à cause de la planche perdue !... Aidez-moi ! Éloignez au moins ces saletés de requins ! »

Et l'Autre, que cette prière aussi fervente qu'inhabituelle avait dû faire marrer, avait immédiatement dépêché un de ses anges sauveteurs à cette petite fille mal embouchée, certes, mais tellement sympathique, pour la sauver de la noyade et des requins. L'ange avait saisi Bénie par la peau du cou, l'avait arrachée de sa planche et déposée, au sec, dans une pirogue qui sentait le poisson. Cet ange noir s'appelait Marco Pillet. Il revenait de la pêche et, de loin, avait aperçu l'enfant en difficulté.

Cette fois encore, c'est l'ange Marco qui l'emmène chez sa mère. Debout, le gouvernail entre les fesses, il prend la passe en douceur sans quitter des yeux la jeune fille assise à l'avant de la pirogue, content de voir si grande et si belle, la *ti'fi'* qu'autrefois, il a sauvée.

L'île approche. Entre les arbres apparaît le toit de la maison. Pourvu que Maureen soit seule ! Elle aurait dû la prévenir de son arrivée, lui téléphoner du Lagon Vert. Elle n'y a pas pensé et maintenant, au moment de débarquer, son arrivée à l'improviste lui paraît maladroite. On raconte tellement de choses sur Maureen Oakwood !

Bénie avance vers la maison, sous l'ombre douce des filaos. Elle entend le moteur de Marco qui s'éloigne. Elle n'a pas voulu qu'il l'attende ; le gardien de Maureen la raccompagnera. Elle n'est pas pressée de rentrer à l'*Hermione,* en cette veille de fête. Ce qu'elle veut, ce qu'elle espère, c'est que Maureen va la garder ici, au calme, jusqu'à ce que Noël s'éteigne. Ici, il n'y a pas de ballons-saucisses, pas de touristes en folie et pas de dindes surgelées.

Les portes de la maison sont ouvertes. Bénie traverse le salon, la salle à manger où Maureen a conservé, suspendu au plafond, un requin empaillé, la gueule ouverte, pêché par le propriétaire précédent. Elle gagne la cour intérieure, crêpie de rose, ombrée par le grand badamier qui la recouvre presque tout entière. Elle entend la voix impatiente de sa mère qui réclame à la bonne un chemisier qu'elle doit avoir fini de repasser, depuis le temps ! Par la porte de la chambre, Bénie aperçoit, sur le lit, une grande valise ouverte, remplie de vêtements.

Par terre, d'autres bagages déjà fermés. Sur la coiffeuse, un sac à main, et un passeport d'où dépasse un ticket d'avion.

Une ombre. Quelqu'un vient de s'encadrer dans l'espace lumineux de la porte ouverte sur la mer. Une silhouette de femme qui marque un temps d'arrêt à la vue de Bénie et se précipite vers elle.

— *You ! My darling ! I'm so happy to see you !*

Avance une Maureen qui n'est pas Maureen mais qui lui ressemble. Plus de sari, plus de décolleté excessif, plus de chignon sauvage. Cette Maureen-là est une femme élégante, une dame en tailleur de shantung blanc, avec une jupe « à la bonne longueur » comme on dit dans les boutiques convenables de Curepipe et des talons hauts qui lui font la jambe fine. Ses cheveux bien lissés, coupés au ras du menton, la rajeunissent. Son regard est vif, son teint animé, à peine froissé aux yeux, là où la peau, plus fragile, marque les années des femmes. Elle sent bon. Elle est douce, soyeuse, gracieuse, civilisée. Elle serre Bénie dans ses bras et rit, volubile. Elle dit qu'elle a essayé de lui téléphoner, ce matin, pour lui annoncer son départ mais comme le téléphone ne marche jamais dans cette *damned island*, elle s'était promis, juré, de lui écrire une lettre dès son arrivée à Sydney. Elle jette un coup d'œil à sa montre, fait signe à Bénie de s'asseoir sur son lit, vient près d'elle, prend ses mains dans les siennes.

— Je pars tout à l'heure pour Sydney, dit-elle.

Bénie, étourdie, regarde cette jeune femme qui est sa mère. Quel âge a-t-elle donc ? Quarante-quatre ? Quarante-cinq ans ? Jamais elle n'avait remarqué à quel point ses yeux étaient violets.

Qu'elle annonce son départ pour Sydney n'est pas, en soi, surprenant, Maureen a toujours eu la bougeotte. Ce qui l'est davantage, c'est sa transformation physique, cette métamorphose, ce bonheur fébrile qui l'agite, lui sort de la peau. Bénie ne l'a jamais vue ainsi et elle en est tout intimidée. Ce départ pour l'Australie doit avoir un motif plus précis que le goût habituel de Maureen pour le vagabondage.

— Pourquoi Sydney, mam' ?

Maureen hésite, rougit un peu, baisse les paupières. Elle tient toujours les mains de sa fille dans les siennes.

— Tu es grande, maintenant, dit-elle, tu es une femme...

— Oui, dit Bénie, mais pourquoi Sydney ?

Les yeux violets, les admirables yeux de Maureen Oakwood ont réapparu.

— *A man*, dit-elle. *A wonderful man.*

Elle secoue ses cheveux courts et, dans le déluge franco-anglais qui s'abat sur elle, Bénie entend des choses ahurissantes. Maureen dit qu'elle va rejoindre, à Sydney, un homme qu'elle aime : Alan Ackery. Un éleveur australien qu'elle a rencontré, il y a un mois, dans une banque de Mahébourg. *Incredible* coup de foudre ! Ils ne se sont plus quittés. Alan est resté deux semaines ici et il a dû repartir pour ses affaires. Une ferme importante à Mandurama, *a big station*, à cinq miles *about* de Sydney. Il exporte des bœufs. Il est un peu plus jeune qu'elle. Enfin, oui, trente et un ans. Il ne peut plus se passer d'elle, pleure au téléphone et elle, Maureen ne dort plus depuis qu'Alan est parti. Mais *unfortunatly,* il ne peut pas vivre ici à cause de son *business.* C'est un homme très occupé, *a big, big one* — elle parle de l'homme ou du business ? — et si tendre avec elle, si plein d'attentions, de délicatesses !... Elle sait que c'est une folie de partir le rejoindre ainsi. *Please,* Bénie, ne me le dis pas ! *I know ! I know !... But life is short, my darling, so short, don't forget that, never !* La vie d'une *woman* est très, très *short* et il faut faire toutes les folies qui se présentent before *to be an old, old one, before dying, before drying up, you know what I mean ? My God,* quelle heure est-il ? Et Sassita qui n'en finit pas de repasser ce linge ! Cette stupide *cow* va lui faire manquer l'avion !... Quand elle reviendra ? Honnêtement, elle ne peut pas le dire. Est-ce qu'on peut savoir, avec l'amour ? Peut-être qu'elle restera là-bas pour toujours et, dans ce cas, c'est Bénie qui viendra la voir avec son mari... *How is Patrick ?...* Peut-être, elle sera revenue dans une semaine... La maison continuera à être habitée par les gardiens mais elle donnera une clef à Bénie, pour qu'elle vienne, de temps en temps, jeter un coup d'œil, si cela ne la dérange pas. Est-ce que Bénie veut bien l'accompagner à l'*airport* ? Il est temps, maintenant, de partir.

Reshad, le mari de Sassita, a tenu à faire une première traversée avec les cinq grosses valises et à revenir, ensuite, chercher Maureen et Bénie, afin de ne pas surcharger la pirogue.

Elles sont seules, à présent, sur la plage et Bénie qui avait tant de choses à dire à Maureen, se tait, découragée. Maureen semble si lointaine, déjà, si *partie*. Elle consulte sa montre, piétine le sable de ses souliers fins, surveille la main au-dessus des yeux, la pirogue de Reshad. Visiblement, elle ne pense qu'à cet avion qu'elle doit prendre et au marchand de bœufs qu'elle va rejoindre.

Tout de même, Bénie ne la laissera pas s'en aller sans lui poser au moins, une question. Elle sait que Maureen, qui adore tout ce qui est inexplicable, va parfois chez la tante Charlotte, faire tourner des tables. Elle se souvient de l'avoir vue, il y a longtemps, agiter un pendule sur des photographies ou interroger l'invisible avec une petite planche à roulettes qui se déplaçait sur un alphabet. A qui d'autre pourrait-elle parler des étrangetés de l'*Hermione*, des tables qui tremblent, des portes qui claquent toutes seules, sans courant d'air, des objets qui se déplacent sans que personne y touche, de ce châle de soie inconnu qu'on a trouvé, un matin, sur le dossier d'un fauteuil et que personne dans la maison n'avait jamais vu ? Et ce cartel de la salle à manger, acheté par son grand-père Carnoët, bien avant sa naissance, dans une vente à l'encan, cette pendule qui exaspérait Mme de Carnoët car sa clef ayant été perdue, on n'avait jamais pu la faire marcher. Parce que son mari tenait à cet objet, elle n'avait jamais voulu le reléguer au grenier, même après sa mort, par superstition ou respect pour sa mémoire, mais le cartel était devenu, pour elle, le symbole de l'absurdité. Elle ne comprenait pas qu'on puisse tenir à un objet incapable de remplir la fonction pour laquelle il avait été conçu, et encore moins l'installer au milieu d'une console. Vraiment, a-t-on idée d'acheter une pendule sans sa clef ? Elle y déportait sa mauvaise humeur. Contrariée pour une tout autre raison, elle ne manquait jamais, en passant devant l'objet muet, de hausser les épaules et de grogner : « Et celle-là qui ne marche pas ! » Et voilà que, trois jours plus tôt, Bénie avait entendu un petit carillon très clair. La pendule sonnait la demie de sept heures et ses aiguilles marchaient ! Évidemment, personne ne l'avait remontée. Laurencia jurait qu'elle ne l'avait pas touchée et elle en avait tellement peur qu'elle refusait, depuis, d'épousseter la console.

Elle ne pouvait pas laisser partir sa mère, sans lui raconter aussi, les bruits de conversations qu'elle entendait parfois, sous la varangue, des chuchotements et même des bruits de disputes dont elle n'arrivait pas à saisir une parole distincte et qui cessaient dès qu'elle essayait d'en localiser la provenance. Comme des mots portés par le vent, parfois tout proches, parfois éloignés mais toujours insaisissables. Vivian, lui, n'entendait rien, se moquait d'elle, la soupçonnait d'avoir fumé un pétard sans le lui dire. La gangia[1] fait entendre des voix, c'est bien connu. Il devait en pousser dans les champs de Domrémy.

C'était surtout cette histoire de main, la veille, qui la tracassait. A qui d'autre que Maureen pouvait-elle raconter que sa main droite s'était mise à écrire toute seule ? Sûrement pas à Laurencia qu'on pouvait faire ce genre de confidence sans risquer de déclencher une avalanche d'histoires à dormir debout.

— Mam !...

— Oui ? dit Maureen qui continue à scruter la mer, impatiente de voir revenir Reshad et le bateau.

— Écoute-moi quelques instants, dit Bénie, je t'en prie !

Maureen, surprise par le ton exaspéré et suppliant à la fois de sa fille a ôté la main de ses yeux.

— Mais je t'écoute, dit-elle, qu'est-ce que tu veux ?

— Il m'arrive des choses, dit Bénie, des choses que je ne comprends pas...

Et, très vite, car elle sent que le temps lui est compté, elle déballe les objets qui bougent, les portes, les voix, le cartel, la main. Elle dit aussi ce qui lui est arrivé à plusieurs reprises, cette perte de conscience du temps présent qui fait ressurgir autour d'elle des lieux du passé, des gens, des sons, des odeurs qui n'existent plus. Elle raconte la foule bizarre sur le parvis de Saint-Thomas-d'Aquin et, Maurice même, l'autre jour, au Port-Louis, alors qu'elle venait de garer sa voiture sur la place d'Armes, ces voitures

1. Cannabis.

à chevaux qui se sont substituées, subitement, aux automobiles, les maisons de bois à la place des immeubles et tous ces gens *déguisés* autour d'elle, ces femmes en robes longues qui rient sous des ombrelles, ces hommes en redingotes, ces Chinois à longues nattes et à pantalons bouffants et les bateaux à voiles, là-bas, dans une rade subitement rétrécie.

Maureen, cette fois, l'écoute attentivement. Les mains posées sur les épaules de sa fille, un léger sourire à fleur de bouche, elle hoche la tête légèrement à chaque phrase de Bénie. Elle ne semble pas très surprise.

— ... Mam, tu crois que je suis malade, que j'ai la tête dérangée ?

— *No* ! Pas malade. Tu es médium, *my darling*, dit Maureen tout à fait tranquillement comme si elle énonçait une évidence banale, comme on dit myopie à qui voit mal de loin ou gaucherie à qui est malhabile de sa main droite.

— Ce n'est pas une maladie, c'est héréditaire. Tu es médium comme ma mère et comme moi. Ta grand'mère Oakwood, à Midhurst, voyait souvent des personnes impalpables qui marchaient et parlaient dans la maison. Moi, c'est autre chose, les tables dansent et parlent quand je m'y mets. Demande à Charlotte de Carnoët. A Riambel, j'ai fait parler sa table avec Betty Tiger et Chantal Carrouges. Toi, c'est ta main qui écrit.

— Mais tu ne m'as jamais parlé de ça !

— Je ne voulais pas t'influencer, dit Maureen, te troubler avec ces histoires. Ce ne sont pas des choses pour les enfants. On ne joue pas avec. *Sometimes, it's very dangerous.*

— Pourquoi, dangereux ?

— *Because*... c'est un don, pas un jeu... Pas le temps de *explain*. Voilà le bateau qui arrive !

Sur la route de l'aéroport, c'est Maureen qui a repris la conversation, à voix basse pour que Reshad qui conduit, n'entende pas.

— Il faut que tu ailles voir Charlotte pour le trésor de Souillac. Dis-lui ce que Paul Hauterive pense, à propos du trou. Ma mère a dit la même chose dans la table mais Charlotte ne veut pas croire. Peut-être son oncle Paul sera plus convaincant. Charlotte est très têtoue...

— Têtue, Mam', pas têtoue ! Tu as parlé avec grand'mère Oakwood par la table ?

— Mais oui, *darling*. Très souvent, elle me parle ainsi. Elle m'a dit que l'Australie était très, très *good for me*.

Bénie a suivi Maureen jusqu'au comptoir de la Qantas pour enregistrer ses bagages. Elles s'embrassent et Bénie la suit des yeux, tandis que le policier vise son passeport. Elle ne partira pas avant que Maureen ait disparu. Elle la voit qui se dirige vers la cabine des fouilles et Bénie, la gorge serrée, sent, se dit qu'elle va disparaître pour toujours, que cette image de Maureen, de dos, avec son sac en bandoulière et son châle noir sur l'épaule sera la dernière vision qu'elle aura de cette mère étrange, si folle, si délicieuse mais qu'elle n'aura pas eu le temps de connaître vraiment. En même temps, elle repousse cette idée si désespérante. Elle fixe des yeux la silhouette de Maureen qui va disparaître derrière le rideau de la cabine et l'envie de voir une fois encore son visage est si vive que Maureen, de loin, sûrement, l'a sentie : elle se retourne, cherche Bénie des yeux, revient sur ses pas et lui fait signe de la main, d'approcher :

— J'ai oublié de te dire... Si Yves... si ton père, par hasard, revenait... dis-lui... dis-lui... Rien. Ne lui dis rien.

Assise près de Reshad dans la voiture qui la ramène au Lagon Vert, Bénie ne peut détacher sa pensée de Maureen. Elle doit faire les cent pas, dans la salle d'embarquement, en attendant l'avion qui va l'emporter vers son marchand de bœufs. Sa dernière phrase, à propos d'Yves, est stupéfiante. Il y a exactement onze ans que son père a mis les bouts, quelques jours avant Noël — tiens, voilà donc la raison pour laquelle elle déteste autant Noël. Elle n'y avait jamais pensé ! —, onze ans et Bénie s'en souvient comme d'hier. Le remue-ménage à l'*Hermione*, les conciliabules de la famille, les chuchotements, les yeux rougis de sa grand'mère et l'air satisfait de la charognarde Thérèse. Elle se souvient des conversations qui s'arrêtaient net, dès qu'elle, Bénie, apparaissait. Elle se souvient de Maureen qui ne disait rien, Maureen qui ne pleurait pas, elle qui pourtant, plus que n'importe qui en aurait eu le droit. Jamais, pendant toutes ces années, elle n'avait, une seule fois, prononcé le nom de son mari, pour le regretter ou pour l'accabler. Ce mutisme n'avait pas fait très bon effet. On la disait froide, sans cœur, trop vite consolée pour être honnête. Bénie elle-même avait été troublée par l'attitude de sa mère. Elle lui en avait voulu de ne jamais, jamais exprimer un chagrin qu'elle aurait volontiers partagé avec elle, ce qui aurait été une façon de recréer la présence d'Yves. A plusieurs reprises, Bénie, lorsqu'elles étaient ensemble, avait essayé de la mettre sur la voie des confidences, trop timidement sans doute, procédant par allusion, par crainte de la blesser. Elle aurait aimé, pourtant, que Maureen parlât des années heureuses de Londres, quand Yves et elle s'aimaient, quand ils étaient tous les trois une vraie famille, comme on peut évoquer calmement et même joyeusement le souvenir d'un mort qu'on a aimé, quand le temps a corrompu la chair périssable du chagrin et que, seul, demeure le squelette indestructible du bonheur et des rires autrefois partagés. Pourtant, des années après le départ d'Yves, Maureen se taisait et ce silence avait anéanti Yves plus encore que la mort aurait pu le faire.

Et voilà qu'au moment où on pouvait le moins s'y attendre, alors qu'elle était sur le point de rejoindre un autre homme, une phrase jetée en l'air révélait que celle qu'on avait crue légère ou indifférente, n'avait pas cessé un instant de croire possible et sûrement d'espérer le retour du fugitif. « Si, par hasard... »

Reshad l'a laissée sous les badamiers du Lagon Vert où est garée sa voiture mais Bénie n'a pas envie de rentrer tout de suite à l'*Hermione*. Elle est si désemparée par le départ de Maureen, qu'elle ne sait plus très bien où s'abattre. Le soleil décline et c'est Noël partout. Personne, nulle part, ne l'attend. Elle a tant clamé qu'elle voulait être seule qu'on l'a prise au mot. Vivian est parti passer les fêtes chez des amis à la Réunion et chez Loïc où elle était invitée, elle a prévenu qu'on ne l'attende pas.

L'hôtel est électrisé par la fête qui se prépare. On court, on dresse les tables, on règle des éclairages. Le filao empanaché de guirlandes, de boules de couleurs et de ballons en caoutchouc clignote déjà dans le hall. Les vacanciers, cuits à point, remontent de la plage pour aller se dessaler avant la parade nocturne. Dans la boutique du coiffeur installée dans la galerie, entre la vitrine des souvenirs et celle des robes de plage, on met en plis à tout-va, on breushigne, on roulotte. Sur l'estrade de l'orchestre, on transporte des cubes de bois, des baffles, on règle une sono qui dérape dans le suraigu ou le très grave, libérant des coups d'ultrasons qui mettent les nerfs à vif tandis que les haut-parleurs continuent à répandre la sirupeuse musique de fond habituelle. Un car d'Allemands qui vient de débarquer de l'aéroport embouteille la réception. Une bande de gamins italiens, surexcités, poussent des hurlements de cochons en se jetant à plat ventre dans la piscine. Ils braillent, se battent, accrochés à une énorme bouée noire, se poussent dans l'eau, éclaboussant tout l'entourage, envahissent le plongeoir, retombent à l'eau où ils pissent, crachent, se mouchent, se touchent ou pincent sournoisement des petites filles glapissantes. C'est une horde de goldoraks infatigables, déchaînés, que leurs parents laissent mariner dans l'eau chlorée, des heures durant, trop contents d'en être débarrassés. On ne les extrait du bassin qu'à la nuit tombée,... « *Giovanni, Paolo, vieni qui, subito !* », à coups de pompes dans les fesses, on les tire de la marinade, grelottants, braillards, les doigts plissés comme des noyés, pour les bourrer de spaghetti et les envoyer au lit, enfin exténués. Bénie qui, au passage, s'est fait asperger par une giclée d'eau de piscine, les voue sournoisement au croup, au choléra morbus, à la varicelle plombée. Elle fuit vers le calme de la plage, déserte à présent, la plage résidentielle et désespérée où les serveurs empilent les matelas sous les parasols de paille, ramassent les flacons d'huile solaire abandonnés et les épluchures d'ananas. Elle s'installe au bar désert du *boat-house* et, elle qui ne boit jamais, se commande un whisky tassé pour essayer de faire passer cette insupportable envie de pleurer qui lui serre le cou. Mais le résultat de l'alcool absorbé est encore pire : elle n'a que le temps de poser sur son nez ses lunettes de soleil pour éviter, au moins, que le barman s'aperçoive de cette dégoulinade qui commence à lui zébrer les joues et qu'elle éponge, mine de rien, sous les lunettes, les coudes appuyés sur le bar, comme si elle se caressait les joues du bout des doigts, tandis que la voix gracile, la voix frileuse, nostalgique de Jane Birkin sourd du haut-parleur, au-dessus des bouteilles, conseille de... « *fuir le bonheur de peur qu'il n' se sau-ve...* » Bénie est ivre et le fredon de la comptine de son enfance se superpose à la voix de Jane Birkin, la comptine de Maureen : « *Nobody likes me, everybody hates me...* » Elle est triste à bouffer des asticots, vraiment et ces putains de larmes, cette incontinence insupportable qui n'en finit pas de transformer ses lunettes en hublot et qu'elle éponge inlassablement.

Elle a bien tort de s'inquiéter à cause du barman. Le barman n'a rien vu. Son attention est requise par une horde d'enfants qui dévale la pelouse en criant. Ils courent vers le rivage en tendant les bras et le barman qui est presque encore un enfant, lui aussi, sort précipitamment de sa canfouine pour les rejoindre et regarder avec eux, glisser sur la mer, l'animateur Herbert déguisé en Père Noël, robe rouge et fausse barbe blanche flottant au vent, la hotte sur le dos. Il file, monté sur des skis nautiques, un bras tendu par le câble qui le relie au bateau, l'autre brandissant une torche qui sème à sa suite une traînée d'étincelles. Derrière, l'îlot des Deux Cocos peu à peu s'assombrit, se tasse au ras de l'eau et l'avion qui emporte Maureen bondit soudain de la piste d'envol proche. Bénie le voit monter, monter, le nez tourné plein est et disparaître très vite, englouti dans la gelée de groseille que le soleil de six heures du soir a tartinée sur les nuages.

CHALEUR. Le baromètre descend. L'air est encore étouffant après huit heures du soir et la boutique de la Chinoise, mal ventilée, empeste le dessous de bras, la naphtaline et le poisson séché.

Penchée sur son comptoir de bois, la patronne aligne une colonne de chiffres pour l'addition d'une cliente qui enfourne ses achats dans un carton que l'un des petits Chinois de la boutique s'apprête à transporter dans le coffre de sa voiture.

Plus la colonne de l'addition s'allonge, plus la Chinoise jubile. En espérant encore davantage, elle ponctue chaque inscription d'un avide : « Et après ? »

— Et après, c'est tout, madame Solange.

Mais Mme Solange qui connaît son métier, insiste, en se grattant furieusement la fesse de sa main gauche, ce qui fait onduler la cellulite sous le nylon de sa robe à fleurs.

— Pas de champagne ? Whisky ? Vodka ? Ricard ?

— Non, merci.

— Et pour le cyclone ? Bougies ? Conserves ? Biscuits-cabine[1] ?

— Quel cyclone, madame Solange ?

— Radio-Moris et Ré'nion... ène cyclon' rodé...

— Warning ?

— Pas encore. Mais peut-être cette nuit, ou demain...

L'idée du cyclone, visiblement, la réjouit. Chaque cyclone l'enrichit. Dans les heures qui précèdent, son stock s'envole à des

1. Petits biscuits durs que les marins emportaient en mer et qui peuvent remplacer le pain.

prix cycloniques. Même s'il y a du dégât sur la boutique, elle s'y retrouve. Ce qui est pris est pris et l'argent ne s'envole pas. Tant pis si les vents abattent les vieilles planches et les tôles du toit, si la pluie se transforme en torrent de boue qui se déverse de la route et envahit la boutique sur un pied de haut, malgré les serpillières tassées sous la porte, elle sait que le gros coffre-fort, dieu de l'antre qui lui sert d'arrière-boutique et de cuisine, est imperméable à la pluie et indifférent aux vents. Sous les rafales de « Claudette[1] » il a résisté. Toute la boutique s'est abattue comme un château de cartes mais le coffre-fort, lui, est resté intact, au milieu des ruines, avec, à l'intérieur, ses piles de roupies bien au sec.

Ce coffre-fort, c'est le centre de sa vie. C'est là qu'elle prend son plaisir, tous les soirs, quand elle ouvre la porte épaisse et y empile les liasses qu'une fois par mois, elle emporte à la banque, au Port-Louis, entassées dans un vilain sac de jute, pour ne pas attirer l'attention des voleurs. C'est son fils aîné qui la conduit en voiture, jusqu'au guichet de la banque, avec un couteau à cran d'arrêt dissimulé sous sa manchette, au cas où. Cependant, Mme Solange a encore plus confiance dans sa propre vigueur que dans le couteau de Chan. Ses petites mains rondouillardes accrochées au sac sont des serres redoutables et il faudrait qu'elle soit morte pour qu'on réussisse à le lui arracher.

Si Mme Solange tient encore sa boutique ouverte à cette heure tardive, un soir de Noël, c'est pour augmenter son bénéfice, pas pour fêter la naissance du petit Jésus, bien qu'elle soit catholique. Les Francos qui sont venus occuper leurs campements de bord de mer pour les fêtes, sont une aubaine pour elle ; ils consomment beaucoup plus que les habitants du village qui ne lui achètent que des misères et encore, à crédit. Les dames des beaux campements et les touristes en location ne sont pas regardants. On peut majorer d'une ou deux roupies la plaquette de beurre sans qu'ils s'en aperçoivent. En plus, ils achètent des alcools très chers venus de France et des boîtes de conserve d'importation. Sans compter les *packs* de vins d'Afrique du Sud et l'eau minérale pour les délicats. C'est pourquoi Mme Solange se fend d'un sourire, dès qu'elle voit des cheveux blonds entrer dans sa boutique, sourire

1. Cyclone redoutable qui traversa Maurice en décembre 1979.

qui retombe net, clac, comme la nuit sur la montagne du Rempart, quand il s'agit des sombres villageois du quartier qu'elle sert d'un air dégoûté, le visage impassible, un mince filet de regard filtrant par les boutonnières étirées qui lui servent de paupières.

A part son coffre-fort, Mme Solange n'aime personne. Ni son beau-père à moitié aveugle qui reste assis toute la sainte journée, adossé aux sacs de riz, dans un coin de la boutique et dont elle surveille avec intérêt la décrépitude progressive, ni son petit mari fluet dont le museau de rat apparaît de temps en temps, entre les piles de conserves, ni sa propre marmaille, excessivement nombreuse qui grouille partout et dans laquelle elle shoote d'une savate hargneuse, quand l'un d'eux passe à sa portée. La hantise de Mme Solange, l'être qu'elle vomit le plus au monde, c'est cet ivrogne, ce fant' d' garce, ce baise-sa-maman, ce tonneau ambulant, ce Gaëtan Cheylade qui déshonore les abords de sa boutique par sa présence puante et bruyante. Qu'est-ce qu'elle a fait au Bon Dieu pour qu'il lui envoie cette vermine ? Tous les jours, il vient s'assoir, là, en plein devant sa vitrine, sur le cube de ciment, au pied du poteau électrique et il reste là, à gratter ses plaies dégoûtantes qui attirent les mouches et à boire au goulot, exprès pour l'humilier, du vin qu'il va acheter ailleurs, par pure méchanceté.

Car il n'achète rien chez elle, l'ordure. Tout à l'autre boutique, la nouvelle, sur le chemin de la plage. Au début du mois, il touche une rente de sa famille et, prévoyant, il se fait une provision de conserves, afin d'assurer sa nourriture pendant quatre semaines. Ensuite, il se saoule la gueule avec ce qui lui reste d'argent. Quand il n'en a plus, le fumier revend ses conserves pour pouvoir continuer à s'acheter du vin. Et il ne les vend pas, il les brade, à casse-prix ! Et devant sa boutique, par-dessus le marché ! En plus, il a le front de mendier. Il arrête ses clients à elle, Solange, avant qu'ils entrent dans la boutique. Il arrive que ceux qui ne le connaissent pas, les étrangers de passage lui donnent des cinq, des dix et même jusqu'à des vingt roupies, ce qui, évidemment, est un manque à gagner pour elle. C'est autant qui n'ira pas dans le coffre-fort. Et s'il faisait ça en silence, encore. Mais non. C'est un mendiant insolent. Il ne demande pas, il exige, avec des manières de percepteur. A ceux qui lui donnent, il ne dit même pas merci et ceux qui lui refusent sont aussitôt couverts d'avanies. Quand il est bien allumé, il crie, il braille, il chante, il pète comme un malappris en se soulevant d'une fesse, il rote au nez des gens ou il les insulte. Solange n'arrête pas de prendre des coups de sang, à cause de cette carcasse pourrie. Quand elle en a assez de l'entendre, elle soulève l'abattant de son comptoir et, armée du rotin-bazar dont elle se sert pour corriger ses enfants, elle le somme d'aller porter ailleurs ses pansements, ses puces et ses mauvaises paroles. « Té pas honté ? » Ce qui l'enrage le plus c'est que ni son mari, cette mollasse, ni ses fils ne veulent se charger de déloger l'ivrogne. On dirait que ses bagarres avec Gaëtan les laissent indifférents ou qu'ils en ont peur. Même le jour où il l'a traitée de « putain de Tchang Kaï-Chek », ils ont fait semblant de ne pas entendre. D'abord, comment sait-il qu'elle a un portrait de Chang Kaï-Chek dans son bungalow ? C'est le portrait que son père a rapporté, autrefois, de Formose et qui est suspendu dans le living avec les photos des ancêtres, au-dessus de la télé et du bouquet de fleurs en plastique. Oui, mais Gaëtan est jamais venu chez elle, alors, comment sait-il ? Elle l'a jamais connu le Chang Kaï-Chek ! Quant à la traiter de putain, c'est vraiment de la vilenie de sa part de rappeler comme ça de vieilles histoires. Si on peut plus être un tout petit peu putain quand on a dix-huit ans pour se faire un pécule avant de se marier, sans se le faire reprocher trente-cinq ans plus tard, c'est un monde ! Et comment ce fils de blaireau a bien pu savoir, aussi, qu'elle a fait la putain dans sa jeunesse ? Il a jamais été son client. Elle s'en souviendrait, un cochon pareil. En ce temps-là, c'était un gros pal'tot, Gaëtan, pas le genre à aller faire ses malices dans les petits boxons de Chinatown. Alors, comment il sait ça ? Et elle accuse Marie-José, l'autre Chinoise de la boutique rivale, d'avoir bavardé pour lui nuire, Marie-José qui fait la fière parce qu'elle a du néon plein sa boutique et une glacière toute neuve pour les surgelés. Ayo, manman ! Celle-là, un jour, elle aura sa peau !

Bénie a vu tout de suite, en s'arrêtant devant la boutique sur le terre-plein du bus-stop, que l'oncle Gaëtan n'était pas dans un de ses meilleurs jours. Assis sur sa borne de ciment, le teint violacé, il boit à la régalade, le goulot de la bouteille au-dessus de la bouche mais comme il a dû commencer à fêter Noël depuis un moment, il vise mal et le vin rouge inonde son cou et macule ce qui lui sert de chemise. En même temps, irrité par le gâchis, il frappe le sol de sa jambe valide. Autour de lui, des gamins ricanent et des paysans endimanchés qui attendent le car, font semblant de ne pas le voir.

Bénie pénètre dans la boutique et se met instinctivement en apnée, à cause de l'odeur. Une grosse métis est en train de remplir son panier que porte sa fille dont la tête est hérissée d'énormes bigoudis roses, ceux qui servent à défriser les cheveux, pour les jours de fête. Bénie prend la suite, achète ses cigarettes et ressort aussitôt. Elle s'apprête à ouvrir la portière de sa 4 L quand Gaëtan Cheylade — pas de chance ! — l'aperçoit :

— To fièr', astère ! Ki manièr' [1] ?

— Mo, bien, mon onc'.

Elle avait l'intention de s'en tenir là quand elle voit débarquer d'une voiture arrêtée de l'autre côté de la route, sa cousine Laetitia de Carnoët, l'une des sœurs de Vivian qui fait une telle tête en la voyant parler au poivrot que, par provocation, Bénie s'approche de Gaëtan. Celui-ci hoche la tête d'un air accablé. Visiblement, le spectacle de Bénie et de sa vieille voiture le navre.

— Ah, Marlène, dit-il, et tu roules là-dedans ! Toi !

— Je ne m'appelle pas Marlène, mon oncle...

— Tu devrais ! Avec ton châssis et tes yeux, tu devrais t'appeler Marlène !

Il martèle furieusement de son poing la borne de ciment, l'œil mauvais.

— ... et moi je dis que tu t'appelles Marlène et je ne t'appellerai plus jamais autrement, ma foutue nièce ! Et personne ne m'empêchera de te dire que tu devrais rouler en Mercedes ! En Mercedes, tu m'entends ? Et avec un chauffeur ! Pas dans cette couillonnade de voiture rouillée même pas bonne pour une putain de Chinoise comme la Solange ! Quand on a ton cul, Marlène, on ne roule qu'en Mercedes...

Un rire idiot écarquille tout à coup sa bouche édentée. Il baisse le ton. Une lueur émoustillée traverse ses yeux de lapin russe.

— Tu l' sais qu' t'as un beau cul, hein, salope ! Encore plus

1. « Tu es bien fière, maintenant ! Comment vas-tu ? »

beau que celui de ta salope de mère, qu'est une bien belle salope, hein, attention !

A deux pas, Laetitia de Carnoët est paralysée d'horreur. Un cercle de curieux s'est formé autour de Bénie et Gaëtan.

— Je vous prie d'être poli avec moi, mon oncle, dit Bénie d'un ton sec. Moi, je suis polie avec vous !

— Alors là... là... ça change tout ! dit Gaëtan qui se lève en titubant, accroché à sa béquille. Alors, là, si tu te fâches... Et, levant la main, tragédien, il commence à déclamer :

> *O, when she's angry, she is keen and shrewd!*
> *She was a wixen, when she went to school*[1]...

Puis, se tournant vers l'auditoire qui se torboyaute, il salue et annonce :

— *A Midsummer Night's Dream,* ban' couillons !

Bénie ne peut s'empêcher de rire. Prise d'une inspiration subite, et pour achever d'épouvanter sa cousine elle dit :

— Je suis venue vous inviter à dîner, mon oncle. A l'*Hermione.* Jeudi soir. Vous n'êtes pas pris, j'espère ?

Du coup, Gaëtan s'est laissé retomber lourdement sur sa borne. Ce qu'il vient d'entendre a de la peine à atteindre son cerveau imbibé.

— A dîner ? répète-t-il. Jeudi soir ? A l'*Hermione* ?

— Oui, dit Bénie. Avec moi.

Personne ne rit plus alentour. Silence total. Un coq brindezingue se met à chanter l'aube, dans un jardin voisin. Laetitia de Carnoët a la bouche ouverte et les yeux qui lui sortent de la tête. Sur le seuil de la boutique, Mme Solange, elle aussi, est pétrifiée. Un courant de complicité rigolarde s'est établi entre les yeux rouges de l'oncle et les yeux bleus de sa nièce. Tout à coup, un formidable rire secoue l'ivrogne. Il en pleure, il en bave, il se tape sur les cuisses. Il regarde les gens qui l'entourent et répète : « A dîner ! A l'*Hermione* ! » Puis, péniblement, il se relève, s'appuie sur sa béquille, fait un pas vers Bénie, pose sa main sur l'épaule de

1. Oh, quand elle est en colère, elle est enragée et mauvaise.
C'était déjà une teigne, quand elle allait à l'école ;... »
W. Shakespeare, *Le Songe d'une nuit d'été,* acte III, scène 2.

la jeune fille comme s'il allait l'adouber et, gravement, cette fois, l'œil flou mais retrouvant dans son subconscient tourneboulé, des manières depuis longtemps oubliées :

— Eh bien, dit-il, tu peux compter sur moi. J'y serai. A une condition...

— Laquelle ? dit Bénie, un peu inquiète.

— Tu me feras préparer le plat que je préfère...

— Volontiers, mon oncle. Qu'est-ce que c'est ?

— Un ragoût de sousouris [1] ! Demande à Laurencia. Elle sait. Elle sait ce que j'aime. Autrefois, elle ne me refusait rien !

Les rires fusent autour d'eux et Bénie se demande si c'est à cause des chauves-souris ou à cause de Laurencia.

— Vous l'aurez, dit-elle, votre ragoût. Jeudi soir, huit heures à l'*Hermione*. Voulez-vous que je vienne vous chercher ?

— Ki to croi' mo paralizé, moi [2] ? L'*Hermione*, j'y allais dîner que tu n'étais même pas encore dans les graines de ton père, fifille !

Bénie n'arrête pas de rire toute seule, sur le chemin de la maison. Voilà qui efface pour elle le départ de Maureen et la tristesse de ce Noël qu'elle s'apprête à passer toute seule. Elle imagine Laetitia se précipitant pour raconter chez elle ce qu'elle vient de voir et d'entendre, devant la boutique de la Chinoise. Quel dommage que Vivian ne soit pas là !

1. Ragoût de chauves-souris. Vieux plat originaire des Seychelles.
2. « Est-ce que tu me crois paralysé ? »

IMPOSSIBLE d'approcher de la case de Laurencia, sans être dénoncé, deux cents mètres à l'avance, par le chahut de sa ménagerie : trois roquets faméliques qui s'étranglent de fureur, un perroquet encagé qui se met à nasiller : « Attention ! Tu vas la casser ! » et surtout, Bernard, un affreux petit singe roux que Laurencia a élevé au biberon mais qu'elle a été obligée de mettre en cage, lui aussi, car elle est la seule de la famille qu'il n'ait pas mordue. Quand Lindsay s'est presque fait arracher un doigt par le singe, il n'y a pas été par quatre chemins : « S'il reste ici, moi, je m'en vais. » Mais Laurencia a tellement pleuré que Lindsay a reposé son fusil et a fini par accorder, en concession, la cage. Depuis, Bernard, fou de haine, se masturbe en ricanant, dès qu'il aperçoit Lindsay, comme s'il avait compris que c'est à lui qu'il doit d'avoir perdu sa liberté. Et, dès qu'un visiteur s'annonce, il secoue ses barreaux comme un furieux en poussant des cris perçants.

Alertée par les bêtes, Laurencia est apparue sur le seuil de la case, entre les longs rubans de plastique multicolores qui voilent la porte pour empêcher les mouches d'entrer. Elle scrute l'obscurité et aperçoit Bénie qui approche sur le chemin.

— Tu as besoin de moi ?

— Non, dit Bénie. Pas maintenant.

— Je m'apprêtais à partir à la messe, dit Laurencia. Les enfants sont allés devant avec Lindsay.

— Je vois, dit Bénie. Tu t'es faite belle.

Belle est beaucoup dire. Avec son petit chapeau de paille verte piquée d'une marguerite artificielle qui se dresse sur sa tête, sa robe mauve à manches ballon d'où sortent ses fluets bras noirs, ses gants blancs et ses chaussures trop grandes, Laurencia, ce soir, ressemble plus à Minnie, femme de Mickey, qu'à Olive, femme de Popeye. Mais le compliment de Bénie lui a fait plaisir. Elle se tortille et tourne sur elle-même pour faire admirer l'ensemble de sa toilette.

— C'est pour le Bon Dieu, dit-elle. Tu viens à la messe de minuit ?

— Non, dit Bénie. Pas envie.

— Si Grand' Madam'...

— Laisse dormir Grand' Madam', s'il te plaît ! Je veux me coucher de bonne heure. Je suis fatiguée. Je suis juste passée pour te demander quelque chose.

— Entre, ma fille.

La case de Laurencia que Mme de Carnoët a fait reconstruire en dur, après le cyclone « Claudette » qui avait fait écrouler sa vieille case de bois, est un musée des horreurs dont Laurencia est fière au plus haut point. Dans la pièce principale qui sert à la fois de chambre conjugale et de salle de séjour, un lit de pitchpin, haut sur pattes, est recouvert d'un couvre-lit de satin rouge foncé surpiqué de motifs ondulants qui lui donnent l'aspect d'un amas de boyaux. Adossées au renflement des oreillers, trois poupées de foire à cheveux platinés et tutus scintillants sont assises, le regard fixe, les tutus étalés en corolles. Sur le mur, à la tête du lit, le crucifix est encadré, à gauche, par un chromo qui représente la famille royale d'Angleterre au grand complet et en tenue de cour ; à droite, dans un cadre de pompons jaunes, Lady Diana et le Prince Charles se tiennent par la main et sourient niaisement. Sur le mur de droite est accrochée une carpette, haute en couleur qui représente un Elvis Presley, plus grand que nature. Un Sacré-Cœur, un Père Laval et une Immaculée-Conception-souvenir-de-la-rue-du-Bac sont groupés sur une commode de bois verni, entre deux vases chinois d'où surgissent des glaïeuls de plastique orange.

Sur une table, face au lit, un poste de télévision est surmonté d'une photo encadrée où l'on voit une Laurencia en robe de mariée qui sourit près d'un Lindsay à moustaches. Une Laurencia méconnaissable, presque jolie, avec des dents plein la bouche et *deux* chevilles fines, au bas de la robe blanche.

Au lustre central fait d'une couronne de cornes de cerf piquée de bougies électriques, répond une lampe de chevet, également en corne de cerf mais verticale et montée sur un pied d'aluminium. Près de la porte, un coucou-clock que Laurencia avait supplié Bénie de lui rapporter d'Europe laisse pendre deux pommes de pin, brunes comme des crottes, suspendues à des chaînettes inégales. C'est la fierté de Laurencia ; elle ne se lasse pas de voir surgir le coucou couineur qui annonce l'heure.

La table à manger, appuyée contre le troisième mur, est recouverte d'une nappe de nylon blanc imitant la broderie anglaise. Au-dessus, fixé sur le mur par des punaises, godaille un torchon imprimé de couleur violente qui donne la recette de la fondue bourguignonne. Cette recette, si écœurante, dans la chaleur australe, ramène cependant Bénie au motif de sa visite.

— J'ai invité quelqu'un à dîner, jeudi soir, dit-elle. Un ami… — instinctivement, elle omet de prononcer le nom de Gaëtan Cheylade — un ami qui voudrait manger un ragoût de sousouris, mais je ne sais pas où on achète ces bêtes-là.

— Ça ne s'achète pas, dit Laurencia. Ça se trouve.

— Tu peux me trouver ça ?

— Je peux faire des camarons, dit Laurencia, ou daube de cerf, ou vindaye de poisson, avec un gratin de cœurs de palmier, c'est mieux pour le soir.

Laurencia a le regard fuyant qu'elle prend toujours lorsque quelque chose lui déplaît, qu'elle ne veut pas ou n'ose pas exprimer. Ce qui la gêne, cette fois, et Bénie le sait, c'est de servir un ragoût de sousouris, à un dîner dans la grande maison, ce régal créole ne lui semblant pas digne d'un dîner de Blancs. De mémoire de Laurencia, jamais personne, à l'*Hermione*, n'a mangé de chauves-souris. Bénie est folle. Et pourquoi pas un curry jacot[1], pendant qu'elle y est ?

— Non, dit Bénie. Ce que je veux, c'est ragoût sousouris ! Je n'en ai jamais mangé. Il paraît que tu le fais très bien.

— Qui t'a dit ça ?

Bénie fait un geste évasif.

— … ou alors, dit-elle, c'est qu'on s'est trompé. Tu ne sais pas le faire. Ou tu as oublié la recette.

1. Curry de singe.

Cette fois, Laurencia saute à pieds joints dans le piège et la marguerite sur sa tête en frémit :

— Pas savoir, moi, faire ragoût sousouris ? Jamais j'oublie les recettes, même si je sais pas lire ! Le ragoût sousouris, il est là — elle désigne son front —, pour toujours ! Et pourtant, il y a bien, bien longtemps que j'en ai fait. Oublier la recette ! Ah, tu vas me mettre en colère, avant la messe ! Il faut des roussettes, ce sont les meilleures, parce qu'elles mangent des fruits. Il faut les attraper quand elles dorment, le jour, pendues par les pattes, Lindsay ira. Une ou deux pièces par personne, ça dépend de la grosseur. Tu écorches, tu vides, coupes les ailes, enlèves les têtes, tu laves bien, tu les découpes et tu les fais tremper six heures dans la marinade. Après, tu prends ta caraille...

— Je vois, dit Bénie, que tu t'en souviens. Alors tu le fais pour jeudi, s'il te plaît. Avec des pommes de terre et de la salade. Débrouille-toi avec Fifine. Je rapporterai le dessert.

La lumière crue de la lune renforce l'ombre du toit jusqu'au noir dans les angles de la varangue et Bénie aperçoit un point lumineux, mouvant, comme une cigarette embrasée qui se balancerait dans l'obscurité. Puis elle distingue une tache plus claire. Il y a quelqu'un dans le coin sombre de la varangue. Bénie se fige sur la dernière marche de l'escalier, gorge sèche, oreilles ronronnantes et cœur tapant. Une odeur balsamique qu'elle connaît bien frappe ses narines. Il y a quelqu'un. Quelqu'un est assis dans la chaise à bascule et s'y balance car elle entend le bruit léger du bois qui frotte la pierre. Quelqu'un fume en se balançant dans le noir. Quelqu'un qui porte une chemise blanche.

Bénie est peureuse mais brave. Elle va prendre le ton impérieux qui convient quand on n'est pas sûr de soi.

— Qui est là ?

Un rire léger dans l'ombre.

— Qui veux-tu que ce soit ? Le Père Noël, évidemment !

Elle a reconnu la voix du Prisunic et son cœur se calme.

— J'ai eu peur, dit-elle.

— Je me promenais, dit Brieuc. Il n'y avait pas de lumière dans ta maison. J'ai pensé que tu étais partie dîner quelque part et j'ai eu envie de m'asseoir là un moment. Tu n'es pas fâchée ?

— Non, dit Bénie. Je suis même contente. Ce soir, je n'avais envie de voir personne.

— Merci quand même !

— Ce n'est pas ce que j'ai voulu dire. Je n'avais envie de voir personne des gens que je connais ici. Toi, je ne te connais pas.

— Tu n'es pas très gaie.

— Gaie n'est pas le mot, en effet. Je déteste Noël.

Elle s'était allongée près de Brieuc, sur l'un des matelas de mousse qu'elle laissait, en permanence, sous la varangue et Brieuc était venu s'asseoir près d'elle.

— Nous allons arranger ça, dit-il et il lui avait tendu sa cigarette odorante dont la fumée, très vite, l'avait rendue sereine, aérienne, rieuse, volubile.

Elle était allée chercher des bougies qu'elle avait collées à la cire fondue, à même la pierre du sol, pour éclairer Brieuc, assis en tailleur, qui préparait les calumets, patiemment, émiettant l'herbe dont il ôtait les graines. Avec des doigts d'horloger, il roulait le papier léger, y ajustait délicatement un petit rouleau de carton en guise de filtre, mouillait son doigt, humectait la cigarette pour en ralentir la combustion, la tendait à Bénie. Allongés côte à côte, la lune à leurs pieds, ils se passaient et se repassaient le calumet qui faisait couler entre eux une rivière de mots dont certains se détachaient, s'amplifiaient, se gondolaient, s'étiraient, prenaient une signification inconnue jusqu'alors. Les mots s'éclairaient dans leurs têtes, comme les réclames au néon dans la nuit des villes. Ainsi le nom BRIEUC dont les six lettres, tout à coup, étaient apparues à Bénie comme un assemblage extrêmement rare.

— Mais pourquoi BRIEUC ? dit-elle.

— C'est mon père, dit Brieuc. Si tu ne connais pas mon père, tu ne peux pas comprendre pourquoi je porte ce prénom à coucher dehors... D'ailleurs, je te fais remarquer que nous couchons dehors, ce qui confirme bien que je m'appelle Brieuc...

Fou rire.

— ... Dr Jacques Kerroué, cinquante-sept ans, fils de culs-terreux d'Abbaretz, près de Nantes. Des maraîchers qui se sont « saignés » pour lui faire faire sa médecine. C'était le plus intelligent. Les autres sont cons, mais cons comme des râteaux.

Résultat : un gastro-entérologue distingué, mon papa. Le meilleur de Nantes. Et proctologue par-dessus le marché...

— Et quoi... ?

— Proc-to-lo-gue. Soigneur de trous du cul, si tu préfères. Y'a pas une hémorroïde qui lui échappe dans toute la Loire-Atlantique. Y'en a même qui viennent des Côtes-du-Nord et du Finistère pour se faire remettre la bousine en état chez le père Kerroué. Un champion ! Tous les soirs, au dîner, il nous racontait son tableau de chasse de la journée. Il se frottait les mains et en avant les fissures, les fistules, les thromboses, les crêtes de coq et les météoriseurs qui canonnent à s'en faire péter la rondelle ! Ce qui l'amusait le plus, c'était tout ce qu'il avait à retirer des fondements, les tordus qu'on lui amenait à cause des objets bizarres qu'ils s'étaient enfournés dans le derche. Tu n'imagines pas, quand tu vois les Nantais, si convenables à la messe de onze heures et demie, l'imagination qu'ils ont pour s'enfiler des trucs, des bouteilles, des ampoules électriques, des couverts à salade, des batteries de cuisine ! Un jour, on lui a amené un penaud qui se tenait le ventre à deux mains. Mon père le fait mettre à quatre pattes, position réglementaire, lui enfile son œilleton, regarde et qu'est-ce qu'il voit au fond du cul ? La neige qui tombait sur le Mont-Saint-Michel. Mon vieux, il s'est cru halluciné, le surmenage, un coup de fatigue. Et puis il a regardé à nouveau : pas de doute, il neigeait au fond du boyau sur le Mont-Saint-Michel. Tout l'hôpital a défilé pour voir. Le type s'était enfoncé une boule-souvenir en plastique. Tu vois le plan de cinéma que ça ferait, le Mont-Saint-Michel au fond d'un cul ?

— Arrête, dit Bénie qui se tord de rire. Arrête !

— Je te jure que c'est vrai, dit Brieuc, même si on a de la peine à y croire. Remarque, au passage, que jamais, ni dans les romans, ni dans les films, on ne parle de la tâche ingrate mais indispensable du proctologue. Les héros des histoires sont journalistes, chanteurs, cow-boys ou sous-préfets alors qu'on peut très bien se passer de ces gens-là mais qui peut se passer du trou de son cul ? Qui peut nier que le sort de l'humanité est suspendu au bon fonctionnement des trous du cul ? Il suffit d'une hémorroïde bien enflammée pour que le chef d'État le plus calme, le plus prudent s'énerve et déclenche une guerre atomique, pour que le pape fasse des bulles de travers, pour que les trains déraillent et que les avions tombent. Il est donc profondément injuste qu'on méprise à ce point le proctologue qui tient le sort du monde au bout de sa lorgnette et qu'on ne fasse jamais honneur à ses états d'âme. On ne parle jamais de l'humble et glorieuse mission de cet homme dont la vie entière est consacrée à l'établissement de la paix du monde, on ne va le voir qu'à la sauvette, on se refile son adresse sous le manteau. Est-ce que tu connais, toi, une seule statue de proctologue ? Un seul prix Nobel de la Paix qui soit proctologue ? Ma mère elle-même méprisait le métier de son mari, avait horreur de ses histoires, surtout à table... Armelle, ma mère, c'est un autre genre. Autant mon père est carré, autant, elle, est pointue. Un triangle isocèle, si tu vois ce que je veux dire... Ha ! Ha ! Je suis né d'un carré et d'un triangle isocèle !...

Le rire le secoue si fort qu'il se met en roulé-boulé sur le matelas, hoquetant, pleurant, haletant, par l'effet de la gangia et de cette géométrie dont il procède.

— ... ma mère, dit-il, c'est une demoiselle. Une demoiselle née Gibot-Moustier, vieille famille de commerçants nantais qui ont commencé à faire leur pelote avant la Révolution dans les agrumes, les épices et les nègres. Le « bois d'ébène », on disait. Après, ils se sont recyclés dans les gaufrettes et les liqueurs. Big pognon, chez maman ! Grand genre ! Des entrepôts rue Kervégan. Pas du tout culs-terreux comme chez mon père, les Gibot-Moustier. Mais alors là, tu me croiras pas, c'est elle, la bourgeoise qui est de gauche, alors que mon père, le manant parvenu, il est de droite forcené, à cheval sur les traditions, les convenances et l'ordre. Elle, elle croit au progrès, aux lumières, au peuple souverain, à la justice, à l'égalité, aux partageux, à l'émancipation des femmes, à tous les psycho-machins, aux Doigts de l'Homme... ah ! ah ! les Doigts de l'Homme et aux curés en salopette. Elle milite comme une défoncée pour toutes les causes de bonne conscience à la mode. Elle éteint ses vapeurs de ménopause par une activité débordante. Elle nous tue. Il y a dix ans, elle nous a installé un bureau de Planning familial, à la maison. Elle court aux manifs, elle fait des *seatings,* elle signe des manifestes, pour l'avortement, contre la peine de mort, elle encourage les filles-mères et console les femmes battues... Mais attention, tout dans le chic ! La « camarade » a trois visons, une villa à La Baule et des Bulgari plein les poignets. Mon père, il éructe. Au moment de la guerre d'Algérie, c'était la foire d'empoigne à la maison. Les Gibot-Moustier sont gaullistes, ils étaient partisans de la braderie ; les Kerroué voulaient que l'Algérie reste française. Résultat : le Carré et l'Isocèle s'envoyaient leurs familles respectives à la tête, s'insultaient en remontant sur plusieurs générations. « Quand on vient d'une famille qui a vendu de la peau de nègre, on se tait ! criait le Carré, on ne fait pas de la morale aux autres ! » — « Et toi, facho ! Franc-mac ! Pétainiste ! » criait l'Isocèle, hors d'elle et qui mélangeait tout. Ils ne se rassemblaient que sur nous, les enfants. Là, ils étaient d'accord pour qu'on reçoive une bonne éducation, bien catho, ce qui était paradoxal de la part de ma mère mais de la part de mon père, aussi, qui ne mettait jamais les pieds à la messe, sauf pour les cérémonies familiales... Attends, je rattrape le fil de ce que je voulais te dire... Si je m'appelle Brieuc, c'est à cause du Carré. Breton-bretonnant, il a voulu que ses cinq enfants, dont je suis l'aîné, aient le nom d'un port breton. Les autres s'appellent Malo, Servane, Guénolé et Jouan. On s'est toujours demandé s'il aurait eu le culot de continuer la série par Broladre, Lunaire ou Jacut.

— Tu habites Nantes ?

— J'habitais, dit Brieux, soudain grave. Maintenant, je voyage... Oui, j'habitais Nantes... cours Cambronne... du bon côté... celui qui a le soleil l'après-midi...

Sa voix, soudain, a changé et il a pris la main de Bénie dont il caresse les doigts lentement, un à un. Il est allongé sur le dos, comme un gisant, les yeux fermés, très pâle, très beau. La flamme dansante d'une bougie met son profil en contre-jour.

— ... on allait en classe à l'*Externat des Enfants nantais*, dit-il. Le Carré voulait que je sois médecin, comme lui, que je reprenne sa clientèle. J'ai commencé ma médecine et puis j'ai laissé tomber. Je ne voulais pas finir dans les trous du cul. Tu connais Nantes ?

— Non.

— C'est la plus belle ville du monde. J'étais très heureux à Nantes... Mais ce que j'aimais encore plus que Nantes, c'était la rivière, chez mon grand-père Kerroué où on m'expédiait pendant les vacances, où je passais mes jeudis, quand ma mère en avait assez de me supporter à la maison. La rivière, Bénie, la rivière...

Ils ne rient plus, à présent. Une onde commune de bien-être, de langueur heureuse les soulève, les enveloppe, les pénètre. Une onde qui prend naissance dans leurs mains unies, la main droite de Brieuc, la main gauche de Bénie dont les doigts se sont noués avec souplesse et douceur infinie. Un courant, par ces mains, passe de l'un à l'autre, les mélange, les rend siamois, extrêmement communicants. Ce que décrit Brieuc, Bénie l'éprouve par tous ses sens. Le mot RIVIÉRE qu'à voix basse il prononce, la transforme en rivière. Elle coule entre les peupliers, caressée par les saules qui ombragent ses rives, la font frissonner d'une caresse végétale. Elle est l'ombre où s'abritent les poissons, algues vertes, chevelure ondoyante que peigne le courant. Bénie est carpe immobile entre les nénuphars, ablette de surface, chevesne qui happe au vol un insecte tombé des arbres. Elle est devenue Brieuc. Elle a sept ans et son grand-père, pour lui apprendre à nager, la jette dans la rivière, du haut d'un petit pont. L'eau l'engloutit. Elle se débat, remonte à la surface où une main solide l'empoigne. Elle est le Brieuc de sept ans, celui qui la tient par la main et l'emporte dans son rêve éveillé. Elle plonge et nage longtemps sous l'eau, en apnée. Elle connaît le fond par cœur. Elle voit, le long du bord, une caverne remplie de barbeaux de belle taille, alignés côte à côte. Elle en caresse un qui ne bouge pas et ne peut résister à ce qu'elle sait défendu : elle l'empoigne par la queue et par les ouïes, donne un coup de pied et remonte à la surface en le tenant solidement entre ses bras. Elle est très fière de son exploit. Elle est devenue braconnière. Elle sait toutes les ruses pour éviter les gardes. Quand le vent est du sud ou de l'ouest, elle court à la rivière ou aux étangs de Vioreau quand la lune est neuve. La nuit, elle devient diabolique, parcourt les berges en espadrilles, retient son souffle, silencieuse comme un Sioux, elle est ombre dans l'ombre, légère à ne pas froisser une herbe ou faire craquer une brindille, afin de ne pas éveiller la méfiance du poisson. Elle va relever ses pièges, lignes de fond ou verveux posés dans les coulées où passent les brochets, elle braque des lumières, éploie son épervier qui s'abat en sifflant. A l'aube, elle redevient innocente. A plat ventre sur une barque, elle se laisse dériver sur le courant, attentive aux bulles, aux mouvements des herbes flottantes, aux anophèles que guettent à fleur d'eau, les carpes, les ablettes joueuses poursuivies par les perches et les couleuvres à collier jaune qui filent dans l'eau en ondulant. Les odeurs, les sons et les images de la rivière se superposent en elle : friselis, bruissements, clapotis de l'eau, éclair bleu d'un martin-pêcheur qui file en criant, herbe chaude et menthe froissée, trilles de merle et cresson piquant, la fleur de macre embaume et la poule d'eau glousse, invisible, dans la joncière.

Elle prépare ses pièges et ses appâts avec une patience de dentellière, enfile asticots et sauterelles des prés, noue des fils, les coupe avec ses dents. Elle éparpille le blé cuit. La loutre ravageuse est sa rivale mais sa sœur, aussi, en ruse et en courage. Comme elle, prise au piège, Bénie est capable de se ronger une patte pour retrouver sa liberté.

Elle n'assouvit pas une haine, elle veut le plaisir. Elle a des douceurs mortelles ; elle soûle les anguilles et anesthésie les grenouilles à la gnôle mais elle aime l'attente, le jeu de la poursuite et du hasard, la connivence mystérieuse entre le piège et la victime, le soubresaut du brochet qu'elle vient de prendre et la lutte pour s'en emparer.

— Oui, dit Brieuc, qui émerge de ce tunnel de rêverie éveillée, oui, oui, c'est exactement ça ! Mais comment peux-tu le savoir ? Tu es entrée complètement dans ma tête. Tu viens de me baiser !

Un rire silencieux le secoue, jusqu'au bout de ses doigts qui tiennent encore la main de Bénie.

— Puisque tu sais tout, dit-il, sais-tu, aussi, ce que c'est qu'un Breton qui bande comme un âne ? Regarde...

Il encercle de ses doigts le poignet de Bénie, soulève la main qui ne résiste pas, sa main piégeuse, sa main de dentellière et la pose sur sa queue qui, en effet...

Les martins qui se disputaient des miettes de pain sous la varangue ont réveillé Bénie, tard dans la matinée. Elle a ouvert les yeux et la première chose qu'elle a vue, c'est la boîte de maquereaux au vin blanc dont une colonie de mouches achève de pomper le jus. Près d'elle, l'autre matelas est vide.

Bénie s'étire, se retourne sur le ventre, fait la grimace. Elle a mal à la tête, mal aux épaules, dans le dos, mal partout. Le soleil, déjà haut qui tombe dru sur le sol de la terrasse lui chauffe les fesses et, s'apercevant qu'elle est complètement nue, elle s'entortille dans le drap chiffonné pour ne pas choquer Laurencia ou Fifine ou Lindsay qui risquent d'apparaître d'un moment à l'autre.

Sous la varangue, c'est la désolation. La chaise à bascule est vide. A côté, un cendrier déborde de mégots et de morceaux d'allumettes brûlées. un pot de confiture a roulé sous la chaise et la cire des bougies, entièrement fondues, a coulé sur la pierre. La porte du salon est ouverte ; une lumière oubliée y brûle. Silence, partout. Brieuc est parti pendant qu'elle dormait.

Assise en tailleur sur son matelas, Bénie fourrage ses cheveux, essaye de rassembler les événements de cette nuit mouvementée et elle a l'impression d'un film désordonné, dont les séquences se bousculent, avec des dialogues qui ne correspondent pas aux images. Comme au sortir d'un rêve compliqué dont on essaye de renouer le fil conducteur, Bénie trie dans sa mémoire les éléments susceptibles de l'aider à reconstituer ce qui s'est passé, depuis le moment où elle a commencé à fumer jusqu'à son réveil sur la terrasse ensoleillée. Ils ont fait l'amour longtemps, Brieuc et elle, de cela elle est sûre. Ils n'ont pas cessé de faire l'amour, même quand ils ne se touchaient encore que du bout des doigts. Même quand ils ne se touchaient pas du tout. Ils ont fait l'amour de près et de loin, pendant des heures courtes et des minutes infinies. Ils ont fait l'amour presque sans s'en apercevoir, en riant, en parlant, en dormant. En pleurant ? Oui, même en pleurant. Elle se souvient d'une larme glissant sur le visage de Brieuc et qu'elle a bue. Il pleurait à cause d'une histoire de soldat, quand, à vingt ans, il s'était engagé dans la Légion, au 2e REP, à Calvi. Il avait eu une permission et, débarquant à Marseille, il avait décidé de filer sur Nantes en stop. Une envie de famille, de douceur, de cours Cambronne, de frimer un peu devant ses frères. Il croyait avoir le temps d'aller et revenir sur le bateau du retour. Il l'avait manqué et s'apprêtait à prendre celui du lendemain, tant pis pour les vingt-quatre heures de retard et les huit jours de gniouf qui l'attendaient. Il était bien noté, ça s'arrangerait. Le lendemain matin, en écoutant la radio, il avait entendu que son régiment avait été expédié au Katanga et venait de sauter sur Kolwesi. Sans lui ! La honte ! La rage d'avoir manqué ce baroud ! Il ne pourrait plus jamais regarder ses copains en face. Huit ans après, il en pleurait encore. Il n'avait jamais rejoint Calvi. Il s'était tiré et, là avaient commencé les vraies conneries. Il avait peut-être manqué Kolwesi mais il allait leur montrer, à tous, que ce n'était pas par trouille ni parce qu'il était un déserteur foireux. Il allait faire mieux que Kolwesi. Évidemment, il avait les flics au train. Il allait se planquer et vivre, ce qui n'était pas facile ; la cavale coûte cher et pas moyen de trouver du travail dans ces conditions. Au début, il s'était fait la main en braquant des supermarchés de province, avec un pistolet d'enfant. Ça ne s'était pas si mal passé. Malheureusement, les flics qui le cherchaient à cause de Calvi avaient débarqué, un jour chez la fille avec laquelle il vivait et avaient trouvé son matériel. Il s'était évadé de sa première prison en faisant le mur. Il était agile et sportif. Il avait recommencé les hold-up, en plus fin. Il apprenait vite. C'était moins le fric qui l'intéressait que l'exploit, l'aventure, l'astuce, le défi. Plus c'était compliqué et dangereux, plus ça l'excitait. A chaque fois, il rattrapait un peu son Kolwesi manqué. Cette fois, il avait une vraie meute à ses trousses et ça devenait de plus en plus difficile mais il était prudent. Il ne faisait pas partie d'une bande. Il agissait en solitaire ou avec un copain, toujours le même. Et en douceur. L'ancien élève de l'*Externat des Enfants nantais* n'était pas un tueur. Au contraire, il avait horreur de la violence. C'est pourquoi, il s'embarquait dans ses expéditions avec deux balles à blanc dans le pétard. En cas de coup dur, on peut faire peur, sans tuer.

Des coups durs, il y en avait eu mais chaque fois qu'il avait été pris, il avait réussi à s'évader. Une fois, pendant un transfert par le train, entre deux gendarmes. Une autre fois, il avait pris un inspecteur divisionnaire en otage, s'était enfui dans une voiture, en tenant le volant d'une main et une grenade dégoupillée, dans l'autre. Le flic était vert et claquait des dents. Brieuc s'était offert le luxe de le réconforter, de lui parler avec douceur, en lui conseillant de respirer à fond pour se décontracter : « Faut pas vous en faire, mon vieux, ce n'est qu'un mauvais moment à passer ! » Il l'avait relâché dans la campagne et l'autre avait disparu en le remerciant.

Jouer avec le feu, voilà ce qui lui plaisait. Exagérer. Voir jusqu'où on peut aller dans la provocation. Il lui était arrivé de travailler, pendant ses cavales ! Il avait été vigile dans une usine. Il s'était arrangé, sous un faux nom, pour passer son brevet de pilote d'hélico : dans une école de l'armée. Des noms, il en avait trois ou quatre, avec papiers d'identité assortis. De temps en temps, il devenait mondain, s'aventurait à Paris dans des boîtes de nuit à la mode. Sa bonne éducation, sa gaieté lui attiraient l'amitié de gens dont il aurait pu exploiter les positions importantes mais cela ne l'intéressait pas. Ayant séduit, il disparaissait vite, il se volatilisait.

Il lui arrivait de lire le récit de ses exploits, dans les journaux. Il en relevait avec jouissance les erreurs ou les omissions. Ce qu'il ne supportait pas, c'est qu'on lui attribuât des méfaits qu'il n'avait pas commis. Un jour où il avait lu qu'on le soupçonnait d'avoir assassiné le gérant d'un grand hôtel, il avait appelé, d'une cabine téléphonique, la femme du mort, s'était nommé par son vrai nom, celui qui s'étalait aux manchettes des journaux pour lui dire que ce n'était pas lui qui avait tué son mari. Parfois aussi, il appelait sa mère, à Nantes, pour la rassurer, parce qu'il l'aimait. Au premier sanglot d'Armelle, il raccrochait.

Deux ans après Kolwesi, Brieuc avait décidé de ne plus faire que des gros coups et de se spécialiser dans la bijouterie de haut luxe. Il aimait l'atmosphère feutrée des belles bijouteries. Déjà lorsqu'il était enfant, rue Crébillon. Il aimait celles dont la porte ne s'ouvre que si l'on montre patte blanche, les moquettes épaisses, les lambris, les grandes tables de bois ciré, les éclairages doux dans les vitrines veloutées, tabernacles où reposent les bijoux, ces divinités fragiles dont on ne parle qu'à voix basse et les sillages de parfums raffinés qui traînaient en l'air n'étaient pas sans rapport avec le salon maternel du cours Cambronne.

Brieuc aimait les bijoux et moins pour leur valeur marchande que pour leur pouvoir magique, leurs noms et les mots qui s'y attachent : orient, carats, éclat, ciselure, griffes, marquise. Brieuc aimait les pierres précieuses, le saphir de la force, le rubis qui calme la colère, l'émeraude qui étourdit, les perles charnelles et le diamant, larme de volcan, orgueilleux solitaire capable de tout rayer et qu'à part le feu, rien n'entame, le diamant, parangon d'eau si pure qui fait les inimitables rivières. Chaque fois qu'il se hâtait de vider écrins et présentoirs dans son sac de cambrioleur, l'éclat des pierres, l'odeur de l'or faisaient battre le sang dans ses artères, enfiévraient ses joues sous la cagoule. C'était tout de même autre chose que les liasses de billets puants qu'il raflait dans les coffres-forts ou les caisses de pompistes !

Brieuc, par prudence, montait ses coups tout seul, repérait les lieux, les entrées, les sorties, les caméras-vidéo de surveillance qu'il faudrait détruire, minutait les distances à parcourir et le temps nécessaire à l'action.

Son air de bon jeune homme convenable le servait. Brieuc était exigeant sur sa tenue et celle de ses complices. Il exigeait de la flanelle grise, des tweeds fondus, des chemises impeccables, des cravates, des souliers cirés jusqu'aux talons, des attachés-cases de bon aloi. Les vendeurs les plus guindés, les plus méfiants devenaient tout miel lorsqu'ils apparaissaient et ils se retrouvaient bâillonnés et saucissonnés avant d'avoir pu comprendre ce qui leur arrivait. Ces jeunes cadres souriants, au regard droit ne concordaient pas avec l'idée qu'ils se faisaient de voyous.

Son chef-d'œuvre avait été son dernier hold-up, sur la Côte d'Azur : trente millions en quatre minutes, en plein jour, à deux, déguisés en vacanciers innocents, chemises Lacoste et raquettes de tennis dans les sacs, un pull noué autour du cou.

A la tête de près de quatre milliards et avec tous les flics de

France et de Navarre à ses trousses, Brieuc avait décidé de souffler un peu et de s'expatrier pour quelque temps. Deux ans plus tôt, il avait eu pour compagnon de cellule à Montpellier, un jeune Mauricien qui lui avait donné des adresses au Port-Louis, pour écouler des bijoux, par des Chinois qui trafiquaient avec l'Afrique du Sud et l'Australie. L'avion était rapide mais dangereux. Brieuc avait préféré gagner Maurice par la mer. Il s'était engagé comme manutentionnaire, sous un faux nom, à bord d'un cargo des Messageries maritimes qui transitait par Djibouti, Le Cap, Durban et la Réunion, avant de toucher Maurice. Il avait débarqué en octobre et personne n'avait soupçonné que le jeune homme qui s'était fondu dans la foule du port, portait une petite fortune, dans le sac de toile kaki accroché à son épaule.

Bénie a remis de l'ordre sous la varangue. Elle a empilé les deux matelas l'un sur l'autre, vidé les mégots, jeté la boîte de conserve et le pot de confiture dans la poubelle. Puis elle est allée dans la salle de bain pour prendre une douche et là, dans la glace, elle a vu sa tête. Ma tête, ça ? Des yeux au milieu de la figure, des lèvres desséchées, gonflées et là, à la base du cou, la trace d'un suçon énorme, rouge, jaune, bleu qui va mettre des jours à disparaître et l'obliger à porter un foulard, par cette chaleur, si elle veut éviter les réflexions narquoises. C'est malin ! Elle ne réussit même pas à faire glisser ses doigts dans ses cheveux, tellement mêlés par le frottement de sa tête sur le matelas qu'ils en sont cardés, feutrés, des cheveux dans lesquels un peigne ne pourra peut-être plus jamais passer.

Bénie se tourne devant la glace, aperçoit des griffures au revers de ses bras, un bleu. Ses muscles lui font mal. Elle est courbatue, moulue, vannée. Elle ouvre en grand les robinets de la baignoire, s'assoit sur une chaise basse, regarde l'eau couler. La vapeur de l'eau chaude sur sa peau nue exalte une odeur qu'elle hume entre ses bras rassemblés, odeur de sueur évaporée, de sperme, relents aliacés, acidulés, l'odeur du plaisir. Elle glisse ses doigts entre ses cuisses, les flaire, hésite à noyer dans l'eau et le savon ces effluves que Brieuc a laissés sur elle, partagée entre l'envie de purifier son corps et le désir de conserver, pour en jouir encore, cette puanteur d'amour qui la fait frissonner.

Elle se retourne brusquement : un regard lourd et amusé à la fois pèse sur elle, celui du portrait, celui de son grand-père Jean-Louis qui contemple sur les fesses impudiques de sa petite-fille, des zébrures laissées par le basalte de la varangue. Bénie se met à rire, adresse un clin d'œil au portrait, enjambe la baignoire et s'étire dans l'eau bienfaisante qui la recouvre jusqu'au menton.

Mais pourquoi Brieuc est-il parti si vite ?

Brieuc a profité de son sommeil pour s'en aller. Elle n'a trouvé de lui aucun message, pas le moindre petit mot griffonné et la méfiance que dénote ce départ furtif l'agace. Comment n'a-t-il pas senti qu'il n'a rien à craindre d'elle, que son orgueil est trop grand pour qu'elle se livre jamais aux attendrissements importuns, aux exigences, aux projets, à cette mendicité sentimentale du matin à laquelle se livrent les femmes ? Comment n'a-t-il pas compris qu'elle, Bénie, aurait préféré mourir de curiosité insatisfaite plutôt que de lui demander s'il vivait seul, où il habitait à Maurice et quand elle le reverrait ?

Mais ce n'est pas possible que Brieuc ait redouté cela. Brieuc n'a peur de rien, pas même d'une femme au matin. Elle se souvient de son rire de la nuit, après lui avoir raconté ses hold-up et son arrivée à Maurice. Bénie, s'étonnant qu'il lui fasse de pareilles confidences, l'avait provoqué :

— Tu n'as pas peur de me raconter tout ça ? Tu ne trouves pas que c'est imprudent ? Tu ne me connais pas. Je pourrais te dénoncer. Qui te prouve que je ne vais pas le faire ?

A ces mots, Brieuc s'était tordu. Il sanglotait, il hennissait de rire.

— Ha ! Ha ! Me dénoncer ! Ce qu'elle est drôle !... Mais non, ma petite chérie, tu ne PEUX pas me dénoncer ! Ha ! Ha ! Me dénoncer !... J'ai une confiance en toi totale, tu entends ? To-tale ! La preuve, je vais te faire encore une confidence qui te le prouvera. Un cadeau. Je vais te dire où se trouve un trésor autrement plus important que celui que ta tante Charlotte s'obstine à déterrer à Souillac. Mais je te conseille vivement de ne pas y toucher au moins avant dix ans, le temps que toutes ces histoires soient un peu oubliées. Voilà : quand tu tournes au carrefour pour aller à Curepipe, sur la route de Beaux Songes, à deux cents mètres environ, sur le côté droit de la route, au milieu d'un champ de cannes, il y a un arbre, un seul. A deux mètres environ de l'arbre se trouve l'entrée d'une caverne naturelle, souterraine, qui sert parfois d'abri aux coupeurs de cannes. Tu te glisses dans le trou, tu fais dix bons pas à partir de cette issue et tu verras, à gauche, sur le sol, un rocher très plat. Tu ne pourras pas le soulever à la main, il te faudra une barre à mine pour le faire bouger. Dessous, il y a une excavation que j'ai cimentée. Elle contient un sac et ce sac, je te le donne. A moins d'un raz de marée qui engloutirait Maurice ou d'un tremblement de terre qui ferait effondrer le sol de la caverne, ce qu'il y a sous le rocher t'appartiendra. Mais pas avant dix ans, Bénie, pas avant dix ans !

Cette histoire de trésor qui lui revient à présent lui semble tellement invraisemblable qu'elle doute de l'avoir entendue et ce doute en entraînant un autre, elle hésite à croire tout ce qui s'est passé sous la varangue. Elle a peut-être fumé seule comme cela lui arrive de temps en temps, malgré les mises en garde de Vivian qui prétend que le cannabis n'est inoffensif que si on le fume à plusieurs. Elle a eu l'imprudence de fumer seule et la gangia a engendré un mirage qui a pris la forme de Brieuc Kerroué, rencontré au Prisunic de Curepipe et qui devait traîner dans son subconscient comme un personnage désirable. Oui mais les mirages, en général, ne laissent pas de traces de suçon dans le cou des demoiselles imaginatives. Ni de ces courbatures que la minceur du matelas sur la pierre n'explique pas entièrement. Elle n'a pas non plus inventé cette gelée de framboise dont elle a retrouvé le pot vide. Elle se souvient parfaitement que Brieuc et elle l'ont mangée à la cuillère, s'extasiant sur son parfum exceptionnel, le rubis de sa couleur, l'accord parfait du sucre et du fruit acidulé. Ce n'est pas à elle mais à lui, Brieuc, que cette confiture a rappelé les « pailles d'or » de son enfance. Elle n'avait jamais mangé de pailles d'or et c'est Brieuc qui lui avait appris qu'il s'agissait de gaufrettes moelleuses fourrées de confiture rouge. Il avait même émis cette définition du bonheur : un milieu de paille d'or, une rareté, la confiture sans les gaufrettes.

Et elle n'a pas mangé, seule, à l'aube, la boîte de maquereaux au vin blanc dont elle vient de jeter la carcasse. Pris d'une fringale subite et impérative, une fringale de naufragés, ils étaient allés *ensemble,* explorer les placards de la cuisine où ils avaient trouvé du pain et cette boîte de conserve qui les avait fait saliver de convoitise. C'est Brieuc qui l'avait ouverte en râlant parce qu'ils n'avaient pas trouvé de clé à sardines et qu'il avait dû se servir d'un ouvre-boîte rouillé. Ils s'étaient partagé le contenu de la boîte, sous la varangue, agenouillés, puisant les filets de poisson avec leurs doigts, joyeux de cette gourmandise nouvelle qu'ils avaient en commun, louant la mémoire du Capitaine Cook, tandis que le soleil mûrissait à l'horizon, prêt à jaillir de la mer.

Avait-elle, aussi, rêvé le requin ? L'aileron que Brieuc avait aperçu tout à coup, petit triangle noir fendant la surface de la mer que la lune argentait ? Ils étaient descendus sur la plage et avaient regardé l'aileron qui avançait, droit sur eux. Un bébé requin qui avait franchi la barre et venait chasser au bord du lagon, attiré, sans doute par les entrailles de poissons éventrés au Centre de Pêche et que le courant déportait vers le Morne. Brieuc était entré dans l'eau, à sa rencontre, ce qu'elle, Bénie, n'aurait jamais osé faire. Il était resté immobile, de l'eau jusqu'aux genoux, tandis que l'aileron se rapprochait et Bénie avait vu sa main courir à plusieurs reprises sur l'échine du poisson qui passait et repassait sous la caresse puis, finalement, était reparti vers le large en sondant dans une pluie d'étincelles.

LAURENCIA est arrivée vers sept heures du soir, portant à bout de bras la caraille[1] contenant le ragoût de sousouris qu'elle a tenu à cuisiner chez elle, préférant son feu de bois à la cuisinière électrique de l'*Hermione*.

Elle a posé sur le dossier d'une chaise, le tablier de linon blanc cangé (empesé) et la petite coiffe assortie qu'exigeait Grand'Madam' pour servir les dîners. Elle les mettra au dernier moment, pour ne pas les défraîchir. En attendant, elle s'active en tablier ordinaire. Elle écrase des pommes d'amour à la fourchette tout en surveillant les manigances du cyclone qu'annonce son transistor perché sur la glacière. Il y a déjà vingt-quatre heures qu'une « severe tropical depression », comme dit pudiquement la radio, a franchi le 85° est de longitude pour entrer dans le domaine météorologique de Mauricius. A midi, l'avertissement numéro 2 a été lancé, alors que le cyclone était à 325 milles des côtes, ce qui a surpris tout le monde, étant donné que le soleil brillait encore dans un ciel pur.

Dans l'après-midi, le ciel a commencé à se charger de gros nuages sombres qui, peu à peu, ont dévoré tout le bleu, étendant sur l'île un édredon de coton jaune sale et le vent s'est levé. Laurencia a prévenu Lindsay qu'elle ne pouvait pas, à la fois, servir un dîner et s'occuper d'un cyclone, c'est-à-dire rouler les voiles de la varangue bien serrées pour empêcher le vent de les arracher et mettre à l'abri, parmi les plantes de Grand'Madam', celles qui sont transportables.

Énervée par tout ce qui se prépare, Laurencia est d'une humeur

1. Bassine chinoise à fond rond.

de poisson-pierre, dérangé dans ses fonds. A la demande de Bénie, elle a disposé une nappe blanche, non sur l'immense table à dix-huit places de la salle à manger mais sur la petite table ronde du salon, plus convenable pour deux couverts.

Par la porte ouverte, Bénie qui est en train de se laquer les ongles des pieds, entend Laurencia qui parle toute seule en remuant les assiettes. Servir à dîner dans le salon bouscule ses habitudes. Elle obéit aux ordres de Bénie tout en s'arrangeant pour exprimer, à la cantonade, sa désapprobation.

— ... cette table n'est pas commode du tout, du tout, du tout ! La nappe glisse et je n'ai pas de molleton à mettre dessous !... Comment servir un dîner proprement sans desserte pour poser les plats ?

Comme ses réflexions à voix haute n'attirent aucune réponse, du côté de la varangue, Laurencia, de temps à autre, s'approche de Bénie pour l'obliger à s'intéresser à ses préparatifs.

— Je mets des fleurs sur la table ?

— Oui, dit Bénie, comme tu voudras.

— Oh, moi, je ne veux rien, dit Laurencia. Je mets le couvert, c'est tout. Je fais ce qu'on me dit. Je mets quoi comme fleurs ?

— Mets des bananés [1], dit Bénie distraitement.

— Pena bananés ! dit Laurencia, enfin satisfaite de pouvoir contredire. Bananés finis !

— Eh bien, mets ce que tu veux, dit Bénie, des allamandas, des cassias, des frangipanes, ce que tu trouveras. Mais dépêche-toi, il va pleuvoir.

— Pas frangipanes, dit Laurencia. Frangipanes, fleurs de cim'tière !

Ce que Laurencia ne digère pas, surtout, c'est de ne pas encore savoir — elle qui est au courant de tout — qui est, ce soir, l'invité de Bénie. Et comme elle n'ose pas poser la question directement, elle procède par élimination.

— Missié Vivian pou vini ?

— Non, pas Vivian, dit Bénie. Il est à la Réunion.

— Missié Patrick ?

1. Fleurs de flamboyant.

— Tu sais bien qu'il est en France ! Écoute, ne cherche pas, c'est mon oncle Gaëtan que j'ai invité.

— Gaëtan ? fait Laurencia, mo pa connaît.

— Tu ne connais pas mon oncle Gaëtan Cheylade !?

A ce nom, Laurencia s'est tétanisée. Elle a laissé tomber le torchon qu'elle tenait à la main, ses yeux roulent dans ses orbites, les tire-bouchons de ses cheveux se dressent sur sa tête, ses bras se sont raidis, elle ouvre et ferme la bouche comme un poisson au fond d'une pirogue. Elle ne ressemble plus ni à la femme de Popeye ni à celle de Mickey, c'est une petite statue vaudou furibarde, transpercée par les courants les plus maléfiques du Grand et du Petit Albert.

— Eh alors, dit Bénie calmement, tu ne te sens pas bien ?

La parole est revenue à Laurencia et c'est un déluge qui s'abat sur Bénie.

— Ayo, mamzelle ! Ou pas capav' laiss' ça bonhomm'-là vin' dans ou lacaze !... Tous les zours, li saoulé ! So la bouss'sal ! So la têt' pas bon ! Li comm' ène zanimaux ! Li evan démon dans so la têt' ! Li senti pi ! Ou pas honté mett' li à table ?... Là-haut-là-bas Grand'Madam' pou ploré si li trouv' li dans so lacaze ! Li mêm' pas ti dir' li bonzour lère li ti trouv' li devant la boutik ! Ayo ! Mo pas capav' servir li, mamzelle [1] !

A huit heures pile, Gaëtan Cheylade est sorti du bois en traînant la jambe et Bénie, sur le moment, a eu de la peine à le reconnaître. Gaëtan avait fait un effort de toilette considérable pour venir dîner avec sa nièce. Il portait un chapeau de feutre gondolé, une veste de toile, un pantalon dont il avait coupé une jambe pour empêcher le tissu de frotter sa plaie recouverte, pour la circonstance, d'un pansement à peu près propre. Il portait même une chemise dont le col était fermé par une cravate club — souvenir d'une vie ancienne

1. « Ayo, mam'zelle ! Vous ne pouvez pas laisser ce bonhomme-là venir dans votre maison ! Il est saoul tous les jours ! Il dit des vilaines choses ! Il est fou ! Il se conduit comme un animal ! Il a le diable dans la tête ! Il pue ! C'est une honte de le mettre à table ! Votre grand'mère va pleurer dans le ciel si elle le voit dans sa maison ! Elle ne lui disait même pas bonjour quand elle le rencontrait devant l'épicerie ! Ayo, je ne peux pas le servir à table, mam'zelle ! »

— dont les rayures bordeaux et bleu marine apparaissaient encore malgré l'usure de la soie et la crasse.

Appuyé sur sa béquille qui lui remontait l'épaule droite, il clopinait en direction de l'escalier quand un coup de vent arracha son chapeau qui partit en roulant vers la plage. Bénie entendit le ricanement de Laurencia. Elle bondit, dévala l'escalier et courut après le chapeau qui venait de se plaquer contre le tronc d'un filao. Ce n'était pas un chapeau plutôt une capsule graisseuse et la jeune fille dut faire un effort pour le tenir normalement, sans marquer son dégoût, comme s'il était encore le couvre-chef élégant que Sir Gaëtan Cheylade avait acheté, autrefois, chez le meilleur chapelier de Londres, comme l'indiquait l'étiquette cousue dans une inqualifiable doublure.

Peut-être avait-il bu avant de venir pour se donner une contenance. Il était difficile de le dire car sa démarche incertaine pouvait être due à sa jambe malade. Aidé de sa béquille, ayant refusé l'aide que Bénie lui proposait, il avait grimpé en sautillant les marches de l'escalier pour se hisser jusqu'à la varangue. Bénie qui ne l'avait guère vu qu'assis sur son trône de ciment, au pied du poteau électrique, en fut surprise. Il était peut-être moins vieux qu'on l'imaginait. Cependant, Laurencia n'avait pas entièrement tort : le bonhomme puait comme le diable. A peine s'était-il assis à table que Bénie, incommodée par l'odeur épouvantable qui se dégageait de sa personne, s'était demandé si elle pourrait tenir le temps du dîner. Lui, semblait enchanté de se trouver dans cette maison où il n'était pas venu depuis des années.

Laurencia avait tout de même accepté de servir le dîner mais sans son tablier blanc ni son bonnet, ce qui était une façon de protester contre la présence du vagabond. Noire dans sa robe noire, elle ressemblait à une fourmi en colère, la bouche pincée et le nez haut.

Bénie avait remonté de la cave des bouteilles de château-chalon que son grand-père avait fait venir de France, autrefois. Elle avait choisi ces bouteilles au hasard dans la réserve, à cause de la poussière qui les recouvrait et du cachet de vraie cire qui les obturait. C'était la première fois qu'elle buvait de ce vin sec et velouté à la fois qui sentait la prune et le bois et dont la force l'avait saisie, dès le premier verre, l'étourdissant d'une ivresse rieuse. Elle était bien tombée : ce vin du Jura s'accordait à merveille avec la chair des chauves-souris, ce qui lui avait attiré les compliments de Gaëtan. Il en avait sifflé deux bouteilles à lui tout seul, tout en expliquant à Bénie qu'il avait cessé de boire car il avait le projet de rejoindre au Sud-Afrique sa femme Isabelle et ses deux filles qu'il n'avait pas vues depuis dix-sept ans. A l'entendre, Isabelle était partie sur un coup de tête. Une femme délicate mais nerveuse, irritable même. Et avec ça, une tête d'une dureté incroyable ; quand, au cours d'une petite dispute, il lui avait jeté un vase chinois à la tête, celui-ci s'était brisé en mille morceaux. « C'est te dire ! » Et susceptible ! A la suite de cette peccadille, elle avait vendu leur maison de Moka qui appartenait à sa famille et elle était partie avec leurs deux filles s'installer à Greytown, dans le Natal, où elle exerçait son métier d'avocate. La vérité, c'est que le vase chinois qu'il lui avait cassé sur la tête n'avait été qu'un prétexte ; elle était partie parce qu'elle n'avait pas supporté qu'il abandonnât ses affaires pour vivre sa vie et, de riche qu'il était, devenir pauvre. Une femme attachée à l'argent. Ils n'avaient pas divorcé mais elle ne lui avait jamais donné de ses nouvelles. C'est par des gens de passage qu'il avait appris, il y avait une dizaine d'années, qu'elle vivait à Greytown.

A chaque fois que son verre était vide, Gaëtan, de plus en plus allumé, le brandissait, le pouce de son autre main pointant vers la table pour exiger qu'on le remplisse. Et il félicitait sa nièce d'avoir servi ce très bon vin, le dernier qu'il allait boire de sa vie puisqu'il avait décidé de devenir un autre homme, de pardonner à Isabelle sa fuite et de lui faire une surprise en allant la rejoindre à Greytown. Il sentait qu'elle était malheureuse de ne plus le voir et il était temps qu'il aille un peu s'occuper de l'éducation des petites.

— Mais elles ont quel âge, les petites ? avait demandé Bénie.

La question avait troublé Gaëtan.

— Attends, dit-il... Isabelle est partie il y a dix-sept ans. Caroline avait douze ans et Diane en avait dix. Ça fait, ça fait...

— Ça fait qu'elles ont vingt-neuf et vingt-sept ans, dit Bénie.

Gaëtan, les yeux vagues n'avait pas l'air de comprendre.

— Vingt-neuf ans ! Qu'est-ce que tu me racontes là ?

— Faites le compte, mon oncle : douze et dix-sept...

— Mais alors, elles sont vieilles ! dit-il avec une grimace.

Et cette idée de ses petites devenues vieilles lui avait semblé tellement cocasse qu'il s'était mis à rire et, dans un élan de bonne humeur, avait balancé sa main aux fesses de Laurencia qui s'était approchée pour ôter son assiette. Celle-ci avait fait un bond de chèvre et crié, furieuse :

— Ah, non, Gaëtan !

— Tu n'as pas toujours dit ça ! avait-il grogné, en ramenant sa main d'un geste las.

C'était la deuxième fois que Gaëtan faisait allusion au passé, à propos de Laurencia et, les vapeurs du château-chalon aidant, Bénie trouva bouffonne l'idée que cet oncle répugnant ait pu, autrefois, sauter sa nénène. Quel couple ! Mais Gaëtan n'avait pas toujours été un vagabond crasseux et Laurencia avait peut-être été appétissante, quand elle avait vingt ans, quand elle ne ressemblait pas encore à la femme de Popeye, quand l'éléphantiasis ne lui avait pas encore fait cette jambe monstrueuse qu'elle traînait péniblement. Après tout, elle s'était mariée et elle avait eu neuf enfants, ce qui prouvait tout de même qu'elle n'avait pas méprisé les plaisirs charnels. Tout comme Lindsay, son mari, à présent sourd comme un pot et desséché avait dû être un beau garçon dans sa jeunesse, bien bâti et pas en peine pour trouver des filles.

Bénie essayait d'imaginer Laurencia, folle de son corps, dansant des ségas déchaînés, se déhanchant, lascive, sous la lune pleine, amoureuse de Lindsay ou de Gaëtan ou des deux à la fois, sait-on ?

Laurencia ne parlait jamais de son mari mais des hommes, en général : « Les hommes sont coureurs, les hommes boivent, ils sont autoritaires... » ce qui était peut-être un résumé de sa vie : Lindsay l'avait beaucoup baisée et beaucoup trompée, ensuite, l'âge venant, il s'était mis à boire et à devenir désagréable. Un jour, Laurencia lui avait fait une curieuse confidence : « Quelquefois, tu vois, je me dis : si le Bon Dieu, par malheur — là elle faisait un signe de croix rapide et joignait les mains, les yeux retournés vers le ciel — si le Bon Dieu rappelait Lindsay, j'aurais bien, bien du chagrin, c'est sûr ! Mais, en même temps, je me dis que je serais, enfin, un peu tranquille à faire ce que je veux, sans qu'on me commande toujours. Je pourrais aller au supermarché de Quatre Bornes, prendre le bus quand j'en ai envie et même aller jusqu'à Mahébourg visiter mes cousines que je n'ai pas vues depuis quatre ans. Je ne serais plus obligée de lui taper dessus la nuit, pour l'empêcher de ronfler. Il y aurait peut-être un de mes fils qui m'emmènerait voir la France. Lindsay, lui, il ne veut pas voyager, ça ne l'intéresse pas. Il dit qu'il est très bien ici et que les autres pays ne sont pas mieux. Qu'il suffit de regarder des cartes postales. Il a peut-être raison mais ça serait juste pour voir, tu comprends ? Si Lindsay était là-haut, près du Bon Dieu, moi je pourrais aller voir de près les cartes postales, le Sacré-Cœur de Paris et Lourdes et Saint-Malo... Mais ce ne sont pas des bonnes pensées parce que quand elles me viennent, j'oublie pendant un moment qu'il n'est pas mort et quand je le vois devant moi, il me fait peur comme s'il était déjà un fantôme qui vient me reprocher de vivre bien tranquille sans lui.

Gaëtan était parti vers onze heures du soir, refusant obstinément que Bénie le raccompagne en voiture à Tamarin. Elle lui fit observer qu'il pleuvait et que le vent soufflait de plus en plus fort. Mais Gaëtan lui répondit d'un ton sec que sa voiture et son chauffeur l'attendaient sur le chemin et qu'il n'avait pas besoin de sa guimbarde rouillée.

Il était parti en boitant, sous le regard térébrant de Laurencia qui l'avait suivi jusqu'à ce qu'il eût disparu dans la nuit.

La radio venait d'annoncer que le cyclone était passé sous le *warning 4* et que les rafales de vent atteignaient déjà 45 miles à l'heure sur les plateaux.

PATRICK Sombrevayre aurait sans doute une sacrée note de téléphone à payer, après cette conversation d'une demi-heure entre Paris et Maurice mais Bénie vraiment avait été contente de l'entendre et sa voix si chaleureuse, si proche malgré la distance, avait réussi à l'apaiser. Non seulement elle ne comprenait pas comment elle avait pu souhaiter, un instant, qu'il disparaisse de sa vie mais encore elle désirait vraiment, à présent, qu'il soit près d'elle et n'en bouge plus. Elle le lui avait dit : « Je t'aime et je ne peux pas vivre sans toi. Quand tu n'es pas là, il ne m'arrive que des choses épouvantables. »

Il avait eu, au bout du fil, un rire léger d'homme flatté. Ce n'était pas pour le flatter qu'elle avait dit ça. Elle le pensait vraiment. Si elle était incapable de lui écrire des phrases aussi tendres que les siennes, elle avait besoin de lui. Patrick était sain, lumineux et sans mystère. Il avait le pouvoir d'écarter les ombres, de résoudre les problèmes les plus compliqués, de démêler l'inextricable. Il était exactement l'homme qu'il lui fallait pour l'empêcher de débloquer. Il était, pour elle, ce qu'est la quille pour un bateau, sa pièce maîtresse sur laquelle s'appuie sa charpente dont il est l'épine dorsale. Sans lui, elle n'était que périssoire et il lui avait fallu ces deux semaines de folie, dans les sortilèges fatigants de Maurice pour qu'elle s'en aperçoive.

Inquiet de n'avoir pas reçu de réponse à sa lettre et à cause de ce cyclone qui était passé sur Maurice, sans qu'on puisse, à Paris, avoir de précisions sur l'étendue de ses dégâts puisqu'en France, on ne donnait d'informations qu'à propos de la Réunion comme si tout le reste du monde n'existait pas, Patrick

Sombrevayre, depuis trois jours, essayait de téléphoner sans succès, à cause des lignes coupées par l'ouragan.

Quand il avait, enfin, pu joindre l'*Hermione*, il était tombé sur une Bénie bizarre, désemparée, en pleine « sévère dépression tropicale », elle aussi. Il reconnaissait à peine sa voix. Ses mots lui parvenaient, entre deux reniflements, ralentis ou hachés, comme pris de fièvre, tantôt exaltés et tantôt ralentis, à peine audibles, un monologue ininterrompu, une longue plainte qui mélangeait des chagrins anciens avec des tracas récents, le cyclone qui avait abattu presque tout le toit de l'*Hermione*, la disparition de son père à Tahiti, les colonnettes de la varangue cassées, Maureen enlevée par un marchand de bœufs en Australie, tous ces filaos déracinés, sa grand'mère qui pétait dans le cimetière de Rivière Noire, elle, Bénie, seule, toute seule dans la maison éclatée et cette salope de Chinoise, à la boutique de Tamarin qui racontait en ricanant des yeux comment, au matin, on avait retrouvé le corps de son oncle Gaëtan, noyé sur un banc de sable de la rivière en crue qu'il n'avait pu traverser à cause du courant et peut-être à cause de tout le château-chalon qu'il avait bu à l'*Hermione*, à moins que ce soit la conséquence d'un sort jeté par Laurencia, elle en est capable, figure-toi, oh, Patrick, Patrick, quand tu n'es pas là, ma main se met à écrire toute seule, il y a un requin qui vient me voir tous les soirs et le portrait de mon grand-père n'arrête pas de me regarder. Oh, Patrick, quand tu n'es pas là, c'est la cacade dans ma vie, c'est toute la tristesse du monde, c'est le Père Noël qui passe à skis sur le lagon, tu comprends ?... Si tu savais comme j'en ai marre ! J'en ai marre de toutes ces bizarreries, de tout ce que je vois sous les choses, à côté des choses, d'être « médioum », comme dit ma mère. J'ai envie d'être ta femme, Patrick. Une femme. Une femme ordinaire. Une femme pour qui deux et deux font quatre. Une femme reposante, comme vous les aimez sans gourmandise et sans curiosité, qui achète de la salade tout épluchée dans du plastique, lit le Goncourt, va aux réunions de parents d'élèves, fait de l'aérobic et du ski de fond. Une femme qui te tartinera les épaules avec du gras pour que tu n'attrapes pas de coups de soleil, une femme qui dira *mon époux* ou *le mien*, quand elle parlera de toi. Je ferai tout ce que tu voudras, Patrick, de la tarte Tatin, du yoga, des enfants. Je jouerai au golf. Je ne serai plus l'infernale Bénie de

Carnoët mais « cette gentille petite Mme Sombrevayre ». Si tu m'aides, Patrick, je deviendrai celle que tu souhaites : normale et simple. »

Elle avait Patrick et puis, elle avait Vivian. Et, à Vivian, qui était son double, elle pouvait dire tout ce qu'elle taisait à Patrick qui allait être son mari. Cette histoire de Brieuc Kerroué, par exemple.

Quand Vivian était rentré de la Réunion, elle était allé le voir dans son atelier, un soir, et ils s'étaient allongés sur son divan, comme autrefois, dans la cabane. Elle lui avait raconté sa rencontre avec Brieuc au Prisunic de Curepipe, la nuit qu'ils avaient passée ensemble à l'*Hermione* et la disparition du garçon qui ne s'était plus manifesté depuis. Puis, elle avait tiré de sa poche, une page de journal froissée qu'elle avait dépliée soigneusement.

— Il y a trois jours, dit-elle, je suis allée chercher des sandales que j'avais commandées chez Pyramide [1] et le Chinois a enveloppé mes chaussures dans cette page de *L'Express* [2]. Quand j'ai ouvert le paquet à la maison, cette photo de Brieuc m'a sauté aux yeux. Tiens, regarde.

Sous le titre MORT D'UN DANGEREUX GANGSTER, il y avait la photo d'un jeune homme brun aux cheveux courts, souriant et le texte de l'article :

Il y a quelque temps, déjà, que nos services de sécurité étaient sur les traces de François Auverné, de son vrai nom Brieuc Kerroué, 28 ans, de nationalité française, signalé par Interpol et qui était entré clandestinement à Maurice, il y a quelques mois. Ce dangereux gangster s'était rendu coupable, en France, d'une dizaine d'audacieux hold-up, notamment dans plusieurs bijouteries importantes de Paris et de la Côte d'Azur. Évadé plusieurs fois de différentes prisons, la police française avait perdu sa trace, malgré son signalement donné aux frontières et dans les aéroports.

1. Maroquinier sur mesure de Curepipe.
2. Quotidien de Maurice.

Repéré au Port-Louis, hier matin, vers 11 h 30, il a échappé de peu aux policiers, après une poursuite mouvementée à travers le Bazar. Ayant réussi à s'enfuir au volant d'une voiture dont le propriétaire imprudent avait laissé sa clef sur le contact, il a été rattrapé par les policiers vers 12 h 05, sur la route de Pamplemousses, à la hauteur du Bois Marchand. La police, alors, a ouvert le feu sur la voiture. Le bandit, blessé au bras, a tout de même réussi à quitter son véhicule et à s'enfuir à pied dans un champ de cannes où il a été poursuivi.

Après les sommations d'usage demeurées sans effet, l'officier de police Aneerood Seebaluck a visé le fugitif aux jambes mais celui-ci s'est baissé brusquement et la balle du Smith and Wesson l'a atteint en plein dos, le blessant grièvement. Le gangster est mort pendant son transfert à l'hôpital.

— C'est triste, dit Vivian. Je comprends que tu sois...

— Oui, dit Bénie, c'est triste. Mais c'est plus que triste. Tu ne vois rien d'autre ?

— Il était beau, dit Vivian.

— Non, dit Bénie, ce n'est pas ça. La date. Tu as vu la date du journal ?

— Oui, 12 octobre...

— Et alors, on est à la fin de décembre, Vivian ! J'ai passé cette nuit avec Brieuc le 25 décembre ! Plus de deux mois, après sa mort !

Vivian se pencha à nouveau sur le journal.

— Ce n'est pas possible. Tu as dû te tromper, dit-il.

Il avait pris les mains de sa cousine dans les siennes et lui parlait doucement, sur le ton patient qu'on prend pour expliquer à un enfant anormal qu'il faut se mettre les petits-beurre dans la bouche, pas dans l'oreille.

— Ma chérie, tu as lu ce journal, bon. Cette histoire t'aura impressionnée, le visage de ce garçon t'aura frappée. Ensuite, tu auras rêvé ta nuit avec lui...

— Et ça, dit Bénie, en dénouant le foulard qui entourait son cou, ça, je l'ai rêvé aussi ? Tu vois ce que j'ai, là ?

— Oui, dit Vivian.

— C'est un suçon ou ce qu'il en reste. Tu ne vas pas me dire que je me suis fait un suçon toute seule dans le cou ! On est le 31 décembre, Vivian. Il y a à peine une semaine ! Je te jure que je ne te mens pas et je te jure que je ne suis pas folle ! Cette histoire me tourmente et, depuis deux jours, j'essaye de comprendre ce qui s'est passé. J'ai même fait une enquête : deux personnes auraient dû me voir avec Brieuc, quand j'étais avec lui au Prisunic : Laura Manière à qui j'ai parlé, alors que Brieuc était à côté de moi et ta mère qui voulait ma place de parking, à la sortie, pendant que je parlais avec Brieuc. J'ai appelé Laura, elle m'assure qu'elle ne l'a jamais vu. Quant à ta mère, elle m'a envoyée promener en me disant qu'elle n'était pas chargée de surveiller ma conduite dans les rues et que non, elle ne se souvenait pas d'avoir vu près de moi un garçon en chemise blanche, ce jour-là. Mais il y a autre chose, dit-elle, la caverne !

Vivian commençait à être un peu inquiet.

— La caverne de Brieuc, dit-elle. Je lui ai raconté l'histoire du trésor de Charlotte à Souillac et il m'a fait cadeau d'un trésor qu'il a déposé lui, dans une caverne, à condition que je n'y touche pas avant dix ans, je comprends pourquoi, maintenant ! Tu connais cette caverne, dans les cannes, sur la route de Beaux Songes ?

— Non, dit Vivian mais on peut aller voir, si tu veux ?

— Tout de suite ?

— Allons-y.

Il était excité, tout à coup, par cette histoire qui devenait un jeu.

— C'est bien, dit Bénie, il fait nuit à présent, on ne nous verra pas. C'est plus prudent. On va prendre une lampe électrique et une barre à mine.

— Pour quoi faire, une barre à mine ?

— Parce que, dit Bénie, Brieuc a cimenté le trésor sous un rocher trop lourd pour qu'on le soulève avec les mains. On trouvera ça dans l'atelier de mon père, à l'*Hermione*. C'est rempli d'outils.

— Mais, dit Vivian, si tu ne dois pas y toucher avant dix ans...

— On n'y touchera pas, dit Bénie. Je veux seulement voir s'il y a du ciment sous le rocher.

Bien qu'il fasse nuit et que la route soit peu fréquentée à cette heure, ils ont, par précaution, garé la voiture peu après le carrefour et ont continué à pied. Il y avait en effet un arbre au milieu du champ. S'éclairant à la lampe, ils sont entrés dans les cannes et ont marché difficilement entre les andains dans la terre boueuse, détrempée par les pluies du cyclone. Le trou de la caverne était là, impressionnant. Vivian s'y est glissé le premier, aidant Bénie à descendre. La caverne, large et profonde, était voûtée à plus de trois mètres du sol par un amoncellement de rochers dont certains étaient en saillie. L'humidité suintait sur les parois, luisantes sous le rayon de la lampe électrique. Au fond, à une trentaine de mètres, on distinguait une autre issue, à la lumière lunaire qui l'éclairait. Il y avait des bruits de ruissellements et le sol, très humide était gadouilleux par endroits.

Bénie revint à l'endroit par où ils étaient entrés, compta les dix pas indiqués par Brieuc et vit le rocher plat. Ils en dégagèrent le pourtour enfoncé dans la terre et Vivian enfonça la barre de fer sous la pierre pour la faire bouger, mais elle remua à peine. Pendant plus d'une heure, ils souquèrent, grattèrent, et rassemblèrent des pierres plates que Bénie superposait, pour caler le rocher que Vivian soulevait. Quand le rocher fut exhaussé de dix centimètres environ sur un côté, Bénie se mit à quatre pattes et braqua dessous la lumière de sa lampe.

— Regarde, Vivian !

Vivian se pencha à son tour et aperçut une excavation fraîchement cimentée, exactement celle que Brieuc avait décrite.

— Tu me crois, maintenant ?

— Je te crois, dit-il.

Ils dispersèrent les pierres qui calaient le rocher, le remirent en place, retassèrent la terre tout autour.

— Il n'y a plus qu'à attendre dix ans, dit Bénie. Ce trésor nous appartient. Nous le partagerons. Si je meurs, n'oublie pas d'aller le chercher, je t'en prie.

— J'ai faim, dit Vivian. Tu n'as rien à manger à l'*Hermione* ?

— Viens, dit Bénie. Laurencia a sûrement préparé quelque chose.

La maison était défigurée avec son toit à demi arraché qu'on avait recouvert de bâches en attendant de réparer les poutres et d'y poser des bardeaux. La varangue, décoiffée, était sinistre, éclairée par la lune qui y allongeait les ombres des colonnettes brisées. Au bas de la pelouse il y avait un gros amas de poutres et de paille de vétyver moisie d'où s'exhalait une odeur de safran.

— Tu étais dans la maison ? demanda Vivian.

— Oui, dit Bénie et j'ai eu très peur, quand les vitres du salon ont éclaté. J'avais refusé d'aller avec Laurencia, dans sa case-béton. Quand j'ai voulu sortir, pendant l'œil du cyclone, je n'ai pas pu ouvrir la porte. Tout le toit de la varangue était tombé et avait obstrué les ouvertures. C'était horrible à voir. Heureusement, Lindsay et Laurencia sont venus me délivrer, au matin.

— Tu verras, dit Vivian, ce sera très beau, avec les bardeaux.

— Ça ne sera plus pareil, dit Bénie. Il n'y aura plus d'oiseaux dans le chaume.

Ils se sont fait cuire une omelette qu'ils ont mangée et, tout à coup, Bénie a regardé sa montre.

— C'est l'heure, dit-elle. Il va venir.

— Qui ?

— Le requin. Pendant la nuit, avec Brieuc, on a vu un requin qui est venu jusqu'au bord du lagon. Brieuc l'a caressé et il est reparti. Depuis, il revient toutes les nuits, à cette heure, tu vas voir. Tous les soirs, je lui donne un poisson que Laurencia me prépare dans un seau. Elle est persuadée que c'est moi qui le mange.

Brieuc a suivi Bénie sur la plage. Quand l'aileron est apparu, il a vu Bénie entrer dans la mer, en tenant son poisson par les ouïes. Vivian l'a vu s'approcher. Bénie, délicatement, a posé le poisson dans l'eau, il y a eu un remous, quelque chose a glissé sous sa main, une fois, deux fois, trois fois et le requin est parti vers le large.

Elle est remontée sur la plage. Vivian s'est approché d'elle et Bénie a posé sa tête sur son épaule. Le ciel, nettoyé par les vents du cyclone était bourré d'étoiles. Soudain, il s'est écarté et s'est mis à rire :

— Tu sais ce qui se passe en ce moment à Curepipe ? dit-il.

— Non, dit Bénie.

— Le bal du Dodo, dit Vivian.

— J'avais oublié, dit Bénie. Le 31 décembre, le bal du Dodo ! Tu sais que je vais me marier ?

— Oui, dit Vivian. Je sais.

— Et c'est tout ce que ça te fait ?

— Oui, dit Vivian. Parce que j'ai, au moins, deux certitudes : la première, c'est que ni toi ni moi n'irons jamais au bal du Dodo et, la seconde, c'est que toi et moi, on ne se quittera jamais.

Paris, 7 février 1989.

DU MÊME AUTEUR

aux Éditions Albin Michel

Le Roman de Sophie Trébuchet,
Prix Kléber-Haedens, 1983
Amoureuse Colette, *1985*

aux Éditions du Seuil

La Fanfaronne, *1959*
Le Chemin des dames, *1964*
La Passion selon saint Jules, *1967*
Je t'apporterai des orages,
Prix des Quatre-Jurys, 1972
Le Bateau du courrier,
Prix des Deux-Magots, 1974
Mickey l'Ange
Fleur de péché,
Grand Prix de la Ville de Paris, 1980

aux Éditions Herscher

Amoureuse Colette, *Album illustré, 1984*

La composition de ce livre
a été effectuée par Bussière à Saint-Amand,
l'impression et le brochage ont été effectués
sur presse CAMERON
dans les ateliers de la S.E.P.C. à Saint-Amand-Montrond (Cher)
pour les Éditions Albin Michel

Achevé d'imprimer en mars 1989
N° d'édition 10610. N° d'impression 7520-379
Dépôt légal : avril 1989

Imprimé en France